KB071027

카페의 소소한 일기

가배도록
珈琲道錄
1

이호걸 에세이

청어

가배도록 1 珈琲道錄 - 카페의 소소한 일기

이호걸 지음

발행처 · 도서출판 청어
발행인 · 이영철
영 업 · 이동호
홍 보 · 최윤영
기 획 · 천성래 I 이용희
편 집 · 방세화 I 이서윤
디자인 · 김바라 I 서경아
제작부장 · 공병한
인 쇄 · 두리터

등 록 · 1999년 5월 3일
(제321-3210000251001999000063호)

1판 1쇄 인쇄 · 2015년 2월 1일
1판 1쇄 발행 · 2015년 2월 10일

주소 · 서울 서초구 효령로55길 45-8
대표전화 · 586-0477
팩시밀리 · 586-0478

홈페이지 · www.chungeobook.com
E-mail · ppi20@hanmail.net
ISBN · 979-11-85482-81-1 (04810)
        979-11-85482-82-8 (세트)

이 도서의 국립중앙도서관 출판시도서목록(CIP)은 서지정보유통지원시스템 홈페이지
(http://seoji.nl.go.kr)와 국가자료공동목록시스템(http://www.nl.go.kr/kolisnet)에서
이용하실 수 있습니다.(CIP제어번호:CIP2015001715)

珈琲道錄

가배도록 1

카페리코 본점
경상북도 경산시 둥지로 13길 1(임당동)

카페리코 본점 직영점
카페조감도
경상북도 경산시 삼성현로 484-2(사동)

珈琲道録

祝 카페 鳥瞰圖 開業

四百歲前壬亂時　사백여 년 전 임란 때
比所定着避亂處　이곳에 피난처로 터 잡을 땐
倭兵不知深奧地　왜병도 모르고 지난 산골 오지였었지
流轉歲月山變街　세월은 흘러 산이 거리로 변했구나
齋室擁衛宗山麓　재실을 부축한 앞뒤 종산 기슭에
業號爲稱鳥瞰圖　그 이름 이르기를 조감도라 지었으니
飛鳥欲休安息處　날짐승도 쉬고픈 아담한 카페 쉼터
衆人樂訪展無窮　뭇사람이 즐겨 찾아 무궁발전 있으리라

甲午仲秋 直長公宗中 顧問 學彦 撰

문중 어른께 받은 축시다. 청주 한씨 내력을 조금 더 알게 되었다.

머리말

　인생은 여행旅行이다. 한자로 보면 나그네가 다니다라는 뜻이다. 그리고 보면 어디가 고장이고 어디가 다른 고장인지 분명하다. 그렇다고 철학적 말로 심각하게 머리말을 적으려고 하는 것은 아니다. 하루 삶을 어떻게 보람되고 알차게 보내느냐가 전체 여행의 결과가 된다. 여행은 쉬운 것이 아니다. 힘들고 어렵고 지친다. 그 힘든 일을 잘 완수할 때 기분 또한 만끽한다는 것은 분명하다. 하루 여행을 적어 나갔다.

　커피를 두고 적은 글이다. 그러니까 인생의 동반자는 커피다. 커피와 함께 볶고 분별하고 분쇄하고 추출하며 마셔 본 이야기와 커피와 더불어 나에게 일어난 일을 적은 것이다. 앞에 책을 여러 권 낸 바 있다. 물론 커피와 함께 한 나의 일기가 모두 소재다. 인생도 짧은 것인데 하루는 얼마나 짧은 것인가! 이제는 총알처럼 가는 하루다. 하루에 처리하는 일은 해가 거듭할수록 많다. 많은 일감 속에 업계의 장은 스스로 바빠야 한다. 그 바쁜 일상에 무엇보다 크게 관여하는 것은, 업계의 장마다 가치관을 달리 두겠지만 나는 독서다. 물론 하루가 어떻게 가는지 모를 정도로 일이 너무 많다. 커피 교육과 배송, 상담, 업체탐방, 상가분석, 대금관계와 소소한 카페 일까지 모두 해야 한다. 그 와중에 또 해야 하는 일은 독서다. 읽어야 나의 철학이 나온다. 철학은 나의 가치관을 정립하며 가치관은 내 삶의 뿌리다. 나의 삶의 줄기와 이파리는 모두 그 속에서 나온다. 한 나무가 온전히 서는 것은 뿌리가 건실해야 함은 두말할 필요가 없다. 매일 읽고 쓰는 것이야말로 하루 즐거움이라면 일은 모두가 즐겁다.

책제목을 어떻게 할까 한 며칠 고심했다.

카페 일지다. 책 제목은 '가배도록珈琲道錄'으로 하고 부제목은 '카페의 소소한 일기'로 하겠다. '소소하다'의 뜻은 작고 대수롭지 않은 일을 말한다. 그러니까 일기는 개인의 사생활이며 하루 있었던 일을 정리한 기록이다. 가배도록이란 가배는 커피의 음역어다. 부수 자가 임금 왕王 자가 있고 입 구口 자가 있다. 전자는 일본식 표기방법이고 후자는 중국식 표기방법이다. 나는 전자를 택했다. 커피는 중국보다는 일본에서 건너온 게 역사적으로 보아도 맞지 싶어 그렇게 했다. 도록이라는 말은 걸은 길을 기록 하다는 뜻이 있지만 여기서 도道가 들어감으로써 제목이 약간 무거워지는 것도 사실이다. 왜냐하면, 노자의 도가 사상이 묻어 있다.

일기는 하루 생활을 성찰한 것이다. 일종에 덕에 가까우나 도라 해도 되겠다는 것이 나의 억지 주장이다. 그러니까 노자가 말하는 도는 자연이며 만물이다. 그 결과 생겨난 것이 덕이다. 도는 모든 것은 안으며 모든 것을 낳는다. 우리는 어머님으로부터 이 세상에 나왔지만, 다시 어머님께 돌아간다. 어머님은 나를 낳은 자연이다. 물론 노자의 말이다. 도道는 내가 걸어가는 길이지만 어찌 보면 그렇게 걸어가라는 미리 계획된 일일지도 모르겠다. 모든 행위는 넓게는 자연이기 때문이다. 그러니까 의지도 자연으로 보는 것이다. 사람도 자연의 하나이기 때문에 도라는 의미를 썼다. 그래서 지나간 하루를 생각한다. 생각한 하루를 기록한다. 그래서 도록이다.

짧은 일기에 더 짧은 시도 한 편씩 써서 넣었다. 7·5조 형식으로 그날 있었던 일이나 느낌 또는 마음을 표현했다. 7·5조 하면 김소월이 대표 시인이다. 소월 시집을 읽은 지 꽤 되었지만, 우리나라 말은 그 율격에 맞아 부르는 곳곳 운이 따른다. 읽는 맛을 생각했지만, 정형시라 구태의연한 문학 형식에 따가운 눈초리로 관심 잃지 않을까 걱정도 된다. 하지만 젊은이를 생각하면 재미고 가벼운 일기라 삶의 욕구 또한 불러일으킬 수 있지 않을까 하는 생각도 있다. 하지만 이 모든 것이 속을 들어 내놓는 것이라 우습기만 한다. 책이라고 내는 것이지만 나는 하루 즐거움이었다. 이 즐거움이 없었다면 마냥 춘추 전국시대만큼의 혼란스러운 커피 시장에 나는 하루도 걸을 수 없었을 것이다. 부끄럽지만 이 일기를 세상에 내놓는다.

덧붙이고 싶은 말이다. 좁은 국가 좁은 고장에서 작은 카페에 함께 삶을 엮어나가는 동료 오미영 선생, 강미라 선생, 구성택 선생, 서용준 부장, 배미향 선생, 석훈도 점장, 박정의 실장, 박예지 실장, 정동원 군, 이제 중3 오르는 하경모 학생에게 고맙다는 말을 하고 싶다. 모두 커피를 사랑하는 분이다. 경산의 대표 상표로 카페리코, 카페 조감도 가족으로 찾아오시는 고객께 더욱 분발할 것이다. 모두 바리스타 자격증을 취득했다. 커피는 커피만 커피가 아니라는 것을 하루가 다르게 깨닫는다. 우리는 모두 이에 학생이다. 이 책은 어쩌면 신하가 더 나은 세상을 갈구하는 뜻에서 군주께 올리는 상소 같은 것이다. 커피를 두고 더 바르게 행함을 우리 고객께 말씀 올리는 것이다. 진정한 카페 주인은 다름 아니라 커피를 알아주고 찾아주시는 손님이다. 두 손 모아 이 책을 올린다.

작은 鳥瞰圖에서

鵲巢 씀

珈琲道録

Contents

개업준비 開業準備

鵲巢日記 14年 08月 10日

아내는 새벽 5시 귀가, 두 시쯤 눈 좀 붙이다가 허전해서 깬 시각이 4시, 그 이후로 줄곧 잠을 자지 못했다. 아내는 조감도 신규 개업일 때문에 메뉴 개발로 밤을 새는 경우가 요즘 들어 잦다.

책 보기에도 그렇고 누워서 TV 영화 프로그램 두 편 보았다.

아침은 국밥집에서 먹었다. 아내와 함께 갔다. 엊저녁에 김치찌개라도 해 놓을까 했는데 그만 아무것도 하지 못했다. 마땅히 먹을 만한 찬거리도 없어 길 나서게 되었다. 그러고 보니 일요일이면 여지없이 국밥집이 되고 말았다.

엊저녁에 세빠를 만났다. 세빠는 여기서 교육받아 커피집 개업한 후배다. 음악을 전공했으며 지금은 카페를 운영하면서 간간이 음악을 가르치기도 한다. 조감도 개업 때 밴드를 초청해서 도움을 받을까 싶어서다. 개업식은 토요일로 잡을 것이며 식순은 개업을 알리는 인사말과 임원소개, 축시, 축가, 그리고 클래식 몇 곡으로 맞출까 싶다. 마침 세빠의 애인, 모모 씨가 함께 있어

상담할 수 있었다. 그렇게 해 주기로 했다.

아침, 성당 옆 조감도에 있을 때였다. 전에 세차장 땅 부지가 팔리고 나서 곧장 건축하는 모습을 지켜보고 있는데 전에 이 건물 골조를 세울 때 일했던 어른 한 분 뵈었다. 이번에도 골조만 담당하며 간혹 카페에 오신다. 삼성현로에 카페 조감도 신축을 하게 되었다고 말씀을 드렸다. 어른의 전화번호를 직접 물었다. 혹여나 모를 일이다. 직접 건축에 나설 일 또 있으면 대비하고자 전화번호를 입력해놓았다.

장 사장이 현장에 나와 있길래 잠시 보았다. 함께 청소하다가 점심시간 점심 먹기에는 이른 듯해서 콩국수 집에서 차 한잔 마셨다. 개업에 관한 이야기를 논의하며 건물 외곽이 바깥에서 보면 여간 깜깜하고 해서 전기사장 들어 건물 외부 표시만큼 LED 램프로 선을 건물옥상에다가 만들자고 했다. 그러니 장 사장은 무슨 휴대폰 가게냐며 반문한다. 다른 방법을 꾀하려니 전기료가 만만치 않을 듯해서 이게 제일 나을 것 같다며 얘기했다. 차 한잔 마시고 장 사장은 쉬어야겠다며 집으로 갔다.

일요일이라서 작업 인부들이 나오지 않는다. 이제는 거의 마감이 다 나온 셈이다. 오전 11시쯤에 와서 오후 5시까지 청소를 했다. 100평은 어떻게 표현할 수 없을 정도로 넓다. 웬만한 사람은 청소하기에 버거운 평수다. 화장실 남자 변기와 여자 변기만 닦는데도 거의 두 시간이다. 그간 작업하며 인부들이 마구 사용한 흔적을 지우는 데 만만치 않게 힘들었다. 처음에는 고무장갑

끼고 했는데 시간이 지나자 이것도 편하지 않아서 맨손으로 **빡빡** 닦았다. 2층 마룻바닥과 바닥을 닦았으며 난간과 철 부분 곳곳 닦았다.

내일은 중요한 기계 몇 대는 설치 해도 되겠다. 아침나절에 장 사장 잠깐 뵈었을 때 일이다. 간판을 언제 달 거냐고 물었더니 내일 단다고 했다.

한동안 비가 안 오다가 연일 비 오는 것을 본다. 아직 남은 작업이 그래도 몇 있음인데 사고 없이 무사히 지나가길 바랄 뿐이다.

밤늦게 콩 볶았다. 조감도에 볶아놓은 콩이 다 판매가 되어 내일 쓸 콩을 볶게 되었다. 본점, 내리는 비를 보며 로스터기 돌린다. 둘째 녀석도 함께 지켜본다. 새로이 개장하는 조감도에 관한 메뉴와 메뉴 북과 또 함께 일할 직원에 관한 생각을 했다.

밤늦게

밤늦게 볶는콩은 내님 위해서
보름달 따로없는 향기 가득한
희끗희끗 날아가 피어 올라라
그리운 내님께서 마음 닿아서
향따라 찾아오는 발에 감겨라

鵲巢日記 14年 08月 11日

새로운 가족이 오늘부터 함께 하게 되었다. 젊은 친구다. 바리스타 교육을 여기서 받았으며 바리스타 자격증까지 취득한 모 군이다. 몸매 좋은 남자다. 귀엽다. 원래는 8월 초부터 함께 하기로 했는데 개장이 자꾸 늦어 오늘부터 일하기로 했다. 신축 조감도에 이것저것 청소를 함께했다.

이른 아침부터 전화가 왔다. 한성과 덤웨이터와 닥트공사측이다. 덤웨이터는 그대로 사용하기로 했다. 한성에서 오셔 드립 바bar 바로 뒤쪽 계단식 장을 짜 넣기 위해 발주 넣었던 철재를 붙였다. 그리고 건축할 때부터 몇 안 되는 하자보수를 오늘에서야 볼 수 있었다. 뒤에 목재소 사장도 불러 사이사이 목재를 넣어야 해서 치수를 재 가시도록 부탁했다.

본부에 들어가 여기 설치할 기기를 챙겨 직원과 함께 실어 가져와 놓았다. 설치는 내일 할까 보다. 우선 무거운 기계만 들고 옮겨놓았다. 하부냉장고와 하부냉동고 그리고 몇몇 주방 기계를 주문 넣었다. 마침 학교 앞 모모께서 창업하기에 그 기기도 함께 주문 넣었다.

오후 간판장이가 왔다. 높이 근 5m 높이다. '카페 조감도' 간판을 올렸다. 높게 올라간 이름만 보더라도 가히 웅장했다. 그 옆에는 솟대도 하나 붙여서 슬로건인 '새가 바라보는 세상'을 분명히 했다. 솟대는 농가에서 풍년을 기대하기 위한 하나의 염원으로서 세운 장대다. 나 또한 풍성한 기대를 바라며 마음으로 빌며 하늘 바라보았다. 아! 하늘 깊다. 이제는 가을이 오는가 보다.

전기 사장은 일찍 퇴각했다. 필요한 자재가 몇몇 없는 것도 있었어, 주문한 등이 오지 않은 것도 있었어, 내일 다시 들르겠다며 돌아갔다. 등 하나 고르는 것도 고민이었다. 장 사장께서 몇몇 개 추천해주었지만 돈 생각하니 고를 수 없었다. 장 사장 보고 알아서 넣어 보시게 하며 한 마디하고 말았다. 계단 쪽은 깊어서 아래층 위층 터인 공간은 또 뭐라고 했는데 거저 싼 자재 아무거나 박고 싶었지만 내부공간미다. 눈 감고 있는 게 더 편할 것 같아서 너무 비싸면 안 되니 알아서 넣어 주시게 하며 일축해 버렸다.

주차선 긋기 위해 한성에서 보낸 어른 한 분 오셨다. 대충 어떻게 해야 하며 어떻게 그어야 하는지 말씀드렸다. 아마도 날씨가 맑으면 먹줄 놓을 것이다.

밤 분위기 보기 위해서 신축 조감도 현장에 두 번이나 오갔다. 작업해 놓은 전기 조명과 조도를 보기 위함이었다. 주방에 제빵기 다루는 곳은 밝아서 그런대로 괜찮았다. 좌석 곳곳은 조금 어두워서 조명을 한 개씩 더 넣기로 했다. 그리고 1, 2층 공간 트인 곳은 밝은 형광등 같은 것을 했으면 싶은데 전문가 입장에서는 또 다른 의견을 제시한다. 그래, 이곳은 카페다.

주차장 본다. 밤에 건물을 비춰주는 조명과 주차장을 환하게 보일 수 있게 끔 투광기 두 개는 달도록 했다. 아무래도 전기 작업 추가비가 좀 나올 듯싶다.

솟대 세우며

새세마리 묶어서 맘담은 솟대
손짓하며 오라는 굳은 저눈빛

오며가며 꿈처럼 와서 즐거운
일상의 뒤섞은일 모두 벗고서

틀에짜인 바늘을 비틀려 보자
비틀린 혁명으로 희망 안으리

묶은새 바라보며 묵은땀 벗어
꿈가득 솟대처럼 하늘 나르리

鵲巢日記 14年 08月 12日

주차선 긋기 위해 이른 아침 인부 3명이 왔다. 철 자재 둥근 파이프도 몇
본 가져왔는지 샐 수 없을 정도로 겹겹 마당에다가 재 놓았다.
나는 이른 아침부터 유리창을 닦았다. 엊저녁에 그러니까 밤이었다. 조명

을 보기 위해 몇 번 와볼 때였는데 멧새 한 마리가 들어와 있는 모습 보았다. 오늘 아침 괜히 그 새가 어디 있나 하며 천장을 자꾸 눈여겨보기도 했다. 아무리 보아도 새는 없었다. 간밤에 바깥으로 날아갔나 보다.

청소하고 가면 그 다음 날은 또 새똥이 발견되기도 한다. 아직은 내부의 탁한 공기 때문에 이 층 창은 열어놓고 간다만, 그때 새가 들어오나 보다.

목재소에 다녀왔다. 목 작업 진행사항을 보았다. 목수께서는 오늘도 출타 중이었다. 사업자등록증을 내기 위해 보건소에 가, 위생증을 받았다. 시청에 가서 영업신고증 내기 위해 들렀다만, 소방면허를 받아야 하니 그만 암담했다. 소방서에 들러 면허받기 위한 절차를 들었으며 면허대행업체에 전화했다. 두 명이 신축 조감도에 오기까지 30분, 그분과의 대화가 3시간 가까이 나누었다. 다리 힘 죽 빠졌는데 쓰러질 것 같았다.

몇 군데는 뜯어야 하며 몇 군데는 보수작업을 해야 한다. 또 몇 군데는 방염처리를 해야 하고 또 몇 군데는 방염 필름을 발라야 한다. 비상구도 새로 만들어라 하는데 들어가는 입구에서 우측 큰 창을 하나 뜯기로 했다. 물론 그 전에도 익히 알고는 있었지만 실지 내가 겪어보니 참 웃음 아닌 웃음이 일었다. 건축법과 소방법? 그래 누구를 탓할 것인가! 그에 맞게끔 다시 공사하기로 했다. 이달 말쯤에 정식 개업하겠다며 마음먹었던 일이 수포로 돌아갔다. 언제 개업을 할지도 미지수가 되었다.

자금이 동난 지 오래되었다. 어떻게 해야 하나! 모레면 직원 월급날이고 또 어디서 돈을 끌어와야 하는가! 시간은 돈이었다. 시간과 인부와 자재와 그리고 내가 누려 할 시간까지 블랙홀처럼 삭 말아 들어간다. 피를 말린다. 피를, 이렇게 힘든 일이었다면 애초에 시작하지 말아야 했음을 여실히 깨우치며 깨닫는다. 머리를 깡그리 쥐어뜯고 싶은 심정이다. 내가 왜 그랬나! 미쳤지 정말 미친놈 따로 없다.

오늘 산이 무엇인지 새삼 느꼈다. 힘 다 빠지고 기 다 사라진 후, 내가 더 올라야 할 곳이 산이다. 산은 아무런 대답도 없으며 그렇다고 친근하게 어떻게 하라는 조언 같은 것도 없다. 혼자서 가 돼 쓰러지면 누구 하나 알아주는 것도 아니니 끝까지 완주해야 내 사는 것이니 그곳이 산이다. 개점을 해야 한다. 무엇이 어떻든 간에 개점을 해야 한다.

아! 정말 눈물 날 정도로 힘들다.

산길

산타며 오며가며 다니던 학교
진달래 아카시아 꽃가득한 길
소싯적 힘들어도 반겨주던 길

이제는 오를수록 산만 높아서

하루가 금쪽같아 근심만 가득
실타래 풀며가는 기구한 산길

鵲巢日記 14年 08月 13日

주차선 긋기 위해 인부 2명이 왔다. 장 사장이 이른 아침 현장에 나와 있었다. 목수 천 사장께서도 나왔다. 어제 소방 관련 일 때문에 나오게 되었다.

오래간만에 촌에 다녀왔다. 아버님, 어머님 뵈었다. 가기 전에 어머님께 전화를 드렸더니 우유와 커피 그리고 국수, 율무차 사가져 오라 하신다. 어머님이 끓여주신 국수를 먹었다. 새로 개업하는 건물에 관한 이야기를 물으시는데 아무 걱정 없이 잘 되고 있다며 안심 드렸다.

오후 문중 총무께서 현장에 왔다. 개업이 자꾸 늦어지니 확인 목적으로 오게 되었는데 소방과 건축에 관한 여러 가지 의문사항을 물었다. 속은 타들어 갔지만, 상황을 또 설명했다. 한성에서도 오시었는데 비상구 문제에 대해 의논을 가졌다.

바깥 유리 일부분을 닦을 때였다. 철재 작업을 했던 '대장간'에서 다녀갔다. 위 마감이 끝난 철재 부분을 자르고 들어내는 작업을 설명했다.

소방면허 대행업체에서도 다시 왔는데 이번에는 1층과 2층 나무 목재 마감 부위 회비를 계산해서 방염 페인트가 얼마나 들어갈 것이며 또 어떻게 칠해야 하는지 설명을 들었다. 방염필름에 관한 것도 설명을 들었는데 방염 필름 부착된 것을 사, 돼 사기전에 그 필름을 사진 찍어 문자전송을 먼저 부탁을 했다. 언제 출고가 되었는지 그러니까 오래 된 것은 허가받기 위한 효력이 생기지 않으니 확인을 먼저 하겠다고 했다.

저녁, 강 교수님 코나 안 사장님과 저녁 겸 소주 한잔 했다. 옥산 2지구 충무항 횟집이었다. 선생님께서 부르시어 오게 되었지만 횟집 참 오랜만인데다가 소주도 몇 달, 아니 생각으로는 일 년쯤 된 듯 느꼈다. 커피에 관한 이야기를 나누었으며 사회에 관한 이야기도 있었다. 옥산점에서 커피 한잔 마셨다. 마침 점장께서 계신다. 아이스 아메리카노 세 잔 마셨다.

자정, 썰렁한 본점에 들렀다. 점장 혼자서 이것저것 마감보고 있었다. 컵 닦는 모습을 보니 커피 한잔 마시고 싶었으나 거저 미소만 지었다.

비가 내린다. 그렇게 많이도 아닌 것이 봄비처럼 추적추적.

비 내리네

깜깜한 비내리네 금쌀같은 비
한발짝 떼며걷는 무거운 걸음
한숨쉬며 걸어도 빛을곳 없는
바위같은 어둠에 가득담은 밤
송곳처럼 혼자서 훌쩍 마시네
비오네 총구같은 둥근달 없이
추적추적 비와서 혼자서 걷네

鵲巢日記 14年 08月 14日

어제 아침 지져놓았던 김치찌개를 데워서 한 끼 먹었다. 두 아들은 방에서 자고 있다. 방학이라서 통 아침 일찍 일어나는 모습을 볼 수 없다. 하루 세 끼 밥 한 끼 같이 먹는 시간이 없다. 비 내린다. 천장에 비 떨어지는 소리가 가벼운 북소리처럼 들렸다.

아침 본점 개장할 때였다. 경계망 풀고 들어가는 데 왼쪽 계단에 사람이 서 있었다. 나는 너무 놀라서 화들짝 몸을 추슬렀는데 헛것이었다. 이 층에 올라

전등을 켰는데 바깥 베란다에 발걸음 소리가 너무 선명하게 들려서 나는 뭔가 싶어 베란다 문을 열었더니 빗방울이 아크릴 판자에 똑똑 떨어지고 있었다. 아마도 본점 직원이 떨어지는 빗물이 새어 들어오는 것을 미리 방지하기 위해 문틀에다가 끼워 붙여 놓았나 보다.

비가 내리고 있는데도 현장에는 많은 인부가 와 있었다. 전기 사장과 그의 기사들 한성 사장과 직원 장 부장, 장 사장, 주차선 긋기 위해 잠시 들렀던 아재들, 하지만 비가 오니 바깥에 일은 천상 다음으로 미룰 수밖에 없었다.

점심이 다가오자 본부직원과 새로 들어온 젊은 직원이 왔다. 모두를 데리고 소고기국밥집에 가 점심을 함께 먹었다. 가족이다. 네 사람이 한 테이블 앉아 마주 보며 또 옆에 앉아 이렇게 먹을 수 있다는 것이 얼마나 행복한 일인가! 정말 이 국밥 한 그릇뿐이다. 명예도 돈도 권력 같은 것도 필요 없다. 꾸준히 안정적으로 먹을 수 있는 식사 한 끼, 안전하게 편안하게 먹을 수 있는 여유를 갖는 것 말이다.

언제 내님 오시나

우산을 받쳐들고 가시는 손님
높다란 고무장화 신은 아가씨
가방을 둘러메고 뛰어간 학생

담배물고 한걸음 떼며 두걸음
어디에 가시는가 동네 아저씨
언제나 기다리는 그윽한 손님

마무리가 덜 된 전기 작업을 했다. 내일은 소방 관련 일을 하겠다고 한다. 텔레캅에서 와서 경계망을 설치했으며 카메라 여섯 대 중 다섯 대는 붙였다. 한 대는 바깥에 설치해야 하는 데 비가 오니 다음으로 미루었다.

덤웨이터 전기담당 기사가 와서 전기를 이어놓고 갔다. 목재소에 다녀왔다. 오늘은 목수께서 계신다. 작업해 놓은 가구를 본다. 행색은 남루하지만 어쩌면 이 일이 더 즐거운 일이겠다며 생각한다. 나도 남루한 매무새로 목수 뵈었지만, 나의 기술은 무엇인가?

장인

똑딱똑딱 망치질 쓰윽 대패질
소복하게 눈처럼 쌓은 손솜씨

작은장도 큰장도 어느 궤짝도
손만닿으면 척척 예술가 임네

오랫동안 난을 보지 못했다. 한 며칠 된 것 같았다. 우연히 서재에 책 한 권 집으려다가 창가에 올려놓은 난을 보았다. 난 잎이 하얗다. 작은 것에 너무 소홀하지는 않았나! 지난번 영화가 자꾸 생각나는 밤이다. '역린' 작은 일도 무시하지 않고 최선을 다해야 한다. 작은 일에도 최선을 다하면 정성스럽게 된다. 정성스럽게 되면 겉에 배어 나오고 겉에 배어 나오면 겉으로 드러나고 겉으로 드러나면 이내 밝아지고 밝아지면 남을 감동시키고 남을 감동시키면 이내 변하게 되고 변하면 생육된다. 그러니 오직 세상에서 지극히 정성을 다하는 사람만이 나와 세상을 변하게 할 수 있는 것이다.

자정, 본점장으로부터 긴 문자가 전송됐다. 어려울 텐데 고맙다는 인사말이다. 가슴이 벅차올랐다. 아무것도 아닌 것 같아도 힘이 생겼다. 의욕이 일었다. 말 한마디가 천 냥 빚 갚는다고 했는데 말 한마디가 나에게 용기를 심었다.

鵲巢日記 14年 08月 15日

작업이 끝난 철 계단을 자르고 옆에다가 옮겨 놓았다. 자르는 모습을 잠시 지켜보다가 마음 아려서 자리를 피했다. 뒤 이야기 들으니 장정 7명이 들어서 옮겼다고 한다. 그만큼 철이 무거웠나 보다. 철 계단을 들어내니 바깥이 흔히 보이기는 한다만, 내부 실용적 업무를 보기 위해서는 어쩔 수 없는 일이었다. 소방 관련 설비를 하기 위해 전기사장과 그의 기사가 나와 일했다.

8월도 딱 반이 지나갔다. 이달 말, 개업하겠다며 진행한 일이었다. 많은 변수가 생기는 것도 사실이고 그 변수에 마음 또한 약해지는 것도 사실이다. 어쨌든지 문을 연다고 마음먹는다. 홍보 마케팅 차원으로 만든 시화보도 일정에 차질 없이 내기 위해 기획사에 전화 넣었다. 사진을 넣고 나면 책이 나오는 데는 며칠 걸리는지 물었다. 3일이면 나오지만 4일이나 5일 정도 여유를 달라고 했다.

집기 일부가 들어왔다. 하부냉장고와 하부냉동고, 간냉식 냉장냉동고, 제빵기계와 숙성실이 들어왔다. 소파가 들어왔다.

서울서 손님이 내려오셨다.

1. 먼데서 오신 손님
먼데서 오신 손님 시마을 손님
무궁화 타고 가요 많이 늦어요
오후 다섯시 십분 경산역 도착
역전에 나와 서서 연착한 손님

2. 소중한 손님
글이며 사업이며 나눈 얘기들
커피와 빵과 빙수 앉아 먹으며
녹녹한 향은 올라 훈훈합니다
먼데서 이리 오셔 소중한 손님

추석이 다음 달 초에 있다. 팔월도 다 간 것 같다. 귀뚜라미 소리가 환청인
지는 모르나 들리는 것 같고 에어컨 바람이 아니라도 문만 열어도 밤바람은
시원하니 가을이 왔나보다. 벗 이파리도 노랗다가 떨어진 것도 보이고 가을
꽃도 보이니.

1. 서늘한 바람
서늘한 바람 불어 가을인 갚다.
아침에 저녁에도 움츠러드니
움츠러드는 것은 몸만 아니라
마음도 바짝 붙어 가을인 갚다.

2. 어깨동무
어깨동무 구름은 모양이 없어
맞추고 살아가기 어렵다 해도

바람 몰며 앞서며 이끌며 가면
푸릇한 구름이라 어깨동무네

3. 밥 먹어도
밥 먹어도 안에는 편치 않아서
목구멍에 안에도 얹힌 듯하다.
하는 일 이리 많아 속 편치 못해
포도청에 뒷문도 맺힌 듯하다.

鵲巢日記 14年 08月 16日

오전 7시 대구대 카페 공사 현장에 간다. 7시 30분에 약속한 시간을 맞추기 위해 일찍 나선다. 아내, 오 샘과 함께 갔다. 오 샘은 아무래도 생각이 남다를 것이다. 다문화가족의 교육 프로그램을 맡아서 이미 많은 학생을 가르쳤고 이곳 카페에 일할 인재를 키웠기 때문이다.

카페 공사에 전기와 설비, 그리고 집기 위치에 따라 무엇이 필요한지 오늘부터 투입한 목수 책임자께 일러 드리기 위해 왔다. 방학이라서 교정이 조용했다. 더구나 이른 아침이라서 움직이는 차나 다니는 학생도 보이지 않아 더욱 조용했다.

현장에 와서 바bar 위치를 봐드렸다. 전기용량과 집기 치수에 관한 이야기도 드렸으며 설비를 어떻게 해야 하는지 말씀드렸다. 이것저것 이야기 끝난 시각, 8시 아내와 함께 국밥집에 갔다. 국밥집은 아침인데도 많은 사람이 북적거렸다. 국밥 한 그릇 하면서 카페가 이처럼 사람이 많이 찾아온다면 얼마나 좋을까 하며 한 숟가락씩 마음을 담았다.

오전 10시 본점에서 커피문화강좌를 개최했다. 오늘도 새로 오신 분 꽤 있었다. 교단에 서서 첫인사를 하며 커피와 교육방법을 설명했다. 지금 현 커피시장을 이야기하며 앞으로의 꿈을 이야기했다. 모두가 눈빛 초롱초롱하다. 실습은 본점장 구 선생께서 맡아 진행했다.

새로 지은 조감도에 함께할 석 점장도 얼마 전에 바리스타 자격증을 취득한 중학생 경모도 와 있었다. 경모가 드립한 커피 한 잔을 마셨다. 이제는 제법 내리는 모습도 맛을 우려내는 것도 일품이다.

본부에 일하는 직원이 몸이 꽤 불편한가 보다. 어제 기계 옮기며 일한 것이 조금 무리가 되었던 모양이다. 문자가 왔다. 오늘 하루 쉬어도 되는지요? 토요일이고 해서 쉬라 했다. 오전 청도 지역만 두 건이 접수되었다. 산동과 산서, 하나는 체인점 하나는 교육생이 개업한 카페다. 또 한군데는 진량이다. 배송 나갈 커피 챙겨서 차에 싣는다. 산서로 먼저 나선다. 시원히 뚫린 도로라 마구 달리면 안 되겠다. 벌써 딱지가 몇 개인가! 마음 급하다 해서 서두르다가 도로 헛일 하는 경우가 많다. 오늘은 정말 가을 하늘 만끽하며 여유롭게 달렸다. 음악도 틀면서.

그래, 여행이 따로 있나? 뭐! 그냥 즐기며 느긋하게 가는 거다. 마음 졸이며 살 이유도 없지만, 오늘 죽는다 하면 모든 것이 급한 일은 아무것도 없다. 내가 못하면 누가 하겠지 하며 달렸다. 정말 자연이 눈에 들어왔다. 높은 산이, 죽 뻗은 도로가, 가로수가 뻥 뚫린 터널이, 씽씽 바람 소리가 들렸다.

가는 길 여행이라 심려치 말자
보는 곳 마음담아 하루 느끼자

빠른 세월 남달리 느끼는 것도
오는 길 먼저놓은 마음이 있다

체인점에 커피를 가져다 드리고 산동, 가비로 간다. 운문사 쪽이다. 여기서 가는 길도 30분은 족히 되는 거리다. 청도는 어디를 가도 자연경관이 볼만하다. 산들이 모두 높아서 눈이 피로하지가 않다. 아직도 휴가를 즐기며 오는 사람이 많은가 보다. 평상시 같으면 도로가 한산할 텐데 막히지는 않으나 차가 제법 많다. 계곡이나 물이 좋은 곳은 여지없이 텐트촌이다. 운문댐도 이제는 물이 꽤 찼다. 가뭄으로 댐 수위가 아주 낮았는데 이제는 제법 올라온 수위를 본다. 이레저레 가비에 도착했다. 소스와 커피와 다른 물품을 내려 드렸다. 주말이라 그런지 앉을 자리 없이 손님으로 가득했으며 주말 아르바이트생도 두 명 보였다. 점장께서 미소로 반겨준다. 참 반갑기만 했다. 교육받을 때도 창업할 때도 이렇게 영업하는 모습도 줄곧 보고 있으니 마음 뿌듯했다.

　오후, 조감도 공사장에 간다. 아직 끝나지 않은 일에 신경만 쓰인다. 청소기도 돌려보고 걸레질도 하며 전기사장 하는 일, 따라다니며 청소를 했다. 서재로 쓰겠다고 짠 목제가구도 들어왔다. 100평 가게도 가구가 하나씩 들어오니 그리 넓은 것도 아니다. 주차선 그었다. 오늘로서 마감이다. 해 떨어질 때쯤 건물 뒤쪽에서 사진 한 장 담는다. 홍보 책자용으로 쓰기 위함이다.

　밤늦게 성당 옆 조감도 마감하고 사동 조감도 공사장에 간다. 아직 소방 관련 일로 오늘 자정을 넘겨야 끝을 볼 수 있다고 전기사장은 말한다. 시원한 커피 한잔 대접했다. 9시쯤 넘어서니 옆집 오리집이 마감했나 보다. 사장께서 오시어 이것저것 대화를 나누었다. 내부공사비가 많이 들었다고 하니 이해를 한다. 사장께서도 가게를 얻고 내부공사비에 상당히 많이 썼음을 이야기한다. 아마 커피집이 이곳에 들어왔으니 그리 나쁘지는 않을 겁니다, 하며 위안을 한다. 말씀만이라도 고마웠다.

　옆집 사장님과 대화 나누다가 알게 되었다. 청주 한씨에 관해서 들었는데 조선 초 계유정난의 공신이며 좌의정, 영의정 지낸 한명회가 있었다.

鵲巢日記 14年 08月 17日

아침, 다 식은 밥 한 공기와 김치, 그리고 언제 산 것인지는 모르겠지만, 메추리알 장조림을 밥상 위 얹어놓고 밥 한 끼 먹었다. 솔직히 밥을 사 먹는 것도 싫지만 따뜻한 국 한 그릇은 내 마음 한구석에는 희망처럼 심었다. 내가 좀 더 여유로울 때 정말 아무것도 없을 때는 국 한 그릇 끓여놓고 밥을 하리라!

본점을 개장하고 조감도를 개장했다. 어쩐 일인지! 조감도 문 열 때였다. 오늘 교대근무 보기 위해 혜정이가 방금 나온 거다. 솔직히 너무 놀랐다. 가끔은 늦게 나오기도 해서 더구나 오늘은 일요일이라서 나는 습관적으로 늦겠지 하며 커피 한 잔 따뜻하게 내려 마실까 하며 속으로 생각마저 다지고 있었다. 출근했으니 오래 머물기도 눈치 보여 신축 조감도로 갔다.

일요일이라 아무도 나오지 않았다. 잠시 바bar에 들어가 멍하니 앉아 있다가 어제 가동했던 제빙기가 잘 도는지 열어보았다. 얼음이 가득하다. 얼음 몇 몇 개 테이크아웃 컵에다가 담는다. 정수를 담고 한 잔 마시며 어제 밤늦게 작업했던 전기 작업 끝에 생긴 쓰레기를 쓸어 담으며 그 바닥을 닦았다. 이마에 땀이 송골송골 맺는다.

한참 청소하며 있으니 장 사장이 시트지 들고 들어온다. 위층 창문에다가 바른다. 나는 바깥 유리를 닦았다. 마당 콘크리트 타설 작업할 때 튀었던 시

멘트 물이 유리에 붙어서 칼로 긁어내리며 닦았다. 높은 곳은 손이 자라지 않아 손닿는 곳까지만 닦았다. 출입문도 닦았다. 앞뒤 다 닦아 놓으니 바깥이 선하게 보였다.

점심때 있었던 일이다. 건물 뒤 묶어놓은 러시아 허스키종이지 싶은데 땅에 박아놓은 철심 채로 끌면서 카페에 오지않았는가! 순간 웃음이 났다. 이제 1년 좀 되었나! 덩치는 아주 큰 개 못지않게 자라서 힘도 만만치 않다. 전에는 끈을 풀려고 해도 잘 풀리지 않았던 거라 이왕 이리 온 김에 건물 뒤쪽으로 개와 산책 다녀왔다.

낯선 사람 보아도 짖는 것 한 번 보지 못했다. 사람만 보면 갖은 애교를 부리는 허스키, 귀엽기만 하다. 오후에 조감도에 일하는 혜정이에게 문자 보냈다. '혜정아 강아지 이름 하나 지어야 하는데 뭐가 좋을까? 러시아 허스키종인가 그렇다.' 답변이 왔다. 'ㅋ ㅋ 암컷이에요. 수컷이에요?' '암컷' '저희집 애들도 둘 다 암컷인데 코코랑 도로시에요. ㅋ 리트리버가 도로시 ㅋ 이름 고민 많이 하다 지었어요.' '아이린, 테스, 스텔라, 제이, 도로시, 등등 ㅋ ㅋ' 'ㅎ 알았네.' '또 생각나면 말씀드릴게요.'

애교 많은 이 녀석은 옆집 오리집 개다. 어젯밤 9시쯤이었나! 개와 함께 한참 쪼그리고 앉아 있었는데 사장이 나와서 얘기 나누기도 했다. 이름이 없어 그냥 나도 도로시라 부를까 싶다. 왠지 이 개가 자꾸 정이 간다. 여기 올 때마다 이 개를 먼저 본다. 다음에는 개 끈도 제대로 하나 붙여 쉽게 데리고 다닐 수 있도록 묶어 놓을까 보다.

조감도 교대근무 보기 위해 머물 때였다. 직원이 아직 퇴근하지 않아서 대화를 나누었다. 그런대로 이 좁은 공간을 잘 이겨내는 것 같아서 물은 거였다. 혜정아 너는 취미가 뭐니? 웃으며 한마디 한다. 독서나 아니면 손으로 하는 여러 가지 있어요. 그리고 보니 가끔 손으로 하는 자수라고 해야 하나, 카페에 앉아 하는 모습을 본 적 있다.

장소가 비좁고 오는 손님이 많지 않아서 가끔 사람이 미칠 때도 있다. 나는 이 좁은 공간이 좋다. 밤에 혼자 이리 앉아 있으면 많은 것이 생각이 난다. 여기는 책 보는 것 쓰는 것 말고는 아무것도 할 수 없다. 감옥 같기도 하지만 어쩌면 감옥이 아니라 내 마음의 자유를 보장하는 곳인지도 모른다. 저녁 늦은 시각 약 3시간은 말이다.

개점

잎 다 떨어져 죽은 줄 알았던 나무가
가을이 눈앞이고 겨울이 다음인데
빈 가지에 싹을 틔운다 빨리 문 열고 싶다

죽었을 거로 생각했던 메타세쿼이아 나무가 잎 다 떨어내고 싹을 틔운다. 이 나무가 죽은 것인지 산 것인지 조금 알게 되었다. 죽은 것은 갈색 이파리 단 채 마른다. 그래도 산 것은 이파리 다 떨어내고 새싹처럼 싹이 오르는 모습을 보았다. 그러니까 제일 처음 심었던 나무는 죽은 거라서 조만간 농원에 또 다녀와야 할 것 같다.

업業

창틀 부딪는 빗물 촉촉 젖는다
수만 개의 화살이 과녁 밖이다
꼭 묶은 자루처럼 눈뜬 봉사다
개천은 튼튼해서 터질 일 없다

조감도 마감 볼 때였다. 청도 점장께서 문자 보낸다. 본부장님 내일 케냐 로스팅이랑 아이스 컵 한 박스 주문될까요? 그럼요. 갖다 드려야지요. 오늘은 몇 시까지 하나요. 오늘은 손님 일찍 나가시면 10시쯤.

비가 내린다. 빗길 천천히 다녀오는 것도 괜찮을 것 같아서 길 나선다. 케냐는 어제 납품용 볶다가 몇몇 챙겨놓은 게 있어 본점에 들렀다가 케냐 싣고 간다.

鵲巢日記 14年 08月 18日

아침, 목수 1명이 왔다. 천 사장이다. 장 사장과 언제였는지 모르겠지만 천 사장에 대해서 약간의 이야기를 들었다. 국립대 모 대학을 나오셨으며 사모 님은 대학 교수직으로 일하신다고 언뜻 들은 바 있다. 그러고 보니 우리 쪽 칠을 맡고 계시는 칠장이께서는 서울대 미대 졸업이라고 했다. 그래서 한마 디 했다. 아니, 서울대 졸업하셨으면 어디 교단에 있어야 하는 거 아닌교? 하 며 물었더니 씩 웃고 만다. 대화 나누어보니 거짓말은 아닌 듯했다. 하기야, 나의 직업도 굳이 대학을 졸업해야 할 수 있는 일은 아니다. 한 마디로 커피 파는 장돌뱅이다.

지난번, 사무실로 쓰고자 만들었던 위층 오르는 철재 계단을 뜯고 가림으 로 목재로 덮었다. 거기다가 방염 필름을 바르면 마감이다. 목재 부분은 오전 까지 작업하며 끝냈다. 다시 바닥을 쓸고 닦았다. 본부에서 온 정의도 내부 청소 함께했다.

정의와 함께 농원에 다녀왔다. 정원을 만들겠다고 심은 나무, 메타세쿼이 아 한 그루가 죽어, 손 봐야겠기에 다녀왔다. 문은 열렸는데 주인장은 없다. 전화하니 곧 들어가니 기다리라 한다. 몇 분 기다리니 오셨다. 처음 심었던 나무가 죽어 보아달라고 부탁했다. 그냥 부탁하면 들어줄 것 같지 않아서 마 당에 구덩이 하나 파놓은 것 있는데 거기에 제법 큰 나무 한 그루 심어달라고 했더니, 두 사람 인건비만 주소, 하는 게다. 조금 언짢은 표정으로 마지못해 수락했다. 개업일을 일러 드렸다. 그 전에 아무 때나 해달라고 했다.

비가 억수같이 내렸다. 점심때 직원 3명을 데리고 백천에서 고등어 정식 먹었다. 식당 앞에는 남천이 흐르는데 빗물이 꽤 흘렸다. 얼마 전에 시민이 운동 삼아 걷기 편하도록 둑을 쌓고 제방 길 내었는데 그 길이 완전히 덮였다.

오늘, 중학교 개학이다. 개학하고 나면 커피실습교육이 잡혀 있어 확인 차 경산중 담당 선생님께 문자 보냈다. 안부 그리고 내일 교육일정에 관해서 묻기 위해 넣었다. 장 사장이 방염필름을 사가져 왔다.

오후 확인 차 소방업무를 맡은 대행업체에 문자 보냈다. 25일은 어떠한 일이 있어도 문 열겠다고 하니 전화가 왔다. 미리 소방 관련 허가를 받아내기 위해 서류를 넣었다고 한다. 방염 페인트가 우선 제일 급하다고 했다. 마음 같았으면 지금이라도 인부 불러서 했으면 싶은데 칠 사장께서 남해 어딘가 일 갔다 하시니 기다릴 수밖에 없다. 오후 늦게 소방서에 한 통의 전화가 왔다. 휴게 음료지요. 네. 술은 안 합니까? 안 합니다. 커피만 합니다.

장 사장께 조명과 음향기기를 알아보고 넣으라고 지시했다.

까마귀

까마귀 숭배하는
마을에서
까마귀처럼 비를 맞는다.

13인의 아해兒孩처럼
13인의 아해兒孩로
돌아온 까마귀

톡톡 서녘 노을이
모자를 쓰고 벗어도
더 붉기만 한다.

비가 오나 눈이 오나 날 맑으나 조용한 카페지만, 그래도 오늘은 띄엄띄엄 손님 오신다. 남자 손님 한 분 왔다 가시고 여자 손님 한 분이 왔다. 커피 주문 하시는 게 좀 개구쟁이 같아서 슬쩍 물었다. 고향이 여기 아니지요? 웃으며 여기 맞는데요. 왜요? 아! 네 여기 사람 아닌 것 같아서 물어본 겁니다. 시지 예요. 시지, 커피 뽑다가 웃음이 일었다. 시지면 경산 지나서인데, 나는 속으로 여기가 어디까지인가! 하며 웃음만 났다. 시지는 그러고 보니 내가 대학생 활 할 때는 경산이었다. 대구시 행정구역확장으로 지금은 대구로 들어가게 되었지만 말이다.

1. 꽃밭에
비오나 눈이오나 조용한 카페
일일이 변함없이 바라는 꽃대
웃음꽃 활짝일은 작은 꽃밭에
마음으로 이만한 공간은 없네

조감도 마감보고 본점에 갔다. 얼마 전, 밀양에 개업한 상현이 와 있다. 하도 반가워서 인사말로 야가 와 여 있노! 웃는다. 오늘 쉬는 날이라고 한다. 드디어 30일 개업이니 오라고 했다. 휴대전화기 열며 들여다보니 올 수 있다고 한다.

2.
멀다고 하면 참 먼 밀양 간 간판
힘들어도 나의 일 꾸리는 이 맛
하루 쌓아서 한 달 이어서 한 해
이름값 꼭꼭 쌓아 성공하게나

점장이 한 잔 내려준 사케라토 한 잔 마시며 하루를 생각한다. 일보고 퇴근하는 석 점장 이제 퇴근인가 보다. 인사한다. 어찌 보면 예전, 교육받고 창업한 학생은 모두 친정집이나 다름없는 곳이 이곳 본점이다. 힘들어도 찾아오는 후배가 있기에 또 힘을 받는다.

3.
우리 점장 말랐네! 밥 꼭꼭 먹어
살 좀 찌시게 했네! 아니 굶어도
더는 마를 게 없어! 웃음만 일다
잊을 수 없는 커피! 손잡고 가네

鵲巢日記 14年 08月 19日

아침 일찍 경산중학교로 나선다. 본부에 일찍 출근한 정의도 함께 갔다. 커피 실습이 모두 3시간 배정받았다. 에스프레소 기기 설치하기에는 부적합해서 드립교육을 했다. 어제 미리 여장을 챙겼던 상자를 뜯고 학교에서 준비해둔 책상에 모두 얹었다.

9시에 1교시 시작이다. 중 3학생이었는데 한 반이 30명 이상이라서 각각 커피를 추출하기에는 너무 많은 인원이기에 커피 내리는 방법을 설명하고 직접 한 잔 내렸다. 커피는 케냐였다. 내린 커피를 담당 선생님께 우선 한잔 드리고 학생들 몇몇 맛을 보게 했다.

2교시, 교내 여선생님께서도 몇몇은 자리에 앉았다. 커피 수업이라 하니 일부러 참석한 것 같다. 신선한 커피 맛을 보여드리고 오는 30일 삼성현로 카페 조감도 개장과 함께 개업식 준비했으니 오시라 했다. 거기 카페 공사 중이었는데 주인장이 누구였는지 그간 궁금했던 눈치였다.

급식시간이었는데 조금 일찍 식사시간에 들어간 것이 아니라서 많은 학생과 많은 선생을 볼 수 있었다. 줄 잇는 광경이 볼만했으며 식사 끝나고 나오며 담당 선생께 한마디 했다. 국가는 정말 대단하다고 생각합니다. 그러니까 조용히 한마디 하신다. 왜요? 하며 묻는다. 이 많은 사람을 먹여줄 수 있으니 말입니다. 솔직히 먹는 것뿐이겠는가! 입고, 타고, 잠자고, 꿈과 희망을 심으며 국민을 이끌고 가야 하니 말이다.

청도, 부산, 사동, 진량, 주문 있었다. 본부 서 부장께 맡겼다.

오후 블라인드 작업을 했는데 오샘이 색상을 고르기는 했지만 결국 장 사장이 한마디 한다. 여기에는 색상이 안 맞으니 바꿀 수 있으면 바꿨으면 좋겠다고 한다. 참 난감한 일이지만 이미 단 것을 뗄 수는 없다.

인천에서 로스터기가 들어왔다. 아무래도 택배 기사인 듯했는데 오십 대는 돼 보였다. 영주에 한 군데 더 가야 하는 가본데 대구 모 대리점에서 오는 사장이 그만 늦게 와서 엄청나게 짜증을 냈다. 주소가 도로 명 주소로 바뀌고 나서는 불편한 점도 있어 다들 찾기가 어려웠나 보다. 대 도로변인데도 그렇다.

사람이 들 수 있는 처지는 아니었다. 지게차 불러 살짝 들어서 밀어 넣었다. 기계를 넣고 보니 참! 돈이 좋기는 하다. 이 무거운 것을 가볍게 넣을 수 있으니 말이다. 잠시 들었다가 놓았는데 5만 원이었다. 불과 5분도 채 걸리지 않았다.

오리고기를 먹었다. 대구 모 대리점 사장이 저녁 한 끼 하자고 해서 그만 옆집에 머물러 한 그릇 했다. 대리점 사장 나이가 올해 스물아홉이다. 함께 온 친구도 있었는데 친구 아니면 후배인 줄 알았다. 고기 먹다가 동네 형이라 해서 한바탕 웃었다. 고기 먹을 동안 내내 동네 형으로 칭했다.

방염 필름을 발랐다. 키 큰 아재가 왔다. 콧수염도 있어서 인상이 좀 험상했다. 요즘은 콧수염을 다들 기른다. 로스터기 대리점 사장도 그 동네 형도 방염 필름을 바르고 간 아재도 모두 콧수염이 있었다. 무슨 말 한마디 건넸는데 좀 투박하게 대답하는 것도 그렇고 제 할 일 다 하고 석 간다.

문중 총무께서 전화했다. 전기증설에 관한 문제로 여러 이야기 있었다. 인감증명서는 전에 준 것이 있으니 그걸로 쓰라 한다. 두 번 걸음 하기가 어렵다고 했다.
오늘은 오리집 옆 콩국수 집 사장과 한참 이야기 있었다. 오랫동안 다 지은 건물 붙잡고 있으니 좀 답답했던 모양이다. 와서는 슬쩍 안을 들여다보고 한 마디 한다. 언제 개업이냐고 묻는다. 오는 30일이며 오후 7시 개업식 가질 계획입니다. 따뜻한 커피 한잔 드시러 오소! 했다. 그러다가 영업에 관해서 물었다. 콩국수는 투자가 얼마나 들어갔는지! 돈은 되는지! 적자는 나지 않는지 물었다. 그런대로 괜찮은가보다.

오리고기라

찾아다니며 먹는 오리고기라
먼 곳도 아닌 옆집 한술 뜨는 밥
한술 뜨는 마음은 하늘 난 오리
굳이 찾는 것보다 그냥 걸어라

鵲巢日記 14年 08月 20日

이른 아침에 칠장이 사장께서 왔다. 전에 함께 왔던 인부들은 없었고 모두 새로 본 사람이었다. 사장 포함해서 4명이 왔다. 위쪽 아래쪽 바닥에 가벼운 포 깔고 분주하게 칠하고 있었다. 주방에 우연히 보았는데 덕트 설치하는 사장도 왔다. 양철을 구부리고 매달고 나사못 박기 위해 콘크리트 구멍을 내며 일하고 있었다. 인부 1명 더 동행해서 왔다. 작업은 오후 일찍 끝났으며 칠장이만 오후 5시 조금 지나 마감하고 돌아갔다. 아마도 내일 또 와야 할 것 같다. 입었던 바지와 신었던 신발을 모두 군데군데 벗어놓았다. 장뿐만 아니라 바닥 보수도 해야 하는데 내일이면 다 끝났으면 좋겠다.

점심을 먹었다. 시지 무슨 해물 집이었는데 교육생께서 한 턱 낸다고 해서 따라갔다. 해물 찜이었는데 다섯이 먹기에는 양이 많았다. 뒤늦게 한 분 더 오시었는데 홍삼 판매원 같았다. 작은 병에 담은 홍삼엑기스를 하나씩 나눠 주시기에 마셨다. 나는 모르는 사람이었는데 그분은 나를 안다고 했다. 자기 사무실에 여직원도 나를 안다고 했는데 앉아 있기 좀 부끄러웠다. 점심은 다 먹었기에 조감도 일 보러 가야한다며 먼저 일어났다.

신축 조감도 계단에 쓸 조명이 카톡으로 사진 한 장 왔다. 포인트 잡아야 한다며 웅장한 조명기구 하나를 보냈다. 가격을 물으니 등 하나가 320만 원이었다. 조금 고민되었는데 많은 말을 놓기에도 그렇고 그냥 'ㅇ' 하나 보냈다.

영천과 시지 우드 테일러스 카페, 본점 주문이 있었는데 강 선생과 서 부장이 다녀왔다.

오늘도 비가 너무 많이 온다. 공사가 자꾸 지연되는 것도 문제지만 날이라도 맑으면 모든 작업이 빨리 마르며 굳어 제자리 다 잡혔으면 싶은데 맑은 날은 며칠이며 매일 흐리거나 비 오니 마음이 답답하다.

　인천, 동인 선생님께서 커피 주문이 있었다. 조감도 머물며 커피를 볶았다. 예가체프다. 커피 볶을 때였는데 가끔 오시는 선생님께서 문 앞에 서 있는 줄도 모르고 하는 일에 골몰하고 있었는데 인기척 하시기에 반갑게 인사했다. 주문받은 콩을 다 볶았을 때 선생님께서 생맥주 한잔 하자고 한다. 여기서 가까운 토대력 간다. 감자튀김 하나와 500cc 맥주 한 잔 주문했는데 반 잔밖에 못 마셨다.

　요즘 선생님께서는 고민이다. 정년퇴임을 하고 난 후, 무슨 일을 할까다. 무엇을 하더라도 돈이 들어가며 돈 들어서 무엇을 한다 해도 성공한다는 보장도 없는 것이라! 생각이 가득했다. 오늘은 본점에 가, 커피 한잔 마시고 가시라 해도 마다했다. 조감도 개업 때 꼭 오시라며 인사말 드리고 서로 헤어졌다.

此岸
눈꺼풀 무거워서 잠시 누웠네
누워서 일어서니 자정 지났네
피곤한 몸 일어서 땅바닥 보니
한 점 놓일 데 없는 세상이었네

鵲巢日記 14年 08月 21日

鳥瞰圖
새가 바라본 세상 어떤 것일까
바쁘고 여유 없는 삶이 아니라
하늘이며 땅이며 자연이라서
하늘 보며 땅 보며 자연을 본다

오전, 경산 중학교 커피 실습교육이 있어 여장을 꾸려 나갔다. 이른 아침에 강 선생께 나오시게 해서 함께 다녀왔다. 아래께, 실습교육한 바 있어 그런대로 잘 진행할 수 있었다. 엊저녁에 직접 볶은 케냐 커피를 사용했는데 교내 커피 냄새로 자욱하게 퍼져 선생님마다 학생마다 한마디씩 하는 얘기를 들었다. 향이 무척이나 좋다는 얘기였다.

오후, 시내에 다녀왔다. 정문 기획에 홍보용 시화보 작업 때문에 잠시 들렀다. 오 선생께서 작업한 메뉴 시안을 시화보 뒤쪽에 넣었다. 홍보용 책자로 쓰기에는 제격일 거다. 기획사 운영하시는 형님도 마침 계시어 여러 이야기를 나누었다. 시와 문학, 그리고 비평에 관한 이야기였다.

시내에서 곧장 신축 조감도에 갔다. 이때 오후 다섯 시였는데 칠장이 사장께서 이미 작업을 다 끝내고 여장을 챙기고 있었다. 칠은 모두 잘 되었다. 느낀 점은 역시나 전문가의 손길은 뭐가 달라도 많이 다르다는 것이다. 고풍스럽고 만질만질하다. 바닥의 여러 흠이 있었는데 그것도 손보았다.

성당 옆 조감도에 머물 때다. 내일 납품용 커피 예가체프 3K, 케냐 2K를 볶았는데 커피 볶는 냄새 때문인지는 모르겠다. 많은 손님이 오갔다. 내 느낌으로는 올여름 최대 매출을 올린 것 같다. 대구대 문학박사 선생도 오시어 여러 이야기 나누었는데 다음 주 개업일에 축시 낭송을 부탁했다. 흔쾌히 해주겠다고 말씀을 주시어 많이 기뻤다. 나의 시 커피 34잔, 커피 역사에 관한 내용인데 이 시를 낭송하겠다고 한다.

커피
커피 볶는 냄새가 가득 퍼지네
오가는 사람마다 들여다보네
들여다보고 그냥 가기에 뭐해
커피 한 봉 한 모금 바이 손 쥐네

내일 중학교에 쓸 커피도 볶았다. 카페 마감 보려고 문 닫을 때쯤이었는데 젊은 남녀 분이었다. 학생 같아 보여서 학생이냐고 물었는데 직장 다닌다고 했다. 커피를 다 만들고 내들일 때쯤, 자영업 한다고 했다. 커피 만들며 책 소개를 잠깐 했었는데 자기소개를 솔직히 해주었다. 유기농 과일을 판다고 했다. 아무래도 자주 오실 것 같다.

본부, 대구대 넣을 견적서를 작성했다. 서 부장께서 마감한 마감서를 확인하며 본부 일 마감했다.

鵲巢日記 14年 08月 22日

1
띄엄띄엄 오시는 단골 있었어
가게가 작다지만 있을만하다.
길 건너 큰 카페가 모양만 커서
단지 제격 다하면 바랄 게 없다.

2
중학교 수업 며칠 다녀왔더니
이제는 이 동네가 더 좁아졌다.
지나는 학생이면 넌지시 보고
들어와 인사하니 붙임 정이다.

3

마당가에 벗나무 심어 놓으니
벌써 이파리 성한 큰 나무 보네
나무 아래 소 의자 하나 두어서
앞 탁 트인 전망에 마음 텄으면

4

그릇도 젓가락도 함께 놓으니
담고 비우고 담아 넋 넋 오르다
백지 넓고 깊지만 지우고 쓰는
하루 헛되지 않아 헤아려 보네

5

졸졸 흐르는 소리 기기 물소리
꽁꽁 얼리며 얼음 떨구는 소리
제아무리 바빠도 가다듬은 길
시간 맞추어 똑똑 각 얼음 한 알

이날 날씨는 맑았다. 한 며칠 비 잔뜩 내려서 그런지 마음마저 쾌청했다.
오전 중학교 수업 다녀왔다. 3시간 수업을 연이어 했으며 점심을 먹지 못하나
했는데 점심시간이 따로 있어 식사할 수 있었다. 담당 선생님께 더치커피 두

병 선물했다. 그간 고마웠다며 인사치레다.

오후 조감도 신축에 나무 한 그루 심었다. 벚나무를 심었으며 우듬지가 마른 메타세쿼이아는 똑같은 수종으로 다시 심었다. 캐낸 나무는 뒤 주차장 한쪽 모서리에다가 옮겨 심어놓았다. 전기사장이 왔다. 메인 등 달기 위해서 왔건만 정작 장 사장이 없어 일할 수 없었다. 한성에서도 다시 와, 소방 관련법에 따라 비상구를 더 보완했다. 소방면허업체에서 와서 바bar 바닥 일부를 떼어갔다. 방염처리가 제대로 되었는지 일부 잘라 간 것이다. 소방서에서 결과만 잘 나오길 바랄 뿐이다. 솔직히 말하자면 다 된 내부공사라 구멍 난 바닥 보니 마음이 석연찮다.

인스턴트커피 주문이 있어 인근에 지사장께 다녀왔다. 고급커피인 초이스 두 상자 샀다. 사모님 잠시 뵈었는데 가까운 곳에 창고를 꽤 크게 지었다고 했다. 일부 재고는 그쪽으로 옮겼다고 했다. 본부, 권치과 분점 다수 주문이 있었지만 모두 서 부장께 맡겼다. 아마도 오늘은 혼자서 다녔을 것이다.

조감도 마감하고 사동 신축 조감도 간다. 아무래도 전기사장께서 오늘 메인 등 단다고 했으니 가보았다. 크리스털 한 알씩 꿰매며 달고 있다. 등 하나 다는 데 3시간 가까이 걸렸다고 하니 그저 반 농담 반 진담 그렇게 들었다. 에어컨을 시험 가동했다. 카페 안이 시원했다.

鵲巢日記 14年 08月 23日

1
손 많이 가는 종목 여간 힘드네
인건비 매출부진 이유는 많아
새로운 돌파구가 위험하지만
가만히 있으면은 살 길 더 없네

2
하는 일 더 쌓으면 골다공처럼
부족함은 더 많아 마음만 아파
내공 쌓는 일만은 헛되지 않게
채워서 메워 연꽃 피워 바라세

3
사랑하는 사람아 마음에 꽂아
하루 걷는 세상이 험난하여도
펼치며 열어보면 꽃은 있어라
아무리 힘들어도 사는 맛 있다

4
늙어서 추해지나 안팎 같으면
꼭 그렇지만 않다 훈훈 살가운
세상맛 아우르니 외롭지 않다
언제나 차 한 잔은 공손히 하자

5
어쩌랴 안사람은 일당백이니
이십사 시간 메여 일 생각 하니
경쟁에 목숨 줄이 간당거려도
옆에서 보는 것도 마음 아프다

6
꽃이 핀다 꽃 핀다 하늘 아래 꽃
천객만래 발 디딜 백자산의 꽃
온 동네 향기 가득 깊게 퍼져서
만인의 휴식처가 따로 없어라

7
눈길 끄는 조형물 천장에 단 등
갈래갈래 쏘는 빛 크리스털 빛
천정 별빛 밝아도 이 같지 않아

아 보고 또 보아도 눈길 당긴다

8
인부와 함께 먹는 중화 자장면
둘둘만 한 젓가락 금시 비우니
태양이 한복판에 또는 아닌들
까맣게 잊고 사는 중화 자장면

　배송은 많이 없었다. 옥곡, 청도, 진량이 전부다. 옥곡 거쳐 청도에 갔다. 주말이라 점장이 없었다. 신축 조감도 들어가기 전, 백천에서 점심 한 끼 했다. 서 부장도 자리 함께했다. 며칠 전까지 비가 와서 백천을 통과하는 남천이 있는데 수위가 어떻게 되나 해서 넌지시 보기도 했다. 물이 제법 흐르기는 해도 강둑 넘을 양은 아니다.

　신축 조감도에 갔다. 아직 내부 공사가 끝나지 않아 등 다는 것 지켜보며 청소했다. 목수가 왔다. 칠 끝난 가구를 배치했다. 점심 먹지 않았는지 장 사장께서 자장면을 시켰다. 목수, 에어컨 기사, 전기사장, 서 부장, 모두 한 그릇 금시 비웠다. 시내 카페 자리에 상담이 필요하다고 했는데 여간 바빠서 가지 못 했다.

　성당 옆 조감도에 머물 때였다. 선생님께서 오시어 커피 한잔 마셨다. 오늘은 안색이 꽤 맑아 보였다. 고민 하나 푼 듯 그런 느낌이었다. 마감보고 다시 신축 조감도로 갔다. 오 선생도 나와 있어 이것저것 정리하며 빠뜨린 물건을 살폈다. 10시 넘도록 있었는데 여 앞에 아파트 사시는 부부가 오셨다. 인사 나누다 보니 임당에 부동산 하시는 분이었다. 몇 달간 뭐하나 해서 유심히 그간 보았다고 했다. 빨리 개업하라며 말씀 주시고 가신다.

9
가만 앉아 있어도 하품이 일며
눈꺼풀까지 내려 밤은 무겁다
한 자 한 자 걸어도 피안은 먼 길
무거운 것은 진정 한 점 놓는 길

鵲巢日記 14年 08月 24日

아침을 국밥집에서 먹었다. 내일 조감도 임시 개업이다. 갖춰야 할 물품이 많아서 여러 가지 집기를 챙겨서 가져다 놓았다. 조감도 총책임을 맡을 점장과 정의가 나왔다. 아직 정비하지 않은 내부, 청소하며 의자와 탁자를 배치했다. 계단에 메인 등 달기 위해 설치했던 비계를 철수했으며 정문 메인 등을 달았다.

아침에 있었던 일이다. 뒤, 감나무에 묶어놓은 허스키 도로시가 끈 풀어서 돌아다니기에 옆집 아저씨 불러 도로시 맡겼다. 요즘 들어 자주 끈을 푼다. 힘이 장난이 아니다. 목덜미 잡고 끌어도 감당하기 힘들다. 순하기는 해도 힘은 아주 좋다.

아무리 덥다지만 신 나는 만큼
더할 바 되겠는가 손님 많아서
커피 내리고 드려 뛰어다니면
바빠서 잊은 더위 안 시원하리

본점에서 콩을 볶았다. 압량 조감도에 쓸 커피가 없어 케냐와 블루마운틴 볶았다. 체인점에 기기가 고장이 났다. 오전에 다녀오기도 했는데 오후 다시 들러 보았는데 솔 벨브를 통제하는 코일이 나간 증상이었다. 저녁에 다시 된다며 확인 전화를 받았다.

기기도 오래 쓰면 바꿔야 하네
잦은 고장 손보면 불신만 늘어
오히려 매출감소 뜸한 발길에

경쟁력 더 떨어져 일 더 힘드네

압량 조감도에 정의와 석 점장도 함께 있어 사동 조감도 출범에 노파심이지만 조언을 했다. 될 수 있으면 부담 가지 않은 말을 하려고 꽤 가렸다. 검단동 원일 가구공장에 가구 구매대금과 정원수 심은 아원농원, 가구를 만든 대우목재소에 잔금 송금했다.

일이란 가만 보면 아니 혼자라
여러 사람 갖가지 합을 이루어
하나를 갖추느니 지역사회에
보태고 돈독하여 함께 사느니

개업초청장 작성했다. 기획사에 메일로 보냈다. 엽서가 모레쯤이면 나올듯싶다.

많은 카페를 만들어 왔지만 할 때마다 느끼는 것은 흡족한 카페가 없다. 내 머무르고 마음 편하면 좋은 카페다. 어찌 보면 갈 데 많아서 좋기는 하다. 영업이 어떻게 진행되어갈지는 암담하지만 제 몫은 다할 거라 믿고 싶다. 물론 내가 의도한 바이니 나의 일 또한 열심히 해야겠다.

얼마 전에 교육받고 창업하신 시지 우드테일러스 카페 사장님과 사모님께서 찾아주셨다. 선물로 더치 기구를 들고 오셨는데 솜씨를 한껏 발휘하신 것 같다. 예쁘다. 내부공사에 관해서 여러 물으시며 답변을 드렸다. 아이스 에스프레소 한 잔씩 마셨다. 가실 때쯤 비가 좀 내렸다. 휴일이라 그런지 옆집 오리집에는 손님이 띄엄띄엄 오고 간다.

얼큰한 김치찌개 뜨는 밥 한술
더 부러울 게 없네 때는 굶어도
하늘 꽃 보며 잡은 가지런 꽃대
눈 보며 향기 맡은 사발 묻은 때

쭉 뻗은 길 혼자서 달려 보아라
가로등 참 외롭다 아래만 보니
길은 많으나 단지 곧은 길 하나
나고 가는 길 혼자 별빛도 하나

압량 조감도 마감보고 본부에 잠시 들렀다. 가볍게 저녁을 먹고 사동 조감도로 나선다. 밤길이다. 조폐창 지나며 보는 이 길, 대로지만 차가 없어 한산하다. 마지막 등 다는 것을 보기 위해 갔다.

鵲巢日記 14年 08月 25日

어느 해 다 그렇듯이 8월이면 유난히 비가 잦다. 이렇게 많이 오는 여름도 없을 것이다. 봄과 초여름만 해도 그렇게 가물었는데 이렇게 비가 많이 오다니 말이다. 아침부터 비 맞으며 임시개업 첫날, 조감도 미처 챙기지 못한 물건을 챙겼다. 그러니까 더치 기구와 관련 부자재를 차에 싣다.

본점을 거쳐 압량 조감도 문을 열어놓고 사동으로 갔다. 비 오는데도 그간 작업한 쓰레기가 건물 앞 잔뜩이었는데 우비를 입고 차에 싣는 젊음분이 있었다. 한씨 문중 땅, 세 집이 쪼로니 붙어 있지만, 어느 집 하나 문 연 곳은 없다. 사람이라곤 쓰레기 실으려고 온 청년 한 사람뿐이었다. 다 실었을 때쯤 왔는데 건물과 마당이 말끔했다. 그래도 잔잔한 담배꽁초나 잡다한 부스러기는 쓸어 담고 치워야 해서 오 샘에게 문자했다. 쓰레기봉투, 마당 쓰는 빗, 그리고 풍풍, 여기 올 때 챙겨달라며 문자 보냈다.

10시 지나자 임원들이 출근했다. 30분쯤 지났을 때 배 선생도 오시어 자리 함께했다. 몇 가지 지시상황을 내렸다. 첫째 복장 문제, 둘째 주차 문제, 셋째 호칭 문제, 그리고 영업시간 문제를 일렀지만, 교대업무 그러니까 출근과 마감업무는 누가 할 것인지 만큼은 오 샘과 상의하라고 했다.

몇 가지 지시상황을 얘기하고는 시내 기획사에 들렀다. 오는 30일 정식개업하기 위해서는 시화보 작업을 끝내야 해서 다녀왔다. 그간 사진 찍은 파일 담은 USB를 갖고 갔다. 이제 사진만 담으면 모든 것이 끝이다. 몇 달간 작업한 것이었다. 개업식 때 무료로 모두 배포할 것이지만 참 오래 걸린 셈이다.

이 일 마치고 본부로 가, 커피를 받으며 또 배송 못 나간 한군데를 서 부장과 함께 가기도 했다. 대구한의대 카페 모모에 납품 넣고 나오며 카페 조감도에 다시 들렀는데 오늘 칠 사장께서 와 계셨다. 몇몇 흠이 좀 있는 곳은 다시 마무리 작업을 했다. 오늘 가게에 누가 오시겠나 하며 생각했는데 한두 사람은 오갔는가보다. 임원이 손님 몇몇을 운운하는 것 같아 그렇게 느꼈다.

오후 본부 일 마치고 압량 조감도 일 볼 때였는데 사동이 영업 첫날인데 가만히 앉아 있을 수만은 없어서 마감하고 사동으로 가, 이것저것 보았다. 기획사 사장님도 사장의 친구도 친구의 애인도 함께 왔다. 거래선 서 사장님도 왔으며 마감할 때쯤에는 고객도 살짝 고개 내밀며 영업하느냐고 묻는 분도 있었으나 받을 수 없었다. 피곤했다. 마감하는 데까지만 해도 또 30분은 걸리니 이것저것 보고 오늘 일 마친다.

1
깨뜨린 홍 접시에 무엇을 담나
찻잔만 덩그러니 남아 앉아서
커피만 내려 담아 비우고 씻어

제자리 올려놓은 빈 찻잔 하나

밤늦게 본부에 들어와
베토벤 황제 듣다

피아노 치는 구슬 베토벤 황제
장엄하고 웅장한 오케스트라
마음이 하나같아 이룬 황제네
머리끝까지 오른 전율 있었네

가슴속 깊이 우러나온 선율이
손가락 마디마디 춤추는 소리
허공이 바다 같아 온몸 적시니
촉촉 젖다가 이내 폭 잠겼다가

鵲巢日記 14年 08月 26日

이른 아침 소방 관련 면허를 받기 위해서 신축 조감도 내부, 좌측 유리창

하나를 떼어내고 비상문을 넣었다. 창, 하나 떼어내는 데 시간이 꽤 걸렸다. 오전 다 보냈다. 세무서에서 전화 한 통 받았다. 상반기 카드매입에 관한 빠뜨린 것이 있는데 환급받기 위해 제출한 서류가 있었지만, 무용지물이 돼 버렸다. 칠 사장이 또 와야 할 것 같다. 주문한 탁자도 있지만, 장 하나가 마감이 안 된 게 있다.

점심때 대구에 브루하하 오셨다. 더치 납품에 관한 상담이며 초기물품 입고량과 로스터기 그리고 사업에 관한 여러 사항을 상담했다. 신축 조감도에서 커피 한잔 마시며 얘기했다. 한성에서 오셔 뒤 제빵실 스테인리스 작업을 의뢰했다. 아직 마감이 끝나지 않은 일이라 직접 지시를 내릴 수밖에 없었다.

밀양, 체인점, 공구상에 커피 주문 있었는데 몇몇은 서 부장이 배송했으며 일부는 직접 다녀오기도 했다. 커피 배송 갔을 때 일인데 체인점에서 예전에 근무했던 김 씨를 보았다. 인사 나누었는데 안색이 아주 좋다.

오후, 하부냉장고 반품하고 조금 작은 크기로 바꿔 넣었다. 내부에 쏙 들어갈 수 없어 그간 많이 불편했는데 오 샘의 고집으로 놓아두었다가 끝내 바꾸게 되었다. 번거로운 일로 신경이 이만저만 아니었다. 목재소에서 왔는데 장 크기가 맞지 않아서 보조탁자를 끼워 넣어 크기를 맞추었다. 보조탁자를 해 놓고 보니 보기에 좋았다. 관상용 탁자인데 부탁했다. 시중금액을 제시하고 될 수 있으면 낮게 해달라고 했다.

많은 손님은 아니었으나 오늘도 띄엄띄엄 오시었다. 전혀 없이 조용하게 가는 것보다는 무언가 희망이 보이는 것 같다. 개업식 한 것도 아니라서 그렇기는 한데 준비해야 할 게 아직 많이 남았다. 조금씩 일 진행하며 갖춰야겠다. 텔레캅에서 전화 왔다. 내일 이른 아침에 나머지 카메라를 붙이겠다고 했다.

저녁에 비가 왔다. 마음이 착잡하다.

장인 2
장인이 따로 없다 오래 하면은
무엇이든 손 익어 착착 감겨서
모아서 쌓은 기술 척척 쓰면은
전문가 예술가가 따로 있겠나

기획사에 나의 책 '카페 선별기' 10권 더 주문 넣었다. 그간 선물로 아는 분께 한 권씩 드리고 나니 책이 또 없다. 조감도 사동점이 제대로 운영하면 시집과 수필집 출간할 것을 다부지게 마음먹는다.

가을
이파리 하나하나 물들어가네

세월은 거듭거듭 새치만 늘어
가을은 잃은 시간 빈자리처럼
잡지 못한 바람에 가슴만 아파

鵲巢日記 14年 08月 27日

월간지 '커피 앤 티'와 '커피'를 주문했다. 12년부터 발행한 책을 될 수 있으면 각 한 권씩 해서 총 20여 권을 주문했다. 카페 서재에 꽂아 놓기 위해서다. 조감도 찾는 고객께서 커피 한잔에 커피에 대한 정보를 쉽게 읽을 수 있도록 했다.

서울 모모 업체에 주문했던 기기가 들어왔다. 베네치아 두 대다. 오전까지 기다려도 들어오지 않기에 확인 문자 보냈더니 대신으로 보냈다고 한다. 불친절할 뿐 아니라 시간도 오후 늦게 와서 물건 받기가 많이 불편했다. 경산역점, 진량점, 물품 배송을 서 부장과 함께 다녀왔다.

경산중학교에 그간 교육했던 견적과 세금계산서를 발행해서 올렸다. 서류 업무를 까다롭게 보는 곳이 있다. 한 번에 끝나면 번거롭지는 않으나 양식을 맞춰야 해서 몇 번 가게 되었다. 조감도 사동점에서 시험 운전으로 빵을 구웠으며 본점에서는 납품용 케냐와 안티구아를 볶았다.

　조감도 사동점, 점심때 잠깐 바쁜 것으로 보였지만 이후로는 조용했다. 오후, 소방업무를 맡은 대행업체에서 전화 왔다. 방염은 통과됐다며 일러주었고 내일 오전 소방서에서 점검 나온다고 하니 나와 있어야 한다며 통지했다. 그렇게 하기로 했다.

　한 잎
　언제나 처음이다 깨어 맞으면
　서툰 건 마찬가지 손에 잡은 일
　천천히 한 잎 한 잎 틔우며 가자
　푸르게 맺는 것도 한 걸음부터

　개업식 축가를 불러 주실 모모 씨 노래선정에 세빠에서 몇 번 전화가 왔다. 밴드와 맞아야 하는데 곡 선정이 쉽지가 않았던 것 같다.

　시
　까맣게 오른 새떼 닿는 하늘에
　수증기처럼 오른 불특정 구름

감으면 겉도 속도 아니 읽히니
꿰는 바위에 뚫은 하얀 바늘귀

　본부, 서 부장과 함께 다니며 얘기를 나누었다. 책 읽기를 별로 좋아하지
않은 것 같아 책을 왜 읽어야 하는지 설명했다. 통신문화가 많이 발달했지만
그래도 잠시 앉아 있기라도 하면 영혼은 누가 일깨우겠는가! 옆에 앉아 안도
현 선생께서 쓰신 '백석 평전'을 조금 읽었다.

　조감도 냅킨을 주문했는데 카페리코와 많이 헷갈렸는지 아무래도 오해가
있는 게 분명했다. 카페리코 냅킨을 조감도로 배송했으며 조감도 냅킨은 아
직 제작도 안 한 걸로 보인다. 다시 사장께 문자 보냈다.
　거래처와 교육생, 지인께 문자 보냈다. 개업을 알렸으며 시간이 가능하면
찾아 주십사 해서 인사 올렸다.

鵲巢日記 14年 08月 28日

　아침, 쌀밥에 간장 넣고 참기름 조금 넣고 비벼서 먹었다. 김치를 곁들어서
먹었는데 김치가 얼마나 중요한가를 잠시 느꼈다. 반찬이 없었다. 실은 오늘

하루 먹은 거라고는 아침뿐이었다. 집을 나서는 데 며칠 비가 내려서 그런지 그렇게 맑은 날은 아니나 비가 오지 않으니 이상했다.

본부, 본점, 조감도, 사동점 개장했다. 아침에 소방면허 대행업체에서 전화를 받았는데 소방서에서 검열이 나오니 일찍 나오라는 것이다. 사동에 허겁지겁 달려오니 대행업체 직원 한 분 나와 있었다. 잠시 몇 가지 조언 듣고 있으니 소방서 직원 2명이 봉고 타고 왔다. 대행업 직원에 조금 얼렸던 것도 사실이나 생각보다 잘 통과되었다. 그렇다고 해서 법적으로 하자 있게 완비한 것은 아니었다. 모두 소방도면대로 처리했다.

소방서 직원과 여러 가지 심사를 받고 있을 때 새로운 직원이 왔다. 서빙만 한다고 했다. 나도 모르는 분이라서 아침 잠깐 인사를 했다. 오 선생이 새로운 직원을 뽑았나 보다.

오전 11시 본부로 다시 들어와 모모 점 기계 바꿔야 해서 새 기계를 시험 운전했다. 아무 이상이 없어 모모 점에 설치했다. 판매가 아니라 임대였는데 내부공사가 오래되어서 설치하는데 여러 가지 힘든 일이 많았다. 배수문제와 상수처리문제까지 하나같이 쉽게 끝난 게 없었다. 오후 2시쯤 일을 끝낼 수 있었다.

오후 2시 본부에 대구대 곧 창업하시는 모모 씨 와서 기다리고 있었다. 기기견적과 비교견적을 함께 작성했다. 다음 주 월요일에 기기 모두를 설치해

달라고 했는데 시간이 너무 빠듯해서 모모 씨 가고 나서 빠진 재고는 제다 주문 넣었다. 주말이라 모두 급한 상황이라 바로 주문할 수밖에 없었다.

커피 배송이 두 건 있었는데 서 부장께 맡겼다. 나는 소방서에 가, 소방필증을 받았는데 이때가 4시 40분이 지났다. 소방필증 들고 시청에서 영업신고를 하려는데 가스완성검사 증명서 서류가 주소가 잘못 기장이 되어 가스안전공사에 전화해, 주소를 바로 잡는데 관련 비용과 시간이 소요되었다. 시청은 은행마감시간이 4시였다. 카드로 송금하고 서류를 시청 민원실로 받아 일 처리했다. 영업신고증 받는 것도 꽤 힘들었다. 건물에 관한 몇 가지 질문 있었으며 다음 주 시찰 나온다고 했다. 면허세 있었는데 은행마감이 지난 것 같으니 내일 내도 되느냐고 물었더니 지금 바로 내라 한다. 은행마감시간이었지만 면허세는 받는다. 영업신고증 들고 세무서에 갔었지만, 사업자등록증을 받을 수 없었다. 담당 직원이 임대차 계약서가 있어야 하니 계약서 지참해서 다시 오라고 한다. 모레가 개업식인데 결국 내일 서류 완비하고 모레 문을 여는 셈이다.

일 처리하는 과정에 거래처와 관련 부서와 또 조감도 찾아오신 손님에 기기 설치했던 모모 점에서 비교견적 하였던 모모 사장과 가스 사장, 가스안전공사, 선물용 수건 사장, 서울 모 대리점, 서울 다른 모 대리점을 모두 합쳐 주고받았던 통화와 문자만 백여 통 가까웠다.

길

빈 종이 하얗듯이 빈속도 하얘

아니나 눈도 맑아 보기에 밝다

몸은 무겁지 않아 걷기 편하고

텅텅 비우고 사니 길 따로 없다

鵲巢日記 14年 08月 29日

날씨 꽤 맑다. 남쪽에는 비가 많이 와서 비 피해도 이만저만 아닌가 보다. 아침 먹을 때 뉴스 보고 알았다. 커피 봉투 압착기 잘 못 사서 반품하고 크기가 조금 더 작은 것으로 샀다. 아침에 들어온 문자를 확인했다. 금고에서 온 문자와 위쪽에서 보낸 개업축하 문자도 있었다. 사동에서 화분이 들어 올 때마다 정의는 사진 찍어 보내거나 문자가 왔다. 컴퓨터 모니터 하나를 샀다. 이 층 영업장을 볼 수 있게 계산대 밑에다가 설치했다. 어제 떼어 가져온 기기를 서울로 보냈으며 서울에서 내려 보내준 기기를 받았다. 기획사에 기획한 조감도 디자인 북이 어떻게 됐는지 확인 전화했다. 장 사장이 전화했다. 한 며칠 몸이 안 좋았다던데 어떤지 안부를 넣었더니 괜찮다고 했다. 대학 학우가 전화가 왔다. 또 개업하느냐고 하기에 그렇다고 했다. 시간 나면 차 한 잔 마시러 오라 했더니 내일 개업식에 오겠다고 한다. 복사 집 들러 고무인 종류별 20개를 만들었는데 찾아왔다. 대구대 초도물량 견적을 작성해서 팩스로 넣었다.

하루
흰 양말 까만 구두 특이한 냄새
또박또박 걸어서 하루 잠자리
그리 멀리 가지도 않아 제자리
혼자서 신고 씻고 닦고 신어서

오후 소방서에 들러 소방안전교육을 받았다. 교육받으며 한 가지 느낀 게 있었다. 심폐소생술에 관한 것인데 일상사 흔히 있을 수 있을 것 같은 일에 우리는 모르고 지나는 경우가 많다. 갑작스러운 일에 모두 당황하는 것은 마찬가지일 것이니 동영상으로 보았지만 느낀 게 많았다.

주방에 아직 마감이 덜 된 제빵실 스테인리스 작업을 했다. 빵을 반죽할 때 필요한 받침대. 두드리고 때리고 엎치고 뒤집고 우그리거나 짓누를 때 꽤 필요한 받침대. 모양은 예쁘지만 실용적으로 잘 사용했으면 하고 맛있는 빵을 많이 구워내길 속으로 바랐다.

목재소에서 상판 두 장 가져왔다. 철재로 만든 책상이 있는데 목수께서 상판을 이미 붙여놓고 갔다. 페인트상사에 들러 상판에 바를 칠과 붓을 사서 병준이에게 칠을 맡겼다. 압량 마감하고 다시 들러 보았는데 한 번 칠했다고 했다. 다시 손질 깔끔하게 한다.

낮에는 조용했다. 밤에 꽤 많은 손님이 오셨다. 잠깐 바빴는데 매상이 괜찮았다. 현상유지 할 수 있는 선까지 오른 것 보아 희망이 보였다. 10시쯤 넘어, 기획사에서 책이 왔다. 디자인 북이다. 오늘 들어온 물량이 약 600권이라고 했다. 내일 쓰기 위해 한 권씩 1호 봉투에 담았다.

내부 마감하는 모습을 보며 나왔다. 본부 들어오는 길에 아파트 보이는 쪽으로 가로수에다가 현수막 두 장 걸었다. 내일은 정식 개막일인데 많은 사람이 찾아 주시어 선물과 디자인 북, 한 권씩 가져가길 바랄 뿐이다.

캔
꼭지 딴 캔 뻥 뚫은 한 모금 깊이
갈증에 쭉 들이켜 거저 물맛에
시원하게 지난 길 역시 까막눈
반바지 반소매에 속 다 비운 캔

鵲巢日記 14年 08月 30日

조감도 사동점은 본점에서 거리상으로는 꽤 멀다. 거기까지 갔다가 개장하고 본점 다시 와서 토요문화강좌 참석하신 교육생께 교육안내 인사를 드렸다.

월말이라 본부 마감을 했다. 체인점 월별 매출을 다시 집계해서 서 부장과 일부는 아침 일찍 다녀오기도 했으며 일부는 각각 다녀오기도 했다. 먼 곳은 청도 가비와 대구 커피 자리가 있었지만 서 부장은 청도로 나는 대구로 나가 일을 분담하여 처리했다.

오후, 조감도 상황이 별로 좋지 못했다. 정식 개업일인데 화분만 끊임없이 들어왔다. 개업식 행사도 준비한 게 있어 클래식 연주할 분과 축시, 축가를 불러주실 분께 조금은 미안한 감 들기 시작한 것도 사실이었다. 근데 오후, 6시 조금 지나자 한 사람씩 모이기 시작했다. 식을 시작할 때는 1층과 2층에 오신 손님으로 꽤 차기도 했다. 카페를 찾아주신 많은 손님 바라보며 무대 서서 개업식을 알리며 카페 조감도 약사를 소개하고 청주 한씨 문중 소개를 했다. 다음은 스텝 소개가 있었으며 문학박사 이 선생께서 나의 시 '커피 34잔'을 낭송했다. 목소리 또한 탁월하지만 미남인데다가 카리스마 있는 눈빛은 영업장에 앉은 손님을 압도하고도 남았다. 축가를 불러주신 이경옥 님 또한 굉장했다. 전에 카페에 오시어 많은 얘기를 들었지만, 취미로 노래 조금 한다고 해서니 그러느니 했다. 한 번 요청했지만, 마다치 않고 선뜻하겠다고 하시어 진짜 부탁을 했다. 오늘 노래들은 소감은 오페라 가수 이상이다. 김동률의 '아이처럼' 과 '오솔레미오'를 불렀다.

서울에서 오신 손님 한 분 있었다. 예전에는 아스펜에서 근무했던 황 과장 님이신데 아! 무대에 서서 사회를 보고 있을 때 잠깐 부르시는 게 아닌가! 노래 한 곡 한 부르고 싶다 해서 식순에는 없었지만 청해 들었다. 정말 대단했다. 식 끝나고 위층에 줄곧 있었던 장 사장이 나가며 한마디 한다. 아까 노래 불렀던 남자 분 목소리가 위층까지 전율감을 불러 일으켰나 보다.

클래식 연주도 좋았다. 솔직히 클래식 연주하기 전에 곡 설명을 천천히 하며 조금은 느긋하게 진행했어야 했는데 나의 급한 성격 때문에 연주하시는 분들이 조금은 고생했으리라 본다. 한 시간 정도 분량의 개업행사였다. 뜻밖에 많은 손님이 오셨으며 주방에서 일하는 오 선생, 배 선생, 그리고 점장과 직원 모두 고생 많았으리라 본다.

개업식을 마쳤을 때 한 분 한 분 찾아가 뵈어 인사 올렸다. 준비한 '카페 조감도' 디자인 북 한 권과 선물 하나씩 챙겨 드리며 인사했다. 마감할 때쯤 에는 점장과 직원에게 오늘 고생했다며 어깨 다독여주기도 하고 배 선생께 오 선생께 '오늘 많이 힘들었을 텐데 고맙다'는 인사를 했다. 많은 사람이 와주었으며 많은 사람이 함께한 개업식이었으며 많은 사람이 이 행사를 즐겁게 감상하였으리라 믿는다.

카페 오전 10시에 개장해서 오후 11시 조금 넘어서 폐장했다.

돌

모두 한마음이야 오른 무대에

바라보는 눈빛은 뜨끈한 사랑

끼는 높고 천성은 꽤 돌 같아서

이왕 잡은 마이크 휘둘러보지

鵲巢日記 14年 08月 31日

아침 조금 늦게 일어났다. 8시쯤에 일어나 국밥집에서 아침을 먹었다. 본점을 개장하고 조감도 압량을 문 열었지만, 오전까지만 있었다. 조감도 사동점에 인사차 오신 손님이 있어 아예 문 닫고 사동으로 갔다. 오후 2시까지는 앉아 오시는 손님께 인사드렸다. 진량점 점장께서 오시었고 교회집사께서 오시었다. 청도점에서 예쁜 꽃나무 화분이 들어왔다. 중학교 선생님도 오시어 인사했다. 모두 카페가 예쁘게 잘 나왔다며 인사 주신다.

오후 3시, 본부로 왔다. 내일 대구대 기기 설치가 있어 초도물량을 챙기고 새 기기 한 대를 뜯고 콘센트와 물 연결부위에 조인트 작업을 했다. 시험가동도 해보았다. 이번 기기도 아무런 이상이 없다. 문중 총무께서 전화가 왔다. 내일 될 수 있으면 사업자등록증 사본 한 부 준비하라는 것과 사진 찍어 한 장 문자로 보내달라는 말씀이었다.

　점심 겸 저녁을 집에서 먹었다. 어제 해놓았던 김치찌개에 밥 한 그릇 먹었다. 30분 쉬었을까! 여장을 꾸려 사동으로 가, 백석평전을 조금 읽었다. 기획사 사장님께서 오시어 커피 한잔 했다. 조감도 사동점 마감할 때였는데 대구 손님이었다. 중년 여성분이었다. 부동산 하신 분 같았는데 상표에 관해서 많이 물으시기에 친절히 대답했다. '커피향 노트' 한 권 친히 사인해서 한 권 드렸다. 건물 꽤 있는 분이셨는데 스타벅스와 다른 유명 브랜드 또한 본인 건물에 입주해 있다고 했다. 지난번 오리집 사장님 말씀이 언뜻 지난다. 여기는 경산사람보다 대구 사람이 더 많이 오는 것 같아요, 라고 했으니 그럴 법도 하다. 월드컵대로 선상이니 당연하겠다.

매미
흰 벽에 붙은 매미, 소리 잃었나!
멀리서 보면 오점 불빛에 까만
툭 건들면 빠득히 날아갈 매미
가을은 깊고 날개 폭 젖은 매미

카페 조감도 鳥瞰圖

鵲巢日記 14年 09月 01日

개업식 행사비용을 송금했다. 음향과 현악이었다. 현악을 소개한 '세빠'에게 고맙다는 인사말과 매월 셋째 주 토요일은 음악회를 가지겠다고 하니 여러모로 도와주겠다고 한다. 추석 쉬고 그다음 주 토요일 일정 맞춰달라고 했다.

조감도 개장하고 선물과 디자인 북을 챙겨서 은행에 다녀왔다. 개업을 잘했다며 인사했다.

주문받은 분점 두 곳에 가야 할 물품을 챙겨 갖다 드렸다. 대구대 교내다. 테이크아웃점을 내기 위해 미리 교육을 받았다. 현장에 왔을 때는 아직 내부 공사가 마무리가 덜 되었다. 설치는 다음으로 미룰 수밖에 없었다. 관련 부자재와 기기를 모두 주방 옆, 쪽방에 밀어놓고 왔다.

경영은 참 힘들다. 경쟁에 앞을 가꾸어 나갔지만, 관리가 어렵고 작은 카페 큰 카페 모두 허전하니 앞만 더 암담하다. 텅텅 빈 영업장을 보는 것도 마음이 꽤 불편했다.

　이미 문 닫은 부산 점장께서 왔다. 미처 반납하지 못한 물품 일부를 본부로 가져왔다. 기기 설치하러 갔다가 약속한 시간에 못 왔지만 이해해주었다. 또 어디 창업하느냐고 묻는데 하는 일이라곤 교육하고 창업하고 문 닫는 곳 정리하는 것이라 얘기하니 웃는다.

　카페만 많이 열리는 곳도 아니다. 유통과 서비스, 하루가 다르게 창업하고 또 정리하는 곳도 많다. 그만큼 살기가 힘들다. 과열경쟁에 어떻게 이겨내느냐? 하루 사는 게 그래서 힘 드는 것이다.

바늘귀
죽음의 밤 그림자 혼 이불 같다
꿰뚫는 저 불빛은 삶을 쫓건만,
바늘귀 어디까지 밝을 것이냐
까마득한 바다가 경계 없구나

　괜한 욕심 부렸나 보다. 자금의 여유도 없는 놈이 무리하게 일을 추진했나 보다. 배는 띄웠지만, 물살 가르며 가는 게 더디다. 오! 하느님. 지혜와 용기와 앞을 보게 현명하게 판단하게끔 도와주소서! 하느님.

압량 마감할 때쯤이었다. 강 교수님 오시어 함께 저녁 먹자고 했지만 마다했다. 그러니, 사동 가보자고 하신다. 사동에서 커피 한잔 했다. 커피 정보지 보며 여러 가지 말씀 있었다. 벌써 크리스마스트리 얘기하시니 트리를 만든다면 어떻게 해야 하나 생각에 아이디어 하나가 떠오른다. 차츰 하나씩 해나가는 것이 일이다. 그렇게 성급하게 한다고 해서 되는 것도 아니니, 이미 배는 띄워졌다. 가자 천천히 밀며 물살 갈라보자.

자정이었다. 음악 전공하는 '세빠'에 여러 가지 궁금한 게 있어 물어보았다. 연주와 연주비는 어떻게 측정되는지? 많은 대화를 하였지만 한마디로 간단한 것이었다. 시장에서 사과를 사듯 그렇게 하면 된다는 것이다.

鵲巢日記 14年 09月 02日

부산에서 한 통의 전화를 받았다. 비닐 압착기 만드는 회사였다. 택배사의 불친절도 문제지만 판매사의 자기 신분을 드러내지 않고 옥션을 이용해서 물건을 판매한 것으로 보인다. 제조사 사장의 말로는 '나는 그 물건을 판 적이 없는데 무슨 반품이냐고 나에게 짜증을 냈다.' 아침부터 황당한 전화였지만 충분히 그럴 수 있겠다.

본점에서 화분 받침대를 모두 차에 실었다. 본부에서 그간 냈던 책을 실었다. 사동 조감도, 책꽂이 꽂아두었다. 아침, '신용진'이라는 사람에게 전화했다. 커피 납품을 넣고 그간 못 받은 돈이 삼십만 원이다. 카페 정리하고 미수로 남겨놓았는데 해결을 못 했다. 며칠 전화를 했지만 받지 않았다. 부동산 하는 사람이다.

오전, 부동산 '원룸마을'에 다녀왔다. 신용진 씨 만나러 갔다. 카페 폐업한 지가 꽤 되었다. 그러니까 3개월째 미수다. 금액도 그리 많지도 않지만 주지 않으니 사람이 얼마나 추잡한 것이냐! 커피를 썼으면 돈을 내야 하는 건 당연지사인데 참, 어처구니없는 일이다. 만나서 한소리 했다.

포항에 커피 주문 있어 택배로 보냈다. 조감도 사동점에 전화가 되지 않는다고 해서 전화국에 전화 넣으려다가 접수하면 일 처리 받기 어려울 것 같아 애초에 설치하러 왔던 기사께 바로 전화를 넣었다. 기사가 다녀갔다. 대구에 '모모' 사에서 생두 주문이 있었지만 거절했다. 미수가 꽤 많은데다가 결재가 되지 않는 것도 문제지만 여태껏 볶은 커피를 받다가 생두를 주문한다는 것은 조금은 의문이었다. 미수금 많아서 얼마 전에는 더치를 받기도 했다. 거래를 좌우 제로로 맞출 때까지는 출고를 일절 사절하기로 한다.

서강에서 다녀가셨다. 꿀 떨어진지 오래되었지만, 조감도 일로 체크를 못 했다. 어제 허겁지겁 주문 넣었다만 대목이 코앞이라 물건이 없다고 했다. 우선 급한 데로 한 상자만 가져다주었다. 정문기획에 문자를 보냈다. 디자인 북다 썼다며 아직 배송되지 않은 남은 책을 가져달라고 했다. 형님께서 전화가 왔다. 오늘 당장은 어렵고 내일 갖다 주겠다고 했다. 한전에서 전화가 왔다. 전기증설에 관한 내용인데 사업자등록증 한 부 팩스로 넣었다.

한성에 다녀왔다. 사장님께서 청도에 가셨다고 했다. 아직도 마감이 덜 된 것이 있어 사모님께 자초지종 말씀드리고 나왔다.

조감도 압량점에서 콩 볶았다. 탄자니아, 블루마운틴, 과테말라 볶았다. 뉴스에 오후쯤 비가 올 거라고 했는데 해 떨어지자 보도블록이 촉촉 젖는다.

1
카페는 내일인데 희망은 오라
와서차한잔 가서 떠오른 커피
시끌벅적한 달빛 쐬어 가득한
언제나 가슴품은 희망은 오라

2
하얀 컵 까만뚜껑 꽂은 빨대라
쪽쪽 당기는 이 맛 아메리카노
언뜻 잊은 구름도 쐬는 바람도
쪽쪽 빨면 또금방 정물화 한점

鵲巢日記 14年 09月 03日

날씨 흐렸다. 한 번씩 집중호우가 있었고 보슬비처럼 내리기도 했다. 개업 발인 듯 손님 꽤 있었다. 날씨가 흐리고 비가 오는데도 카페 찾는 손님이 있었다.

인근에 버섯으로 크게 성공하신 분이 있다. 아침 본점에서 뵀었다. 커피를 선물로 드렸다. 개업 날에 오시기도 했는데 다른 일로 인사를 드리지 못했다. 함께 커피 한잔 마셨다. 농장에 버섯만 요리할 수 있는 주방을 만들어 놓았는데 여기에 쓸 기기를 물으시어 에스프레소 기기 원그룹과 투그룹을 직접 보여 드리고 기능을 설명했다. 오후에 전화가 왔다. 투 그룹으로 하시겠다고 했다.

시청, 위생과 공무원 한 분 다녀갔다. 주방과 영업면적에 관한 감시시찰인데 영업면적에 관해서 시정조치를 받았다. 솔직히 과태료나 영업허가에 대한 제재가 있지 않을까하며 내심 고심을 했다. 감언이설은 아니다만 약간 굽실거린 것도 실은 사실이다.

추석명절에 쓸 선물 포장을 했다. 커피를 볶아 넣었으며 드리퍼와 거름종이 하나씩 챙겨 넣었으니 명절 때 바로 꺼내어 한 잔 마실 수 있게끔 했다.

저녁, 압량에 잠시 머물며 詩에 관해서 생각한다. 시가 무엇인가? 하며, 과연 시라는 것은 누가 읽어 줄 것인가? 그래 개인의 노래다. 어찌 보면 한풀이 한마당 같은 것인데, 세상은 한 번 나서 놀다 가는 곳인데 내가 즐거이 부르고 즐거이 유유자적하듯 빈 땅에 꼭꼭 심은 나무처럼 한 하늘만 보며 살면 되는 곳이다.

오후, 비가 많이 올 때였다. 출판사에 전화했다. 원고 투고와 책 디자인에 관해서 몇 가지 여쭤보았다. 조만간 시집 원고를 투고하겠다고 했다.

언제였는지는 모르겠다. 이 안 감독의 '브로크백 마운틴'이라는 영화를 본 적 있다. 압량에 머물며 단팥을 한 컵 담아 먹었는데 영화에 나오는 장면이 갑자기 떠올랐다. 추운 겨울, 먹을 것이라곤 산 아래에서 사가져 온 식품 중 레드팥 담은 캔뿐이었다. 캔 따며 한 숟가락씩 떠먹는 모습이 떠올랐다.

'작은 일도 무시하지 않고, 온 힘을 다해야 한다.'

일業-2
남이 어떻든 내 일 충실히 하자
하던 일 그만두면 나만 어리다
작은 일도 최선을 다해야 한다
먹고 쓰는 일이라 가벼워 말자

대구 모 카페다. 로스터기 중고를 알아봐 달라고 해서 한 군데 전화했더니 팔았다고 한다.

압량 조감도 마감할 때다. 대구 한의대 선생님과 조교로 보인 듯했는데 손님으로 오시어 커피 한잔 마시다가 마감이 늦었다. 사동에서 옛 교육생이었던 모 씨를 만났다. 집에 기기를 설치하고 싶다고 했는데 원 그룹을 추천했다. 모레쯤 시간 괜찮으면 설치해달라고 하는데 난감했다. 기계설치가 모두 잡혀 있어 시간을 낼 수 있을지 모르겠다.

鵲巢日記 14年 09月 04日

어제는 억수같이 비가 내리더니 오늘은 거짓말처럼 하늘 맑았다. 이른 아침, 사동 출입문 자물쇠와 열쇠를 교체했다. 그간 와이어로 칭칭 감아서 문단속했다. 2층 남자 화장실 문도 이참에 교정보았다. 문이 바닥에 닿았기 때문이다.

점심을 버거와 콜라로 차에 앉아 차 운행하며 먹었다.

滿
달님은 가득 차서 추석이라네

세월은 또 흘러서 물길 마르고
밤하늘 어두워도 보는 눈 같아
허리 곧추세워서 당당히 걷네

대구대에 다녀왔다. 전에 가져다 놓은 기기를 바르게 놓고 운영하는 것도 보고 오려고 했으나 아직 내부공사가 마감이 덜 되었다. 오늘은 기기를 설치하고 시험운전만 해보고는 전기를 모두 내려야 했다. 바닥 칠도 아직 끝나지 않았으며 내부에 앉을 수 있는 의자나 탁자도 없었다. 관련업종으로 허가받기 위해 신청 넣었다고 했는데 시일이 걸릴 거라고 했다. 학교는 이미 개학했는데 하루라도 급한 거는 여기도 마찬가지였다.

오후, 버섯농장 사장님께서 다녀갔다. 내일 설치할 기기를 보고자 온 것이지만 설치할 조건이 맞는지 확인 차 오신 것 같다.

대목이라 그런지 조용하다. 주문받은 곳은 옥곡, 역, 한의대뿐이었다. 카페도 오늘은 조용했지만 압량은 많은 손님이 오갔나 보다. 여기 일하는 혜정이가 한마디 한다. 사이드메뉴 주문이 많았다고 했다.

추석이 다가오자 도로만 가득가득하다. 어디를 가더라도 차 밀려서 다니기 힘들다.

甕

깨어 보는 하루는 비운 독 같아

쌓은 하루가 독만 키운 것 같아

채워도 모자라는 넘칠 일 없어

살아서는 그 독을 닫지 못하라

鵲巢日記 14年 09月 05日

더치커피 찾는 손님이었다. 전에 조감도에서 커피 한잔 판매하고 거저 맛
보시라며 한 잔 드렸던 손님이셨다. 직장 다니시며 학교에도 나가시는 중년
여성이었다. 선물용으로 쓰겠다며 꽤 사 가져갔다. 조감도 압량과 사동을 다
녀오셨는데, 재고가 없어 결국 본점까지 오시었다. 솔직히 미안하기도 하고
감사하기도 해서 디자인 북 '카페 조감도'를 열 권 챙겨서 드렸다. 근래, 더치
내리는 데로 팔려, 평일에도 이와 같았으면 했다.

대구대, AS 다녀왔다. 제빙기 뒤쪽 배수 부분에 하자가 있었다. 플라스틱
관이 깨져 새것으로 교체했다. 새기기인데도 종종 이런 AS가 발생한다. 충격
에 약한 부위라 유통과정에서 손상이 많이 간다.

難

하나같이 경쟁에 예외가 없네

더 나은 서비스로 갖추고 싶네

갖은 빚 다 쓰고도 품은 작으니

하는 일 어려움은 한둘 아니니

체인점 몇 곳, 커피 배송이 있었다. 그리 비싼 것은 아니지만, 마음을 볶아 담아, 점장님께 하나씩 드리며 인사드렸다. 영천에 있었던 일이다. 카페 조감도 책을 건넸는데 뒤쪽 메뉴를 보시고 한 말씀 있었다. 체인은 신경을 써 주시지 않느냐고 했다. 어느 분점에도 실은, 하고 싶은 말이나 많이 참을 거라는 생각이 들었다. 특히 메뉴에 관해서 불만이 제일 많지 않을까 하는 생각이지만 소형업체가 이끌고 가기에는 유통이 어려운 것이 한둘이 아니니 어쩔 수 없는 일이다. 그렇다고 나태한 것은 없다. 실은, 모두에게 공개했지만 받아들이는 분 있는가 하면 모르고 지나치거나 알아도 받아들일 수 없는 업소가 더 많으니 나로서도 더는 할 수 없다. 그중 하나의 예를 들면 빙수다. 작년부터 '설빙'이라는 상표가 나오고 나서 커피 전문점 매출이 전반적으로 줄었다. 우리 상표만 그런 것이 아니다. 이를 대체한다고 장비를 들이고 설빙을 본점에서 했지만 크게 나은 것도 없는 것도 사실이다. 장비가 또 고가니 분점에서 받아들이는 것도 어려운 실정이니 바깥으로는 경쟁에 안으로는 자금난에 다들 어려우니 하소연은 본부장 쪽으로 하기 마련이다. 어쩔 수 없는 일, 아닌가! 나 또한 자금에 하루가 다르게 애를 먹고 있으니 말이다. 실은 분점의 월말 결제도 마찬가지다. 어느 업소는 몇 달째 미수로 해결하지 못하고 있다. 본부 들어오는 모든 재료는 현금결제라 참으로 힘들고 어렵다.

경산에서는 버섯으로 크게 성공하신 김영표 버섯농장에 다녀왔다. 기기를 설치했다. 장비는 모두 설치했으며 전기가 들어오지 않아 내일 전기 작업이 끝나면 연락 달라고 했다. 이곳에 머물 때였는데 영천, 와인공장 사장께서 다녀가셨나 보다. 전국에서 손가락 안에 든다고 했다. 사장님께서 와인 한잔 맛보라며 주시는데 맛이 꽤 괜찮았다. 여기 버섯 농장 사장님께서는 버섯만 요리할 수 있는 식당건물을 지었다. 근 2년여 가까이 공사를 했다. 자금 꽤 들어간 이야기를 들었다. 외식업 쪽으로 앞으로 희망을 이야기하셨다.

조감도 머물 때다. 본점에서 1년여 동안 함께 일했던 인열이가 왔다. 밀양에 창업했다. 과자 전문점인데 장사가 꽤 된다고 했다. 이 불경기에 그래도 장사가 된다니 듣기에 기분이 좋았다. 언제 한번 내려가 보겠다고 했다.

장 사장께 천만 원을 송금했다. 아직, 몇백 남았다. 돈을 대목 전에 다 송금하고 싶었으나 자금 여력이 여의치 못했다. 로스터기도 남았고 또 해결해야 할 잔금이 꽤 있으니 머리만 아프다. 그나마 조감도에 다녀가신 손님이 있으니 마음은 위안이었다만 썩 기분 좋지는 못하다.

불안하다. 불안해서 잠이 오지 않는다.

鵲巢日記 14年 09月 06日

    아침, 본부, 본점, 압량, 사동을 개장했다. 사동 직원 모두의 이력서와 등본과 통장사본을 동봉한 봉투 하나를 정임 씨로부터 건네받았다. 한 사람씩 이력서를 보는데 한 사람이 눈에 선뜻 들어온다. 분당에서 카페를 한 경험도 있으며 경산에서도 두 번 정도의 카페 한 경력을 가지고 있었다. 아침 잠깐 이었지만 대화를 나누었다. 카페의 규모가 작고 믿었던 고객층 분석이 잘 못 되었다.

    어젯밤에 AS 접수 들어온 분점이 있다. 버튼이 잘 먹지 않는다고 해서 본부에서 부품 버튼 PCB를 수리했다. 대목 아래 영업을 조금 보려나 했더니 기기가 고장이다. 점장께서는 애가 탔다. PCB 수리비를 그리 많이 받을 수 있는 처지도 못 된다. 일단, 수리만 해두고 나왔다.

    청도와 시내, 그리고 일부 분점에 주문받은 물량은 서 부장이 다녀오고 경산 시내 몇 군데는 직접 다녀왔다. 오후, 시내 기기설치 건이 있었지만 설치할 수 없었다. 정수기 관련 비용을 이야기 못 한 것도 있지만 관련 부품을 오늘은 살 수 없기 때문이다. 추석연휴 시작이라서 공구상은 죄다 문 닫아 구하기 힘들지 싶다.

    오후 압량에서다. 서울 박 사장과 선생님과 함께 커피 마시고 있었다. 박

사장께서 좋은 정보 하나를 주었다. '스탬프 백' 이야기 들어보니 프로그램 하나는 잘 만들었다. 회원가입과 월 관리비가 생각보다 너무 비싸다. 하지만 커피는 객 단가가 낮아 이용하는 고객은 많이 없어도 판매단가가 높은 업체는 할 만 하겠다. 말하자면 전자 쿠폰이다. 가게 위치 파악과 약간의 광고나 홍보도 할 수 있어 프로그램 하나는 잘 만들었다.

저녁, 사동에 있을 때다. 버섯 농장 김 사장님께서 오시어 어제 설치한 기기에 관한 말씀이 있었다. 배수호수가 조금 짧다고 했다. 더 긴 것은 당장 구할 수 없으니 북성로에 다녀와야 할 것 같다.

추석선물로 보기에는 그렇지만 조감도, 본점 직원을 위해 금일봉씩 나눠 담았다.

무대는 따로 없다 만들면 되니
몸과 마음은 하나 우리의 꿈은
경산의 바리스타 최고면 되지
나아가 알아주는 바리스타지

직원들과 합의였다. 물론 우리만의 축제다. 바리스타 축제를 열어 커피 몇몇 종류를 선정해서 고객 보는 앞에 서서 라떼 아트 시연을 해보는 축제도 괜찮을 것 같았다. 시월에 이 계획을 추진할까 보다.

鵲巢日記 14年 09月 07日

　추석 연휴가 아니라면 오늘은 일요일이다. 뜻밖에 맑은 날씨다. 보고 듣고 읽은 것이 없어 쓸 것도 그리 많지는 않다. 평일과 같이 모든 매장을 개장했다. 본부만 닫아 놓은 셈이다. 사동에서 커피 한잔 마셨다. 사동 내부공사 끝나 갈 때쯤에 밀대 잡고 청소를 했었는데 오늘 오래간만에 밀대를 잡아 보았다. 1, 2층 모두 한 번 닦았는데 닦은 후 물 내가 많이 났었다.

　압량에 머물며 더치를 내리고 책을 읽고 손님을 맞았다. 손님 꽤 있었다. 시간이 지루하지 않을 만큼 그렇다고 많은 손님이 찾은 건 아니었다.

　빙빙 도는 로스터 맛난 콩 볶자
　돌고 돌아 제자리 백날 그 자리
　갈 곳 없어 콩 볶아 가기도 싫어
　언제나 있을 곳은 맛 나는 카페

어디 전화 오는 곳도 없고 찾아오는 이 없어 그저 오시는 이는 고객뿐이라 콩 제대로 볶아서 맛 나는 커피 내리니 더 즐거운 곳도 없으리라! 오늘은 더치도 딱 두 병 제대로 내렸으니 파는 즐거움보다 제품 하나 정성스레 내려 담으니 나의 손때 묻어 더 값진 것도 없을 것이다.

케냐만 2K 볶았다.

대구 '카페 자리' 김도희 씨가 찾아왔다. 조카와 함께 왔는데 로스터 기기에 관해서 여러 질문이 있었다. 오늘은 카페 쉰다고 했는데 카페 앞으로 계획을 듣게 되었다. 상표에 관한 것도 궁금한 게 많았다. 상표등록에 관한 절차를 꼼꼼히 설명해 드렸다. 여러 말이 있었는데 그 과정에 좋은 이름 하나 나오게 되었다. 이름이야 별달리 있을까! 나의 이름을 따서 하는 게 제일 안전하며 상표 중 받기에도 오히려 더 높으니 그냥 도희커피, 가배도희, 하면 어떻겠냐고 말씀드렸더니 처음은 만족하지 않은 듯했으나 나중에는 정말 이 이름이 좋겠다며 받아들였다.

곁가지 하나 없어 보는 일 하나
오로지 커피 사랑 볶고 내리니
한 잔도 내린 정성 내어 드리니
오가는 정 즐거움 따로 없어라

'세빠' 다녀갔다. 선물 상자 하나 가지고 왔다. 조금 미안했다. 준비한 선물이 없었다. 시원한 아메리카노 한 잔 서비스로 냈다. 음악에 관해서 여러 말이 있었다. 음악 시장을 조금 알 것 같은 느낌이다.

압량 마감하고 옥곡동에 가, 에스프레소 커피를 배송했다. 사동 조감도 마감하고 본부 들어오니 자정이 다 되었다. 본점장 만나보고 오늘 하루 마감한다.

鵲巢日記 14年 09月 08日

본점, 본부만 제외하고 평일과 다름없이 개장했다. 사동에서 있었던 일이다. 아침에 개를 묶는 개 끈 중에서도 목덜미 묶는 끈이 끊어졌다. 개가 힘이 좋다고 하지만 끈 끊을 정도라니 옆집에서 키우는 오리 몇 마리가 난리가 났다. 개가 그 오리집을 가만히 놔두지를 못했다. 오리집 안에 들어가 소동을 벌이고 만다. 옆집, 추석이라서 아직 출근 전이었다. 그 개를 끄집어내어 다시 개집에다가 묶었는데 옷이 온통 오리 똥으로 덮어썼다.

똥 구린내 이만저만이 아니라서 다시 집에 들어와 씻고 압량으로 나갔다. 개를 가만히 생각하니 오리집에 들어가 소동을 벌였다만 오리 죽인 것은 한 마리도 없었다. 오리는 모두 세 마리였는데 그 중 큰 오리 하나가 개에게 목덜미 잡혀 죽나 했다. 개를 끄집어냈을 때 그래도 발버둥 치며 줄행랑 하는 것을 본다. 개도 마찬가지다. 개 목덜미 잡고 개집까지 끌고 가는데 마치 죽은 듯 끌려오는 그 개를 생각하니 갑자기 먹이사슬이 생각나고 강한 자 앞에 맥 못 추는 동물을 생각한다.

추석이라서 카페를 열었다. 부모님께는 전화 한 통 넣었다. 꼭 추석이라서 찾아뵙는 것보다 연휴 지나 바로 찾아뵙겠다고 하니 그렇게 하라 한다. 어머니께서는 그리 긴 삶도 아닌데 그렇게까지 영업할 이유가 있느냐고 하신다. 조금, 웃음이 났지만, 어쩔 수 없는 일이다. 큰 카페를 열어야 할 처지며 카페를 열었으니 작은 카페도 거저 놀릴 수는 없게 됐다.

밤하늘 한복판에 긴 통로 하나
저곳은 희망 품은 초록 기와집
옥토끼 나와 서서 맑은 돗자리
잔 가득 담은 커피 유독 맑은 눈

카페 개장한 이래 처음으로 명절날 문 연 셈이다. 작은 카페는 너무 바빴다. 아침에 옆집 개 사건 때문에 점심때 문 열었지만 쉴 틈 없이 커피를 뽑았다. 볶아놓은 커피는 재고가 없어 못 판 것도 있었다. 그간 블루마운틴은 더치로 내린다고 그만 다 썼다. 블루마운틴을 볶아 놓겠다는 것이 깜빡 잊었다.

모두 가족과 함께 천안 가시는 분 있는가 하면 포항 가시는 분이 있고 구미, 울산으로 가시는 손님도 있었다. 손님께 커피 한잔 내드리며 안전운행하시어 가시라 했더니 꼭 답례하신다. 많이 파세요. 하며 인사 주신다. 커피 아무것도 아닌 것 같아도 이렇게 주거니 받거니 인사만 해도 참 좋다.

사동, 대학친구인 6이 왔다. 아내와 식구, 아이들도 데리고 왔는데 아직 초등학교라, 결혼을 늦게 했나 하며 생각했다. 개업을 진심으로 축하해주었다.

鵲巢日記 14年 09月 09日

모두 정상 영업했다. 어제보다는 그렇게 바쁘게 보내지는 않았다. 직원도 대부분 출근했지만, 바깥 주문이 많이 없었어 한가하게 보냈다. 대구에 기기 설치할 곳이 있는데 정수기 관련 업체가 모두 쉬는 관계로 부품 살 수 없어 천상 내일로 미룰 수밖에 없었다.

올 추석은 고향에도 처가에도 내려가지 않았다. 기분이 이상하게도 묘했다. 양가에 전화만 드렸다. 오후, 출판사에 투고할 시집을 다시 더 보게 되었다. 상반기에 내려고 했던 원고였는데 한 번 더 읽고 수정 보완했다.

본점에서는 대구에 들어갈 커피를 볶았으며 조감도에서는 틈틈이 오고 가시는 손님이 있었다. 본점도 추석 연휴 하루 쉬었지만, 오늘은 손님이 꽤 많았다. 입량에서 블루마운틴과 만델링, 코스리타리카 볶았다.

6월 / 이외수

바람부는 날 은백양나무 숲으로 가면
청명한 날에도 소낙비 쏟아지는 소리
귀를 막아도 들립니다
저무는 서쪽 하늘
걸음마다 주름살이 깊어가는 지천명知天命
내 인생은 아직도 공사중입니다
보행에 불편을 드리지는 않았는지요
오래 전부터
그대에게 엽서를 씁니다
그러나 주소를 몰라
보낼 수 없습니다
서랍을 열어도
온 천지에 소낙비 쏟아지는 소리
한평생 그리움은 불치병입니다

나는 아직 지천명도 아닌데 그리움은 마냥 달고 다니다. 일이 아무 탈 없이 잘 이루어지길 바라는 것도 어머님이 끓여주신 국수 한 그릇도 잘은 못 마시나 소주 한 잔도 생각나는 밤이다. 내일은 기계 설치를 가야 해서 어쩔 수 없지만, 모레는 꼭 고향에 가보아야겠다.

사동에서 비락 사장님 뵈었다. 나의 책 종류별로 모두 한 권씩 가져가시겠다고 해서 드렸다. 모두 사인을 했다. 정식 출간은 아니지만 '카페 선별기'에 담은 글 몇 편을 읽기도 했으며 나의 시 몇 편을 읽어 드렸다.

祝 카페 鳥瞰圖 開業

四百歲前壬亂時 사백여 년 전 임란 때
比所定着避亂處 이곳에 피난처로 터 잡을 땐
倭兵不知深奧地 왜병도 모르고 지난 산골 오지였었지
流轉歲月山變街 세월은 흘러 산이 거리로 변했구나.
齋室擁衛宗山麓 재실을 부축한 앞뒤 종산 기슭에
業號爲稱鳥瞰圖 그 이름 이르기를 조감도라 지었으니
飛鳥欲休安息處 날짐승도 쉬고픈 아담한 카페 쉼터
衆人樂訪展無窮 뭇사람이 즐겨 찾아 무궁발전 있으리라

甲午仲秋 直長公宗中 顧問 學彦 撰

문중 어른께 받은 축시다. 청주 한씨 내력을 조금 더 알게 되었다.

鵲巢日記 14年 09月 10日

사동, 개장할 때였다. 카페 문 앞에 새똥 세 무더기나 보았다. 혈흔 같아 보이는 자국도 보였는데 걸레로 닦았다. 문을 열고 뒤쪽 도로시(허스키 종)가 잘 있나 하며 확인하러 건물 둘레로 걸어가는데 난데없이 꿩 한 마리 줄행랑친다. 아무래도 산이라서 꿩이 참 많은데 전에는 건물 옥상에서 묶여있는 도로시 쪽 보다가 꿩 두 마리가 종종 걸음 하는 걸 본 적도 있다.

사동, 1, 2층을 직원과 함께 청소했다. 어제는 개점 이래로 최대의 손님이 오시었다. 카페를 시작하고 최대의 매출을 올렸다. 큰 브랜드가 올리는 매출 이야기를 듣기만 했었지 나에게도 그런 일이 있을까 했다. 여기 일하는 직원도 일하는 맛에 즐거워하고 찾는 손님 또한 볼 것과 읽을 것을 제공해 드리니 나로서도 흐뭇하다. 어제와 같다면 여태껏 내가 얻은 빚도 어느 정도는 가림할 수 있겠다는 생각이 들었다.

못 깎은 까만 수염 허공 발 딛네
깎아도 또 자라는 까만 내 얼룩
하루가 길든 짧든 쑥쑥 내미는
발붙일 때 없어도 내밀고 보네

조감도 사동점이 생기고 나서는 압량 작은 카페가 매출이 조금 다른 것 같다. 많이 차이가 나는 건 아니지만, 전에 보다는 조금 나아졌다. 상표를 공동으로 사용함에 고객께 더 믿음을 안겨준 혜택이다. 솔직히 '카페리코' 상표로 개점했으면 또 어떻게 되었을까? 하며 생각한다. 상표 가치는 '카페리코'가 더 크니 하는 말이다. 100여 평 카페, 조감도 사동점이 압량의 상표 이미지를 높이 올린 것만은 분명한 것 같다.

하양에 다녀왔다. 기기 수리가 접수되었고 커피 주문도 있었다. 제빙기 얼음이 나오지 않는다고 해서 들렸다. 아무래도 급수 밸브 노후문제로 물 수급이 잘되지 않음이 그 원인인 것 같았다. 기계를 들어내고 뒷면 덮개를 풀어낸다. 급수 밸브에 공급되는 전기선을 분리하고 물 호스를 분리하고 새것으로 교체한다. 밸브 하나를 교체하는 것은 단순한 일이지만 확신과 믿음이 없으면 수리가 어려울 것이다. 기기 뜯고 조립하고 재운영하며 들여다보는 심정은 누구도 이해하기 어려울 것이다. 다행히 교체한 부품은 이상 없었고 기계는 정상으로 돌아간다. 시간은 40여 분 소요되었다.

저녁, 기획사 사장님 다녀갔다. 시화보에 관한 이야기를 나누었다. 책 만드는 비용이 얼마 정도 드는지 시리즈로 내면 또 어떻게 되는지 종이는 어떤 규격으로 쓰면 비용대비 경제적으로 출간할 수 있는지 이것저것 의논을 가졌다.

사동 마감하고 본점으로 와, 정수기 다루는 동생을 만났다. 내일 기기 설치에 관해서 일정을 서로 맞췄다. 점심 먹고 가는 것이 좋지 않겠느냐며 이야기한다. 내일, 촌에 다녀올까 했는데 어렵게 됐다.

鵲巢日記 14年 09月 11日

어느 날 카페 마감할 때였다. 모 사장님께서 오시어 커피 한잔 하며 책을 이야기했다. 글 쓰는 사람은 결코 혼자만의 삶을 사는 것은 아니라고 했다. 함께 하는 삶이 부럽다고 했다. 커피 한 잔이었지만 향기가 아직도 진하게 남는다.

가장 아름다운 자기를 버려 시간과 공간을 얻는 꽃들의 길*

---

* 배한봉 / 복사꽃 아래 천년 인용

오늘 아침은 선대의 수많은 시인이 지나간다. 천 년을 걸어가는 사랑을 본다. 한 우주가 되었던 사랑.

짧지만 온종일 꽃향기 머금고 하룻길 캐며 가자. 모든 일은 직접 땅을 파며 일구며 가야 한다. 무엇을 심었는지 무엇이 오르는지 어떻게 자라는지 어떤 꽃을 맺었는지 결실을 보는 가을을 구름 한 점 없이 보자.

하루 시작하자.

思
가만 앉아 있으면 아무 일 없다.
굳이 떠오려 해도 까맣고 하얘
민숭민숭 하늘에 피었다 지는
그 구름과 같아서 잡을 수 없다.

오전, 대구한의대 앞에 자리 잡았던 '질리'에 다녀왔다. 커피 배송이었다. 학교가 개학했으니 문 열었다. 젊음 자매가 운영하는 카페다. 이른 시간인데도 카페 안에는 손님이 있었다. 납품용 더치커피를 가져다 드려야 했었는데 일반 소비자용으로 넣어 다시 반품하려니 그냥 받겠다고 한다. 조금 미안했다. 애초에 들어간 커피가 작은 병인 줄 알았다. 내일 조감도에 들러 큰 병으로 가져가겠다고 한다.

본점에 토요문화강좌에만 쓰던 기계를 들어내고 새 기계를 설치했다. 사용한 기계는 이미 교육받았던 모모 씨가 원해서 대구 모 아파트 주방에 설치했다. 잠깐 옮기고 설치하는 동안 압력게이지가 이상 생겼나 했다. 왜냐하면, 수압은 3바로 정상 표시되었는데 에스프레소 추출 시 바늘이 움직이지 않았다. 기계 뒤쪽 덮개를 걷어내고 모터펌프헤드 약간 풀어서 게이지를 조였더니 바늘이 움직인다. 천만다행이었다. 정말 어디 탓할 때 없이 끄레마는 확실했다. 설치하고 우유를 스티밍해서 라떼 한 잔을 즉석에서 만들기도 했다. 고소하고 맛난 커피 한 잔이었다.

대구에서 바로 청도로 갔다. 점심은 본점에서 챙겨 준 김밥을 먹었다. 차 안에서 간단히 해결한 셈이다. 수성 IC를 거쳐서 청도 IC로 빠져나왔다. 설 쉬고 점장 얼굴 처음 보았다. 명절날 매출은 어떠했는지 물었다. 올해는 추석 당일은 그리 바쁘지는 않았지만, 전날은 너무 바빴다고 했다. 얼굴빛이 가을 하늘 보는 것 같아 기분 좋았다.

오후 4시쯤 지나서야 본부에 들어올 수 있었다. 개업 날에 썼던 시화보 제작비를 송금했다. 모두 1,500부 찍었는데 기획사에서 특별히 싸게 해주었다. A4 크기 봉투제작비는 서비스다. 다음 책을 기획해서 또 내기로 했다. 물론 종이는 좀 다르게 할 계획이다. 그간 썼던 사행소곡을 정리해서 카페 조감도의 이름으로 부제목 '벽돌들'로 기획할까 보다. 문자 디자인은 물론 벽돌 한 장 보듯 해야겠다.

이파리 하나하나 맺는 나무는
푸르고 더 건실해 매년 사람은
늙어서 저문 꽃이 따로 없어라
시간은 아득해서 갈 길 멀어라

압량 마감하고 사동 머물 때다. '마음을 흔드는 한 문장' 책 한 권 읽었다.
광고 카피에 관한 내용이며 세계 유수 기업의 생존전략에 필요한 슬로건의
일례가 주 내용이다. 이 책을 읽고 나의 카페에 관해서 많은 생각을 했다. 조
감도에 관한 슬로건은 이미 만들어서 사용하고 있다. '새가 바라보는 세상'이
다. 그 외 '맑은 커피는 원래 까맣다' 라든가 '살아 있는 역사 조감도' 아예
늘 쓰던 시처럼 칠오조 율격에 맞춰 적어보는 것도 괜찮지 싶다.

한 잔은 느끼세요 산 속 공기를
한 잔은 맛보세요 삶의 의미를
한 잔은 이기세요 안은 세계를
한 잔은 즐기세요 카페 조감도

鵲巢日記 14年 09月 12日

아침, 글 한 편 읽다가 자이로드롭을 알게 되었다. 자이로드롭은 중앙 기둥에 로프로 연결된 기둥을 둘러싼 의자들에 앉아 꼭대기까지 갔다가 떨어지는 놀이기구다. 우리나라에는 단 두 곳밖에 없다고 한다.

짧으면 아주 짧은 칠오조 율격
한물간 놀이마당 어이 모를까
발달한 문화 속에 읽는 이 없어
간결하고 명확한 머리칼 한 올

쌓아서 한올한올 내 머리카락
까맣게 보기 좋게 심은 나의 시
역사가 따로 없는 걸었던 흔적
칠오조든 일기든 까만 내 율격

오전, 사동 조감도 보수 공사를 시작했다. 위층을 가리기 위해 임시로 막았던 판자를 떼어냈다. 사다리를 붙이기에는 인원이 부족해서 다음으로 미루었다. 영천에서 점장님으로부터 전화가 왔다. 영천 약재 축제가 있는지 커피 기계가 장착한 차량임대사업을 하는지 아니면 임대사업을 하는 이를 소개해달라고 했다. 아는 이 없어 별 도움을 못 드렸다. 차량임대사업에 관해서는 여러 가지로 경제성이 있어야 하는데 그렇게 타당성이 맞지 않은 얘기를 조언으로 드렸다. 노드 카페가 불법인 데다가 임대료와 커피 값 그리고 투자비를 제외하면 그렇게 큰 수익이 오르지 않는다.

오후, 커피가 급히 떨어져 공장에 전화했다. 둘째 녀석 운동회를 한다는데 가보지 못했다. 추석연휴 때 부모님 찾아뵙지 못해 나 혼자서 급히 다녀왔다. 체인점 한 곳과 대구한의대에서 커피 주문 있었지만 재고가 없어 가지 못했다. 촌에 다녀오는 길에 세무서에서 전화가 왔다. 작년 하반기 확정 신고 시 자동차 매입에 관한 것인데 공제품목이 아닌데 공제했다며 수정신고 하라는 내용이었다. 자금이 많이 달리는 시기라 전화 한 통 받고 숨 막혔다. 아무래도 400여만 원 이상 납부해야할 것 같다.

압량에 머물 때였는데 강 교수님과 코나 사장님께서 오시어 저녁 한 끼 했다. 자장면 먹었다. 탕수육도 하나 먹었다. 그러고 보니 오늘은 아침 먹은 것 제외하고는 면만 먹었다. 압량에서는 사업적 이야기를 했지만 자리 옮겨 사동에서는 글에 관한 얘기를 줄곧 했다. 코나 사장님께서는 유독 글에 관심이다.

자정, 사동 조감도를 마감했다.

鵲巢日記 14年 09月 13日

여느 때와 다름없이 한 곳 한 곳 들러 문을 열었다. 사동에 이를 때였는데 문이 활짝 열어 있는 게 아닌가! 장 사장이 와 있겠구나 했다. 아무래도 내부 공사 마감을 하는가 보다 하며 들어갔다. 2층 내부 사무실로 사용하겠다고 꾸민 공간이 있다. 떼어놓은 철 계단을 붙이고 다시 용접했다. 오전에 손님이 있었다. 용접하고 망치질하고 그라인더 싹싹 가는 소리에 다시 또 망치질, 얼른 끝나길 바라며 지켜본 막바지 공사였다. 정오쯤에 다 끝낼 수 있었으나 손님은 없었다. 아까 두 분이 계셨지만 어쩔 수 없는 일이었다.

본점, 주말 문화강좌 새로 오신 분이 모두 7명이다. 추석 쉬고 다시 시작한 문화강좌였다. 강좌 끝나고 본 점장으로부터 받은 문자다.

'앞에 혼자 서 있으면 별의별 생각 다 듭니다. 설명을 어떻게 해야 할지 어떻게 정보를 전달할지. 우리 카페리코가 어떤 마음가짐으로 커피를 내리는지도 알려야 하고요. 한두 번의 경험으로 다는 알 수 없지만, 정성스레 내린 커피를 어떻게 대하여야 하는지 공감하기까지 노력 할 것입니다.

오늘도 다들 재밌어하시면서 돌아가셨습니다.

거의 한 달 만이지요. 오랜만에 앞에 서니 작게 떨리기도 하고 점점 변해가는 제 모습이 보입니다. 수줍게 정보만 전달하기 바빴는데 능글맞은 구렁이 바리스타가 다 되었나 봅니다. 집중도를 높이기 위해서 약간의 퍼포먼스?도 보여드리고요. 교육생이 많아서 1시에 마쳤습니다. 오늘도 나름 재미있는 시간이 되었습니다만 앞으로 남은 시간 근무는 어찌할지.

　본부장님, 오늘 하루도 힘내시고 파이팅 하세요. 어젯밤 대화로 많은 힘을 받았습니다. 고맙습니다.'

　어제는 심각했다. 가을이 오면 가을이 오면 가을은 가을을 탄다. 조감도 압량에 머물 때다. 지인이 찾아오셔 대화를 나누었다. 지난번 더치를 계산하지 못해서 계산도 할 겸 오시었다. 내 어깨가 뻑적지근하다고 했더니 주물러 주기까지 했다. 쓸쓸한 것 같아 쓸쓸함을 쓸어 담는 것 같았다. 압량 마감하고 사동에 가는 길, 장 사장께서 전화한다. 이 층 오르는 계단 등을 만지셨나요? 등이 몇 가닥 꼬였는지 모양이 흐트려졌다. 내일 아침 바로 펴면 되는 일이다. 손님 오가는 모습 잠시 보고 있다가 본점에 와, 본 점장을 보았다. 동생이라면 막내다. 어제 대화 나누었던 것이 아무것도 아닌 것 같아도 내가 쓴 '커피향 노트'는 분명히 커피 하는 이에게는 도움 될 만한 글임은 틀림없다. 카페는 무료하다. 나는 무엇을 취미로 삼고 닦고 빛낼 것인가?

　이 가을 쓸쓸하고 외롭고 높은 하늘 아래, 진하고 씁쓸하고 달고 짧은 에스프레소 한 잔 같은 삶을 나는 또 생각하며 담았다.

1. 그릇

빈 그릇 우는 소리 맑고 더 길다.

담고 비우는 그릇 어찌 닦을까

혼백도 껍데기도 맑지가 못해

금 간 그릇 같아서 어찌 닦을까

2. 가을

가을은 적막한데 돌멩이 같다.

허하고 적적한데 통나무 같다.

발로 툭 하고 차면 제 발 아프니

깎은 모양 근본은 돌과 나무다.

3. 불혹

불혹에 쌓은 한 잎 물들어가네

태양빛 물든 잎새 바짝 마르네

바비부바 바비새 간당거리네

하늘 저리 넓어서 손짓만 하네

4. 바닥

닦아도 또 닦아도 티 묻은 바닥

앉아 얼룩 묻을까 참아 수치라

밤새 몰래 걸레질 빠악 빡 닦네

닦아도 또 닦아도 티 묻은 바닥

5. 말
첨벙첨벙 뛰어 간 말발굽 소리
억새밭 긴 강물에 가로 지르는
잠시 쉬었다 가는 흐른 물소리
말머리 고삐 잡고 끊은 말꼬리

鵲巢日記 14年 09月 14日

아침, 엊저녁에 지져놓은 두부찌개에 밥 한술 떴다. 조카들도 와 있어 모두 자는 모습을 보며 먹었다. 밥이 넘어가지 않았다. 한 숟가락 먹다가 다 먹지 못해 개수대에다가 버렸다. 샤워하고 본부 내려와 오늘 할 일을 보기 위해 이것저것 챙겼다. 조카가 내려와서 직원 월급에 관한 근무 일수를 넘겨주고 간다.

사동 가는 길이었다. 오늘 아침은 갑자기 영화 '역린'의 광백이 떠올랐다. 사람 목숨 하나 따는데 열닷냥, 열닷냥이 뭐이가 어디 개목 따는 것도 아이디, 광백은 이미 실패한 사람 제거하러 들어가는데 문전에 서 있던 한 사내에 칼을 달라며 손을 내민다. 눈치껏 주지 못해 마빡 한 대 맞고 칼을 건넨다. 광백은 들어간다. 이미 포승에 묶은 한 사람이 고초 당한 만큼 당해 축 널어져 매달려 있다. 광백이 한마디 한다. 이래가지고 사람 구실은 허겠어! 묶어놓은 줄 끊고 목 자르는 소리가 들린다. 두서너 번 내리친다. 광백이 나오며 한마디 한다. 야야 칼 좀 단디 갈지 않고서니, 여러 번 쳤다 야.

이미 여러 번 잘린 목처럼 간당거리는 삶이다. 참 힘들고 어려운 삶이 아닌가! 동물은 실패하면 죽음이다. 사업세계에 뛰어든 나도 동물과 다름없다. 어쩌면 철두철미한 계획이나 미래나 꿈을 갖지 않으면 하루도 버티기 힘들다. 대중의 대중에 의한 대중을 위해서 관중의 관중에 의한 관중을 위해서 그러는 나는 가족은 카페는 무엇인가?

사동, 10시 전에 도착했다. 전기 사장이 와 있었다. 2층 사무실에 등 달기 위해 왔다. 그러고 보니 개점 전에 보다가 보름여 만에 본 셈이다. 문 열고 나니 장 사장이 왔다. 커피 한 잔씩 해드렸다. 장 사장이 마이크를 사가져 왔는데 시험 삼아 몇 번 소리내보기도 했다.

11시쯤에 압량 조감도 개장했다.

여전히 단골보다는 처음 오시는 분이 많고 그나마 주문 들어오는 커피는 아메리카노다. 그러니까 커피를 좋아하는 손님은 한 번쯤은 오는 곳이다. 오시는 손님마다 '카페 조감도' 작은 책자 하나씩 선물해 드렸다. 사동에도 새로이 하나 더 열었어요! 한 번 가보셔요. 어떤 손님은 거저 내부 인테리어에 관심이 많아 오시는 분 같아 보였는데 안을 유심히 들여다보고 가시는 분도 있다. 여실히 커피보다는 카페에 더 관심이 많은 것이다. 시대가 흘러도 커피와 카페는 우리 인간에게 없으면 안 되는 품목임은 틀림없다.

> 묶어놓은 도로시 사람만 보면
> 반가운 듯 혓바닥 날름거리네
> 한데에 찾지 않는 개집 하나가
> 산속에 덩그러니 자리 잡았네

7시쯤 압량을 마감했다. 본부에 들어가 직원급여를 계산해서 각각 통장에 넣었다. 금액이 꽤 되었다. 직원 모두 10명이다. 희망을 걸었던 사동이다. 아직도 정상궤도에 오르려면 아마 몇 달은 있어야 하는데 카페로 보아서는 비수기다.

8시쯤이었다. 카페 '세빠' 장께서 왔다. 이번 주 토요일 '음악회'에 관한 일로 왔다. 해금 타는 연주에 관한 이야기를 나눴다. 이번에는 나의 詩를 직접 낭송할 것이며 반주로 해금이 좋겠다고 했다. 그러니까 해금 연주자가 섭외되었던 모양이다. 통보하기 위해 직접 본부에 오게 되었는데 그러고는 다시 갔지만 30분 뒤 다시 왔다. 해금연주자와 함께 왔다. 영대 학생이었다.

식순을 대충 설명해 주었다. 나의 詩 커피 15잔, 커피 16잔, 커피 18잔을 낭송하기로 했다. 바로 읊었다. 흡족한 마음이었는지 안색은 좋아 보였다. 모두가 후배다.

다음에 카페를 이용할 수 있도록 충분한 설명도 있었다.

사동을 마감했다. 오늘은 일요일이다. 평일보다 나은 매출을 본다. 사동 마감직원들에게 급여명세서를 전달했다. 고맙다는 말을 전하며 앞으로 더 노력해 달라고 당부했다.

까만 구두 신사야 카페에 가자
삐딱 구두 숙녀여 카페로 오라
가슴 깊은 대화로 세상을 보면
품은 희망 하나가 꽃처럼 핀다

鵲巢日記 14年 09月 15日

오늘도 많은 문자와 전화와 주문이 있었다. 추석 쉬고는 첫 월요일이다. 무언가 제대로 잡혀 나가듯 종일 바빴다. 사동 개장이 문 여는 곳으로는 마지막 장소다. 병원에 갔던 오 선생이 문자가 왔다. 오전 교육이니 준비하라는 것이다. 직원 두 명 출근하는 모습 보고는 곧장 본부로 갔다. 오전에 문자 들어온 급한 내용을 서 부장에게 전달하고 본점에서 교육했다.

커피 교육 이론 첫날이다. 자매다. 두 분 모두가 경산에 산다. 카페리코 이력과 마케팅에 관해서 한 시간여 동안 강의를 했다. 강의하다 보면 가끔은 내가 모르는 것도 짚을 수 있으며 무언가 톡톡 떠오르는 생각이 있다. 앉은 교육생께 들려주는 정보지만 때로는 내가 몰랐던 숨은 그림을 찾기도 한다. 그래서 배움은 늘 기초 닦음이라고 했든가!

커피 주문 받은 영천, 옥곡, 한학촌은 서 부장이 다녀오고 백천, 진리, 곽 병원은 직접 다녀왔다. 곽 병원에서 있었던 일이다. 에스프레소 기기가 물이 찔찔찔 나온다고 해서 커피 그라인더 분도 조절이 잘못 되었나 했다. 현장에 들러 기기를 보니 분쇄기 문제가 아니었다. 에스프레소 한잔 추출 시 물을 통제하는 밸브 뒤쪽 육각볼트가 있는데 그 볼트를 풀어내면 아주 작은 육각볼트가 하나 더 있다. 이 볼트는 머리에 바늘구멍만 한 구멍이 있는데 이 구멍은 일정한 물을 추출 시 숨구멍 역할을 하는 역할을 한다. 이 구멍이 막혔다. 분해하는 방법은 앞쪽 솔 밸브를 풀어내고 큰 육각볼트를 풀어낸다. 그리고 큰 구멍 안에 있는 작은 육각볼트를 풀어내어 송곳으로 콕콕 찔러보고 치석과도 비슷한 이물질을 닦아낸다. 그리고 입으로 여러 번 불어내어 바람이 빠지면 괜찮은 거다. 다시 조립하고 솔 밸브를 원위치로 조립한다. 다시 조립하고 아까 조아놓았던 물 호스를 풀며 물을 공급한다. 전기를 공급하고 삼사 분 정도 지나 추출 버튼을 눌러보면 정상으로 나오는지 확인할 수 있다. 수리는 정상이었다.

수리하는 과정에 며칠 전에 개업한 카페 조감도에 관한 이야기를 했다. 시간 나면 한 번 오시어 커피도 한잔 하시고 맛있는 빵도 드셔 보시라고 했다. 우리 밀로 직접 구운 빵 갖고 요리를 한다고 말씀드렸더니 내심 궁금했는지 이것저것 물어보신다. 위치와 영업시간을 바르게 알려 드렸다.

시내 모 카페와 경산 버섯농장에도 가보아야 하지만 통 시간을 낼 수 없었다. 버섯농장은 기기를 설치하고 한번 가서 사용하는 방법도 일러 드려야 하는데 시간이 지날수록 자꾸 마음에 걸린다. 내일은 꼭 가보아야겠다. 오후 늦게 얼마 전에 설치했던 대구대에서 전화가 왔다. 사장님 에스프레소 기기 분도 조절은 어떻게 하느냐고 묻는다. 그라인더 사용하는 방법을 전화로 대충 이르고 내일 아침 들르겠다고 했다. 지난번 미처 챙기지 못한 펌프와 팥 한 통 가지고 오라고 한다.

서울 모 생두 수입사에 문자를 넣었다. 산토스와 만델링 한 백씩 부탁했으며 고구마페이스트 결재해 달라는 문자를 받았다. 산토스 5K 볶아달라는 시내 모 카페로부터 문자를 받았다. 곽 병원에서 전화를 받았다. 커피가 다 떨어졌으니 5K 갖다달라는 전화였다. 내일 가져다 드리겠다고 말씀드렸다. 서울 커피 수입사에 문자가 왔다. 추석 전에 아주 작은 거 하나 보냈는데 받으

섰는지요? 넘 작은 거라서요, 해서 확인했다. 오 선생께 전화하니 술 한 병이 들어왔다는 것이다. 그래서 답변을 넣었다. 네 이제 확인했습니다. 선물 보내주셨네요. 제가 미처 인사도 못 드렸네요. 감사합니다. 그러니 바로 문자가 왔다. 너무 약소해서요. 죄송합니다. 다시 문자 넣었다. 아닙니다. 사장님 진심으로 감사합니다. 그러니 또 문자가 왔다. 조만간 꼭 찾아뵙겠습니다.

산 꿩이 참 많은 곳 백자산 언덕
산 공기 좋고 물맛 역시 좋은 곳
아래가 훤히 트인 전망 좋은 곳
구름도 아니 보는 카페 조감도

사동에서 얼마 전에 교육 끝난 선희 씨 뵈었다. 친구들과 모임이 있었던 모양이다. 카페에 오시어 덕담을 나누었다. 갈 때 더치커피 꽤 사가져 갔다.

鵲巢日記 14年 09月 16日

쟁일 뛰어다니고 하늘 보면은

눈꺼풀 절로 감겨 졸리다가도
결국 하늘 받들고 맞절 올리면
천둥 같은 문소리 깨니 한 세상

오전 사동, KT에서 와서 기지국 설치했다. 산이라서 전화기가 잘 터지지 않아 설치하게 되었다. LG통신과 SK도 신청은 했지만 오늘은 오지 못했다.

대구대에 다녀왔다. 기기 세팅해야 해서 직접 다녀왔다. 담당자와 여직원도 4명 있었는데 모두 우리 교육생이었다. 담당자와 서 부장 보는 앞에서 기기 다루는 방법을 설명했다. 내부공사 끝난 지 얼마 안 되어서 그런지 메케한 것 같고 눈도 조금 따가웠다.

본부 들어오는 길 버섯농장에 들렀다. 지난 번 기기 설치하고 한 번 뵙지도 못해 오늘에서야 들렀다. 마침 점심때라 점심 특선을 주문해서 먹었다. 가격은 꽤 했지만 맛있었다. 버섯 비빔밥 먹었다.

체인점 몇 곳은 서 부장이 다녀오고 시내에 밥솥만한 로스팅 기기 설치가 있어 직접 다녀왔다. 기기를 설치하고 케냐를 볶았는데 볶은 커피로 커피를 내려 맛보았다. 우드테일러스 카페, 그간 사장님 손 솜씨를 보았다. 목걸이와 참빗을 보았는데 아주 정교하게 잘 다듬었다. 작업장도 볼 수 있었다.

雲

가만히 앉아보면 둥둥 뜬 구름
둘둘 말아서 한 손 금시 솜사탕
하늘 가득 덮었던 꽁꽁 언 구름
한 목숨 걸었다가 또 지운 한줄

성

텅텅 빈자리 보면 별만 그립다
당겨서 바라보면 내나 작은 별
어디 데일 데 없는 까만 내 자리
가볍고 꽤 너르게 송곳 같은 성

珈琲

콩도 다 볶은 콩도 빡 빡 간 콩도
천도 거름종이도 보잘 것 없는
거저 한시름 놓고 쭈욱 쭉 내린
타는 가슴 싹 씻긴 거름 또 얹은

또띠

늙어도 옆집 개는 키 작은 또띠
저리 늙어도 까만 늘 종종 걸음
발 하면 쭉 뻗는 발 발발이 또띠

냄새나는 작은 개 키 작은 또띠

燈
길거리 등 하나가 따로 외롭다
누구를 위해 혼자 붉게 비추나
내 기둥발 닿을까 이내 비추나
홀로 높아 밤새워 나 여기 있소

애니팡
심심풀이 애니팡 원숭이 토끼
돼지 생쥐 고양이 머리 셋 맞춰
팡팡 날린 병아리 폭탄 역 폭탄
시원스레 없애도 남은 흔적들

鵲巢日記 14年 09月 17日

요즘 내가 왜 이런지 모르겠다. 모두 급한 일로 하나를 생각하면 하나를 금시 또 잊어버리니 말이다. 대성에 커피를 가져다 드린다는 생각에 그만 역에 들러야 함을 깜빡 잊고 말았다. 아침에 사동 문 열 때 일이다. 새 똥 같아 보이지는 않았다. 새똥보다는 굵고 색깔은 까맸다. 야생 고양이 똥 같아 보였는데 문 앞에 양탄자 위에 놓인 것도 모르고 슬쩍 밟고 지났나 보다. 매장에 들어가며 똥 발자국 쿡쿡 찍으며 들어갔다. 개장하고 신발을 씻고 닦았다. 바닥도 닦았다.

오전에 교육 있었다. 상표에 관한 것과 로고, 심벌 그리고 레터링과 슬로건의 중요성을 강조했으며 그것과 더불어 우리나라 커피 역사에 관한 얘기를 두 시간 가까이 가졌다. 교육하면 하루 주문 들어온 집과 해야 할 일을 깜빡 잊고 만다. 본부 일이 효율적이지 못해 나로서도 발만 동동 구른다. 어찌 보면 배송 일은 접어두고 마케팅과 앞을 보며 시장 개척에 더 주력해야 하는데 마음만 앞선다.

버섯농장에 다녀왔다. 아내, 오 선생과 정문 사장, 정문 사장 직원 태호 그렇게 모여서 점심을 먹었다. 이번 주 토요일 음악회 가질 거라고 말씀드렸더니 현수막 한 장을 제작해주시겠다고 한다. 정말 고마운 일이다. 개업 지나 개업발이 한동안 있었다. 점점 조용한 카페를 들여다보며 카페 장으로서 무언가 해야겠다는 생각만 가득했다. 점심 먹기 전에 오 선생은 이번 주 음악회 갖는 것은 너무 시급한 결단 아니냐며 나에게 보채기까지 했지만, 행사라는 것은 어찌 되었든 계속해 보아야 할 일이다. 하다 보면 좋은 방법이 나오고 시행착오와 더 나은 발전이 있으리라 나는 본다. 버섯 사장님께서 옆에 줄곧 계시어 건물 짓기 전에 한 번 말씀 드렸던 버섯강좌 개설에 관한 것도 흔쾌히 이해하는 눈빛을 주셨지만, 얼마나 업계에서 호응하며 고객이 관심을 보일 것인가다. 커피 한 잔에 듣는 각종 강의를 생각한다는 것은 경제적 논리에 맞지 않을지도 모를 일이다. 예술제와 더불어 카페 장이 직접 하지 않는 이상 모든 것이 경제적 문제에 부딪힐 것이다.

본부, 스타렉스 차 산 이후 처음으로 엔진오일 갈았다. 그간 이것저것 바쁜 일 관계로 하지 못했으나 오늘은 비교적 조용한 하루라 서 부장께 현대서비스센터에 다녀오라 했다. 차도 세차하는 곳을 일러 직접 가서 세차하는 방법을 일렀다.

오후, 조감도에 다녀왔다. 대우 목재소 주 목수께서 오시어 장을 맞췄다. 위층과 아래층에 몇몇 탁자가 필요해서 주문했다. 납기는 다음 주 될 것이라고 했다.

하얀 종이 위 쌓은 똥 한 무더기
먹고 싸는 일 어찌 다 치울 건가
시대의 밀대 잡고 싹싹 닦을까
아서라 내 눈 똥 내 보며 걷는다

압량에 머물 때다. 진량 모 은행 점장께서 오시었다. 아파트 입구다. 새로 지은 건물이다. 3층 건물 신축인데 카페 입점하고 싶다고 했다. 체인점과 개인 브랜드에 차이점 그러니까, 각각 장단점을 얘기했다. 투자비용에 관한 것

도 자세히 얘기했다. 두 시간 가까이 상담했는데 사동에도 잠시 다녀오기도
했다. 이번 주 토요일 오전, 문화강좌를 꼭 들으시라 했다. 이날 저녁에는 사
동에서 작은 음악회 가질 계획이니 와 보시라 했다.

햄버거 한입한입 물컥 한 입은
정식이든 아니든 간편한 한 끼
굶어 속앓이보다 채워 든든한
바쁜 일상사 뚝뚝 뜯은 한 입은

돌 위 솥단지 걸고 장작 지펴서
시간과 공간 듬뿍 우려낸 사골
뜨끈한 맛과 향내 그윽한 베풂
솥단지 붉은 하루 장작 지펴서

鵲巢日記 14年 09月 18日

이동통신 LG에서 전화 한 통 받았다. 내일 이른 아침에 사동 방문하겠다

고 한다. 중요한 전화라서 일기 서두에 이렇게 남겨놓는다. 오전에 교육이 있었다. 커피 이론이다. 독서의 중요성을 책 소개와 더불어 몇몇 예를 들어 이야기했다. 호응하는 눈빛을 보았다. 생두에 관한 얘기를 했는데 생두 분류방법에 따라 콩의 이름을 알렸다. 수업은 10시 30분에 시작해서 12시 다 되어서야 마칠 수 있었다.

그 사이에 서 부장은 독서실과 그 외 거래처 몇 군데를 다녀와야 했다. 오후 3시, 함께 버섯농장에 다녀왔다. 지난번 설치했던 기계 세팅을 했다. 배수 호스 길이가 짧아서 조금 더 긴 호스로 교체했으며 에스프레소 한 잔씩 추출하며 핫은 핫대로 아이스는 아이스대로 용량을 맞췄다. 일마치고 사장님과 사모님께 기계 사용하는 방법을 일렀다. 사장님께서는 조금 두려운 눈빛이었고 사모님께서는 새로운 모험에 관심 어린 눈빛이었다.

오후, 장 사장으로부터 전화가 왔다. 시내에 음향기기 파는 곳에 있는데 마이크 하나 더 샀다는 이야기와 앰프 기능을 설명했다. 어떤 앰프를 사야 한다는 내용이었는데 사라 했다. 아무래도 토요일 음악회에 쓸 뿐 아니라 앞으로 죽 써야 하기에 장비를 갖출까 싶어 전에부터 얘기해놓은 것이었다.

압량에 머물 때였는데 지난번 교육 끝난 교육생 3명이 찾아왔다. 조금은 당황했다. 탄자니아 커피를 드립으로 서비스 한 잔씩 내 드렸는데 호! 커피가 이상하게도 초콜릿 향이 아릿하게 났다. 맛이 꽤 괜찮았다. 교육생 노 씨께서는 드리퍼 하나 더 사가져 가셨으며 가시고 난 후 다시 또 들렀는데 드립 커피 탄자니아 두 잔을 사 가져갔다. 친구랑 마셔야겠다고 했다.

저녁, 장 사장으로부터 전화가 왔다. 아까 송금을 일부 했었는데 500을 보냈다. 아직 잔금이 남았다는 것을 확인시켜 주었으며 알고 있다고 했다. 좀 천천히 받아 가시라 했다. 돈 없어 어쩔 수 없는 일이라며 조금 더 쌓이면 가져가시라고 했다. 어제는 로스터기 업자가 전화가 왔었는데 돈 좀 급하다고 문자 왔기에 잔금 800 중에 400을 보냈다. 그러니 한참 뒤에 문자가 왔다. 아주 친근한 문자였는데 맛있는 식사도 하시라는 내용이었다. 나머지 400은 아주 천천히 드리겠다고 문자 넣었다. 모두 정 많고 착한 사람이다.

압량

쌓은 모래성 굳은 희망 노랗다.
여닫는 초록 카페 숨 쉬는 안식
고작 금화 한입에 비울 수 없는
앉아 쉬며 보아도 내 보금자리

나무

나무 밑이 노랗다. 수북한 은행
한 나무 한해 결실 다 놓고 간다.
가지가지 까맣다. 부족한 자리
욕심은 끝이 없어 까맣게 쓴다.

가을

보고 다시 보아도 가을은 비다
그나마 나풀대는 한 잎 거리도
찬기 어리어 말라 땅만 그립다.
이러도 저러지도 발만 구른다.

자리

널러서 좋은 자리 탁 트인 자리
쉽사리 고른 자리 숨 놓은 자리
폭신한 앉은 자리 요 같은 자리
언제나 놓은 자리 노상 그 자리

음악

고등어 정식 사장 카페 오셨네
전에 교육생 미정 카페에 왔네
모두 얼굴 붉어서 수줍어 하네
천정 가득 음악은 포근히 닿네

사동 마감하고 본점장과 잠깐이지만 대화를 하였다. 바리스타 축제에 관한 이야기다. 아직은 준비해야 할 것이 많아 이야기만 나눴다. 마케팅의 한 방편이다. 쇼맨십과 고객참여와 메뉴에 대한 자연적 설명이 따른다면 더 밀음 가는 카페가 될 거라는 것은 분명하다.

鵲巢日記 14年 09月 19日

　이동통신 LG U+ 이른 아침에 다녀갔다. 8시에 사동점 개장했다. 어제 사다 놓은 햄버거와 우유 한 컵 마셨다. 아침이었다. 햄버거 하나 다 먹지 못해 반은 뒤, 묶여있는 도로시에게 먹였다. 우유도 한 컵 개밥그릇에다가 부어줬더니 잘 먹는다.

　아침 커피 교육을 했다. 이론공부로는 오늘 마지막 날이다. 어떠한 일이든 최선을 다해야 한다. 무엇이든 최선을 다하라는 말을 마지막으로 당부했다. 아침 사동의 일 때문인지는 모르겠다. 서 있는 것조차 힘들었다. 교육생 보기에 미안했다. 목소리도 힘이 없어 무엇을 이야기한다는 것이 그만 여려서 잘 들었는지도 모르겠다. 미안했다.

　청도, 병원, 옥곡에 커피 배송 일을 서 부장에게 맡겼다. 다녀와서 점심을 함께 먹기로 약속했다. 하지만 오늘 이것저것 일 때문에 오후 5시 좀 지나서야 밥 한 끼 같이 먹을 수 있었다. 나는 그간 사동 조감도에 있었는데 장 사장과 사업에 관한 얘기를 나눴다. 그리고 함께 진량에 다녀왔다. 아래 만난 모

은행 지점장 뵙고 신축 건물에 커피 전문점 입점에 관해서 건물 답사하였다. 평수는 1, 2층 모두 합해서 45평 정도다. 위치는 아파트 앞이라 꽤 괜찮다. 진량 나오면서 진량 들어가는 입구 칼국수집도 이참에 들렀다. 전에 토요문화 강좌에 오셔 커피 교육을 받은 바 있다. 진량에서는 꽤 유지다. 몇 분 정도 차 한 잔 마시며 이야기 나누었지만, 최근에 부동산 산 이야기와 대로변 지금 건물 앞, 1, 2층 구조로 지을 땅에 대해서 또 그 옆 부동산 사들이겠다는 포부를 듣게 되었다. 나에게는 모두 꿈같은 이야기다.

사동에서 귀한 손님을 만났다. 서울에서 온 '로그인' 대표 황 사장을 만났다. 황 사장은 전에 개업식 때 축가를 불러주기도 했다. 사장 또한 열심히 사는 모습에 동기부여를 많이 받는다. 다루는 제품을 소개받았는데 팸플릿을 보았다. 사장의 이력이 간략히 있어 읽었다. 서울대 성악가를 나왔다. 역시나 무언가 다르다고 느꼈는데 자세나 마음가짐이나 또 사업에 대한 태도가 확연히 다르다. 정말 정다운 친구다. 조감도 상표에 관해서 나에게 많은 조언을 해주었다.
서울 상표다. '커피에 반하다' 울산 상표다. '커피가 예쁘다' 관한 얘기를 들었다. 모두 상표가 서술형이다. 사업성에 관한 얘기를 들었다.

하얀 눈 밟고 싶다 뽀득 뽀드득
거품 같은 눈 속을 지우고 싶다
누가 힘껏 밟아라 저 겉치레를

아직도 벗지 않은 저 살얼음을

오늘은 19일이다. 9월도 2/3 지났다. 불안한 마음 숨기고 사는 것도 괴롭다. 시를 읽었다. 눈雪은 하나의 이상이다. 하얗다. 나의 눈은 무엇인가? 무엇이 나를 하얗게 덮어 줄 수 있을까? 국가로부터, 자본가로부터, 이웃으로부터, 가족과 작은 가족과 나를 아는 모든 이해관계자로부터 나는 무엇인가? 거품처럼 눈 속을 나는 지금 걷고 있는 것은 아닌가! 일이란 참 허망한 것이다. 소국 경제에 나는 얼마나 열심히 사과나무를 심어야 하는가! 열리지도 않는 사과를 또 열심히 바라보아야 하며 그나마 맺은 사과를 또 얼마나 갖다 바쳐야 하나! 하늘 아래 사과나무 한그루 심고 가뭄의 땅바닥을 본다.

세빠 다녀갔다. 내일 음악회에 관한 일정을 맞추었다. 식순을 다시 확인했으며 악보를 보였다. 내일 해금 탈 연주 씨에게도 연락했다. 내일 시간 괜찮으면 일찍 오라고 했다.

사동 머물 때였다. 선생님께서 오시어 깜짝 놀랐다. 종일 카페가 조용했는데 저녁에 잠시 북적거렸다. 선생님과 박 사장 그리고 최 사장께서 오시어 커피 마시다가 바깥에 나가 바람 쐬었는데 커피에 관한 이야기 있었다.

鵲巢日記 14年 09月 20日

토요일이다. 이른 아침부터 바쁘게 뛰어다녔다. 사동에 직원 예지와 정임 씨가 출근하는 모습을 보고 바로 본점으로 갔다. 앞으로 토요일은 개장을 직원에게 맡겨야겠다는 생각을 했다. 본점 문화강좌가 오전 10시라, 이 시간 맞게 간다는 것은 어려운 일이다. 양 집 개장이 10시다. 하여튼 본점 도착시간이 10시 10분 조금 넘겨야 올 수 있었다. 꽤 많은 사람이 오시었다. 라떼 수업이다. 교육생께 문화강좌 내용을 설명하고 어떻게 진행될 거라는 이야기를 했다. 서두 인사말 가진 셈이다.

다시 사동으로 갔다. 장 사장께서 오시어 오후 7시 '작은 음악회'에 관한 시설을 준비하고 있었다. 앞으로 영구적으로 사용하기 위한 앰프를 설치하고 시험 삼아 시 낭송을 해보았다. 소리가 그렇게 만족스럽지는 않으나 그런대로 기능은 쓸 만했다. 커피 한잔 마시며 이야기 나누다가 소리가 조금 떨어진 것 같아 기기를 다시 알아보겠다는 장 사장 말에 동의했다. 오후 5시쯤 아까보다는 훨씬 큰 스피커와 앰프를 설치했다. 기능은 확연히 달랐다. 소리가 더 안정적이었다.

삼풍에 다녀왔다. 기기 그룹 한 개가 물이 센다고 해서 고무가스켓과 샤워망 갈았다. 마침 점장께서 계시어 부품 갈아 끼우면서 그간 못 나눴던 인사를 했다. 아르바이트 학생에 관한 이야기 있었다. 전에 조감도에 지나갔었는데 목례를 하기에 못 알아보았다고 했다. 계양을 거쳐 우드에 다녀왔다. 커피를 배송했다.

오후 7시, 작은 음악회를 가졌다. 오전 그리고 오후 5시 30분 이후 리허설 가졌는데 갖는 동안 진이 다 빠진 것 같다. 실지로 시 낭송을 할 때는 맥이 다 풀렸다. 해금은 반주였다. 해금 연주자 '연주' 씨께 지면으로나마 인사한다. 너무 고마웠다. 해금은 고려 예종 때 중국 송나라에서 들어온 악기다. 해금 특유의 소리가 나는 좋다. 전에 부산에서 행사를 가진 바 있는데 내 옆에서 타는 해금소리를 잊지 못해 이번에도 해보게 되었다.

경옥 씨 노래가 있었다. '아름다운 나라' 들을 때였는데 모든 근심을 다 놓은 듯 그렇게 편할 수 없었다. 오늘은 아들도 함께 왔는데 대학생이라고 보기에는 너무 어려 보였다. 중학생쯤 보였다. 너무 왜소해서 그렇게 보았다.

클래식 현악 4중주 연주 있었다. 곡 하나씩 설명을 가졌으며 이번에는 한 곡한곡 또박또박 설명했다. 그리고 연주를 가졌다. 무대 위 자리에 앉아 곡을 설명했다. 음악회가 끝나고 연주자와 대화하였는데 사회자가 중간에 앉아 연주해보는 건 처음이었다고 한다. 서로 음을 맞추고 얼굴 보아가며 하는데 말이다. 그렇다고 나빴다는 것은 아니라고 했다. 그런대로 재미있었다고 한다. 하여튼 마치고 나니 한 시름 놓는다.

음악회 끝나고 이 자리에 참석하신 고객 한 분 한 분 찾아뵈어 인사 올렸다. 멀리서 오신 코나 사장님께 진심으로 감사하다.

음악회 진행하는 동안은 시간이 참 길고 멀다. 하지만 바깥에 일하시는 분께 물으니 조금 더 길었으면 좋겠다는 말씀이 있었다. 시간이 얼마나 걸렸냐며 물었더니 한 시간 채 안된다고 했다. 많은 것을 준비하고 연습했다. 시행에 옮기는 것은 금방이었다.

행사에 오신 고객께서 나가실 때는 한사람씩 배웅해 드렸다. 모두 가슴으로 안았다. 정말 고마웠다.

처가에 잠시 가 있었던 맏이 준과 둘째 찬이에게 물었다. 음악회 가질 때는 함께 있었기에 어떠냐고 물었더니 처음 할 때 보다는 훨씬 자연스러웠다고 얘기하니 기분은 좋았다. 일에 신경쓰다보니 아이에게 관심과 사랑을 못 줘 못내 미안했다. 이제는 의젓한 두 아들 본다. 그래도 아빠에게 위안을 주듯 말도 곱게 하고 관심을 가져주니 기분은 좋았다. 음악회 계속 가져도 되겠니? 네 아빠 계속해야 카페가 제대로 돌아갈 것 같아요.

카페 작은 예술제 포고 음악회
보고 마시고 듣고 즐기고 포고
독특한 카페 거저 되는 게 아냐
뜻하는 길 꾸준히 하여 이루세

鵲巢日記 14年 09月 20日

가끔 아니 종종이다. 카페는 공부다. 커피를 팔고 돈 버는 것 떠나 정말 카페 하나 운영하는 것은 많은 것을 일깨운다. 자만 가득한 마음을 뉘우치게 하고 교만한 인간의 마음을 겸허하게 만든다. 인간은 쓸쓸하다는 것을 다시 일깨우며 외로움으로 한계 없는 끝자락에 내몰기도 한다. 참으로 허망한 일이다가도 또 그 반대인 나를 더 돈독히 하는 것도 카페다. 많은 친구를 사귈 수 있으며 사회에 작게나마 영향력을 가질 수 있는 좋은 여건을 가질 수 있음도 실은 사실이다.

이른 아침, 압량 개장했다. 지역사람은 아니었다. 포항에 사시는 분이었는데 부부가 함께 오시어 카푸치노 한 잔과 블루베리 라떼 한잔 청했다. 나는 인사로 여기 사시느냐고 물었더니 포항에 산다고 했다. 그때부터 말문이 열렸다. 포항 '모모' 카페 아느냐고 묻는다. 지역마다 유명한 카페는 더러 알고 있어 이름은 익히 아는 카페였다. 아무래도 교육하는 카페라 내심 관심 두는 카페일 수도 있음이다. 압량의 간판이 교육에 관한 내용이 있으니 한 번 들렀던 것이다. 나의 책 '커피향 노트'를 소개했다. 나중에 커피 사업 뛰어드신다면 적지 않은 도움될 거라 얘기했더니 한권 사가져 가신다. 얼마 전에 디자인 북으로 만들었던 '카페 조감도' 작은 책자를 곁들여 들었다.

도로가 나와 앉아 통행량 본다
오가는 많은 차들 어디로 가나
고운 차 하나같이 하늘밭 가지
까만 차 열어보며 하늘밭 간다

　작은 카페가 있는 곳 압량은 손님은 없어도 가만히 앉아 쉴 수 있는 공간쯤
은 된다. 마음이 가난해서 어디를 가도 불편하기는 마찬가지라서 거저 앉아
책만 보아도 넉넉히는 편안하다. 그래도 손님이 영 없는 거는 아니라서 시간
당 한 사람은 오시어 또 한 사람만 오시었으면 하고 있을 때도 있지만, 꼭 무
슨 낚시도 아닌 것이 낚시 같은 느낌도 들 때도 있지만, 족히 쉴 수 있는 공간
쯤은 된다.

　팔뚝에 문신 가득하게 보이는 뚱뚱한 사내와 가름한 여인이 왔다 간다. 문
신 가득한 뚱뚱한 사내는 선글라스 꼈다. 말씨는 그리 험하게 보이지는 않는
다. 바깥에 서 있는 여인은 자꾸 안을 곁눈질한다. 고속도로 이야기가 더러
나오는 걸 보아서는 아무래도 오늘 좀 달릴 것 같다는 생각을 한다. 코란도
쥐색 몰며 간다.

　밑에 많이 몰려 있기도 하고 때로는 위에 많이 몰려 있기도 하다. 좌측우측
틈틈이 잘 보아야 한다. 어떤 때는 번쩍번쩍 가려서 눈이 많이 어리기도 하
는데 이때 잘만 맞추면 폭탄과 비슷해서 주위에 머리가 안 같아도 여러 마리 깔

아뭉갤 수도 있다. 아까 하다만 애니팡을 다시 한다.

　아주 오래간만에 뵈었다. 경주에 학원 하시는 모 분이신데 늘 카라멜마끼아 또 주문한다. 오늘은 아이스 아메리카노 한 잔 주문이다. 뜻밖이다. 근래 사동 카페 조감도 하나 더 열었다며 인사말로 전했더니 관심어린 말씀 주신다.

　마스크 맨이 오토바이 타고 기름종이 같은 색깔 있는 봉지에 햄버거 담아 들고 왔다. 롯데리아도 배달된다는 것을 얼마 전에 알게 되었다. 롯데리아는 불고기버거가 주종이라서 선뜻 먹기에 손이 잘 안 간다. 새우버거는 괜찮다. 종이에 쌓인 햄버거 한입 먹으면 광백이 떠오르고 광백이 한 말이 떠오르고 먹다가 일어서는 광백은 야야 이래가지고 서니 사람구실은 제대로 허겠나 말이지 하며 칼 들고 들어가는 광백이 떠오르는 것은 겁 많고 이왕 결단한 일 제대로 수행하지 못한 잡꾼의 안타까운 목줄이 생각나는 것이다. 광백의 주먹밥도 아닌 햄버거 한 입에 맑고 깨끗하고 높고 푸른 하늘 보며 마치 기다리는 손님도 없는 작은 카페에 앉아 옛 시인의 구수한 입담과 같은 말씀에 눈 담아 보는 것이다. 차는 여전히 이쪽저쪽 그득하게 밀리며 쓸며 간다. 때로는 아까 보았던 배달의 오토바이도 손 높이 들어 올리고 가는 오토바이도 바가지 손 쥐며 가는 오토바이도 아주 위험하기 짝이 없는 바라바라밥바라바라밥도 지나간다. 쑹쑹 빠져나가는 오토바이처럼 햄버거 한 입 먹는다.

　압량 마감하고 커피 배송 있었다. 옥산1지구에 자동판매기 운영하는 집이었다. 사장님 오래간만에 뵈었다. 인사가 요즘 카페 잘 되지요? 하며 묻는다. 잘 된다고 하기에도 또 못 된다고 얘기해도 그런 것이 나의 직업이니 별말씀

드릴 수 없었다. 거저 싱긋이 웃으며 주문한 커피 내려놓고 왔다.

'세빠'에 다녀왔다. 에스프레소 한잔 마셨다. 한 달에 한 번 가지겠다는 음악회에 관해서 서로 이야기 나눴다. 음악회 이름을 '포고 음악회'라고 정하시면 어떠냐고 묻기에 포고가 무슨 뜻이냐고 도로 물었다. 그간 '작은 음악회'라고 이름 붙이기는 했지만 무슨 뜻을 두고 한 것이 아니라서 고객께 호감 가는 용어는 아니었다. 포고 그러니까 보고, 마시고, 듣고, 즐기고 포고다. 듣고 보니 괜찮았다. 다음 달 음악회는 남녀 성악으로 가져보자고 한다. 그렇게 하기로 했다.

鵲巢日記 14年 09月 22日

로스팅 수업을 했다. 케냐를 볶았다. 예열과 생두 투입 그리고 댐퍼의 적절한 개폐, 투출, 냉각, 청소과정을 차례로 콩 볶으며 상황 설명을 했다. 내일은 교육생께서 직접 볶아야 한다. 볶은 원두로 드립추출도 해보았다. 로스팅 과정에 비교적 시간이 많이 가서 추출에 관한 설명은 미흡했지만, 맛만 보고 내일은 더 보완적인 설명을 하도록 다진다.

수업 끝나고 젊은 여자였다. 교육상담을 갖게 되었다. 커피집 차리고 싶다고 했다. 교육받고 꼭 체인점으로 내야 하나? 커피 배송은 어떻게 되나? 커피는 어떻게 선택을 하고 상표는 어떻게 다루어야 하는지 상가는 어떤 곳이 좋은 곳인지 또 괜찮은 상가는 있는지? 한 달 운영하면 수익은 얼마나 되고 교육 끝나면 바로 영업이 가능한지 조금 미숙한 실력이라 바리스타 고용하게 되면 얼마나 비용이 드는지……, 기타 등등이다. 나중에 가실 때 '커피향 노트' 한 권 사가져 갔다.

오후, 커피 배송 몇 군데 다녀왔다. 월요일이라서 주문받은 곳이 많았다. 일을 분담해서 처리했다. 오래간만에 밀양에 가게 되었다. 상현이가 운영하는 '에레모사' 다. 밀양까지 가는 것만도 가을 여정을 만끽할 수 있다. 높고 푸른 가을 하늘 아래 한산한 도로를 달리면 많은 것이 떠오른다. 토요일 가졌던 '포고 음악회' 가 떠오르고 출판사에 넣었던 원고가 생각나고 밤에 다녀갔던 고객이 생각난다. 이것저것 생각하면 벌써 '에레모사' 다.

상현이가 만든 스파게티 한 접시 먹었다. 매출과 경영에 관한 이야기를 나누었다. 커피가 맛있다며 밀양 시민으로부터 많은 인사를 들었다는 얘기와 에스프레소 추출을 다시 손봐주기도 했다. 끄레마 풍부한 에스프레소 한 잔 맛본다. 그 외 간판에 관한 상담도 있었다. 더 멋진 간판을 길가에다가 놓고 싶다는 거였다.

밀양서 대구 수성 나들목으로 넘어왔다. 교회 '로뎀카페' 에 들러 목사님과 사모님 뵙고 인사드렸다. 얼마 전에 개업한 '카페 조감도' 에 관심이다. 카페 돌아가는 이야기 잠시 해드리기도 했다. 그 외 카페진리에 다녀오기도 했으며 진량, 범어, 경산역, 조감도 압량, 사동은 서 부장이 다녀왔다.

압량에 머물 때였는데 단골이다. 아직 대학생이며 가끔 전화도 주는 영훈이가 왔다. 커피에 관심이다. 오늘은 피곤해서 드립 한잔을 추출해 드릴 수는 없었지만, 아메리카노 한 잔 내었다. 창업비와 내부시설에 아주 궁금했는지 사진도 몇 장 찍는다. 마침 손님이 와서 많은 대화를 못 나누었지만, 생각이 많은 아이였다. 갈 때 더치 두 병 사간다. 집에서 마시겠다고 한다.

命
가만 앉아 있으면 비계를 탄다
모래나 자갈담긴 들통을 진다
간당거리는 어깨 한발씩 뗀다
하늘 까맣다가도 하얗게 뜬다

友
곁에 없어도 어린 관심 가진다
불쑥 찾아도 좋은 친구가 있다
커피 한잔 나눠도 얘기가 좋다
구름 같은 접시가 비워 가볍다

사동에 머물 때였는데 뒤 묶어놓은 도로시가 짖는다. 카페 건물 공사할 때부터 한 번도 개 짖는 소리를 못 들었다. 순하다. 가까이 가면 꼬리를 살랑살랑 흔든 것뿐만 아니라 어쨌든 살붙이 하려는 도로시를 볼 때 나도 모르게 가까이 가 안고 만다. 한 오 분이고 십 분이고 안아준다. 그러면 개는 잠잠하게도 내 눈만 똑바로 본다. 뽀뽀한다. 그러는 도로시가 짖는다. 과자 하나를 건네니 금방 혀로 감는다. 내 손을 물지도 않고 혀로 삭 감는 도로시, 오늘은 왜 그리 짖는가!

장 사장이 부러울 때가 많소. 가을
우울하고 허망하오. 힘들고 숨 놓고
싶소 달밤 소주가 참 그리운 밤이오.

카톡을 보냈다. 벌써 잠들었나 보다.

시마을 동인 선생님으로부터 받은 편지

잘 지내지요.
내가 읽은 시를 읽다가 흠, 안부 놓습니다. 먼저 수고에 감사하고 좋은 시 안에 박수를 보냅니다. 참 어려운 일 묵묵히 하시는 님의 심성이야 알고 있지만 이렇게라도 박수를 보내지 않으면 안 될 것 같네요. 깊어지는 간절기 건강 유의하시고 참 내자 감기는 쾌차하셨는지요. 흠흠 사업 번창 하시고 하시는 일 다 잘되시길.

저두 여전합니다.

선생님께 보낸 편지

선생님 안녕하시지예.

소식을 가끔 올려야 하는데요. 사는 데, 바쁘다는 핑계를 댑니다. 아내는 이제 감기가 좀 풀린 것 같습니다. 무심한 남편입니다. 참 힘든 시기를 보내는 것 같습니다. 그래도 주어진 소임이라 생각하며 열심히 일합니다.

요즘은 가을 타는지 많이 외롭습니다. 가족도 있고 자식도 있는데 마음하나 얻을 곳 없는 듯 그렇게 느낄 때 많습니다.

일마치고 돌아오면 제가 머무는 골방이 있는데 한참이고 앉았다가 피곤하면 들어가 쉽니다.

이렇게 잠시 선생님께 인사 올립니다.

건강하시고요.

참 이번 동인 모임은 장소가 멀더라고요. 어떤 일이 있어도 가겠습니다. 선생님.

鵲巢日記 14年 09月 23日

까마귀가 보는 세상은 단도 이도뿐이다. 까맣거나 하얗다. 오늘도 날씨는 맑다. 아직도 남은 것이 많다. 마트에 가면 천 냥 김밥이 있고 타고 다니는 차가 있고 카페가 많고 하루도 쉬지 않은 글이 있고 교육생이 있다. 아직도 나를 찾는 사람이 있다. 하루 시작하자.

아침, 일찍 일어났다. 몇 시간 잠자지 않았는데도 꽤 오래 잔 것 같다. 아침은 여유다. 아침 먹으려면 두 시간이나 여유가 있고 개장을 하려면 4시간이나 여유가 있다. 시집을 읽었다.

아침, 동네 몇 바퀴 걸었다. 아침에 출근하는 사람이 보였다. 꽃이 생각이 났다. 꽃은 국수를 좋아한다. 아카시아 잎이 말라가는 모습을 보았다. 꽃이 생각이 났다. 자주 찾아가 뵙지 못한 꽃이 오늘은 생각났다. 엊저녁까지 에어컨 틀며 있었는데 아침에 한기를 느꼈다. 꽃은 동네 한 바퀴 돈다. 동네 한 바퀴 도는 꽃은 꽃이 하나다. 꽃만 바라본다. 꽃대가 하얗게 하늘 본다. 꽃은 언제나 부정적이지 않다. 세상의 모든 꽃은 하늘 보며 익는다.

밑둥보다는 꼭대기가 바람에 더 많이 흔들린다. 바람이 약간 불어도 꼭대기는 대가 부러질 정도로 굽는다. 18년의 사업의 정점에 와 있는 듯하다. 일은 바빠도 문제고 안 바빠도 문제다. 내가 진 빚이 산더미처럼 불어서 가만히 앉아 있으면 숨 쉴 수 없다. 어디를 가도 얼굴은 찌그러지고 손 떨려서 개목 걸이가 따로 없다.

아침, 교육했다. 로스팅에 관한 실습과 드립실습이 있었다. 분도에 관한 얘기를 했다. 얘기하면서도 머리에는 온통 금전적인 문제로 가득하다. 내가 가진 것이 얼마나 부담인가? 체인점 문제와 직영점 문제 가족과 자식과 직원 생각하면 하나같이 짐이다.

오후 맏아들 준이가 학교에 다녀오는지 걸어오는 모습이 보였다. 이렇게 일찍 집에 오나 싶어 학교 갔다 오느냐 했더니 네 한다. 그리고 일을 했다만, 잠시 또 생각나서 다시 불러 세워 맏이를 안았다. 이제는 키가 나와 같다. 안으며 한마디 했다. 아빠가 너무 무심하지 했더니 오히려 괜찮다고 하는 아이, 아빠는 우리 준이를 사랑한다. 알지! 아빠를 꼭 껴안아 주는 아이…….

자동차 중고상사에서 왔다. 타는 차를 한 대 팔았다. 중고 모닝으로 바꿨다. 차를 바꾼 차익, 일천만 원을 은행이자로 갚았다. 압량, 사동, 본점 직원들에게 어려운 사정을 얘기했다. 미안하고 죄스러웠다.

압량 머물 때였는데 대구대 선생님께서 오시었다. 카페 들어오시며 한 마디 한다. 어디 강원랜드 다녀오셨느냐며 한마디 한다. 바뀐 차보며 얘기하신 게다. 여러 가지 어려움으로 바꿨다는 말은 참아 입에 떨어질 수 없었으나 이해해주었다. 남회근 선생의 '역경잡설' 과 '노자타설' 을 꼭 읽어보라고 권한다. 다음에 오실 때까지 다 읽겠다고 했다. 볶은 커피를 몇 봉 드리려고 했다. 전에 시 낭송에 대해 사례도 하지 않았다. 커피값 받지 않으려고 마다했다. 구태여 내고 가신다. 가슴으로 서로 안았다. 나는 눈물이 맺혀 말할 수 없었다.

'선생님 커피 한잔 드시러 오십시오. 압량에 있습니다.' 강 교수님께서 전화 주시었다. 부산에 계시었다. '어허~~ 우짜노~~ 부산이데이~~~^^' 사진 한 장 전송되었다. 소주병과 잔과 무침회가 보였다. 사진 한 장 보냈다. '모닝' '선생님 차 바꿨습니다.'

노란 봉지

노란 봉지 이국종 버터 맛 과자
노란 레몬 티 한 잔 번뜩 깨는 맛
소파에 앉아보는 민들레 영토
폴폴 날다가 탁탁 쓰며 가는 맛

사동 마감할 때쯤이다. 본점장으로부터 긴 문자 받았다.

본부장님 5시 교대로 정했습니다. 힘내세요, 본부장님 한동안 제가 심적으로 너무 힘들어서 본점에 영향을 미친 게 아닌가하는 죄책감도 듭니다. 기분이 안 좋아도 손님 오시면 환하게 웃으려고 노력은 하는데 말입니다. 음, 저도 카페리코에서 커피 밥 먹은 지 2년이 지났고 또 반년이라는 세월이 지났습니다. 혹여나 제가 본부장 의도와 다르게 반대하거나 다른 의견을 내놓아도 한번 쯤 진지하게 생각해 주시는 기회가 되면 좋겠습니다. 본부장님이 가족이라 하셨지 않습니까! 지금은 열심히 응원하고 제 자리에서 열심히 하겠습니다. 지금 해드릴 수 있는 유일한 방법인 것 같습니다. 본부장님은 저녁에 교육문제로 죄책감이 든다 하셨지만 그러지 마세요. 적어도 저는 본부장님한테 커피를 배운 사람 아닙니까! 일찍 시작하셔서 저 같은 사람도 배워서 덕분에 우리 세 식구 먹고 산다 아닙니까. 어제 사진이나 찍으러 다닐까 하셨던 말씀이 오늘은 무척 공감이 갑니다. 굳이 사진이 아니더라도 가끔 실내나 책상 앞이 아닌 일과 상관없는 밖으로 나가셔서 마음을 다스리고 오시는 것도 아주 좋으리라 생각합니다. 스트레스가 만병의 근원이라 하지 않습니까.

본부장님 부디 힘내시고 바로 서주십시오. 제 자리에 가 보내드리겠습니다.

평상시 사진만 찍고 다니는 줄만 알았다. 문장력이 이리 좋다. 참, 전에 약소하지만, 소설도 써봤다고 했다. 편지 받고 가슴이 북받쳤다.

자정, 골방 문을 똑똑 두드린다. 본점장 성택이다. 저녁 한 끼 하자고 한다. 비 오는 골목길 우산 함께 쓰며 막창집 들어간다. 김치찌개 함께 먹는다. 두 시가 다되었다.

鵲巢日記 14年 09月 24日

비 온다. 가을 비 추적추적 내린다. 목련이 피려면 석 달 하고도 더 남았다. 이미 꽃피운 목련에 지문처럼 숨결처럼 하루 온 생을 건다. 한 줄씩 읽으며 백 년의 세월을 건다. 새가 바라보는 세상, 조감도 겹겹 곱게 접어 한 백년 밀봉한 꽃봉오리처럼 예쁜 꽃처럼 다시 피기를 박새처럼 기도한다.

비 온다. 비가, 비가 너무 많이 온다.

로스팅 실습과 드립실습 교육 있었다. 수프리모 볶았다. 교육생께 왜 수프리모인지 설명했다. 오늘 볶은 커피는 비교적 안정적으로 잘 볶았다. 색깔도 균일하며 맛 또한 쓰지도 그렇게 신맛도 아닌 향이 무릇 밴 커피 한 잔 뽑을 수 있었다.

오후, 청도에 운문사 앞, 가비에 전화 한 통 넣었다. 요즘 너무 뜸한 것 같아 어떤지 싶어 인사 넣게 되었는데 필요한 물품을 주문 넣어 주신다. 서 부장과 함께 다녀오게 되었다. 비가 와서 그렇게 일이 없지 싶어 함께 가게 됐다. 청도에 도착하니 카페가 조용하다. 주인장과 몇 마디 나누다가 여기서 가까운 밥집에 가 점심 한 그릇하고 사동 조감도에 왔다.

　사동 조감도에 잠시 들러 더치커피를 확인하는 차, B 업체에서 전화가 왔다. 이번 주 금요일이면 결재가 되니 콩 볶아달라는 문자였다. 그렇게 부탁하며 볶아다 드린 커피가 몇 백 만이었다. 경기는 더욱 좋지 않은데다가 더는 볶을 수 없어 문자를 남겼다.

　"며칠째 잠도 못자고 자금난에 힘들었습니다. 직원들도 수당 삭감 들어가고 흔들리고 있습니다. 추석 지나고 매출도 많이 떨어지고 적자를 면하지 못해 정말 위기입니다. 제 마음대로 할 수 있는 일이 아니라서 죄송합니다."

　문자를 보내고 이런 생각이 든다. 노끈 하나 들고 목이라도 달고 싶은 심정인데 가만, 죽고 나면 아무것도 없다. 마지막 정리할 것은 정리해야겠다는 마음이 들었다. 어제까지는 본점도 오후 7시 이후로는 폐장하고 압량 조감도 평일은 폐장 주말만 개장해야겠다며 다부지게 마음먹었던 나다. 매출보다 인건비가 더 나간다면 사업은 할 필요가 없는 것이다. 더구나 세무서에서도 곱게 보아주는 사업체도 아니다. 세금과 보험과 연금에, 시달리는 이자까지 생각하면 하나같이 짐이다. 모두 감하고 다시 원점으로 돌리고 싶었다. 그래도 한 달은 또 해보자고 마음이 하루 만에 바뀌었다. 외부 거래처 또한 마찬가지다. 현금이 돌지 않은 업체를 굳이 거래할 이유가 없다. 지금껏 한 일도 어렵지만 포기한다. 깨끗이 지우고 새로이 시작하는 것이 맞다.

압량에 머물 때였다. 지난번 상담했던 모 지점장님께서 찾아오셨다. 상가 건물에 커피 전문점 입점에 관한 문제였다. 아직 잊지 않고 찾아주심에 솔직히 말하면 커피 전문점 입점과 관계없이 고마웠다. 이제는 자주 만나니 서로가 친숙해져 갔다. 금융과 더불어 그러니까 마케팅차원으로 운영한다면 카페가 승산이 있겠다는 말을 드린 적 있다. 지난번 음악회 가졌던 모습에 사뭇 생각이 많이 다르게 느낀 것은 분명했다. 나의 시 한 편을 읽어드렸다. 가장 짧은 시 '달 품는 우주'였다. 하트다 열개눈동자의보금자리며달품는우주다 이 시를 설명했다. 열 개 눈동자를 설명하다가 칙센트미하이의 몰입을 빌어 암벽등반가의 이야기를 했다. 진정한 몰입이 아니고서는 발전이 없다. 나 또한 사업이 어렵다고 하지만 이는 한 단계를 벗는 과정이라 생각한다. 그래 번데기가 나비가 되는데 고통이 안 따를 수 있겠는가!

사동에 머물 때였다. 젊은 친구들이 바bar 의자에 앉았다. 단골이다. 나보고 사장이냐고 묻기에 그렇다고 했다. 조금은 건방진 녀석이었다. 체인점 내는 데 비용이 얼마인지 로얄티는 얼마 받는지 여러 가지 꼬치꼬치 묻는다. 결국, 자리에 앉아 이것저것 이야기하다가 나이가 어떻게 되느냐고 물었더니 스물셋이다. 사채 하느냐고 물었더니 그것과 비슷한 것 한다니 참 젊은 애들이 돈만 알아서 어디 목 좋은 곳 보고 하나 차리려고 하나보다. 마감할 때쯤 해서 나갔다.

마감하고 본부로 들어가는데 홀가분했다. 내부공사비 하나가 마감되었기 때문이다. 가벼운 차를 몰며 음악 틀며 천천히 가는 길이었다. 나는 행복한 사람이라는 것을 알게 되었다. 한산한 도로가 나를 위한 도로였고 단 한 대만 서 있는 차선에 신호등이 나를 위한 거였다. 나는 신호등을 보고 교통법규를 바르게 지켰다. 아무도 없는 길 위에 혼자서.

본부, 세빠가 전화 왔다. 시월의 음악회는 모두 국악으로 하자고 한다. 해금과 더불어 셋, 시 낭송도 두 수 정도는 괜찮다고 했다. 한 시간 놀 수 있느냐고 물었더니 충분히 그렇게 하도록 하겠다고 한다. 음악회가 내심 또 기대가 된다.

반지
손가락에 끼우면 달 품는 반지
끼고 있으면 마냥 또 빼고 싶은
끼웠다가 뺐다가 종일 그 반지
다믄* 없어도 남은 달 품은 반지

---

* 다믄: '다만'의 경상도 방언

鵲巢日記 14年 09月 25日

날짜를 기록하며 적어나가는 하루 일기는 특별하다. 얽혀있는 자금문제가 때로는 눈에 들어오기도 하고 맞춰야 하는 시점을 알려준다. 오늘은 25일이다. 여느 때와 다름없이 각 매장 문을 열었다. 어제까지만 해도 비가 왔다. 아침은 끄무레하였다만 종일 맑은 가을 날씨였다.

사동 직원이 출근하는 모습을 보았다. 정임 씨가 맑은 웃음으로 인사를 한다. 예지가 인사를 하며 들어온다. 모두 가을 하늘 같았다. 본점으로 들어와 교육했다. 내일이면 내가 맡은 로스팅과 드립수업은 다 마치게 된다. 오늘은 케냐 볶았다. 처음 주전자 잡을 때보다는 나은 자세다. 하지만 여전히 엉성하고 미숙하다. 학생 한 명이 위가 좋지 않은지 수업 마치고 병원에 가야한다고 했다. 학생 한 명은 주부임에도 힘이 너무 없어 보였다. 밤에 뭐하냐고 물었더니 영화를 내려 받아 본다고 했다. 나는 2시나 3시에 누워 아침 6시에 일어난다고 했더니 거저 놀란 눈빛이었다. 체력보강 좀 하시라 했다.

영천, 역, 옥곡, 대구 옷가게에 커피 주문 있었다. 모두 서 부장께 맡겼다. 페인트 상사에 다녀왔다. 탁자가 모두 다섯, 책꽂이가 하나, 칠하는데 필요한 자재 붓 세 개, 칠 자재 세 통, 깡통 두 개 샀다.

몇 주 전에 탁자를 부탁한 적 있다. 목수께서 한 시쯤에 싣고 사동에 가져 오시었다. 탁자 모두를 칠하기 시작했다. 오후 7시쯤 칠 다 마쳤다. 목수께서

칠 전문가 두 명이 칠하면 하루 걸리는 양이라고 했다. 오후 4시쯤 서 부장이 와서 거들고 목수께서 나머지 가구를 갖고 오시며 거들고 해서 7시쯤 마감했다. 전문 칠 작업도 한 이틀은 해야 할 수 있는 작업량이었다. 실지로 그렇게 느꼈다. 서 부장 점심도 먹지 못했을 것 같아 옆집 오리집 들러 점심 겸 저녁을 함께 먹었다.

압량에 머물 때였다. 지인이자 시인 한 분 전화 왔는데 일행 네 분, 모시고 오시었다. 자리가 마땅치 않아서 본점 안내해드렸지만, 본점 위치를 찾지 못해 몇 번이고 통화했다. 정 안 되어서 본점 장께 전화하여 나가서 모시게 하며 부탁했다. 경산에서는 임당동은 구석이다. 구석인데다가 카페까지 저 안쪽에 위치하니 손님께서 잘 찾을 수 있겠나! 학생이나 글 좋아하는 손님 몇 분 단골이면 모르겠다만 영업 매출을 증가한다는 것은 참으로 힘든 곳이다. 하지만, 주말은 그런대로 매출이 괜찮다. 이 매출도 카페를 유지할 수는 실은 없다.

사동에 머물 때였다. 정문 기획 사장님 오시어 커피 한잔 했다. 아래, 대구대 문학박사께서 추천해준 책을 보여드렸다. 혹시나 읽어나 해서, 얼핏 보시더니만 다른 책에서 많이 보던 내용이라 하니 별말 할 수 없었다.

사동점장과 아까 칠했던 가구를 이리저리 배치했다. 솔직히 말하자면 영 맞지 않았다. 돈 가치에 비하면 가구가 빛이 나지 않는다. 이 층 한군데만 그런대로 자리 맞춤이 맞았다.

98. 칠

칠도 여러 번이면 결이 환하다

가는 길 닦다 보면 걷기 편하다

마음도 하나하나 꼭꼭 채워서

어느 곳 어느 부위 채여 다치랴

99. 모닝

불혹은 모닝 타자 모닝은 시작

하늘같은 차 한 잔 이거면 되지

가볍다고 웃지 마! 유연성 최고

엄지손 바짝 올려 당신은 최고

100. 꽃

코스모스 만발한 언덕에 핀 꽃

아름 따다 걸었던 소싯적 옛길

길가 양쪽 방긋한 웃음꽃처럼

바람에 나부끼며 얹어 가는 길

사행소곡이자 칠오조 율격으로 100수를 짓겠다고 다부지게 마음먹었던 적 있다. 얼추 간추려 본다. 다음 카페 조감도 시화보에 넣을 작품이며 '벽돌 백돌'의 벽돌 한 장씩 모음이다. 시를 누가 읽겠나 하며 지었다. 칠오조는 한

물 간 율격이며 소월이가 불렀던 율격이다. 하지만 이를 되찾고 지은 이유는 문학에 더 가까이 바라다보게끔 일종의 눈길이다. 또 칠오조만큼 가장 우리의 숨소리에 버금가는 시는 없는 거라서 읽는 맛에 착착 감기어 흥미 줄 수 있음인데 내 마음을 더 보여드리고 카페가 더 재미있었으면 해서 미흡하나마 발표한다.

아무쪼록 조감도 찾는 고객께서는 앞으로도 더 관심 있게 보아주시라! 경산에서 만큼은 올바른 놀이문화로 이끌 작정이니 크게 후회하는 일은 없을 것이다.

마지막으로 한마디 덧붙여 놓는다. 칠오조 사행소곡을 이로써 마치는 것이 아니라 틈틈이 마음 출렁거릴 때마다 지을 것을 약속한다. 미우나 고우나 잘 보아주시라.

鵲巢日記 14年 09月 26日

지금 가진 것이 영원히 내 것이 아님을 머리로 이해하지만, 가슴까지 오는데 시간이 너무 걸린다오. 욕심을 버려야지.
오늘은 윤동주의 '별 헤는 밤' 이 생각납니다. 계절이 지나가는 하늘에는 가을로 가득합니다. 아무 걱정 없이 가을 밤하늘의 별을 다 헤아릴 수 있다면 말입니다. 별 하나에 추억과 별 하나에 사랑과 별 하나, 그리고 어머니, 어머니 생각은 왜 자꾸 나는 것인지. 가을밤은 점점 깊어 가는데 몸과 마음은 고독합니다.

노자타설을 읽었다. 지혜 있는 사람은 반드시 침묵하고 말이 적다고 했다. "말하는 자는 아는 자의 침묵만 못 하다." 한비자는 가정 현상으로부터 그 범위를 넓혀 국가까지 소급시켜 이렇게 말했다. "집안에 변치 않는 업이 있으면 주리기는 해도 굶지는 않고, 나라에 변치 않는 법이 있으면 위태롭기는 해도 망하지는 않는다."고 했다.

외롭다는 것은 내 마음이다. 마음이 외롭다고 하면 외로운 것이 된다. 말하지 말고 책을 읽자. 이렇게 좋은 친구를 놓아두고 나는 어디서 그렇게 찾았더란 말인가! 빚이 많다고 해도 다 헤아릴 수 있으니 그리 걱정하지 말며 나의 일이 있으니 평생을 그 일에 즐거움을 찾을 것이며 남들처럼 잘 먹고 잘 입고 잘 살 수는 없어나 굶지 않으니 얼마나 행복한가!

본점과 조감도도 마찬가지다. 교육의 명소로서 본점만한 곳도 경산에서는 없으며 여러 예술제를 행할 수 있는 곳도 조감도만한 장소 또한 없는 곳도 분명한 사실이다. 그것을 올바르게 보고 올바르게 행하는 자의 지도력을 배양하는 것이 급선무임을 어찌 너는 모르는가!

매호, 청도, 병원에 커피 배송이 있었다. 오후, 계양에 들러 에스프레소 한 잔 마시며 책을 읽었다. 세 시간은 족히 되지 싶다. 서 부장과 함께 시지에 다녀왔다. 욱수골에 가, 점심을 먹었다. 서 부장은 늦은 점심일지 모르나 나로서는 점심 겸 저녁이었다. 본부 들어가는 길, 우드테일러스 카페에 들러 커피 로스팅에 관한 얘기를 서로 주고받았다. 점장님 숙부께서 오시었다. 연세 많으시어 휠체어 타시며 그림을 그리신다. 전에 개업식에 숙부께서 그리셨다는 그림을 본 적 있다. 그림이 제법 크다. 금액으로 환산하자면 얼핏 들었다만 족히 한 장은 된다고 하셨다. 그림 그리는 모습 뵈니 생각이 많았다. 나이가 들어간다. 나도 노인으로 가는데 그때는 무엇으로 낙으로 삼을 것인가! 지금도 고독한데 그때는 무엇으로 낙으로 삼을 것인가!

글, 노환이 오면 글도 보지 못한다. 움직임도 둔하고 추하면 나는 어찌 살 것인가! 지금도 젊다고 하지만 얼굴은 많이 상했다. 속도 곪을 대로 곪았지만, 이것은 아직 약과다. 사회가 성숙하고 조직이 발전을 기하면 나는 더욱 곪을 것이고 더 늙어 갈 것이다. 나는 자꾸 책을 생각한다. 돈 벌어서 빚을 갚고 땅을 사며 재산을 늘리려고 애를 써야 평범한 생각인데 나는 조금만 여유 생기면 책을 내려고 하니 바른 생각인가! 모두가 옳은 것은 없다. 모두가 그렇다고 그릇된 것도 없다. 내가 생각하고 내가 행하며 내가 바르다고 여기면 그것이 옳은 길이다. 가벼운 낙이자 가벼운 치료며 가벼운 명예를 얻는 길이다.

어머니가 그립다. 언제나 나를 꼭 껴안아 주시던 어머님, 힘들다고 혹시나 차 사고나 나지 않을까 싶어 내려오지 말라는 어머님, 어머니가 그립다. 어머니는 하루도 쉬지 않고 공단에 다녔다. 비 오나 눈 오나 출근하셨던 어머님, 잔업까지 할 때면 그 어두운 밤길을 홀로 걸어오셨다. 고등학교 때다. 함께 그 산길을 걸어 내려가며 걸어 올라갔다. 오늘은 엄마의 따뜻한 가슴에 머리 묻고 싶다.

압량에 머물 때다. 세 살배기 아이와 함께 왔다. 첫째라고 한다. 건축과 임대업을 한다. 바나나 주스 주문했는데 임대에 관한 이야기를 나누었다. 둘째도 아들이라고 했다. 나의 10년 전 모습이었다. 아직, 기저귀를 떼지 않았다고 했는데 아이는 또박또박 잘 걷는다.

마감할 때쯤 아주머니 다섯 명 들어오시는 데 앉을 데가 없어 본점 위치를 알려드렸더니만 그만 포기하고 좁은 장소에 곱살이 한다. 미안했다. 에티오피아 커피 예가체프 한 잔씩 서비스 드렸다.

사동에 머물 때다. 아내의 계모임이 있었나보다. 계원 세 명이 오시어 커피를 마시고 있었다. 계원 중 이복희 씨는 글을 유난히 좋아한다. 나의 시 몇 편을 낭송해 드렸다. 마지막에 가실 때에는 커피배전기에 실었던 글 한 편을 읽어드렸다.

사동 마감하고 석 점장과 다정 씨와 함께 압량 뚝배기집에서 저녁 먹었다. 뼈다귀를 훑으며 먹는데 건물 뒤 묶어놓은 도로시가 자꾸 생각났다. 오늘은 가까이 가 유난히 안아주었다. 이제는 나만 보면 더 살붙이하려고 안달이다. 산에 달랑 개집 한 곳과 홀로 저리 묶어져 있으니 이 밤 얼마나 외로울까!

鵲巢日記 14年 09月 27日

본부에서 본점, 압량 개장했다. 사동은 직원이 나와 문 열었다. 토요문화강좌다. 지난주만큼 참석하지는 않았다. 분명, 지난주 꽤 등록했는데 로스팅과 드립 수업이라 그런지 빠진 교육생도 있었다. 새로이 오신 분도 몇 명 있었다.

교육을 마치고 '커피향 노트' 사가져 가시는 손님이 셋이었다. 두 분은 상담했다. 한 분은 여성 CEO다. 사업체가 두 개나 되었다. 그것도 아주 큰 사업 하시는 분이었다. 커피에 관심을 가진지 꽤 오래되었지만, 마음에 두고 들어나 보자 해서 오신 게다. 성씨가 태太 씨였다. 집성촌이 여기서 그리 멀지 않은 남천이라 했다. 집안의 내력과 친지 분 중 커피 하시는 분 이야기를 들었다.

몇 가지 정보를 알게 되었지만, 커피에 대해 바른 생각을 가져야 한다. 사람은 대체로 수익, 그러니까 돈을 보고 업계에 들어오는 분도 꽤 있다. 예전 같으면 매출이 평수에 비례했지만, 지금은 평수에 반이다. 그러면 대충 얼마의 매출이 오르며 관리는 어떻게 해야 하는지 답이 나온다.

카페에 오시는 손님 꽤 있거나 자리에 앉은 손님이 많다고 해서 그 집 매출이 좋다거나 하는 것도 아니며 그 카페 주차장에 차가 많다고 해서 손님이 또 많거나 매출이 많은 것도 아니다. 사람은 겉만 보고 판단하는 것도 적지 않아서 혹하면 커피에 메리트를 느껴 뛰어든 사람도 적지 않기 때문이다. 커피 업도 여타 업종과 다를 바 없이 경쟁이며 경영에 예외일 수는 없다. 바리스타가 목표라면 최고의 커피를 뽑을 수 있는 자질을 키우는 것이지만 최고의 커피 뿐만 아니라 나의 카페를 운영한다면 경영의 효율성 또한 벗어날 수 없는 대목이다.

아무튼, 대단한 여성 CEO 한 분 만났다. 토요문화강좌를 통해서 참으로 장장한 사람을 많이 만났다. 나의 성격이 잘 나서는 게 아니다 보니 이런 기회를 통해 만나는 것도 좋은 인프라구축인 셈이다. 주위의 예술인 또한 많이 만났으며 업계의 다재다능한 사람을 참 많이 만났다. 모두가 내일이라도 커피를 할 수 있는 사람이다. 커피 시장을 바로 알리며 깨치는 일이 나는 참 좋다.

카페는 역시, 마케팅이며 일이며 경영이며 효율적 관리를 위한 노력이 그 어떤 종목보다 더 많이 필요하다. 사람이 모이는 곳이며 사람이 쉬는 곳이며 그 사람의 마음을 움직이게 하는 곳이기에 더욱 힘들다. 우리는 무엇을 믿고 그리 쉽게 카페를 여는 것인가!

본점에 있었던 일이다. 전에 교육상담 때문에 오신 손님 있었다. 오늘도 압량에 들렀다가 본점에 왔다. 교육비에 관한 얘기를 하다가 집안 이야기 듣게 되었다. 한 분은 결혼해서 아이가 하나 있었다. 한 분은 아직 아가씨다. 커피에 대한 생각이 참 많은 분이었다. 형편을 듣다가 그만 '커피향 노트' 한 권 선물했다.

사동 마감할 때였다. 소방면허 허가를 받기 위해 소방서 몇 번 간 적 있다. 담당 직원이 가족과 함께 왔는데 조금은 난감한 데도 있었지만, 바깥에 나가 이런저런 대화를 나누었다. 영대 나왔다고 해서 학번이 어떻게 되느냐고 물었더니 후배다. 아무튼, 갈 때 더치커피와 책 선물했다.

鵲巢日記 14年 09月 28日

점점 바람이 차다. 겨울로 간다. 은행 이파리가 물들고 은행이 야물기 시작하다가 무르다. 툭툭 길 가에 조그마한 은행잎이 있다. 얼마나 탈지는 모르겠지만, 당분간은 너와 함께 한다. 사람은 은행잎만 보고도 판단한다. 늦가을처럼 한 잎씩 떨어져 나간 은행잎을 보며 나목만 본다.

나목, 단 몇 달이다. 비수기를 거치고 새봄이 오면 은행잎은 맺는다. 그때 계약금처럼 저 은행잎을 버리겠다. 새로 맺은 은행잎 타며 나는 휴식을 취하겠다. 새가 바라보는 세상에서 희망 가득한 새가 나를 반겨줄 것이다. 그때까지 이 악물고 나는 간다.

가을 햇볕 따뜻하다.

남회근 선생의 '노자타설'에 나오는 글이다. 의미가 깊어서 따로 기입한
다. 후세의 단도파는 말이란 가장 원기를 상하게 하는 행위이며 나아가 단명
하게 하고 불운을 가져오는 최대 원인이라고 여겼다. 이 말씀을 읽으니 세상
모든 선생의 위치가 어떤지 생각해 보게 된다. 나는 수많은 말을 뱉어놓았으
니 원기뿐만 아니라 그 죄를 어찌 다 주워 담을 수 있을까! 나의 성격이 문제
다. 사업이 문제고 그에 따른 외로움이 나를 죽인다. 죽고 사는 문제에 그리
개의치 않으니 어쩌면 말을 뱉으며 사는 것이 지금은 나를 위로한다.

은행타고 온 쪽빛 커피 한잔에
은행잎 불며 한 손 가을 하늘에
구름쪽 가에 하얀 뱃사공 있네
도로시라 부르니 구름 싹 가네

사람은 혼자인 것 같아도 때로는 여러 친구와 함께한다. 어쩌다가 선생님
이라도 오시면 커피 한잔 하며 사회 돌아가는 이야기 나누면 웃음이 밴다. 가
만히 앉아 있는 것 같아도 친구가 보내주는 바다 풍경에 선하게 머리 맑아질
때도 있다. 머리가 복잡하고 앞길 탁 막힌 것 같아도 내일이면 또 갈 때가 있
어 좋다.

커피 값이라고 하지만, 건축 이야기하면 턱 없이 낮은 푼돈이지만 건축 이

야기를 담은 책값을 생각하면 엄청난 큰돈을 번 셈이다. 오늘도 찾는 손님께 책 좋아하면 한 권 선물로 드리겠다고 하니 기꺼이 고맙다는 말씀을 들었다. 나 또한 수십 수백 권의 책을 읽었다. 그 속에 한 권의 책을 만들었다. '커피 향 노트'다. 이 책을 통해 카페 조감도 100평대를 운영하게 되었으니 이 얼마나 행운이 아니겠는가!

鵲巢日記 14年 09月 29日

예전이다. 그러니까 10년 하고도 한 이삼 년 됐지 싶다. 암웨이를 통해서 네트워크 강의에 몰입한 적 있다. 그 강의를 통해서 나는 성공이 무엇인가, 많은 생각을 하게 되었다. 그리고 시스템을 만들고 10여 년 이상 커피 일을 했다. 그때 유명 강사였는데 무늬만 암웨이도 있다고 했는데 꼭 그런 꼴이다. 몇 년 사업하면 여러 유형 볼 수 있다고 했는데 나에게도 피해 가는 일 없구나!

언제였는지는 모르겠다. 시애틀에 잠 못 이루는 밤 대표 이 사장을 만난 적 있다. 상표분쟁에 관한 내용을 들은 적 있다. 배운 사람이 계약위반을 더 많이 하고 분쟁에 막대한 비용까지 떠안고서야 떠나는 사람을 많이 보았다고 했다. 예전 모모 사태가 생각난다. 참, 멱살에 경찰에 또 깡패까지 동원했던 모 점장이 생각난다. 상표자산가치 3억 원에 합당한 내용증명을 띄우고서야 잘못을 시인하며 간판을 넘겨받았던 일이 생각난다. 그 일까지는 가지 말아야 한다. 악몽이었다.

월말 마감하고 분점에 다녀왔다. 진량에 갔었는데 점장님과 여러 이야기 나누다 보니 요즘 공단의 경기에 대해서 조금 듣게 되었다. 추석 쉬고 나서는 좋지 않음을 이야기한다. 서민은 모두가 힘이 든다. 더욱 허리띠 죄며 가야 한다. 점장님과 대화 나누다가 까치 담배라는 것을 듣게 되었다. 오죽하면 까치 담배라는 게 나올까! 세금인상의 한 방편인 담뱃값인상 때문인데 담배가 비싸니 북한 담배를 수입하니 또 마트에서는 아예 담배 낱개 한 개 치로 판다는 설도 나오게 되었다. 그것이 까치담배다.

사동에 정의가 출근하지 못했다. 며칠 전에 감기 걸렸다고 했다. 그 다음날은 출근을 했지만 어제와 오늘은 나오지 못했다. 병원에 입원했다고 아침에 어머님께서 전화가 왔었나 보다. 문자 보냈다. '정의야 몸조리 잘해야 돼 병원에 못 가봐 미안하구먼.' '아닙니다. 일해야 하는데 빨리 퇴원하겠습니다.'

압량 마감하고 사동에 갔다가 영업상황만 보고 나왔다. 병원에 들러 정의를 본다. 얼굴이 많이 부었다. 아무래도 링거 맞고 누워 있으니 그럴 거다.
자정, 본부에 대구대 우재 씨가 왔다. 재료가 벌써 다 떨어졌다고 한다. 매출로 보면 사동 조감도나 별반 차이가 없다. 가격이 낮으니 제빙기 얼음이 매일 바닥 본다고 한다. 오늘은 더구나 전기용량까지 달리는지 전열까지 도움이 되지 못했나보다. 그래도 매출은 꽤 올렸다고 얘기하니 마음이 놓인다.

鵲巢日記 14年 09月 30日

출판사에서 전화 왔다. 이번에 내는 원고에 관해서 오타와 문장을 확인하기 위해 몇몇 물음과 답변이 있었다. 책 제목을 '구두는 장미'라고 했다만 출판사에 좋은 의견이 있으면 받아들이겠다고 했다. 책 서문이 필요하다고 했다. 이번 주까지 써서 메일로 보내겠다고 했으며 사진 흑백도 좋으니 한두 장 넣었으면 한다고 부탁했다.

그간 교육받고 창업한 (사)글로벌투게더 경산 대구대 커피 사업장에 다녀왔다. 개업식이다. 카페 개업식이었는데 성대했다. 테이프도 끊고 시장, 시의장, 의원 등 여러 내빈들이 오시어 축하인사를 해주었다. 이주민에 대한 취업과 커피 판매로 학생들에게 질 좋은 서비스로 다가가겠다고 했다. 대구대 교직원 식당에서 식사했다.

처가에 잠깐 다녀왔다. 장인어른 생신이라서 축하 말씀을 드리고 싶었다. 마침 장모님 계시어 마땅한 선물은 못 하더라도 금일봉 담아드렸지만, 기어코 마다했다. '힘들 텐데 자네 앞가림 잘하세.' '사업 힘들다고 들었네. 개업 때 못 가 미안한데 열심히 사시게.' 하며 한 말씀 주신다. 모닝 타고 나왔다. 죄스러움과 미안함에 마음이 아팠다.

9월 마지막 날이다. 분점 마감을 했다. 일부는 내일로 또 일부는 그 다음 날로 미루어야겠다.

노櫓

언덕에 올라보니 밤바다 같다

잠잠한 물의 세계 등대만 붉다

별도 구름에 쌓여 희미한 기적

숨죽여 놓지 않는 허공만 젓다

카페 인人

鵲巢日記 14年 10月 01日

　어제 일이다. 대구 북구 복현동에 카페를 개업할 분이다. 건축허용면적이 1층 16평 나온다고 했다. 하루 매출이 십만 원이 나오더라도 카페를 짓고 싶고, 하고 싶다고 했다. 요즘은 건물이 오르면 카페를 생각하지 않을 수 없다. 큰 건물이든 작은 건물이든 카페를 먼저 생각한다. 하지만 카페를 짓겠다고 하신 분 중 정녕 카페에 가 커피를 마시거나 이용하는 사람은 잘 없다. 카페가 서민들께 관심으로 오른 것은 좋으나 커피를 마실 수 있는 여유가 아직은 없다. 여전히 생활에 바쁘고 일에 바쁘고 자금난에 하나같이 여유가 없다.

　대구 경산을 잇는 월드컵대로와 삼성현로는 비교적 큰 도로다. 월드컵 선에만 보아도 장장한 카페와 요식업이 들어와 있어 시민께 각종 먹을거리와 휴식처를 제공한다. 거기다가 지금 현업에 종사하는 업종 말고도 신규업체가 매년 새로이 생겨나고 있다. 도로가에 건축하는 모습을 쉽게 볼 수 있다.

　작년이었다. 선생님께서 하신 말씀이 생각난다. 투자비를 이야기하고 하루 잠정매출을 이야기 나눈 적 있다. 암담한 결론을 내놓으신 적 있는데 그 생각이 났다. 영업이란 극과 극을 다 맛보는 거라서 마음 쓰임이 마치 바늘방석에 앉은 것 같다.

얼마 전에는 카페에 오시어 이런 말씀을 하시고 가셨다. 개미 형 인간과 거미 형 인간 그리고 꿀벌형 인간으로 세 부류로 나눌 수 있는데 굳이 설명 안해도 이해가 된다. 요즘 경기와 상황을 보아서는 꿀벌형 인간이 제격이라는 것은 두말할 필요가 없다. 꿀만 찾아다니는 벌 말이다.

열심히 일한다고 해서 소비가 받아주는 것도 아니고 관계개선을 위한 홍보 마케팅이 또 따라주는 것도 아니라서 거저 소박한 사무실과 현장업무 그리고 주어진 일 곳곳 찾아다니며 하는 것이 어쩌면 맞는지도 모르겠다.

사동에 머물 때다. 강샘이 다녀갔다. 본점 퇴근하며 잠시 들렀는데 휴대전화기 놓아두고 갔나 보다. 찾으러 왔다. 장 사장이 왔다. 새로운 상표 출범과 체인사업에 관해서 이야기 나누었다. 오늘은 밝은 모습이다. 무언가 뚜렷한 돌파구가 있는 것 같았다.

큰 카페에 앉아 있으면 직원이 내려 받은 음악을 듣는다. 귀에 익은 팝송을 들을 때면 묘한 기분이 든다. 작은 카페에 앉아 듣는 것 하고는 맛이 다르다. 무엇이라고 해야 하나! 규모가 모든 것을 압도한다. 그 규모를 등에 업고 있다. 직원에게 한 마디하며 마감했다. 당분간 힘들 테니 잘 이겨나가자고 했다. 모두가 군대 갓 나온 사람 같다.

鵲巢日記 14年 10月 02日

시c集
어느새 팔려나간 뒷집 도로시
산속 빈집개집이 온기가 없다
먹다 남은 찌꺼기 흩어져 있다
덩치가 산과 같은 뒷집 도로시

심상찮은 경기 본다. 연휴가 시작되었다. 오늘 목요일이니까 4일 연일 휴일
이다. 분점의 매출이 불 보듯 뻔하다. 상반기 세월호 사건 기점으로 점점 추락
하는 경기를 본다. 몇몇 분점 매출이 확연히 떨어졌다. 이대로라면 몇몇은 문
닫아야 한다. 일선에서 일하는 점장의 노고가 얼마나 클까 하며 생각한다.

구월 추석 쉬고 나서는 영 낌새가 좋지 않았다. 며칠 업계를 보고 주위 업
종도 유심히 보았다. 업계에 진입한 사람과 진입하려고 하는 사람 또한 보았
다. 현실은 그렇지 않음에도 불구하고 무분별하게 들어온다. 카페의 필요성
은 아직은 이르다고 보는데 들려오는 소문과 주위 개장한 곳과 개장하려는
곳이 너무 많다. 지금부터라도 줄여나가야 한다. 경비가 만만치 않다.

정평, 청도, 경산, 곽병원 커피 주문 있었다. 서 부장이 다녀왔다. 오 선생

만나 대화를 가졌다. 사동에 관한 일이다. 지금 매출에 비하면 인원이 많으니 감원의 필요성을 얘기했다. 지켜보자고 하지만 경비와 이자와 인건비는 어떻게 충당해야 하나? 연휴가 시작되었으니 연휴 지나면 몇몇은 감원하고 주요 직원체제로 운영하는 데 동의를 얻었다. 이번 주까지다.

낙엽
어깨 너무 결린다. 돌덩이 같다.
세월 누가 이기나 기 또 꺾어져
엎어가는 파도에 낙엽과 같다.
멍에 인 목덜미가 파도에 논다.

변화에 적응하자. 아직도 나는 힘 있다. 무엇이 두려우랴! 가족이 있고 직원이 있다. 몸소 실천할 수 있는 계획이 있고 매장이 있다. 수많은 경산 시민이 지켜본다. 어려운 것은 당연하다. 어려움 없이 어찌 산을 오르랴!

조감도는 나의 희망이다.

압량에 머물 때였는데 세차장이 나가고 어느 건축업자가 들어와 건물을 짓기 시작한 지 얼마 되지 않았다. 옆집 잠시 들러 인사했는데 옆 건물이 완공도 되지 않았는데 팔렸다고 한다. 4동을 지었는데 그 중 전파사 앞 건물이 팔렸다. 22억이다. 나는 네 동 모두가 22억이냐고 물었더니 아주머니께서는 생색 하시며 어데! 앞 건물만이라며 목청껏 얘기했다.

모 점에서 전화 왔다. 개수대가 너무 낡아서 무너지기 일보 직전인가 보다. 내일 아침 일찍 목수 1명 가기로 했다.

사동에 머물 때였는데 선생님께서 오시어 기분 좋았다. 경산에는 친구가 없어 늘 가까이 지내는 선생님이나 기획사 사장님 또 나를 아는 분이 오면 그렇게 반가울 수 없다. 경산역점장이 왔다. 체인점 하나 더 낼까 해서 여러 가지 상담했다. 그간 거래해주시는 것만도 고마울 따름인데 하나를 더 내겠다고 해서 가맹비도 받지 않겠다고 했다. 또한 기계도 임대로 넣겠다고 했다. 여러 모로 노력하는 모습 보아 솔직히 고마웠다.

사동 마감하며 석 점장과 동원이에게 저녁을 한 끼 대접했다. 막창집이다. 나는 아침, 물에 밥 말아 한 종지 먹었나 모르겠다. 그 이후 첫술 뜨는 것이었다. 저녁이었다. 자정이다.

鵲巢日記 14年 10月 03日

인생을 생각한다. 출발은 모두가 뚜렷한 선을 가졌다. 도착지는 아무도 모른다. 나는 이 인생이 꼭 도박판 같다는 생각을 많이 한다. 왜냐하면, 사업이라는 것은 확실한 믿음을 가지고 덤벼들어도 아닌 경우가 있고 또 아닌 경우를 잡았다 하더라도 되는 게 있다. 판을 잘 보아야 한다. 나는 무엇을 감추고 있는 것인가! 무엇을 가져와야 하며 무엇을 내놓아야 하는가!

어떤 때는 만 육천 점을 얻을 때도 있고 어떤 때는 몇 십만 점 낼 때도 있으며 어떤 때는 몇 백만 점을 낼 때도 있다. 베테랑도 십만 점 단위 이하로 점수를 낼 때도 있다. 있을 때 총알을 비축하며 한 방에 터뜨리는 이도 있다. 화려한 인생 장막 끝에 오른 1위를 어느 세계에서든 볼 수 있다. 그렇게 부담을 갖거나 고민하지 말자. 언제나 안 힘든 때가 있었나! 사태 파악하며 나름의 판단과 경영만이 있을 뿐이다.

인생도 게임이라서 늘 하며 즐기며 노는 것이다. 커피를 하고 있다.

이른 아침에 모점에 다녀왔다. 개수대 상황을 보기 위해서 갔다. 그 옆, 제빙기까지 문제가 생겼다. 주방 안이 물바다였다. 이 집은 주방이 높아서 물이 영업장으로 흘러내렸는데 팔 걷어붙이고 걸레로 물기를 닦았다. 계속 닦아도 물은 줄지 않는다. 가만 보니 제빙기 배수 호스까지 빠졌어 하수 구멍으로 넣고 나서야 물기를 줄일 수 있었다.

모 점에 주문문자가 들어왔는데 오래간만에 들어온 문자라 이상했다. 모 점에서 들어온 문자였다. '카페 할 사람 좀 알아봐 주세요. 부탁합니다.' 모 거래처에서 문자가 왔다. 두 달여간 거래명세서인데 금액이 꽤 되었다.

사동에 머물 때였다. 노자가 한 말이다. '종일을 가도 무거운 짐을 실은 수레를 떠나지 마라.' 이 말은 성인, 즉 여기서는 군자다. 도를 배우고자 하는 사람은 마땅히 세상 사람과 중생을 위해 고통스럽고 무거운 짐을 짊어지려는 마음을 지녀야 한다는 말이다. 기회란 잘 주어지지 않는다. 최선을 다하자.

落葉
종일 먹은 게 없어 눈은 더 맑다
하늘은 무거워도 몸은 가볍다
땅 위 얹은 무게가 낙엽이라면
바람 불어 어딘들 가지 못할까

鵲巢日記 14年 10月 04日

문화강좌를 가졌다. 지난주 등록했던 분과 오늘 새로 오신 분 있었다. 드립 수업했다. 수업 마치고 커피와 커피 관련 부자재를 사가져 가시는 분 있었다. 아마도 커피를 새로 알게 되었으니 집에서 드시는 것도 새로운 맛이 나겠다.

정오쯤, 수프리모 볶았다. 옆에서 지켜보던 성택 군이 한마디 한다. 역시, 수프리모는 콩은 우수하다. 크기도 일정하게 균등하며 보기에도 좋을 만큼 크다. 예전이었다. 그러니까 한 십 년 되었나 몰라! 코스트코 생기기 전이었지 싶다. 내나 그 자리, 프라이스클럽인가 있었다. 수프리모 커피 원두를 사다 마셔본 적 있다. 수프리모는 다른 커피에 비해서 뚜렷한 향이 있다. 그때는 유황냄새 비슷하게 났었는데 요즘은 또 다르다.

영천, 삼사관 학교에 다녀왔다. 커피 주문 있었다. 대구한의대와 영대 미대 뒤쪽에 위치한 모 카페다. 아까 볶은 수프리모 갖다드렸다. 여기는 주택을 고쳐서 카페로 만들었다. 전에 주인장께 여쭤보았다. 어떻게 카페 영업 허가 나왔는지 말이다. 허가받는데 꽤 걸렸다고 했다. 아마도 주택가라서 여러 가지로 제재가 있었지 않았나 하는 생각이다. 내가 보기에는 주인장이 한 번 바뀐 것 같다. 여전히 카페는 무슨 박물관에 온 듯 복잡다양하게 잡동사니로 가득하다. 아마도 여기 주인장은 음악을 꽤 좋아하나 보다. 기타 악보가 걸대에 걸쳐있고 기타가 그 옆에 세워놓았는데 금방이라도 치다가 포타필터 잡고 있는 게 분명했다. 손님 한 분 들어온다.

남회근 선생의 '노자타설 상' 다 읽었다. 하권 열어본다. 카페조감도 압량은 참 심심한 것 같아도 많은 것을 깨우친다. 독방처럼 혼자 머무는 곳으로 적당히 즐거움을 주는 곳도 이곳만한 데는 없다. 책을 보며 지나는 손님 들르기라도 하면 따뜻한 커피를 드리며 가시면 또 책을 보며 깨우침 받는다.

방금 문자 받았다. 친구 아버님의 부고장이다. 내일 안동에 다녀와야겠다.

사동에 머물 때다. 저녁으로 피자 두 조각 먹었다.

안동
안동이 멀긴 하나 이승이네만
한 번도 가지 못한 더 먼 저승길
꼭 차례가 있었어 아니 가는 길
가는 사람 배웅에 뒤따르는 길

鵲巢日記 14年 10月 05日

사람의 마음은 참으로 간사하다. 모닝을 한 며칠 타다가 전에 타던 차를 아내로부터 잠시 빌려 탔다. 승차감이 확연히 다름을 본다. 늘 타던 차에 익숙해지기도 하고 또 늘 타던 차를 잘 모르고 지낼 때도 있다.

친구 아버님이 세상 달리하셨다. 그 일로 안동에 다녀왔다. 중부고속도로 가 가는 길 오는 길 모두 가을로 물든 산을 보니 경치에 피로가 삭 간다. 몇 번째 맞는 가을인가! 또 얼마나 이 가을을 만끽할 수 있는가! 이 넓은 우주에 유일한 생명이 존재하는 지구에 대한민국에 내가 잠시 왔다. 비발디 사계 듣는다. 전율이 머리끝 오름을 느끼며 안동에 왔다.

고인을 대하고 상주께 맞절하고 자리에 앉아 내온 음식을 먹었다. 소고깃국과 밥 한 그릇, 돼지고기 몇 점, 문어 회 한 접시 먹었다. 고인께서 마지막으로 내어주신 음식이다. 올해 연세가 여든일곱이었다고 한다. 폐렴으로 가셨다고 했다. 나갈 때 상주께서 여기서 가까운 공연장에 가 안동 하회탈춤 보고 가라며 입장권을 주신다. 안동병원에서 불과 얼마 떨어져 있지도 않았다.

행사장 어딘들 가더라도 주차난에 그만 돌아가는 경우가 많다. 물론 여기도 주차할 때 없어 고민하다가 마침 우연히 빈자리 하나 금시 찾게 되어 행사장에 들어갈 수 있게 되었다. 탈춤 보러 왔다가 운동장에 펼친 품바놀이에 그만 넋 놓고 바라보았다. 두 시간 가까이 보았다. 세상 각기 다양한 직업으로 한 몫 누리며 간다지만 저들은 참으로 놀고먹는 직업이다. 공중파 타는 인물은 아니다만, 얼굴만 보아도 익히 많이 본 사람이다. 행사장에서 간혹 한 번씩 본 사람이니 오늘도 그만 북소리에 품바타령에 트로트에 품바 춤에 구수한 말놀이에 하얀 이 드러내고 웃다가 서글퍼지기도 하다가 한시름 그만 놓고 말았다. 공연을 두 시간 서서 보았다.

품바

품바가 따로 있나 부르면 가니

가서 일보며 노는 그게 품바지

하는 일 성실하게 꾸준히 하면

우리는 모두 품바 잘놀다 가세

지금 사십 중반이니 여든이면 사십 년이나 남았다. 인생 금방이라고 하지만 사십 년은 참 길다. 온 힘을 다해 하루 살면은 오늘이 마지막이라 해도 후회 없다. 몸에 기가 없는데 무엇을 더 바랄까!

압량에 머물 때였는데 세빠 다녀갔다. 음악회에 관한 이야기를 나누었다. 가게에 더치커피 담는 컨테이너가 깨졌다고 했다. 더치 한 병 사가져 간다.

아직도 잊히지 않는 게 있다. 오늘 품바가 한 말이다. 다 같이 따라 혀요. 알았지요. 그러면 여기 섰는, 지는 잘 놀 수 있응께! 알았남유. 자, 지가 먼저 한마디 허께요. '잘 놀아 새꺄!' 따라혀 봐요. 그러니까 모두 웃으며 따라 한다. '잘 놀아 새꺄!'

레이디즈 잔털맨 아리가도 고자이마스네 좃도데시마! 우리는 민족적 중흥을 타며 이 땅 우에 태어났어깨롱, 시부랄것 품바 나간다.

맞다. 그래 우리는 민족적 사명감을 갖고 이 땅위에 살아가도록 태어났다.

내 직업은 커피며 커피를 전도하며 커피를 잘 하는 것이 본연의 임무다. 어려울수록 더 원칙을 지켜야 한다. 커피는 원칙이다. 바르게 볶고 바르게 뽑고 바르게 넣어서 내드리는 일이다. 뭐 그리 어려운 일인가!

鵲巢日記 14年 10月 06日

청도, 미대 뒤쪽 모모 씨 카페, 동호동에 쓸 케냐 3K, 일반 고객께서 부탁한 예가체프 3K 볶았다. 오전은 커피 볶다가 시간 다 보내었다. 월요일은 다른 날에 비하면 본부 일은 그나마 바쁘다. 매장은 조용한 편이지만 말이다.

커피 배송은 서 부장께 맡겨놓고 대구대에 다녀왔다. 소스와 시럽 기타 부자재 주문 있었는데 급하다고 해서 직접 다녀오게 되었다. 매장 안에는 우재 씨 포함해서 4명 일한다. 개업 초에는 조감도 매출과 비슷했지만, 지금은 훨씬 앞선다. 그러니까 조감도는 개업 발이 컸다. 카페 매장은 조감도에 비하면 턱없이 작지만 학교 안이라서 학생들에게 부담 없는 가격으로 커피를 제공한다. 제빙기용량이 100K인데도 불구하고 늘 바닥을 본다. 여태껏 제빙기 바닥을 보는 곳은 이곳이 처음이었다.

전에 기획사 사장님과의 대화가 생각난다. 모 카페였는데 커피만 갖고 분쇄와 추출 그리고 맛만 가지고 3시간 가까이 강의하는 선생의 소개였다. 조감도가 살아갈 수 있는 방향은 커피를 어떻게 대하며 고객께 어떻게 다가서느냐가 문제다. 나는 언제나 준비하고 대하며 앞을 걸었던 사람은 아니다. 무작정 부딪쳐 보고 걸었다.

압량에 자주 오시는 단골이다. 언젠가 사동에 한번 가보시라고 했다. 거기도 직접 운영하는 카페며 넓어서 단체손님과 대화를 나누고자 하면 이만한 장소는 없을 겁니다. 소개한 적 있다. 다녀오시었나 보다. 오늘도 아이스 드립으로 두 잔 주문한다. 그리고 충고어린 말씀을 주신다. 여러 가지로 고마웠다. 이렇게 쓴 소리 하는 분도 적은데 아닌 것은 아니라며 말씀하시는 손님, 분명 귀담아 들어야 하며 고쳐야 할 일이다.

바닥
바닥은 겸손이지 누울 자리지
언제나 일어서는 받침돌이지
힘들어 무너져도 바닥은 촉촉
다시 힘주어 잇는 하루살이 떼

鵲巢日記 14年 10月 07日

나는 가끔 '역린' 이라는 영화를 본다. 여기에 깔린 배경음악이 장엄하고 멋이 있고 정조임금의 처세가 무언가 일깨우는 게 있기 때문이다. 그 역린이라는 단어의 깊은 뜻을 모르고 있었는데 오늘 남회근 선생의 '노자타설 하' 읽다가 알게 되었다.

역린이란 이런 뜻이다. 원래, 용의 비늘은 모두 결대로 나있는데, 목 아래 세 치의 비늘만은 결을 거슬러서 난다. 이를 역린逆鱗이라고 한다. 그 부분은 용에게는 치명적인 곳이라서 절대로 건드려서는 안 된다고 한다. 만약 용의 치명적인 곳을 건드렸다가는 상대가 누가 되었든 간에 가만두지 않는다. 그래서 흔히 용의 역린을 건드렸다는 말로 제왕의 분노를 샀다는 비유를 하곤 한다.

카페 일 안 어렵다 커피 좋으면
좋은 사람 함께면 일은 더 쉽다
종일 일해도 좋아 삶은 두껍다
늘 깨어 있어 굽어 휘돌지 않다

본점에 잠시 머물며 커피 한잔 마셨다. 사동에 관해서 판촉과 교육에 관한 일로 여러 가지 생각을 가졌다.

밀양에 다녀왔다. 상현이가 경영하는 에르모사다. 표충사 들어가는 길목에 있다. 경치가 빼어나 좋다. 앞은 산과 계곡이 있어 카페 찾는 고객이 잠시 쉬어가기에는 더없이 좋은 곳이다. 직접 여기를 찾은 것은 여러 가지 이유가 있었다. 여기는 커피를 배웠지만 스파게티와 피자를 주 메뉴로 다루고 있다. 더구나 밀양 중심도시에 위치한 곳도 아니라서 나름으로 열심히 하는 모습이 좋고 내가 배워야할 것이 분명히 있을 것 같았다. 커피와는 분명히 다르다. 내어야 할 접시가 곱절이고 씻어야 할 접시가 또 곱절이다. 그런데도 인원은 두 명이다.

본점에서 오 선생과 대화를 나누었다. 사동에 관한 이야기다. 영업이 정상화가 되려면 무척 오랜 시간이 걸릴 것 같다.

너른 카페 앉아서 음악 들으면
규모에 압도되어 분위기 탄다
어깨가 무거워도 마음 풀어져
하루 고민 싹 간다 멍 없어 간다

오늘은 사동 조감도로 바로 들어가지 않았다. 콩국수집 지나 오리집 거쳐 들어갔다. 9시쯤이었는데 두 집 모두 마감 준비하는 모습 보았다. 밀양은 시월 들어와 많이 풀렸다고 했는데 여기는 어렵기만 하다.

자정, 본점에서다. 판촉에 관한 내용과 드립실습교육에 관한 일을 오 선생께 얘기했다. 사동 조감도에 관한 안건이다. 내 생각으로는 메뉴 북에 참조로 넣었으면 한데 오 선생이 어떻게 들었을지는 모를 일이다.

참고

헤이즐넛Hazelnut

헤이즐넛은 견과류다. 특유의 향이 있어 아이스크림, 쿠키, 초콜릿과자 등에 이용되며, 독일, 스위스 등 유럽에서는 거의 필수적인 제과의 재료다. 헤이즐넛은 두뇌발달을 촉진하여 치매예방과 기억력향상에 도움을 줄 수 있다. 또한, 철분 성분을 보충해주어 빈혈예방에도 도움을 주는 견과류다.

1970년대 미국의 커피시장은 소비가 줄고 공급이 늘어나면서 커피 원두의 재고가 누적되었다. 생두를 로스팅해 만드는 원두는 시간이 흐를수록 고유의 향이 날아가고, 나중엔 맛까지 사라지게 된다. 그래서 향이 날아간 원두를 활용하기 위해 고안된 게 '향커피' 였다. 그 시작이 헤이즐넛 커피다.

진한 풍미의 헤이즐넛 향과 원두커피의 조합은 대중에게 큰 인기를 얻었고, 덕분에 커피 시장은 불황에서 회복되었다고 한다.

우리나라에 헤이즐넛 커피가 들어온 건 1990년대 초였다고 한다. 원두커피에 익숙하지 않았던 소비자들은 순한 맛과 진한 향을 가진 헤이즐넛 커피에 빠졌다. 덕분에 국내 원두커피 시장이 성장하면서 카페가 늘어났다고 한다.

고소한 헤이즐넛 향을 입힌 커피와 헤이즐넛 향이 첨가된 달콤한 시럽, 헤이즐넛이 통째로 들어간 카페메뉴 등 커피와 헤이즐넛의 만남은 여전히 많은 사람의 사랑을 받고 있다.

鵲巢日記 14年 10月 08日

한 업체를 이끄는 대표는 책을 많이 읽어야한다고 하지만 책을 읽을 수밖에 없는 처지에 있는 것도 맞다. 하루를 끌며 가는 무거운 짐은 잠시라도 놓고 싶은 심정일 것이지만 누가 옆에서 따뜻한 말 한마디 해줄 수 있는 위치에 있는 것도 아니라서 책은 좋은 친구이자 마음의 위로가 된다.

'노자타설 하'를 읽다가 느낀 게 있어 사동 직원에게 한 구절 읽었다. 간략하게 적으면 이렇다. 사람은 뜻을 펴고자 한다면 더러운 지폐처럼 돌아다녀야 한다. 몸은 더럽겠지만 시장의 이치를 깨닫게 된다.

더러운 지폐처럼 당겨야 한다
종일 때 묻은 신세 끌어야 한다
낡고 닳아서 헤면 앞날 트이니
오늘도 그 어디든 걸레가 되라

　지금 매출로 보면 감원이 불가피하지만 그전에 내 직장 내 삶의 바탕인데 더 노력하는 자세로 고객께 서비스하자는 말이다. 규모와 상품과 그 맛에 맞는 가격을 제시했다. 가격은 낮출 수 없으니 서비스 질을 더 낫게 해야 한다. 그 방법으로 첫째 더치를 묻는 손님께는 무조건 서비스 한 잔 드리고 서적에 관심 있는 분께는 대표께서 쓰신 책이니 사은품으로 드리라고 지시했다. 판촉으로 더치나 볶은 커피 사가져 가시는 손님께는 머그잔을 선물로 드릴 계획이니 숙지하자는 내용이다.

바람 불어 낙엽도 저리 뒹군다
또 한 해 깨끗하게 털고 있지만
새 봄 여리게라도 잎새 오르면
땅심 다져 올곧게 하늘 보아라

　커피를 새롭게 배우려는 학생이 있다. 오늘 첫날이다. 카페리코 내력을 간략히 소개했다. 그전에 케냐 커피를 드립으로 한 잔 내었다. 원두커피 인생 10여 년의 삶이 한 시간 동안 진행하면서 나는 사동만 생각했다. 그러니까 그간 열었던 카페가 지나가고 지금껏 살아남은 카페가 떠오른다.

커피 이론은 이론에 불과하다. 실전은 누구도 장담할 수 없는 현실이다. 많은 것을 깨친다. 아직도 어린 마음을 아직도 젊음을 아직도 세속을 모르는 '나'를 힘 있게 다그친다. 겸손을 배운다. 조감도는 카페의 현실을 가르치는 것이다. 참 많은 돈을 내고 교육받는다. 그러니까 모든 것이 직접 하지 않으면 대한민국에서 경북에서 살아남기는 어렵다. 곰곰이 생각했다.

어떻게 살아남는가?

압량에 머물 때다. 코나 사장님께서 오셨다. 커피 가져오셨다. 코나 소식 듣는다. 그전에 중국집 간자장 시켜 둘이 함께 먹었다. 게 눈 감추듯 한 그릇 금시 비웠다. 공장 뒤쪽 부지를 개간하셨다는 소식과 카페를 직영점으로 하나 해서 사모님께 맡기고 싶다는 말씀과 커피를 납품하고 돈 못 받은 얘기 등등이다. 많이 힘든 모습이었다. 솔직히 죽을 맛은 나다. 사업의 확장은 기존의 시스템마저 위험에 빠뜨린다. 하지만 그 위험을 무릅쓰고 도전하지 않으면 미래란 실은 없다. 죽음은 움직이지 않은 것과 같아서 아등바등 거리며 꿈틀거리는 것이 오히려 낫다. 가만히 앉아 칼을 맞는다는 것은 어리석은 일이다.

살길은 분명히 있다. 미로라는 것은 출구를 몰라 헤매는 것이지 그간 푼 과제가 얼마인가! 실행 반복 다시 도전 실행 실행뿐이다.

참고

카페인

　화학용어로 알칼로이드의 하나. 쓴맛이 있는 무색의 고체로, 커피의 열매나 잎, 카카오와 차, 콜라, 열매, 마테차 나무와 과라나 등에 들어 있다. 흥분제, 이뇨제, 강심제 따위에 쓰나 많이 사용하면 중독 증세를 일으킨다.

　1819년 독일 화학자 프리드리히 페르디난트 룽게Friedrich Ferdinand Runge가 처음으로 비교적 순도 높은 카페인 분리해냈고, 커피에 들어 있는 혼합물이라는 의미로 카페인이라는 명칭을 붙였다. 19세기말 헤르만 에밀 피셔Hermann Emil Fischer가 카페인의 화학구조를 밝혀냈다.

　인간은 석기시대부터 카페인을 섭취하기 시작했으며, 초기에는 우연히 카페인을 함유한 식물의 씨앗, 나무껍질, 잎 등을 씹어 먹다가 피로를 가시게 하고 정신을 각성시키며 기분을 들뜨게 하는 효과가 있다는 것을 알게 된 뒤에, 오늘날 커피나 차를 마시듯이 뜨거운 물에 담가서 우려먹는 형태로 점차 발전한 것으로 보인다.

　카페인이 인체에 미치는 영향은 개인의 신체 크기와 카페인에 대한 내성 정도에 따라 다르지만 적당량을 섭취했을 경우 일반적으로 중추신경계와 신진대사를 자극하여 피로를 줄이고 정신을 각성시켜 일시적으로 졸음을 막아주는 효과가 있으며 이뇨작용을 촉진시키는 역할도 한다. 보통 카페인은 흡수한 뒤 1시간 이내에 효과를 나타내며, 서너 시간이 지나면 효과가 사라진다. 또한 상습적으로 복용할 경우 내성이 생겨 효과가 약해진다.

　오늘날 카페인은 기호식품 및 치료약품으로 널리 소비되고 있다. 연간 소비되는 카페인 양은 세계적으로 120,000톤으로 추산되며 가장 흔한 카페인 섭취 경로는 커피와 차를 통한 섭취다. 이외에 카카오 열매 성분이 들어가는 초콜릿과 콜라, 카페인 함유 식물을 활용한 다양한 소프트드링크와 강장음료 등이 널리 인기를 얻고 있다. 근래에는 샴푸와 비누 같은 생활용품에 카페인을 넣은 상품도 출시되고 있다. 제조업체에서는 피부를 통해 카페인이 흡수된다고 주장하지만 효과는 미지수다.
또한 카페인이 들어간 각성제, 흥분제, 강심제, 이뇨제 등이 만들어져 다양한 용도로 쓰이고 있다. 각성제는 피로를 덜어주고 정신을 각성시켜주므로 야간 운전자나 수험생이 많이 이용한다. 카페인은 조산된 신생아의 수면 중 무호흡증과 불규칙적인 심장박동을 치료하는 용도로 활용되며 편두통이나 심장병 등에도 쓰인다. 또한 약제 이외에 금, 팔라듐, 비스무트 등의 분석시약으로도 사용된다.

　카페인은 다량을 장시간 복용할 경우 카페인중독caffeinism을 초래할 수 있다. 카페인중독은 짜증, 불안, 신경과민, 불면증, 두통, 심장 떨림, 근반사항진hyperreflexia, 호흡성 알칼리증respiratory alkalosis 등을 포함한 다양한 신체적·정신적 증상을 수반한다. 또한 카페인은 위산분비를 촉진하므로 오랫동안 다량을 복용하면 위궤양, 미란성식도염erosive esophagitis, 위식도역류질환

gastroesophageal reflux disease 등을 야기할 수 있다.

鵲巢日記 14年 10月 09日

나라말은 나라말 한글 그 멋에
나의 말은 나의 글 내 멋 찾는다
이웃에 맞지 않는 내 뜻 적는다
바르게 서는 것도 온전한 내 말

작은 가방이 필요했다. 그렇게 폼 나는 가방이 아닌 책 몇 권 담을 수 있는 작은 상자를 만들었다. 책 다섯 권 정도 넣을 수 있고 연필과 볼펜 그리고 지우개와 연필 깎을 수 있는 칼까지 담을 수 있다. 들고 다니기에도 편하고 무슨 책인지 분간도 갈 뿐 아니라 꺼내기에도 편한 상자다.

사회생활도 대학에 다니는 거와 마찬가지다. 실전과 이론을 병행하며 공부하는 것이다. 요즘은 참 많은 것을 배운다. 마음이 편안하다. 편안해서 편안한 것이 아니라 태풍의 눈 속에 들어와 있기 때문에 고요한 것이다. 어느 바람에 휘몰아 갈지 암담하지만, 그것까지 고민한다는 것은 내 몸만 버릴 것이다.

사동에서 창업상담을 했다. 전에 음악회에 노래 불러 주었던 가수 이경옥 씨 아는 분이었다. 경산에 사시며 체육관 경영하시는 분이었다. 그의 후배라 보는 것이 맞지 싶은데 함께 왔다. 그의 후배는 막창 집 경영하는데 제법 돈이 되는가보다. 풍기는 외모도 그렇지만 당당한 모습에 기가 넘쳐 보였다. 관장님께서는 술은 그다지 좋아하지 않으시어 커피를 알아보고자 오신 것이다. 창업의 절차를 말하기 전에 커피와 사업에 관한 얘기를 하다가 커피와 글에 관한 얘기를 했다. 사동 조감도에 관한 설명도 했다. 정오에 만나 3시까지 있었으니 약 3시간 동안 앉았다.

3시 30분 커피 교육했다. 오늘은 커피 발견설에 관한 얘기지만 그전에 마케팅에 관한 얘기를 했다. 마케팅에 관한 강의를 했지만 실은 나도 고민이다. 실전에 부딪혀 하는 처지로서는 그렇다. 판촉에 관한 것은 흔하지만, 또 상표 이미지 개선에 그렇게 나쁜 것도 아니라서 할만하다. 실지로 그렇게 표가 나도록 매출에 신장을 보이는 것은 아니지만 약간은 도움이 되는 것도 사실이다. 압량과 사동, 시행 들어갔다. 볶은 커피나 더치를 사가져 가시는 분께는 머그잔 한 개씩 드리기로 했다. '새가 바라보는 세상 조감도' 로고가 들어간 머그잔이다.

교육 중에 나눈 얘기지만, 교육생께서는 다양한 경험이 많았다. 달서구에 140여 평에 가까운 한식집 경영한 바도 있으며 그 외 다른 일도 많이 했었는데 경험을 듣게 되었다. 실은 교육을 하게 되면 커피정보를 드리는 것도 맞지만, 교육생으로부터 배우는 것도 많다. 평수가 크다고 잘 되는 것도 아니다. 지출과 경비에 힘쓴 얘기를 들으니 동감이 간다.

가르침은 주는 것 곱절 배운다.
삶의 지혜 용기가 거저 생긴다.
듣고 말하고 행이 한결같아야
몸과 마음이 편해 배워 익히자.

사동 마감하며 퇴근한다. 나에게 퇴근이라는 말이 어울리지 않는다. 어두컴컴한 밤길이다. 브루노마스 Marry you 들으며 들어간다. 그래 아름다운 밤이다. 우린 뭔가 어리석은 짓을 하고 있는 것 같다. 난 도대체 누구랑 결혼한 건가! 커피 Oh coffee, It's a beautiful night And it's on girl 이제 시작이야! 다시 시작하는 거야!

참고
커피나무

스웨덴의 식물학자 린네는 커피나무를 아프리카 원산의 꼭두서닛과 코페아속에 속하는 다년생 상록 쌍떡잎식물이라고 분류했다. 원산지는 에티오피아 카파, 아라비카 종이 있으며 원산지인 콩고인 로부스타 종과 아프리카 일부 지역에서만 재배하는 리베리카로 나뉜다. 커피나무는 3~8m까지 자라지만 자연적으로는 10m까지 자란다. 남북위 25도, 열대와 아열대 지역에서 자란다. 우리나라 몇 군데에서 하우스재배하고 있지만, 수확량이 적어 수출하기는 어렵다. 약 3년이 되면 완전히 성숙하여 정상적인 열매를 처음으로 수확할 수 있다. 로부스타종은 2년이 지나면 열매를 수확할 수 있다. 잎은 짙은 녹색 빛깔로 타원형으로 두껍다. 가장자리가 물결로 되어 있어 반들반들 광택이 나며 잎겨드랑이에 하얀 꽃이 핀다.

카페인

에스프레소 한 잔30cc에는 약 40mg의 카페인이 들어 있으며 드립커피 한 잔150cc에는 약 100mg의 카페인이 들어 있다. 로부스타는 아라비카보다 약 2배 이상 함유한다. 과다섭취하면 손 떨림, 불안, 불면, 흥분, 심장박동이 빨라지는 등의 현상이 생기기도 하며 개인의 특성에 맞춰 적당히 섭취한다면 여러 가지 긍정적인 효과를 볼 수 있다.

카페인은 푸린계의 크산틴 알칼로이드 합성 물질로 녹는점이 237도이며 드라이아이스처럼 승화하는 성질을 가지도 있는데 승화 온도는 178도이고 실온에서 하얀색으로 쓴맛이 나고 냄새가 없는 결정체다.

카페인은 졸음을 방지하고 학업능력 향상해주기도 한다. 또한, 다이어트 효과(운동의 지구력 향상)를 높여주고 음주 숙취 해소 효과가 있다. 균의 번식을 억제하여 입 냄새와 충치를 예방할 수 있다. 약리작용으로는 암, 동맥경화,

알츠하이머 예방 효과, 담석 예방 효과가 있으며 천식과 흡연으로 말미암은 호흡기 질환에 도움을 준다.

카페인은 여러 가지 긍정적 효과를 주지만 너무 과하면 좋지 않다. 성인의 카페인 일일 섭취 권고량은 400mg, 청소년은 50Kg일 때 125mg이라고 한다. 여기서 중요한 것은 절대 인스턴트커피가 아닌 가공되지 않은 신선한 원두커피를 통해 이루어져야 한다.

鵲巢日記 14年 10月 10日

아침, 사동 개장한 후 장 사장 만나 대구에 잠깐 다녀왔다. 브랜드가 '**커피'다. 이삼십 대 고객층을 겨냥한 카페다. 테이크아웃 전용이며 내부공간미가 단순하다. 자재는 금속이 주며 굵은 나무토막이나 나무판자가 인상적이다. 건축하거나 내부공사를 많이 해 본 사람은 쉽게 모방할 수 있을 정도로 간단하다. 상표를 만들고 출시하고 경영 선상을 달리는 것은 아무나 하는 것이 아니다. 상표가 나온 지 얼마 돼 보이지 않은 걸로 안다. 하지만, 분점이 꽤 된다. 대구 시장조사차 나와서 보게 되었다.

정오, 대구 동구 동호동에 다녀왔다. 캔 자판기였는데 소리가 많이 난다고 해서 AS 문제로 갔다. 현장에 들러보니 환기 역할 하는 팬의 노후문제로 소리가 나는데 임시로 돌아가도록 수리는 해두었다. 다음에 모터가 선다면 그때 교체하자고 했다.

오후 본점에 있을 때다. 이번에 낼 책, 편집한 내용물이 내려왔다. '구두는 장미'를 대충 읽었다. 처음 책 낼 때는 몇 번을 읽고 꼼꼼히 점검하며 다듬었지만 그래도 허술한 것이 많았다. 이것도 여러 번 내고 보니 그저 눈으로 읽고 형태만 본다. 출판사에서도 이제는 한 사람의 성향을 이미 다 파악한 것 같다. 이제는 처음처럼 굳이 얘기 안 해도 알맞게 맞춰 다듬었으니 말이다.

압량에 머물 때였다. 대구 복현동에 카페를 내겠다고 전에 찾아오신 분이 있었다. 오늘은 직접 전화해서 한번 들러달라고 했다. 도면은 나왔는지 건물은 짓고 있는지 궁금했다. 건축허가는 30평 이상 지을 때 이야기다. 그 이하로는 신고다. 땅이 30평쯤 되는데 건축허가면적이 16평 정도라고 한다. 내 생각으로는 신고제로 지어서 활용하는 것이 낫지 않겠느냐며 조언을 드렸다.

族
좋으면 흥이 나서 기쁨 두 배네
싫어도 두고 보아 다시 또 보네
한솥밥 지어놓고 나눠 가지네
주머니 함께 하는 우린 동료네

면

허기에 끓여 먹은 라면 한 그릇

빠르고 간편해서 가끔 생각나

기어코 안 잊히는 포동한 달빛

달빛마저 지우는 구름 한 사발

옆집, 콩국수 사장님과 터줏대감 사장님 만나 뵈었다. 식당 이용하시는 고객께 원두커피 드실 수 있는 쿠폰을 만들어 제공해 드리기로 했다. 두 분 사장님께서 많이 도와주겠다고 했다. 오늘 두 집 사장님 만나 뵙고 이런 생각이 들었다. 커피를 하다가 다른 업종으로 바꾼다면 분명히 성공할 것 같다. 그만큼 커피 힘들다.

鵲巢日記 14年 10月 11日

토요문화강좌 있는 날이다. 오늘은 에스프레소 교육 있었다. 성택이가 진행했다. 교육 끝날 즈음에 본점에 다시 들렀는데 평일 교육받으시는 학생께서 한 말씀 주신다. 여럿이 함께하니까 교육 분위기 좋으니 교육받기가 훨씬 좋다고 얘기한다. 기기를 만져보는 날이라 다들 재미가 쏠쏠했을 것이다.

옥곡, 포항, 병원에 커피 주문 있었다. 직접 배송 다녀왔다. 포항은 택배로 보냈다. 옥곡에 들렀을 때 일이다. 점장께서 아주 피곤해 보였다. 초췌한 모습이었는데 꼭 내 모습 보는 것 같아 남 같지 않았다.

커피 박람회 가려다가 그만둔다. 가면 업자들 나와서 광고, 홍보일 것이지만, 더욱이 강샘께서 거기에 다녀왔다는 문자 받았기 때문이다. 사동 조감도에 갔다. 잠시라도 매장 안에 있어야겠다는 생각이 들었다. 포항에서 오신 손님, 압량 단골이었던 손님, 가족단위로 오신 손님, 등 여러 분이 오시었는데 드립으로 드시는 분께는 직접 드립을 그렇지 않은 손님께는 서비스로 드립으로 내려드리기도 했다.

박람회 다녀왔던 강샘께서 사동에 잠시 들렀다. 각종 팸플릿과 카탈로그를 보여준다. 그중에서 눈에 띄는 것은 로스터리 협회를 만든 카페와 교육을 통해서 성장한 모모 커피다. 어제 다녀왔던 상표 '매스mass'가 생각난다. 시장은 포화라는 것은 없다. 엄연히 틈새는 있다. 새로운 상표가 출시되고 개시되는 시장을 본다. 또 얼마큼 성장하며 별이 될 것인가! 점점 커지는 시장을 본다.

압량에 머물 때다. 11월 음악회에 주최인 음대생 만났다. 남녀 음악인이다. 11월은 모두 성악으로 한다. 인원은 총 9명이다.

사동 머물 때였는데 오샘께서 드립과 조각케이크를 내온다. 케이크가 그런대로 맛있다. 처음 제빵 기술을 배울 때는 무언가 엉성하기만 했는데 이제는 전문가 다 되었다. 꿀빵과 그 외 제빵도 모두 맛있고 보기 좋고 이제는 손님께 떳떳하게 낼 수 있는 것에 대해서 흐뭇하다. 경쟁시대에 우리만의 메뉴가 정해진 것 같아 몹시 기분 좋다.

꿀빵 명소 카페 조감도

허니브레드 아닌 꿀빵이 맞아
순 우리 밀 다져서 곱게 구워서
경산 너머 대구로 두루 달해서
대한에 제일가는 꿀빵 명소다

鵲巢日記 14年 10月 12日

각 점을 개점할 때다. 포스 창에 '금일개점今日開店'이라고 뜬다. 영화 역린의 '금일살주今日殺主'가 생각났다. 누가 누구를 죽이는 것인가? 마음을 편히 가져야겠다. 아침을 국밥집에서 먹었다. 여기는 다운증인 녀석이 있다. 오고 가고 할 때면 깍듯이 인사한다. 오늘은 주차장에 없고 식당에 밥을 먹는다.

눈빛 마주친다. 여전히 깍듯이 인사한다. 나도 가볍게 눈인사한다. 먹고 사는 일이 무엇이 중한가!

몸에 감기가 채여 종일 누웠다. 아침 먹고 집에 들어가 누웠으니 작은 애가 찌개 했다며 밥 먹으라고 깨운다. 이 때가 점심때가 조금 지났을 때. 아이의 음식솜씨를 모른 채 누워 있으려니 그것도 예의는 아닌 것 같아서 밥 한술 뜬다. 부대찌개였는데 맛있다. 먹고 또 누웠다. 오후 4시쯤 일어나 바깥으로 나간다. 병의 가장 좋은 치료는 잠인 것 같다.

용준이가 밥을 먹지 않았을 것 같아서 햄버거 두 개 샀다. 조감도 와서 물으니 버거 사서 먹었다고 한다. 혼자서 햄버거 두 개를 꾸역꾸역 먹었다. 햄버거 참 재밌다. 빵과 빵 사이 양상추와 고기가 들어가 있으니 새콤달콤한 소스까지 있으니 먹기에 영 나쁘지는 않다. 여기 압량에 오기 전에 잠시 사동에 다녀왔다. 커피명가 입점하는 가게와 그 앞에 작은 커피집과 그 옆에 인디펜던트 코페아를 거쳐서 압량에 다시 왔다. 작은 커피집 제외하고는 모두 고래 같은 커피집이다.

한 동네에 커피집 하나만 있어도 충분한데 커피집도 여럿이고 커피를 파는 집도 여럿이다. 커피 전문점만 커피만 파는 것이 아니라서 그렇다. 인상적인 것은 사동 도로가에 차를 주차하고선 거리를 걸으며 본다. 얼마 전까지는 대형마트가 있었나 보다. '드림마트', 상가 주위로 시트지 도배한 것으로 보아서는 여기가 마트 자리였구나! 하며 읽는다. 큰 업체가 더 힘들다는 것도 이해가 간다. 소비시장이 받혀주지 않으면 규모가 뭐 필요하겠는가! 시장의 외관만 보다가 뛰어드는 공급업자들 물론 충분히 시장조사하고 진입했겠지만 문 닫은 모습 보면 참 안타깝기만 하다. 일반인이야 이곳에 마트가 있었나 하며 보고 지나겠지만 많은 어려움을 무릅쓰고 닫았을 것이다.

    내 몸도 그릇이라 담고 비우는
    감정과 경험 분별 사리에 맞게
    바른 눈빛 가져야 깨지지 않네
    읽고 쓰고 행함이 그릇 빛나리

鵲巢日記 14年 10月 13日

아침, 사동에서 있었던 일이다. JL 씨가 일을 그만두겠다고 했다. 배 샘과 일을 분담해서 하려니 시간이 얼마 되지 않아서 받는 월급이 문제였다. 그전에 감원에 관해서 설명을 해드렸고 지금의 매출로는 불가피한 사정을 얘기했다. 미안하고 죄송했다. 경기 탓도 있겠지만, 더욱이 비수기 접어드는 커피 업계로서는 참으로 힘든 시기다. 감원하지 않으면 시간 조절로 직원 출퇴근을 맞춰야 하기 때문에 어쩔 수 없는 일이었다.

오전, 대성에 AS 갈 때였는데 JL 씨가 여러 번 문자가 왔다. 배 샘과의 시간을 조절하고 싶다고 했다. 그 순간 답변드릴 수 없었다.

용준이와 함께 대구에 나갔다. 삼원에 들러 기계부품을 샀다. 독서실에 기계가 고장이 났기 때문에 수리하는 모습을 보여주기 위함이었다. 수리 다 끝나고 본부로 들어오며 한마디 했다. 조감도 온종일 있어도 5만 원 벌기 힘 드는데 여기 수리 한 건으로 5만 원 벌었다. 아마, 커피가 무엇인지 조금 이해 갈 것이다.

오후 생두에 관한 얘기를 교육생께 했다. 생두 구분에 관한 얘기다. 몸에 감기가 채여서 너무 어지러웠지만 따끈한 물 마셔가며 진행했다. 이번 교육생은 차분히 잘 들으신다. 그리고 무엇보다 교육에 관해 집중하는 모습이 좋아 보였다.

내일이 월급날이라 미수 거래처에 일제히 문자 보냈다. 아무런 답변이 없다. 이번 달에는 유난히 미수가 많다. 너무 힘 든다. 모든 것 손 놓고 싶다. 손 놓고 다시 시작하고 싶다.

돕고 돕는 사회라 생각지 말자.
스스로 돕고 돕는 자조뿐이다.
삶과 죽음이 한 장 분간이 안 가

내 목숨 또한 한 장 가벼워 말자

장사장이 전화 왔다. 커피상호를 하나 더 만들었다. '하루' 다. 체인사업에
관한 사업설명을 부탁한다. 하루가 어떠냐고 묻기에 나는 괜찮다고 했다. 하
루, 이틀, 사흘, 나흘, 닷새, 하면 되겠네 했더니 웃는다. 경기 어려워도 서로
웃자고 한 말이었다.

　하루면 어떻고 이틀은 또 어때
　커피만 많이 팔면 그게 최고지
　사흘이면 더 좋고 나흘도 좋아
　우리커피 맛있게 두루 나가면

鵲巢日記 14年 10月 14日

오전, 사동 개장하며 직원과 조회를 했다. 어려운 시기에 개장한 것도 이유
가 될 수 있으며 투자비에 관한 명세도 문제가 될 수 있다. 힘든 이유를 얘기
하며 서로 노력하자는 뜻에서 고객께 친절하며 만 원 이상 써시고 가시는 손

님께는 머그잔 한 개씩 드리자고 했다. 월급 명세서를 전달했다.

　　본점에 있을 때였다. 버섯명가 사장님께서 오시어 더치 병과 에스프레소를 사가져 갔다. 커피 한잔 했다. 외모가 깔끔하다. 서비스업에 종사하는 사람일수록 더욱 깔끔해야한다며 한 말씀 주신다. 사업의 경륜은 나보다 훨씬 많으신 분이다. 나는 사장님 얼굴만 뵈어도 무슨 말씀을 하고 싶으신지 이해 갈 때도 있다. 세금과 은행과 영업과 마케팅 등 어느 것도 신경 안 쓸 수 없으며 그 속에 또한 얼마나 많은 고독을 인내했을까!

　　오후, 세무서에 다녀왔다. 작년 세무신고 수정안에 관해서 이유를 설명 듣고 왔다. 수정신고금액 400여만 원과 이번 3/4분기 세액이 150여만 원이 고지되었으니 합이 오백이 조금 넘는 금액이다. 통장은 마이너스인데 세금은 내야하니 웃지 않을 수 없다. 솔직히 며칠 아니 몇 주 잠을 스쳤다. 수정신고 통지문을 받고 나서였다. 오늘 세무직원으로부터 확정 어린 말을 듣고 나니 속이 후련했다.

　　오후, 본점에 있을 때였다. 처남이 다녀갔다. 찜닭을 해보라며 권한다. 커피 강의할 때, 내가 했던 말이 그 순간 지나간다. 커피하다 망하면 닭 집 차리겠다고 했던 기억이 있다. 상표는 '마카 다 통닭' 도마와 칼은 조선 제일가는 걸로 사겠다고 야무지게 마음먹었다. 통닭이 아니라 찜닭이라!

　　저녁, 선생님께서 다녀가셨다. 사동에 사시는 최 사장님도 함께 오시었다. 인사했다. 아직도 갚아야 할 큰 부채가 몇 건 더 있다. 자금 때문에 지난 주에는 하늘이 무척 가벼웠더라고 말씀드리니, 조언을 아끼지 않으신다. 내 일은 기획사에 이천 보내야 한다. 이번 달 말까지 모 군에게 보내야 할 천이 더 있다.

본점 마감하며 나가는 구 씨 보았다. 본부 미수에 관해서 여러 가지 말을 한다. 틀린 말은 아니다. '돈 받고 일 착착하면 얼마나 좋아' 영화 '역린'이 생각난다. 광백을 사수했던 어느 양반네의 말이다. 모가지 따는데 동네 개목 따는 것도 아이디, 열닷 냥이라! 돈은 양면성을 가진다. 우리가 모르는 그 뒷면에는 많은 것이 있다. 우리가 모르고 지나갈 것 같아도 그 사람의 인품과 양심이 다 드러난다.

경기 어려워도 양심이 고운 사람이 있는가 하면 경기 좋아도 양심이 천한 사람이 있다. 경기 어려우면 천한 얼굴이 돈의 표면에 다 드러난다. 속일 수 없다. 그나저나 이제는 두 달이다. 두 달밖에는 여력이 없다. 외롭고 힘든 시기다. 누가 누구를 위하며 무엇을 이해한단 말인가! 우스운 얘기일 뿐이다. 힘들다고 떠벌리며 얘기한들 누가 알아주는 사회인가 말이다. 웃기지 않는 가! 이삭은 고작 몇 올 되지 않는데 홍시를 기대한다는 것은 웃기는 일이다. 그래서 외로운 것이다.

오늘 기업가의 신조를 알게 되었다.

첫째 나는 평범한 사람이 되는 것을 거부한다.

둘째 나는 능력에 따라 비범한 사람이 되는 것은 나의 권리이다.

셋째 나는 안정보다 기회를 택한다.

넷째 나는 계산된 위험을 단행할 것이고 꿈꾸는 것을 실천하고 건설하며, 또 실패하고 성공하기를 원한다.

다섯째 나는 보장된 삶보다 삶에 대한 도전을 선택한다.

여섯째 나는 어떠한 권력자 앞에서도 굴복하지 않을 것이며 어떠한 위험 앞에서도 굽히지 않는다.

일곱째 자랑스럽고 두려움 없이 꿋꿋하게 몸을 세우고 서는 것, 스스로 생각하고 행동하는 것, 내가 창조한 것의 결과를 만끽하는 것, 그리고 세계를 향해 '하느님의 도움으로 내가 이 일을 달성했다. 이것이 기업가가 된다는 의미이다.' 라고 힘차게 말할 수 있는 것이 바로 하느님이 내게 주신 자랑스러운 유산이다.

가을

먹고 잠자는 일이
가볍지 않다
하늘 가벼운 것이
구름 쪽 같다
홍시 착 터뜨리는

땅이
더 붉은
새의 깃 같은 가을
하늘 참 맑다

鵲巢日記 14年 10月 15日

아침이었다. 엊저녁에 밥을 먹지 못했다. 먹어도 소화되지 않을 것 같기도
하지만 밥도 없었다. 아침 먹을 때였다. 조감도는 여러 가지 이점이 있으니
예술제를 비롯한 우리의 창작품도 널리 알리면 혼이 담긴 카페가 될 것이라
며 한마디 했다. 커피와 사이드메뉴의 작품, 그러니까 포스트화다. 디자인이
차별화한 카페, 제2 화보집을 만들자고 했다.

아침 먹고 이 닦을 때였다. 정, 반, 합이 생각이 났다. 행함이 모두 정이라
고 생각하면 그에 반하는 무리가 있다. 정과 반의 합일점을 찾는 길이 인생이
겠다는 어설픈 생각을 담는다. 그러니까 헤겔의 변증법적 사상이다. 시행착
오다. 생각과 행동과 행동의 여파는 참 길다. 10년 걸린다. 카페가 정착되려
면 많은 시간과 많은 정을 쏟아 부어야 한다. 나는 조감도에서 더는 욕심 내
지 않겠다. 커피와 작품, 작품과 공유, 공유와 문화, 문화 속에 핀 카페 조감도

를 만들 것이다.

안은 무게란 어쩔 수 없나 보다. 입 하나 줄었는데 종잇장 같다. 공기 좋은 사동을 열었다. 앞 탁 트인 곳에 내려다보는 동네가 조용하기만 하다. 아침에 청소할 때였는데 어느 남자 분이었다. 안에 들어가 보아도 되는지 묻는다. 괜찮다며 들어오시어 보시라 했는데 2층도 올라보고는 아무런 말씀도 없고 그냥 씩 간다. 나는 이게 뭐지 하며 생각했다. 가만 생각하니 요 앞, 모 업체에서 온 게 아닌가 생각한다. 같은 건물에 버거킹은 이미 입점해서 영업한다. 그 옆에 약 150여 평쯤 되는데 내부공사 들어가는 모습을 얼마 전에 보았다. 아무래도 경쟁업체의 행보에 궁금했을 거라는 추측이며 염탐 아닌가 한다.

가끔, 나도 주위 가게 엿볼 때 있다. 지난번에는 여 밑에 파스타 집에도 가보았고 버거킹은 자주, 그 옆에 커피집은 들어가기까지 했다. 평수만 보아도 꽤 넓다.

세무서에 다녀왔다. 상반기 카드 사용액을 업소별로 간추려서 합계 내어 가져갔다. 80여 만원 세액을 환급 받을 수 있게 되었다. 하지만, 지난해 하반기 수정 신고 안은 400여만 원이다. 한꺼번에 내기에는 금액이 많으니 고지서를 두 번 나누어 줄 수 없느냐고 물었더니 두 번 나눠 내면 된다고 했다.

오후, 목재소에 다녀왔다. 사동 드립강좌를 개최하기 위한 탁자가 필요한데 조금 길게 원판 그대로 굵게 맞추고 싶었다. 목수께서 어디 출타하셨는지

없다. 전화로 대충 물었더니 자재상사에 안 그래도 들릴 거라며 알아보고 전화하겠다고 했다.

청주 한씨 총무께 전화했다. 시간 괜찮으시면 커피 한잔 드시러 오시라 했다. 이번 주는 여간 바빠서 발걸음 하기 어렵다고 한다. 다음 주 화요일이면 시간이 나니 그때 오시겠다고 했다.

교육할 때였다. 새로 오신 분 있었다. 참관수업으로 함께 했다.

옆에는 식당이다. 식당은 한 테이블에 차가 한 대 들어온다. 가족단위로 오는 경우가 많다. 우리는 카페다. 한 테이블에 차가 네 대 들어온다. 모두 이야기가 필요하다. 머무는 시간도 제법 길어서 보기에는 좋아 보인다. 식당은 초저녁에 이미 영업 끝나 문 닫는다. 여기는 마감 끝나려면 자정은 족히 넘겨야 한다. 식당은 고기나 밥을 다루지만, 여기는 커피다.

사동 머물 때였는데 선생님과 코나 사장님께서 또 오시었다. 가게 문 닫을 때까지 있다가 가셨다. 선생님께서 그라인더와 기기 가격을 묻는다. 아무래도 기기를 살 것 같다. 커피를 마시면 잠이 오지 않는다고 했다. 나는 하루에도 몇 잔을 마시는지 모르겠지만 누웠다하면 잠이 오니, 커피와는 상관이 없다. 하루가 커피와 커피를 다루는 일과 글과 대화뿐이다.

오늘은 예지와 배 샘께서 마감했다.

하루 두 끼면 충분 셋은 무거워
가만히 생각하면 커피만 여럿
피할 수 없는 그릇 물에 폭 담근
맑게 뜬 세상 까만 사발의 증발

모 지점장께서 문자가 왔다. 직접 카페를 하시겠다고 한다. 내년 봄쯤에는 개업할 계획이니 그간 많이 도와달라고 부탁했다. 우선 교육부터 먼저 받으셔야 한다고 답변했다. 조만간 오실 것 같다.

鵲巢日記 14年 10月 16日

딸기가 가득해요 딸기 깨뜨려
미로 같은 짝 찾아 이어나 보자
하늘 빈자리 늘 때 벽은 허물고
단계 단계 오르는 사천성 월드

사동에서다. 배 샘께서 출근 전이라 정의랑 커피 한잔 하며 나눈 얘기였다. 혼자서 자취하며 사는 얘기를 들으니 꼭 20여 년 전, 자취했던 기억이 난다.

그때는 방세가 7, 8만 원 할 때였고 지금처럼 원룸수준이 아니라 거의 촌집에 미닫이 문이었다. 재산이라고는 담요 한 장, 냄비와 버너 그리고 숟가락 젓가락 둘, 작은 서재와 책이 전부였다. 그때는 어떻게 살았나 싶어도 젊음이 모든 걸 덮어주었던 시기였다. 참, 인생이란 고난 속에 피워내는 한 송이 꽃이 아닌가! 한 사람은 그 하나의 꽃이다.

배 샘께서 도토리 떡을 해오셨다. 아침에 몇 개 먹었다. 맛있다. 사는 얘기를 서로 나누었다. 주위 사람들, 이제는 여유를 갖고 살만한 나이에 한 사람씩 떠나는 얘기를 들었다. 20여 년 전, 할머니가 생각이 났다. 소싯적 무릎에 앉혀놓고 불알 만져주었던 할머니, 용돈을 주시었던 할머니, 가정을 지키기 위해 은행합숙소에서 그 어려웠던 식모생활을 수 년을 해 오셨던 할머니가 생각이 났다.

분점에 생두를 배송했다. 오전에 가져다달라는 부탁이 있어 사동 개점해놓고 얼른 다녀와야 했다. 오래간만에 점장님과 대화를 나누었다. 그간 함께 일한 직원이 나갔다. 직원이 나갈 때 일이다. 직원과의 섭섭했던 일을 돌이켜보며 한 말씀 주신다.

이런 생각이 들었다. 나는 분명히 접시돌리기 놀이를 하고 있다. 어느 하나도 깨뜨리지 않기 위해 노심초사다.

큰 사랑교회 사모님께서 소개한 신규거래처다. '차 한 잔의 여유'에 다녀왔다. 에스프레소 커피가 필요하다고 해서, 서 부장과 함께 갔다. 우리가 다루는 상품을 소개하며 단가를 올렸다. 주방이 꽤 작다. 두 평은 아닌 것 같고 그렇다고 한 평도 아닌 아무튼 작아 보였다. 초등학교 앞이라 영업 괜찮을 것 같다. 여기 일하시는 집사님이라고 해야 하나 안면이 있다. 커피를 이야기하다가 앉았다가 가시는 손님께서 나를 알아보시는 분 있었다. '카페리코' 사장님 아닙니까? 하시기에 그냥 '안녕하세요' 하며 인사했다.

시지와 진량에 다녀왔다. 모두 커피가 필요했다.

커피를 알아보시려는 새로운 분이 오셨다. 오후 받으시는 모 선생님과 함께 교육받게 되었다. 어제 참관수업에 잠깐 들으셨던 분이다. 교육 마치고 압량에서 커피 볶았다. 내일 큰 사랑교회에 납품 들어가야 할 커피다. 예가체프 볶았다. 콩 볶을 때 어느 중년 남자 분이었는데 아이스 아메리카노 한 잔 청해서 내 드렸다. 안색이 꽤 안 좋아 보였는데 중후한 멋이 있었다.

카페를 해보면 안다. 우리나라 경제와 사회, 그리고 시민의 생활이 보인다. 카페는 사람이 모이는 곳이라서 그렇다. 카페를 더욱 빛낼 방법은 무엇인가? 술집에 가지 않고 카페에 오게 할 방법은 무엇일까? 알코올과 카페인, 저울은 늘 평형을 유지하는 순간은 드물다. 그렇다고 해서 어느 한 쪽에 오랫동안 치우쳐 있는 것도 아니니, 비관적인 생각은 말자.

팔작지붕 아래 정신을 모으고 까만 깨를 털어서 향기 폴폴 나게 여닫이문

활짝 열어라! 깨가 쏟아지는 카페를 만들라!

鵲巢日記 14年 10月 17日

    가을 하늘이다. 맑고 깨끗하고 높고 푸르다. 감기는 다 나은 것 같은데 코만 맹맹하다. 사동 개장하고 현대 캐피탈에 전화했다. 자동차 리스에 관해 여쭈어 보았다. 비수기인 겨울을 지내기 위해서는 타는 차를 팔고 리스해서 타는 것도 괜찮을 것 같았다.

    오전, 버섯농장에 다녀왔다. 에스프레소 추출 양이 조금 적다고 했다. 현장에 와서 보니 기기를 다루는 데 아직 미숙해서 제대로 사용할 수 있는 분이 없다. 포타필터 이인용으로 1번 버튼을 누르니 양이 적을 수밖에 없다. 1번과 2번 버튼은 포타필터 일인용을 사용하며 3번과 4번은 포타필터 이인용이다. 1번과 3번은 핫, 2번과 4번은 아이스용이다.

    사용하는 방법을 친절히 설명해 드리고 가려고 했다. 차에 오르는 순간 여기 사모님께서 구태여 점심 한 끼 하라며 권하기에 밥 한 그릇 먹었다. 버섯비빔밥이다. 잠시 앉아 식당 돌아가는 분위기도 보았다. 여기는 모두 선약해서 주문을 받는다. 점심때 그냥 오시는 분이 없다.

청주 한씨 문중 총무님 뵈었다. 커피 한잔 나누며 그간 영업을 말씀드렸다. 비수기인 겨울을 보내기 위해 부탁 말씀을 드렸다. 내년 3월까지 임대료에 관한 문제와 방충망과 냄새에 관한 것까지 얘기했다. 모두 될 수 있으면 들어주시겠다고 했다.

조감도에 잠시 앉아 얘기하는 사이 손님이 꽤 왔다. 위층은 많은 손님으로 훈훈했다.

오후, 동호동에 다녀왔다. 분점에 들렀는데 모모 씨 만나 그간 영업의 노고에 수고를 아끼지 않았다. 커피 일하면서 고생 꽤 했을 것이며 장사에 관해 많이 배웠을 것이다. 커피와 분식 관련이 들어온다는 얘기가 있다. 얼굴이 얼마나 피었던지 화창하다. 카페 경영에 영업 매출이 최소 9만 몇천 원이 올라야 이 가게가 유지가 되는데 못 미치는 경우도 많았다고 한다. 아무튼, 나도 한 시름 놓게 되어 마음이 편하다.

오후, 커피 교육을 했다. 신화와 커피, 마케팅에 관한 얘기를 했다. 두 분이 함께 듣게 되어서 분위기 좋았다.

압량에 머물 때다. 대구대 문학박사 선생님께서 오시어 커피 한잔 했다. 마침 내일 주문받은 예가체프를 다 볶은 후에 오시어 방금 볶은 것으로 내렸다. '노자타설'에 관한 얘기를 서로 나누었다. 남회근 선생께서 지은 책으로 이 책 말고도 여러 권 있는데 다른 책도 간략히 설명을 듣게 되었다. 안 그래도 심적으로 많이 불안한 시기에 선생을 만나게 되어서 행운이 아닐 수 없다.

오늘 읽은 것 중 마음에 닿은 것이 있다. 한 구절 적어 놓는다. 사실 우리 각자는 서로 다른 인생을 살아가지만, 골치 아픈 문제를 만나거나 어려움에 직면하게 되면 노자의 이 말을 기억해야 한다. '작은 생선을 삶는 것처럼' 큰 문제를 풀어나가야 한다. 냉정히 사고하고 천천히 처리하되 어려움을 두려워 해서는 안 된다.

사동 갈 때였다. 버거킹 개업했다. 개업행사를 보았는데 오늘 꽤 많은 사람이 다녀갔나 보다. 그 옆, 유명 브랜드 커피 전문점이 T 업체가 11월 개점이라며 현수막이 걸렸고 그 바로 앞 나무와 나무 사이에 동네 찻집이 새로이 문 열었다는 현수막이 걸렸다. 그 현수막이 뒤쪽 유명 브랜드 커피 전문점 현수막을 가리고 있다.

저녁, 꽤 많은 손님이 오셨다. 점장께서 많이 바빴나 보다. 설거지 하는 물소리가 끊이지 않는다. 1층에서 책을 읽고 있었는데 위층 손님이 많아서 웅성거리는 소리가 밑에까지 들렸다. 훈훈했다.

발끝 세워 시작은 고역의 시작
출발 쉬워 보여도 완주 어려워
바닷가 곧게 서서 바라본 물길
보이지 않는 목표 아득한 흑점

鵲巢日記 14年 10月 18日

토요커피문화강좌에 찾아주신 손님께 서두 인사를 올렸다. 오늘은 라떼 수업이라 모두가 아트기술에 눈여겨보았다. 한 사람씩 실습해 나가며 맛을 보며 자신의 창작품에 만족하신 교육생 바라보니 내 기분도 좋았다. 교육생 한 분 한 분 지도하며 애쓴 구 선생, 성택이 고맙다.

중고차 상사에서 다녀갔다. 작년 연말에 산 SUV차, 쏘렌토를 팔았다. 솔직히 1, 2년 더 타고 팔아도 값은 그렇게 차이는 나지 않는다. 겨울을 준비하기 위한 자금 마련 때문에 어쩔 수 없었다. 그나마 작년에 현금으로 산 차라서 돈이 꽤 된다. 본부, 본점, 압량, 사동을 끌기 위해서는 어쩔 수 없는 일이었다.

가나안농장과 분점 몇 군데 배송 다녀왔다. 분점 한 군데서 입금이 되었다. 근 5개월 치 미수금액을 정리하지 못했는데 그중 2개월 치를 정리해서 송금했다. 당연히 받아야 할 돈인데도 불구하고 뜬금없는 입금통지와 죄송하다며 문자 주신 점장님께 감사할 일이다. 세월호 사건 터진 이래로 수금이 되지 않았다. 더욱이 주위 카페가 너무 생긴 것도 문제가 되었다. 고생이 많았을 것이다. 또 비수기 접어드니 얼마나 힘이 들까!

진량에 다녀왔다. 카페 내부공사에 관해서 지침을 드렸다. 공사를 직접 하시겠다고 했다. 바 위치를 잡아주었다. 기기 놓을 자리와 바 높이를 대충 설명했는데 내부 설계를 다음 주까지 정확히 작성해 드리기로 했다.

사동에서 음악회 가졌다. 오후 7시 정시에 음악회 가지려고 했다. 어쩐 일인가! 7시, 손님 한 분도 없다. 그나마 자리 앉아 계셨던 손님도 일어서서 가시니 객장이 썰렁하다. 음악인은 와 있고 잠시 있으니 한 분씩 오시더니만 자리가 찬다. 직원들에게도 한마디 했다. 모두 두 팀씩은 초청하라고 했는데 모두 전화하기 바빴다. 국악 연주자께 양해를 구했다. 7시 30분에 시작하자고 했다. 그러자 한 분씩 자리가 채워져 갔다.

내가 초청했던 대구대 선생님도 예지 엄마도 정의 엄마도 강샘도 일반 고객도 오시었다. 자리 모두 찼다. 카페 조감도 제3회 음악회를 알리며 가야금, 해금, 대금 순으로 이었다. 오신 손님도 아주 조용하게 청취하시는 것도 연주하는 학생도 너무나 빼어난 솜씨였다. 오늘 하루 연주는 그 어떤 돈을 주고도 아깝지 않은 음악회였다. 나는 이런 생각이 들었다. 역시, 우리나라 사람은 우리나라 음악이 제격이라는 것이다. 너무 감동적이었다. 찾아주신 대구대 선생님도 한 말씀 하신다. 그 어떤 음악회보다 괜찮았다고 한다. 일반 손님으로 오신 선생님께서도 한 말씀 주신다. 매월 셋째 주 토요일에만 하느냐고 물으시기에 그렇다고 말씀드리니 오늘 음악회 너무 잘 들었다며 한 말씀 주신다.

가야금 타는 학생의 빼어난 외모와 손놀림에 명주실 엮은 스물다섯 가닥마다 흐르는 그 칼날 같은 비음은 청중의 가슴을 울리고도 남았다. 해금 타는 학생의 연주도 마찬가지다. 말총에서 나오는 그 음파는 우리의 한을 끝끝내 참지 못하고 내지르는 한 맺힌 소리였다. 대금의 한오백년 또한 들을만했다. 우리의 소리다. 나는 이런 생각이 들었다. 어떤 음악회 가더라도 비싼 표 사서 가느니 그 돈이면 내 카페 홀로 앉아 듣는다 해도 이만한 규모에 이만한 소리를 자아내지는 못할 것이다.

    우리의 노래
    우리의 숨소리는 서너 마디라
    시 노래 가사 말도 변치는 않아
    한 서리고 뱉으니 이것이 음악
    듣고 들어도 동감 마음 폭 담은

鵲巢日記 14年 10月 19日

    본부만 제외하고 모두 정상영업 했다. 감기는 다 나은 것 같은데 아직도 코는 맹맹하다. 사동 개장한 후 모닝을 세차했다. 그간 큰 차만 타다가 작은 차를 세차해 보니 세차할 것도 없어 가게 옆, 수돗가에 세워놓고 물로 뿌리며 닦았다. 가을 햇볕이 따뜻했다.

압량을 문 열었던 용준이 잠시 보고 본점에 강샘도 잠시 보았다. 본부에 앉아 '노자타설 하'를 읽었다. 읽을수록 좋은 책이다. 마음이 힘들었는데 그 힘든 마음을 잘 다스려준다. 책은 인생에 명확한 좋은 스승이다. 아래, 대구대 문학박사 이 선생께서도 한 말씀 하신 바 있지만, 이 책을 다 읽고 남회근 선생의 다른 서적도 읽어 보아야겠다고 굳게 다진다.

점심, 라면 먹었다. 집에서 한 시간 누워 쉬었다. 오래간만에 쉬어보는 휴식, 길고도 짧은 시간이었다. 본점 바깥에 앉아 한두 시간가량 책을 읽었다. 본점 오가는 손님을 볼 수 있었다. 가을 하늘이 참 맑고 깊으나 점점 흐려지는 하늘 본다.

본점 직원이 저녁을 시켰나 보다. 이왕 주문한 차에 밥 한 공기 더 주문했다며 같이 먹자고 한다. 저녁을 먹고 압량에 나가니 용준이 햄버거 샀다며 하나 건네준다. 마다하는 것도 예의는 아닌 것 같아서 하나 먹는다. 저녁을 제대로 챙겨 먹지 못한 나로서는 너무 과한 식사였다. 배부르다.

책을 읽었다.

노자의 말이다. 인자함과 검소함과 세상을 향해 낮추는 자세는 세 가지 보물에 해당한다고 했다. '사람을 잘 쓰는 사람은 그의 아래에 몸을 둔다' 다른 사람을 잘 이끌어 가는 사람은 부하를 대하는 태도가 겸손하다고 했다. 대표라는 말이 거저 주어진 말은 아니다. 모두를 대신해서 나서는 처지이기도 하지만 함께하는 동료이자 앞서 일하는 일꾼이다.

책을 읽으며 올겨울을 생각했다. 조금 있으면 연말이자 크리스마스다. 카페에 트리를 해야 한다. 바깥에 대문 옆에 기둥을 세우는 것과 드립주전자와 핸드드립에 관한 구상을 했다. 비용이 만만치 않을 텐데, 홍보는 보여주는 것이 최고라는 것은 두말할 필요가 없겠다.

어쩌면 모르는 게 낫지도 몰라
사업주 알려지니 아는 분 안와
차분히 생각하면 초심이 인심
바르게 잡아가는 커피향 노트

鵲巢日記 14年 10月 20日

비가 온다. 월요일 아침, 비타민 C 챙겨 먹으라는 친구가 생각난다. 피부가 피곤해 보이고 거칠다. 나는 내 몸을 너무 잘 안다. 운동부족이라는 것도 안다. 하루가 틀에 짜인 생활이다. 각박하다. 영업만 틈새가 아니라 삶의 바퀴에서 삐져나오는 여유를 가져야겠다. 오늘은 하늘이 흐리다. 하루 시작한다.

오천 원권 잔돈이 없어 은행에 들렀다. 전무님께서 일보시는데 나오시어 인사 주신다. 그저께 음악회는 잘 가졌는지 못 가서 미안하다는 얘기와 카페 영업에 관한 얘기도 차 한잔하며 나누었다. 감기 걸리셨는지 안색이 무척 안 좋아 보였다.

사동을 개장할 때였다. 고급 승용차를 몰며 들어오는 차 한 대가 있었는데 카페가 방금 문 여는 모습을 보았는지 들어오신다. 아메리카노 2잔 해 드렸다. 이쪽 도로변으로 해서 땅을 구하고 있었는데 건축자재 창고를 짓겠다고 했다. 건축자재 창고 지을 땅은 좋다만 카페 보는 눈빛이 예사롭지가 않았다. 건축용적률과 건축비를 물어보시는 것도 그렇고 아무튼 몇십 분 머물다가 갔다. 아직 직원이 출근 전인데도 몇 분의 손님이 있었다.

한학촌에 다녀왔다. 커피가 동이 났다. 문자와 전화가 왔다. 급한 것이라서 챙겨서 직접 다녀왔다. 오후, 차가 한 대 없으니 불편하다. 그 외 몇 군데 배송이 있었는데 차가 없으니 어쩔 수 없는 일이다. 시내에 갔던 서 부장 기다릴 수밖에 없었다.

오후, 현대자동차 리스 담당 직원이 들렀으며 M통상 사장이 본부에 들렀다. 그간 뵙지 못해 인사차 오게 되었다.
떨어진 재고(소스, 고구마)를 주문했다. 아직 입금하지 않은 분점에 송금 부탁한다는 문자와 전화를 넣었다.

오후, 커피 교육했다. 커피 전파과정을 간략히 설명하고 우리나라 커피 역사에 관해서 앞으로 시장은 어떻게 진행되어 갈 건지 얘기했다. 가만히 있으면 아무것도 없다. 일은 역시 직접 하는 것이며 직접 한 일로 인해서 시너지 효과를 누릴 수 있음이다. 누군가는 조감도를 했을 것이다. 이래도 어렵고 저래도 어려우면 아무래도 도전해서 그 어려움을 미리 대하는 것이 맞다. 카페가 들어올 자리는 그 어떤 리더라도 피해 갈 수 없는 곳이기에 그 여파는 가만히 있다고 해서 피해가는 것이 아니기에 그렇다.

압량에 머물 때다. 진량 모 지점장께서 오시었다. 오늘 건물 철거작업을 했다고 고한다. 바 위치와 기기를 설명했다. 다음 달 초에 아내가 교육 들어갈 거라고 했다. 바의 정확한 설계 때문에 내일 저녁에 다시 오겠다고 했다. 가맹비 받은 것도 없고 그렇다고 기술료를 받은 것도 없지만, 그에 대해서 미안하게 가질 필요 없으니 부담 없이 궁금한 것 있으면 오시어 물어보시라 했다.

압량 마감하고 사동 갈 때는 꼭 버거킹 들어선 거리를 지나간다. 전에는 미래 대 앞으로 가곤했는데 사람 마음이 경쟁업체를 의식하게 마련인가 보다. 곁눈질도 하고 주위의 분위기를 본다. 사동에 도착하니 선생님께서 최 사장과 함께 오시어 커피 한잔 하며 담소를 나누고 있었다. 나는 그 옆 탁자에 앉아 책을 읽었다. 두 분이 담배 피우기 위해 잠시 바깥에 나가시었는데 나도 따라 나가 바람 쐬었다. 크리스마스트리에 관해 이야기했는데 좋은 방법 하나를 알게 되었다. 그렇게 돈 안 들여도 될 것 같다. 담과 담 곁에 심은 나무를 잘 이용하면 될 것을 나는 굳이 쇠기둥을 박고 드립간판을 생각했으니 어처

구니없다.

11시에 마감했다.

가을 하늘
이파리 떨어졌네! 슬퍼하거니
아서라 도로 좋아 격려 한 마디
참으로 애썼구면, 핀 가을 하늘
떠나는 것 같아도 또 시작이네

鵲巢日記 14年 10月 21日

사람이 무시당하면 그 사람 또한 무시할 수밖에 없다. 우리는 무의식적으로 내뱉는 말 속에 선의로 하였다고 하지만, 듣는 이가 그렇지 않으면 그 어떤 좋은 말이라도 잘못된 것이다. 그래서 말을 아끼는 것이 좋다. 모든 것을 다 보아야 하지만 모든 것을 기억할 수는 없다. 하나를 보고 생각하면 신중해야 하기에 결단을 내리면 후회가 없어야 한다.

아침, 영주에서 차가 한 차 들어왔다. 핫컵과 뚜껑 그리고 홀더가 입고되었다. 큰 상자만 오십 여개가 된다. 차주와 함께 물건 내리고 창고에 들여놓기까지 모두 삼십 여분 걸렸다. 땀 흠뻑 내려 상의가 폭 젖었다. 잘 못 내려온 아이스컵은 다시 차에 실어 드렸다.

사람이 일할 수 있는 것에 행복을 느끼자. 일하고 싶어도 못하는 사람이 또 얼마나 많을까! 첫 직장을 그만둘 때였다. 나는 쉽게 취업할 거라고 생각했는데 아니나 다를까 몇 군데 원서를 내고 면접보고 떨어지는 일이 수일, 한때는 삶이 비관적이었던 시기가 있었다. 경기가 나빠도 일은 있고 경기 좋아도 내 직업은 커피다. 잠자고 한 끼 먹을 수 있고 책을 볼 수 있으면 되지 더는 욕심 내지 말자.

오전에 잠시 비가 그쳤는데, 오후 비가 계속 내린다. 본점에서 커피 볶았다. 예가체프 납품용과 압량에 소매용으로 판매할 케냐와 코스타리카 볶았다.

서 부장은 시내 한 곳과 병원, 청도, 밀양에 다녀와야 했고 나는 압량을 거쳐 진량에 다녀왔다. 진량 점장께서 오미자차 한잔 주신다. 점장께서 한 말씀 주신다. 상반기 때는 40대 후반 남자 분 단골이 꽤 있었는데 연말 다가올수록 보이지 않는다고 했다. 어느 단골손님은 명퇴하시었다고 했는데 공장 일대의 분위기가 그리 좋지 않다고 했다. 공장지대가 활성화가 되어야 서민이 운영하는 각종 상가 또한 살 길인데 참 큰일이다. 점장은 모두 주말부부다. 일주일 한 번이나 한 달에 몇 번 가족과 함께하는데 그것도 애들이 크고 나니 잘 볼 수 없다고 한다.

책은 참 좋은 친구다. 사람이 태어남에는 부드럽고 약하나 그 죽을 때는 굳고 강하다고 했다. 그래서 웃어른의 한 말씀은 의미가 있다. '나는 그 어떤 것도 무섭지는 않으나 이 뼈가 갈수록 단단해지는 것이 무섭네!' 새싹은 부드럽다. 그만큼 성장할 여력도 있으니 바람에 나부낀다. 죽어가는 풀이나 나무는 단단하다 못해 마르고 딱딱하다. 사람도 이와 같으니 참 깨치는 말이라 할 수 있다.

마음 상하면 말을 하지를 말자
뱉은 말이 날뛰면 도로 와서는
면상만 구기는 것, 일만 아니라
두고두고 벽이라 허물 수 없네

사동에 머물 때였는데 기획사 사장님께서 오시어 커피 한잔 하며 담소를 나누었다. 주말에 서울 인사동에 갤러리와 카페를 다녀오셨나 보다. 나는 책을 이야기했다. 한참 이야기하는 사이 위층에서 내려오신 손님께서 부르시는 것 같아 고개 돌려 보니 새마을 금고 전무님께서 오시었다. 어찌나 반가웠는지 찾아주시어 감사하다는 인사를 드렸다. 교육생 '노' 씨께서도 오시어 가실 때 인사했다.

점장께서 '예가체프' 한 잔 내려주었는데 커피가 꽤 맛있었다.

내 카페 오신 손님 예를 다하네
오실 때 인사하며 갈 길 살피네
오가는 마음 마음 카페 꽃이라
한 아름씩 살피어 정 이어 가세

鵲巢日記 14年 10月 22日

오늘 아침도 흐리다. 이 비가 그치면 더 쌀쌀할 것이다. 거리에 낙엽을 쓰는 사람이 있다. 벚나무 이파리가 더욱 많이 나뒹구는 계절이다.

사동 개장한 후였다. 출판사에서 전화가 왔다. 이번에 내는 서평집 원고 '구두는 장미'에 관한 내용인데 책 제목을 달리하자는 뜻에서 몇 가지 예를 들었다. 마땅히 괜찮은 것이 없어 원고대로 하자고 했다. 그러니까 '구두는 장미'다. 곧 있으면 표지 디자인이 나올 것 같다.

오전, 목재소 사장께 전화했다. 소재가 원목으로 굵기가 제법 굵은 긴 탁자 하나 만들려니 나뭇값이 얼마가 될지 알아보았다. 너비 2m 폭 700, 굵기 10cm, 가량 나뭇값이 25만 원쯤 한다고 했다. 다릿발 놓으면 40만 원 하니 돈이 너무 든다. 드립과 교육을 위한 투자라 비싸지만 10만 원 정도 감해서 작품을 만들어 보시라 했더니 그렇게 하겠다고 했다. 두 개 주문했다.

서울, 소스 다루는 회사로부터 물량을 받았다. 택배 기사가 난 후였다. 모 점장께서 본부에 들렀다. 오늘로서 가게 인수인계가 끝났나 보다. 사업자 폐업신청에 관한 안내를 했다. 그간 카드매출과 현금매출을 집계해서 세무신고 자료를 챙겨 드렸다. 인수받은 업체는 커피와 분식이라고 했다. '몬스푸드' 다.

진량을 포함한 분점 몇 군데와 범어사거리 옷 가게, 포항, 미대 뒤 모 카페, 커피 주문 있었다.

오후, 교육 들어가기 전까지 '노자타설 하' 를 다 읽었다. 남회근 선생의 또 다른 책, '역경잡설' 을 펼쳐보기 시작했다. 오후 4시 30분 교육 시작하며 느낀 것인데 몸이 기가 없어 그런지 떨리며 흔들거렸다. 먹는 것이 늘 고민이다. 교육 끝나고 압량 갈 때였는데 KFC에 들러 햄버거 하나 샀다.

말 많이 하지마라 몸 허기지네
어쩌나 사는 일이 말만 이끄니
이왕 하는 말 곱게 다독여 타자

잘만 타면 공복은 면할 수 있네

압량에 머물 때다. 오후 교육할 때 커피가 입고되었다. 그중 작은 봉투가 있었다. 공장에서 선생님께 드리라는 뜻으로 겉봉투에 이름을 적어놓았다. 그 봉투를 찾으러 오신 것 같다. 생두였는데 하와이 코나 커피가 있었다. 코나는 세계 3대 커피 중 하나다. 솔직히 맛을 보지 못했는데 안 사장님께 생두 10K 정도 물량을 줄 수 있는지 알아보아야겠다.

사동에서 '역경잡설'을 읽었다.

책 한 권 읽는 것도 성취감 있네
바쁜 일 여럿이라 그 중 으뜸은
한 자 한 자 독서라 하루 깨치네
그 어떤 장애라도 가볍게 보네

鵲巢日記 14年 10月 23日

며칠 비가 오고 흐리더니만 오늘 아침은 아주 맑은 하늘을 본다. 어제 주문했던 '주역계사강의' 와 '중국문화만담' 의 책이 왔다. 더욱 기분 좋은 것은 시 마을 동인 두 번째 시집 '느티나무의 엽서를 받다' 책이 왔는데 디자인도 깔끔하지만 여러 선생님의 말씀을 한 권으로 볼 수 있게 됐다.

시내, 모 카페와 청도 운문사 앞 모 카페에서 주문받은 게 있었다. 본점에서 케냐와 예가체프 볶았다. 영천에도 커피 주문이 있어 오늘은 이동량이 꽤 된다. 서 부장이 모두 다녀와야 했는데 보통 때보다 늦게 퇴근했다.

사동 분점에 잠깐 다녀왔다. 어제 미처 갖다 드리지 못했던 재료를 갖다 드렸다. 손님 꽤 있었는데 점장님께서는 어디 출타 중이신 계시지 않았다. 직원인 듯했는데 오늘 처음 뵈었다.

오후, 대백마트에 다녀왔다. 오래간만에 장을 보았다. 고등어와 오징어를 샀다. 간 고등어를 구워 밥 한 끼 먹었다. 저녁에 먹겠다고 오징어국을 끓여놓았다. 교육 들어가기 전까지 시간이 늘 쫓긴다.

커피교육 할 때면 동기부여 삼아 나의 일기와 카페 일에 관해서 얘기한다. 특별히 카페 일을 얘기하려고 하면 잘되지 않아서 그냥 내 사는 이야기와 그간 교육받고 나가서 활동하시는 교육생 이야기해 드리면 충분히 이해가 되는 것 같다.

교육할 때였다. 예전에 사동에서 일하셨던 모 분께서 전화가 왔다. 창업하려면 창업비가 얼마나 드는지 알아보고 싶었다. 압량에 잠시 오시라 했다. 교육 끝나고 상담을 했는데 아직은 마음에 담은 듯 곧 문을 열겠다는 것은 아니다. 오랫동안 카페에서 일 해오셨으니 잘하실 거다. 친구분인지는 모르겠으나 두 분 함께 오셨다. 사동에 또 대형 카페가 곧 개업을 앞두고 있다는 이야기도 했다.

틈틈이 책을 보려고 펼쳤는데 간간이 손님 오셔 손님을 대하다가 가시면 또 책을 보려고 했는데 자불기도 했다. 어느 한 손님은 갓 볶은 원두를 찾으시어 몇 종류 소개했다. 한전에 다니는 남자 분이었는데 원두커피를 좋아하시니 근간에 보기 드문 손님을 뵙게 되어 반가웠다. 서비스로 아메리카노 한 잔 드렸다. 자주 오시겠다며 인사한다.

카페 일 뭘 어렵나 책보며 보니
그게 일이라 나도 니도 한 잔은
그저 음료라 커피, 한잔만큼은
정성껏 내려드려 마음 담으세

단골이다. 내일부터 중국에 가 있어야 한다고 했다. 그러니까 오늘 인사차 오게 되었다. 5개월가량 중국에 있어야 한다. 내년 봄에 들어온다니 시간이 참 긴 것 같아도 한철 금방이니 몸 건강히 다녀오시라 했다. 아이스 아메리카노 투 샷 진하게 한 잔, 연하게 한 잔 가져간다. 카페 일하면 손님의 근황을 알게 된다. 오며 가며 인사 주시니 사는 게 별 게 없다. 서로 안부를 묻고 서로 건강하고 서로 내일을 위해 꿈을 다지는 것이 우리의 삶이다.

사동에 머물 때였는데 정의가 블루마운틴 커피 한 잔을 가져온다. 점장님께 영업상황을 물었다. 문 앞에 전시해 놓은 커피와 더치가 좀 나가느냐고 물었더니, 바 안쪽에다가 있을 때보다는 손님께서 많이 물으시며 실지로 사가져가는 손님도 있다고 했다. 더치는 우리가 내린 것이 더 많이 나간다고 했다.

나이가 들어감에 편한 일 찾네
일은 수월하다만 커피 값이라
온종일 영업해도 무겁지 않네
시간 잘만 다루면 훨씬 값지네

鵲巢日記 14年 10月 24日

아침 사동에 갈 때였다. 우유납품처 사장께서 전화 왔다. 어제, 세금계산서

발행되는지 여쭈어본 일이 있었다. 우유는 비과세라서 되지 않지만 성심성의
껏 해 드리겠다고 했다. 카페에서도 카드사용이 부쩍 늘었기 때문에 매입처
는 분명히 세금계산서를 받아 놓아야 한다. 부과세가 월별로 보면 그리 많지
않으나 분기별로 모으면 이것도 꽤 큰 금액이라서 준비해나가야겠다.

아들, 준이가 다니는 중학교에서 전화 왔다. 직업관 교육으로 이달 30일
교육 오시라는 내용인데 준이 반으로 들어가도 괜찮으냐고 물으시기에 괜찮
다고 했다. 그 외 서울에서 황 사장께서 진량 모모 씨께서 전화 왔다.

서 부장이 일이 꽤 많았다. 대구 매입처에 다녀와야 했으며 분점 곳곳 배송
이 있었는데 양이 다른 때보다 많았다. 오후에 맡은 교육이 끝나면 분담할 수
있으니 그때는 힘이 좀 덜어질 거라며 얘기했다.

오후, 그간 밀렸던 빨랫감을 모두 챙겨 세탁소에 다녀왔다. 점심 겸 저녁을
오후 4시쯤 먹었다. 오늘로서 커피이론 수업이 모두 끝났다. 다음 주 월요일
부터 로스팅과 드립수업을 함께 배울 것이다.

압량, 따뜻한 레몬차 한 잔 마신다. 용준이가 다녀갔다. 모 점에 가야 할 물
건이 모 점에다가 잘 못 배송했다며 다시 정정해서 바르게 일 처리 했음을 고
한다. 안 그래도 분점 모 점장께서 문자가 왔었다. 분명히 배송했는데 물건을
갖다 달라고 하니 의아해했다. 아직 분점의 위치를 잘 모르는가 보다.

진량에 곧 개업하실 모 점장님께서 오시었다. 커피 한잔 했다. 기계 견적과 교육에 관해서 상담을 했다. 다음 달 초, 1일부터 교육을 받겠다고 했다. 약 두 달 가까이 갈 거라고 얘기했다. 상호를 생각해 놓은 거는 있는지 물었는데 '커피 그리다' 로 하겠다고 했다. 상표 특허 검색 창 띄워 검색해보니 누가 등록을 했다. 다른 것 생각해놓은 것은 없는지 싶어 여러 이야기 나누다가 '세호의 하루' 라는 이름으로 권했다. 조금 더 심사숙고해서 결정하겠다고 한다. 아무래도 자신의 이름으로 가게를 운영한다면 더 주체적이고 영업력을 충분히 발휘할 것 같아서 지어본 것이다.

사동에서 남회근 선생의 '중국문화만담' 을 읽었다. 선생의 강의를 적어놓은 거라서 처음은 읽기가 그러나 자꾸 읽을수록 앞에 앉아 말씀을 듣는 듯 읽힌다. 리드라면 꼭 읽어 볼만한 책이다.

커피 춘추전국이 꼭 지금 같아
지역마다 고수가 어디든 있어
일과 뜻을 펼치니 시장이 크다
나를 잃지 않음은 공부 필수다

鵲巢日記 14年 10月 25日

주말마다 하는 토요문화강좌가 있는 날이다. 오늘도 많은 분이 오셨다. 문화강좌 내용을 소개하고 4주 빠뜨리지 않고 참석하시어 들으시라는 부탁을 했다. 교육 소개 끝나고 압량에 잠시 머물다가 사동에 넘어갔다.

남회근 선생의 '중국문화만담'을 읽었다. 기업企業과 사업과 실업에 관해서 자세히 알게 되었다. 간략히 적어본다면 이렇다. 기업이란 먼 곳을 응시하며 어떤 일을 준비해 후대나 미래에 미칠 영향을 생각한다. 원대한 목표를 가지고 국가나 사회에 오십 년 백 년 넘게 공헌할 것을 생각하는 게 기업이다. 실업實業이란 실재적인 것인데 항공 실업은 비행기를 발명하고 제조한다. 이런 대사업을 실업이라 하며 사업事業은 행하여 천하의 백성에 베푸는 것을 사업이라 한다. 일반 백성과 사회에 이익과 안정을 가져다줄 때 그것을 가리켜 사업한다고 말한다. 그러니까 장사를 하고 회사를 설립한다고 해서 그것이 사업이라 할 수는 없다.

분점, 정평과 청도에 커피 주문이 있어 다녀왔다. 정평은 점장님 계셔 잠시 영업에 관한 이야기를 들었지만 청도는 주말이라 그런지 어디 출타하셨나 보다.

오후 5시쯤, 집에서 점심으로 보기에는 늦은 저녁을 먹었다.

마음에 담은 동인 시마을 모임
갖은 일 저버리지 못해 못 가네
여러 선생님 모습 보고 싶지만
얽어맨 멍에 지며 뒤에 꼭 가네

압량에서 콩 볶을 때였는데 중국인이었다. 고향이 어디냐고 물었더니 연변에서 왔다고 했다. 안 그래도 중국문화에 관한 책을 읽고 있었다며 얘기하니 웃으신다. 커피 맛있다며 인사 주시며 가신다. 시다모 볶았다. 에티오피아 콩이다.

경산중학교 남학생 둘이 잠깐 들어와서 인사하기에 유자차 한잔씩 내었다. 꼭 우리 맏들 같아서 친근감이 든다.

압량마감하고 사동에 머물 때였는데 기획사 사장님께서 오시었다. 요즘 대구에 모 카페에서 취미 삼아 듣는 커피강좌가 있다. 거기에 들은 이야기를 오시어 얘기해 주신다. 오늘은 동남아 커피 약간 가져오셨는데 봉투에 조금 담은 커피가 만 원이라고 했다. 한두 잔 정도 내리면 끝이다. 요즘은 커피를 파는 것이 아니라 지혜와 지식을 파는 것이라는 걸 다시금 느끼게 한다. 사동 조감도에서 드립강좌를 가지겠다고 마음을 굳혔는데 이제는 필연적으로 해야겠다는 생각뿐이다.

상표 이미지에 관해서는 확실히 심어야 한다. 봉투를 차별화하고 맛을 구별할 수 있는 드립과 문학을 다루어야겠다.

남회근 선생의 '중국문화만담'에 나오는 이야기다. 중국이 그 광활한 영토를 지킬 수 있었던 이유는 문자였다. 문자의 통일이 문화의 근간을 만들고 지금껏 이웃국가까지 중화사상의 영향을 끼쳤다. 카페가 이리 많은 시대에 나는 살고 있다. 커피도 중요하지만, 조감도만의 커피와 그 커피를 내려 마시는 방법과 우리의 사는 이야기를 거짓됨이 없이 말할 수 있는 용기를 가져야 한다. 믿음을 부여하는 삶의 이야기 말이다.

커피를 파는 것이 아니라 꿈을
물량공세 아니라 질적 한 모금
잔과 받침의 지혜, 까만 그림자
전혀 비싸지 않은 커피 한 모금

鵲巢日記 14年 10月 26日

이른 아침, 맏이 준이가 태권도장에 간다. 단증 심사가 있는지 애 엄마가 평상시 일어나는 시간에 준이 태워서 시내에 갔다. 아침 먹을 수 있는 처지가 아니라서 매장을 열었다. 사동을 개장하고 둘째 찬이에게 전화했더니 아침을 아직 먹지 못했나 보다. 둘째 데리고 국밥집에 가서 소고기 국밥 한 그릇 먹었다.

옛날에는 장사꾼 즉 상업에 종사하는 사람은 천했다. 돈을 만지고 돈을 불리는 일은 근본적으로 사람을 속이는 것이라서 참으로 부끄러운 일이다. 그렇다고 이문 없이 재화와 용역을 제공하는 것도 어리석은 일이다. 돈은 참 천하다.

커피 영업도 마찬가지다. 사업주가 가게를 위한 투자를 한다. 투자는 자기자본도 있겠지만, 타인자본도 꽤 된다. 자기자본에 대해서는 이자가 없겠지만, 타인자본 즉 부채는 반드시 이자가 따른다. 이자를 지급하지 않고 사업하는 사람은 아무도 없다. 그만큼 은행을 이용 안 할 수는 없다는 것이다. 그리고 국가에 내는 부과세와 소득세가 따른다. 커피는 객단가가 낮아서 투자에 대한 가치를 회수하는 것에는 수지타산이 안 맞는 경우가 더 많다.

커피를 하고 싶다면 컨설팅이나 교육 쪽으로 나서는 것이 부가가치가 높으니 그쪽으로 생각을 두고 있는 것이 낫다. 오후, 선생님께서 커피 한잔 마시러 오셨는데 이와 같은 이야기를 나누었다. 사람들은 일확천금의 꿈을 안고 산다. 하지만 돈이라는 것은 그리 쉽게 벌리지도 않을뿐더러 벌 수도 없다. 돈에 목적을 두고 살아도 안 된다. 일이다. 일이 있다는 것만으로 행복함을 느껴야 한다. 일을 믿어야 한다.

일을 믿어야 하네 누가 뭐래도
일떠나니 고독은 더 에워싸서
철창 없는 감옥이 따로 없었네
존중은 일했으니 일만 믿으세

사동에서 책을 읽었는데 중국에서는 경제라는 말이 전통성을 갖지는 않는
다. 경제는 근대의 산물이다. 사마천이 '화식열전'이라는 책을 쓴 바 있는데
이 화식이 지금의 경제라는 용어와 비슷하다. 그러니까 화식은 화貨자와 식殖
이다. 화식열전을 검색하다가 책의 좋은 내용이 있어 아래에 덧붙여 놓는다.
"평범한 사람은 (凡編戶之民범편호지민) 상대방의 재산이 자기보다 열 배가 많으
면 헐뜯고(富相什則卑下之부상십칙비지), 백 배가 많으면 두려워하고(伯則畏憚之백
칙외탄지), 천 배가 많으면 그 사람 심부름을 하고(千則役천칙역), 만 배가 많으면
그의 종이 되는데(萬則僕만칙복), 이것이 세상 만물의 이치다.(物之理也물지리야)"

사동에 머물 때였는데 점장과 여러 가지 대화를 나누었다. 영업에 관한 내
용도 있었고 가게 임대료에 관한 이야기도 있었다. 내년 3월까지는 보류가 되
지 싶다. 카페가 정상 영업이 되도록 그간 함께 노력하자고 했다. 매출이 조
금씩 나아지는 모습을 보니 안심은 되지만 조금 있으면 곧 대형 프랜차이즈

가 입점할 텐데 그에 대한 준비를 해야겠다. 11시 40분쯤 마감했다.

대표,
여러분께 인사드립니다.

　이 말부터 먼저 하겠습니다. 저는 카페리코의 본부장이자 우리 본점과 조감도의 대표입니다. 사장이 아니라 대표 말입니다. 저도 여기서 일하는 사람이며 여러분과 함께하는 직장 동료입니다. 물론 제가 만든 조직입니다. 제가 만들었다고 해서 여러분보다 월급이 많거나 일을 적게 하는 것은 아닙니다. 오히려 여러분보다 일을 더 많이 하며 월급은커녕 대출이자 갚기도 빠듯하게 살아가는 사람입니다. 그렇다고 해서 불만을 품거나 그 불만 때문에 모든 사물을 그릇되게 본 적은 한 번도 없습니다. 오히려 희망을 품고 내일을 위해 더 열심히 삽니다.

　여러분도 나중에 창업하시거나 나의 일을 직접 해 보시면 알겠지만, 나의 돈으로 해나가는 경우는 극히 드뭅니다. 은행 돈을 차입하거나 주위 사람의 돈을 빌려서 여러분 사업체를 이끌 거라는 것은 분명하니까요. 사업체라는 것은 많은 돈이 필요로 합니다. 여기서 제가 경제학을 이야기하자는 건 아닙니다. 근간에 시제가 맞지 않아서 고민 끝에 얘기를 꺼내는 것이니 여기에 기분 나쁘게 들을 필요도 없으며 앞으로 일을 여태껏 해오던 방식을 조금 바꿨으면 해서 하는 말입니다. 본점이라서 여러 사람이 오가고 또 과외 매출이 많다 보니 예전에는 별달리 마감하지 않았습니다. 이제는 상황이 많이 달라졌으니 매일 마감하며 인수인계과정에 오해 없이 일이 진행되도록 다음 인수받는 분께는 마감금액까지 확실히 했으면 합니다.

매출에 관해서도 덧붙여 한마디 하겠습니다. 저는 여러분께 매출부진에 대해서 질타한 적 없습니다. 영업매출은 본부장이나 임원이 더욱 노력할 문제라고 저는 여태껏 생각해오고 있었습니다. 직원도 오시는 고객께 더 친절히 더 맛난 커피를 제공해야 하는 것은 기본입니다. 하루는 어떤 교육생이었습니다. 다시는 본점에 오고 싶지 않았다며 한마디 하신 분 있었습니다. 그분은 꼭 일 년 만에 다시 오셨는데 교육 등록하시어 커피공부를 함께했지요. 본점매출이 많이 떨어진 거는 사실입니다. 대외적으로 카페의 매출이 약 20% 떨어졌다는 포스업계의 말도 일리는 있습니다만 그렇다고 하더라도 피부로 느끼는 본점매출은 더 큽니다. 우리는 여기에 개의치 말고 더 열심히 일해야 할 겁니다.

만일 내가 실업자라면 하루라도 숨 막혀 살 수 없을 겁니다. 예전에 젊을 때였습니다. 잘 다니는 직장 그만두고 나와서 쉴 때였는데 어디든 취업 될 거로 생각하고 원서를 낸 적 있습니다. 하지만 어느 곳도 들어가기는 쉬운 일 아니더군요. 몇 번 거절을 당하고서야 저 자신을 더 잘 알게 되었고 사회를 더 잘 알게 되었지요. 사회는 냉정합니다. 참 고민이 많았던 시기가 있었습니다. 거의 폐인이 되었지요. 일자리는 나 스스로 제공하며 기회를 줬을 때 온 힘을 다해야합니다. 한 사람 한 사람 친절히 대하십시오. 본점에 일하시는 여러분은 그래도 최상위에 있습니다. 모든 조건이 그렇습니다. 분점이나 이웃 카페에 어느 곳 비교하더라도 말입니다.

한 가지 더 부탁할 게 있습니다. 본점에 일하시는 여러분은 나이가 대체로 많습니다. 저랑 비슷하니 본부장 대함이 약간은 경솔함이 보입니다. 여러분이 존중받고자 한다면 존중하셔야 합니다. 미우나 고우나 대표며 함께 일하는 동료니 갖은 애환만 보더라도 무거운 사람입니다. 충분히 존중받아야 할 사람입니다. 가끔은 저도 상담이 필요하고 외로움을 덜기 위해 여러분과 대화를 나누기도 합니다. 그때마다 부딪히는 건 경솔함이 보일 때 있습니다. 조직은 조직입니다. 조직에 머물 때는 조직을 생각해야 합니다.

책 읽다가 좋은 구절이 있어 아래에 적어봅니다.

마지막으로 그는 말합니다. "독서는 성현에 뜻을 두어야 한다." 공부는 돈을 많이 벌기 위해 하는 것이 아니라 학문을 구하는 것입니다. 그러므로 성현이 본보기이자 최고의 목표입니다. 결코 성현의 이름을 구하는 것이 아니며, 혹은 성현 같은 모양을 구하는 것도 아닙니다. 독서를 한다고 반드시 관료가 되지는 않습니다. 만일 불행히도 관료가 되었다면 "관료로서 마음이 군주와 국가에 있어야 한다." 기왕에 공무원이 되었다면 국민에 대해, 그리고 사회와 국가에 대해 책임을 느껴야 합니다. "본분에 안주해 명을 지키고 시대의 흐름을 따라 하늘의 소리를 듣는다. 사람됨이 이와 같다면 거의 다 된 것이다." 자신의 본분을 알고, 때와 형세를 이해하며, 본분을 다한 후 천명을 듣습니다. 그는 말합니다. 사람됨이 여기에 이르렀다면 이제 거의 다 된 것이라고요.

이상은 남회근 선생의 '중국문화만담'에 있는 내용입니다.
위의 글 내용을 다시금 곱씹어 읽어보십시오.

鵲巢日記 14年 10月 27日

이 세상을 살아간다는 것은 참, 외로운 길이다. 경쟁이 무엇인지? 사는 것이 무엇인지? 무엇 때문에 나는 글을 읽을 수밖에 없는가! 눈물이 난다. 너무 힘들고 괴롭고 어디 땅굴에라도 있으면 들어가 숨고 싶다. 왜 사람은 다른 사람을 의식하며 눈치를 보며 비생산적이며 비협조적으로 사는 것이냐!

사동 개장하고 난 후, 본점으로 가는 길이었다. 토요일, 성택이가 뽑아준 드립커피 산투스 마시다가 다 마시지 못하고 차에 꽂아 있었다. 한 모금 당긴다. 산투스는 생둣값이 다른 어떤 커피보다 가격이 싸다. 그 싼 이유는 여러 가지 있겠지만 싸다는 이유 하나만으로 우리는 커피 맛이 다른 어떤 커피보다 떨어질 거라는 생각을 많이 갖게 한다. 실지로 맛이 조금 떨어지는 것도 사실이나 오늘은 맛이 다르다. 향이 물씬 코끝 오르는 데 원두커피 맛이 입

안 가득 퍼지는 것이었다.

아침에 책을 주문했다. 남회근 선생의 '불교수행법'과 '맹자와 공손추'라는 책이다. 근래 남회근 선생의 책만 골라 읽는다. 오늘로서 정독으로 '중국문화 만담'을 다 읽었다. 선생께서 하신 말씀 중에 이 말이 생각난다. '문화의 기초는 문학이고, 문학의 기초는 시사詩詞다.' 나의 카페와 나의 카페 생존에 관해서 오랫동안 생각했다. 얼과 뿌리가 있어야 한다. 가장 근본은 역시나 경영주의 마음을 담은 시와 글이 있어야 함은 두말할 필요가 없다. 우리는 서양 문물의 혜택을 받고 살지는 모르나 우리의 마음은 역시나 동양의 오래된 문화가 그 바탕이다. 선생의 말씀을 어찌 다 나열할 수 있을까! 읽는 곳곳 마음에 와 닿아서 무엇이 옳고 그른지 조금 알게 되었다. 책의 마지막에 고객께 당부의 말씀으로 한마디 한다. 미소를 잊지 말며 독서하라 당부한다. 문화의 힘이다.

시내 한 곳에 전화가 왔다. 내일 기기 설치할 탁자를 한 번 보아달라고 했다. 원래는 남의 가게에 얹혀 커피 팔았다. 내부에 무슨 문제가 있었음이다. 다른 곳으로 나와야 했는데 자리가 나서 기계를 옮기게 되었다. 내일 가기로 했다.

옛날 왕들이나 지금의 국가 원수는 어떻게 살아가나 하며 느낄 때 있다. 얼마나 많은 사람의 원성을 사며 정치를 해 나갔을까? 얼마나 사리분별 있게 형평에 맞게 안정을 도모했을까! 어렵다는 것은 무엇일까? 이자와 각종 세와 경비와 생활비에 맞는 매출이 따라준다면 얼마나 좋은 일인가! 한 번씩 여행도 다녀오고 싶고 부모님도 뵙고 싶으나 그 어떤 것도 하지 못하는 실정이다. 그저 책을 읽으며 마음을 다스리며 일만 할 뿐이다.

압량은 아주 작은 카페다. 혼자 머물며 생각을 많이 할 수 있어 좋다. 경제, 사마천은 화식이라고 했나! 고객을 생각한다. 고객이 가장 밑에 있다. 밑을 바라보며 걸어야 한다. 본점 다녀가셨던 진량 모 고객을 생각한다. 다음 달 나올 책을 생각하며 드립강좌를 생각한다. 이미 마음은 다 깨진 가족을 생각한다. 불쌍한 두 아들을 생각하며 미래를 생각한다. 더는 마음의 공덕을 받을 수 없는 나를 생각한다.

사동 머물 때였다. 정수기 허 사장 전화 왔다. 곁에서 바라보는 게 안타까웠는지 시내 모 카페 이야기를 한다. 정수기 관리하는 카페만 모두 170여 곳이다. 올겨울 지나면 거래처 약 오십여 곳은 떨어져 나갈 거라며 얘기한다. 벌써 몇몇은 문을 닫았거나 주인장이 바뀌었는데 바뀐 얘기를 한다.

사동 조감도 점장과 정의와 함께 저녁 먹었다. 자정 12시, 막창 집에서다. 오늘은 카페 문 연 후 최저 매출을 올렸다. 이십 리 조금 더 걸었을 뿐이다.

역경을 읽었는데 우왕은 "삶은 잠시 머무는 것이요 죽음은 다시 돌아가는 것이라고 했다." 백 년을 산다는 것은, 가죽과 뼈 그리고 피와 근육으로 된 몸 속에서 백 년을 머물다가 다시 돌아가는 거라고 했다. 그렇다 하더라도 가수

신해철의 사망소식은 너무나 큰 충격이었다.

따뜻한 난로가에 앉아 밥 먹네
반찬은 고불한판 된장과 김치
진수성찬 예 있어 이거면 되지
훈훈 밥 한 끼 혼자 가슴에 담네

鵲巢日記 14年 10月 28日

연필은 쓰는 맛보다 깎는 맛이 더 낫다. 연필 심지에 쌓인 나무 향이 깎을 때마다 뿜어 나오니 그뿐 아니라 나뭇결 따라 한 겹씩 빗는 느낌은 무엇으로 얘기할 바 못 된다. 책 읽을 때면 꼭 중요한 부분이 있거나 느낌 와 닿는 부분은 밑줄 치는데 연필로 한다.

오전, 압량에 있었던 일이다. 어느 나이 많으신 아주머니였는데 요양병원에 일하시는가 보다. 커피 마시고 싶어도 용기容器가 없어 또 용기容器가 있어도 사용방법을 몰라 잠시 들러 설명했다. 드리퍼와 서버를 권해 드렸지만 이분은 마다하고 티 여과기를 사가져 가셨다. 실지로 커피 분쇄해서 티 여과기에다가 담아 뜨거운 물 넣고 몇 번 저어 내렸더니 그런대로 커피가 괜찮았다. 사용하기는 이게 더 편할 것 같다며 아무 거리낌 없이 달라고 했다. 언제였는지는 모르겠지만, 기획사 사장님께서 하신 얘기를 들은 바 있는데 시내 모 카페에 담금식 커피가 있다 해서 나는 새로운 추출법인가 하며 들은 적이 있다. 오늘 내가 이렇게 해 보기에는 처음이다. 그러니까 담금식 커피추출인 셈이다.

오늘 시내 한 곳과 분점 몇 곳을 서 부장과 함께 다녀왔다. 시내는 커피기계 이전문제로 사전답사다. 두 평 반이나 세 평쯤 되는 자리였다. 그런대로 커피는 나가겠지만, 내부공사가 전혀 되어 있지 않아서 커피 기계 놓기에 석연치 않았다. 무작정 기계 놓을 수 있는 탁자를 만들어 달라는 것이다. 기계 놓을 수 있는 탁자가 중요한 것이 아니라 전기와 설비와 간판 등 여러 가지 시설완비가 먼저라 본부에 한 번 오시라고 했다. 아무래도 내부공사 할 만큼의 여유는 없어 보였다.

오후, 임당동사에 다녀왔다. 자판기 기계가 고장이 났었는데 사무실에 맞는 부품이 없어 비슷한 걸로 고쳐서 수리했다. 온수통에 물이 가득 들어가고 나면 제어하는 센서가 있는데 이 부위가 기계 노후로 떨어졌다. 새것으로 교체한 셈이다. 하지만 똑같은 부품이 아니라서 약간 변형해서 부착시켜 운영할 수 있도록 했다.

드립 교육했다. 오늘은 블루마운틴 커피를 볶았으며 알라딘 주전자 동 재질로 했다. 다까히로 주전자만 사용하다가 한 잔용으로 뽑아보는 것도 괜찮지 싶어 이참에 실험 삼아 해보았다. 그런대로 사용하기 편했다. 오히려 다까히로 0.9ℓ 용보다 가볍고 내리는 물줄기도 가늘고 정해서 오히려 혼자 커피 내려 드시는 분께는 더 나을 것 같다. 가끔은 이 드립주전자도 사용해야겠다.

친구들 얼굴 보니 다들 늙었네
한 번씩 사는 모습 보는 사진들
흩어져 살면서도 이리 가까워
사는 것 별것 없네 세월 다지네

사동에 머물 때였는데 손님 한 분이 주차장에서 차를 빼다가 그만 뒤차에 부딪는 가벼운 사고 있었다. 전에는 기획사 사장님께서 간판 기둥에다가 차를 몰다가 뒤범퍼 떨어진 일 있었다. 책 읽고 있었는데 쾅하는 소리에 바깥에 나가 보았다.

옆 집 오리집 사장님께서 커피 드시러 오셨다. 모 대학 교수님과 변호사와 함께 오시었는데 오신 분 모두 소개해 주었다. 오랫동안 앉아 계시기에 드립과 허니브레드를 서비스로 내었다. 가실 때, 문 앞까지 배웅하며 인사했다. 11시 50분 마감했다.

옆집 사장도 함께 오신 선생도

커피 한잔 마시며 대화 나누네

연인도 단체 손도 모두 커피라

늘 깨어있어 좋은 음료 최고네

본부 들어간다. 밤길 달린다. 라디오 켠다. 신해철 노래 흐른다. '일상으로의 초대' 산책을 하고 차를 마시고 책을 보고 생각에 잠길 때 요즘엔 텅 빈 것 같아 친굴 만나고 전화를 하고 밤새도록 깨어 있을 때도……, 노래 흐른다. 신해철, 본부 들어와 뮤직비디오 검색한다. 감상한다. 까만 선글라스 멋진 아가씨 휘날리는 머리칼 까만, 까만 선글라스 랩, 랩, 랩, 내게로 와 줘, 내 생활 속으로, 너와 같이 함께라면 모든 게 새로울 거야 해가 저물면 둘이 나란히 지친 몸을 서로에 기대며 그 날의 일과 주변 일들을 얘기하다 조용히 잠들고 싶어 환상속의 그대, 넌 멋진 남자 내게로 와줘 내 생활 속으로, 너와 같이 함께라면 모든 게 새로울 거야

鵲巢日記 14年 10月 29日

아침 식사할 때였다. 된장찌개가 언제건지는 모르겠다. 팍 상했다. 한 숟가락 떠먹다가 덮었다. 계란찜을 가볍게 해서 한 숟가락 먹었다. 날이 꽤 맑다.

사동을 개장한 후였는데 매장에서 잠시 앉아 책을 보고 있었다. 전에 임당에 작은 카페를 열고 회원제로 운영한 적 있었는데 그때 회원 첫 번째로 등록했던 문 사장이 오는 것 아닌가! 마침 가게 있었기에 참 반갑게 맞았다. 요즘 뭐 하느냐고 물었더니 시내에서 '카사노바' 술집을 경영한다고 했다. 예나 지금이나 외모는 늘 카리스마다. 둥근 모자와 까만 선글라스, 뭐하느냐고 물었을 때 손으로 모자를 가리켰는데 모자에 이름표가 붙었다. '카사노바'였다. 시지에서 이종격투기 배운다고 했다. 그래서 한마디 했다. 왜 그리 어렵게 사느냐고 했더니 웃는다. 한바탕 웃었다.

월말 세금을 정리해서 오늘 모두 납부했다. 금액이 모두 700만 원이다. 빚을 갚겠다고 한 푼 한 푼 모아 놓으면 세금과 경비 떨면 다시 원점이다. 그래도 마음은 뿌듯하다. 이렇게 세금을 낼 수 있다는 것만도 행복이라 느낀다. 모르겠다. 남회근 선생의 책을 읽다가 마음자세가 많이 바뀐 것만은 틀림없는 것 같다. 내일이나 아니면 모레쯤 세무서에 다시 또 들어가야 한다. 일용직 고용에 관한 신고 통지서를 받았다.

오후, 임당동사에 다시 다녀왔다. 이번에는 커피 양이 너무 적다고 해서 조정해 드렸다.

압량에 머물 때였는데 나 많은 어른이다. 60대까지 돼 보이지는 않는데 커피 이야기 하신다. 루왁에 관한 이야기도 하시고 인도네시아 커피 200g 한 봉이 얼마 하는데 하며 얘기하신다. 그냥 하시는 말씀만 엿듣다가 또 내게 이것저것 물으신다. 그저 그렇다며 맞장구 쳐 드렸다.

아는 것도 아는 게 아니라 했네
들어도 맞다 하고 물어도 맞아
그저 좋으면 됐지 더는 아니네
커피 한잔 맞장구 그러면 됐네

사동에 머물 때였다. 지인이다. 세 분은 친구 같은 손님이고 한 분은 오늘 처음 뵙는다. 아마도 80년대 이야기 같다. 우동 이야기 나와서 하는 말인데 우동 한 그릇 사 먹기 위해 대전역까지 다녀온 이야기였다. 그러니까 몇 년 전의 이야기인가! 그런 시절도 있었다. 서서 먹는 우동 한 그릇, 나이가 좀 있어 보였는데 여러 가지 경험담 듣다 보니 시간 가는 줄 몰랐다.

사동 직원은 참, 겸손하다. 어느 한 분, 할 것 없이 왜? 어려운지 내 할 일은 무엇인지 너무 잘 안다. 대표께 말 한마디 하는 것도 예를 다한다. 나 많은 배 선생도 점장님도 나이 어린 두 분 가족도 애착이 간다. 한 분 한 분 사는 이야기도 각기 개별적으로 들었지만 모두 사는 게 빠듯하다. 나는 나만의 문제만 안고 있는 게 아니다. 한 배 속에는 또 여러 배가 있다. 책임을 안았다. 분명히 더 나은 걸음을 위해 노력해야 한다.

배 선생께서 고한다. 아침, 두 분 앉은 어른, 문중 어르신인데 그중 한 분께서 '조감도' 축시를 써주신 분이라 했다. 나는 아침, 그 옆 좌석에서 책을 보았는데 아! 미리 알았더라면 인사를 올렸을 텐데 말이다.

수천 년 역사 속에 인류 있었네
뿌리 있어도 우린 모르고 자라
하늘만 보지 땅은 잊고 없어라
사람은 땅에 사니 땅을 본받네

鵲巢日記 14年 10月 30日

이른 아침에 문자 하나 뜬다. 청도다. 예가체프와 케냐 로스팅과 그 외 커피 주문이었다. 사동 개장하고 잠시 앉아 쉬면서 책 좀 보다가 본부 들어가려고 했다. 허겁지겁 본점에 들어가 로스팅 한다. 예가체프만 볶았다. 케냐는 전에 오 선생께서 볶아 놓은 것이 있어 그걸로 챙긴다. 한학촌에도 벤즈빈에도 커피 주문 있어 챙긴다.

월말 마감이라서 마감서는 서 부장께서 챙겨 다녀오고 저 먼데 청도는 내가 다녀오기로 한다. 에스프레소 맛이 좀 이상 있다는 점장님 말씀이 있었기에 한번 들러보아야 했다. 사무실에 차가 한 대 없으니 이리 불편하다. 오 선생의 양해를 얻어 차 빌려 다녀오게 되었다. 현장에 들러 기기를 보았을 때는 아무런 이상이 없다. *끄레마*도 잘 나올 뿐만 아니라 기압이나 스팀 뿜어내는 기능도 아주 좋다. 그래도 점장은 고객의 말 한마디에 긴장되기 마련이다. 그만큼 요즘 경기가 민감하다는 뜻이겠다. 마음을 안정시켜 드리고 나는 커피한 잔 거저 얻어먹게 되었다. 본부 들어오면서도 한 모금씩 마셨지만, 맛과향은 일품이다.

이제는 완연한 가을이다. 이렇게 외지로 나와 보는 것도 오래간만이다. 산이 길이 들판이 나무들이 모두 가을이다. 은행 이파리가 도로 위 쫘아악 펼쳐져 있는 모습도 감나무 이파리는 다 떨어졌는데 동그란 감만 주렁주렁 달린모습도 양 길가 코스모스 알록달록 피어 있는 모습은 가을이다. 가을바람이좋다. 창 조금 내려 들어보는 바람 소리도 좋고 바깥 땅 냄새도 좋다. 하늘은푸르고 곱게 물든 산은 아름답기만 하구나!

오후, 출판사에서 전화가 왔다. 시집 '사발의 증발' 표지 디자인이 다 되었다며 확인 부탁한다는 것과 최종내용을 다시 보아달라는 것이었다. 이때 교육 중이었다. 표지가 뭐 그리 중요하겠는가마는 메일 열어 확인하고 수정해야 할 부분을 얘기했다. 글 내용도 얼핏 보며 조사 몇 개 뺐다. 시집은 무작정내는 게 아니라 지금 이 순간까지 나의 공부 내용이라 마음 편히 가져야겠다.

하늘 아래 아우성 힘든 하루라

파는 것도 어려워 수금 더 안 돼
민심 탄탄 얼음판 언제 녹을까
땅 보며 놓은 마음 봄은 오리라

카페 앉아 책보면 모든 일 잊네
바깥은 소란해도 안은 조용해
한 자 한 자 걸으니 밤길 수십 리
내 마음 앉은 자리 꽃길 그 자리

올해는 참 이상하다. 무슨 말을 이어야 할지 난감하다. 숨 턱턱 막힌다. 단지 십 리 길 좀 더 걸었을 뿐이다. 자업자득이니 내 마음 보듬고 다듬자. 나만의 일만도 아니다. 국가 전체, 아니 세계가 불경기니 마음 편히 가지자. 내일은 더 좋을 것이며 희망은 늘 품으니 얼굴은 코스모스처럼 피어 다니자. 나이 드는 것도 서러운데 경기 탓에 오그락지처럼 말라야 하겠나!

鵲巢日記 14年 10月 31日

오늘은 종일 비가 내린다. 가을비다. 모두 개장하고 본점에서 커피 한잔 마셨다. 이른 아침에 대구 모 연구실에서 왔다. 커피 그란인더 하나를 사가져 가셨다. 선생님 소개로 오신 분이었다. 키 크고 중년 남성분이었는데 40대 후반쯤 되어 보였다. 처음 보았다.

임당동 원룸단지가 조성된 지가 꽤 된다. 길가 가로수로 심은 벚나무가 제법 우거졌는데 봄이면 벚꽃이 활짝 핀 모습도 볼만하고 가을이면 누런 이파리가 길을 덮는다. 오늘은 비도 오니 폭 젖는 저 이파리가 겨울을 더 재촉한다.

시지 중학교에 다녀왔다. 직업인 초청 교육으로 가게 되었다. 시지 중학교에 다니는 맏이가 있다. 준이다. 마침 또 준이가 있는 반에 들어가 교육하게 되었다. 약 30명 가까운 학생이 있었는데 애들 눈빛이 초롱초롱하다. 바리스타가 꽤 궁금했나 보다. 커피를 소개하고 커피와 관련한 여러 직업을 소개했다. 수업 끝나고 몇몇 학생을 통해 질문이 있었다. 바리스타 자격증과 앞으로 커피산업의 전망에 대한 질문을 받았을 때는 아이들이 꽤 관심 있는 것만은 틀림없었다. 몇몇 학생에게는 직접 쓴 '커피향 노트'를 선물했다. 나중에 맏이가 집에서 보았는데 아이에게 물었다. 오늘 아빠 어땠니? 아이들 꽤 좋아했다며 한마디 한다.

오늘 두 반을 수업했다. 직업관으로서 바라본 커피를 아이들 눈높이에 맞게 설명하고 마지막으로 꼭 당부한 말이 있다. 독서는 잊지 말고 꼭 하라고 했다. 여러분이 성공하고 싶다면 독서는 필수라며 당부했다. 물론 나의 아이가 있어서가 아니다. 모두가 우리의 아이다. 앞으로 이 사회를 이어나갈 다음

세대들이다. 더 멋진 국가, 더 부유한 국가가 되기 위해서는 이 아이들의 어깨에 달려 있기 때문이다.

오후 버섯농장에 다녀왔다. 커피 그라인더가 고장 났다며 AS가 접수되었기 때문이다. 현장에 들러보니 기계사용 미숙이었다. 그나마 이 일로 해서 사장님 얼굴 뵐 수 있었다. 아주 짧게 머물렀지만, 그간 안부 여쭙고 얼른 본점으로 와서 커피 교육했다. 실은 오늘로서 마지막 교육이다. 하지만, 다음 주 월요일과 화요일 이틀 더 해 드리기로 했다. 매번 해보지만 드립교육은 5일이 딱 맞는 것 같다. 오늘 교육생의 드립자세는 처음 할 때보다는 많이 다르다. 심중함도 보이고 커피를 바라보는 눈빛 또한 달랐다. 만델링 볶아서 드립했다.

오전, 오후 서울의 출판사와 여러 번 통화했다. 시집과 서평집 앞표지 디자인에 관한 내용이었다. 서평집은 두 개의 시안 중 하나를 선택해서 일렀으며 시집은 여러 번 교정했다. 나는 글을 쓰고 책을 냄에 절대 후회하지 않는다. 글은 많은 것을 담는다. 마음뿐만 아니라 배움이 있다. 책을 읽고 쓰면서 배우기도 하지만 하루 일기를 적어 내려감에 배우는 것도 많다. 원칙은 하나다. 주어 동사다. 문장을 만드는 것인데 만들다 보면 머리는 맑아진다. 죽어도 여한이 없을 정도로 이상야릇한 느낌을 얻는다.

압량에 머물 때였다. 아메리카노만 8잔 주문한 손님 있었다. 예전에 유튜브 동영상에서 본 어느 이탈리아 바리스타가 생각났다. 마치 그것처럼 커피를 갈고 포타필터에 담아서 탬핑하며 추출하는 과정을 여러 번 반복했는데 가끔은 바bar에 서는 것도 좋다. 손님과 여러 대화 나누며 추출했다. 더치커피 한 잔 서비스로 드렸더니 무척 좋아해서 덩달아 기분 좋았다.

사동에 머물 때였다. 남회근 선생의 '역경잡설' 다 읽었다. 역경은 어려운 책이다. 이 책을 풀이한 선생의 말도 어렵기는 마찬가지다. 그냥 죽 읽었다. 역경에서 말하는 그 모든 괘를 이해한다면 세상의 모든 변화를 꿰뚫을 수 있음인데 그렇다면 세상사는 맛이 없을 게다. 그저 변화는 세계관 속에 나의 위치가 중요함을 깨닫는다. 항시 물처럼 흐르고 물처럼 강하고 물처럼 세상을 보아야 한다. 모든 것은 변한다.

때가 되면 쓰이니 무작정 읽자
쓰지 못한다 해도 온몸 깨달아
순간 즐거움이라 더는 없으니
하루가 인생축약 짧지가 않네

절벽에 발끝 서서 바라본 등불

鵲巢日記 14年 11月 01日

　　두부와 어묵 그리고 김치는 서민의 음식이다. 칠팔 십년 대였다. 어머니는 공장에 다니셨고 아버지는 농사를 지으셨는데 하루 세 끼 먹은 음식을 생각한다. 부엌은 아버지나 어머니나 누구나 들어가 음식을 할 수 있는 공간이었다. 어머니가 계시지 않을 때는 아버지께서 음식을 자주 하셨는데 주로 한 음식이 김치찌개였다. 조리법은 별달리 없다. 김치 넣고 동그란 어묵을 빗금으로 쓸어 넣고 두부 넣으면 된다. 간은 간장이나 간장이 없으면 소금을 넣으면 된다. 굳이 간을 맞추지 않아도 김치에는 이미 간이 배여서 그대로 해도 맛은 있다. 찌개를 더 맛있게 먹으려면 돼지고기나 파나 마늘, 기타 양념을 조금 더 넣으면 된다.

　　카페 일 마감하고 집에서 김치찌개로 밥 한 공기 먹는다. 엊저녁에 해놓은 김치찌개였다. 늘 먹던 음식이라 속에 부담은 없으며 맛은 있다.

　　아침에 아내가 한 밥으로 먹었는데 잡곡밥이었다. 아마, 전에 영주 모 거래처에서 선물 들어온 잡곡이 분명했다. 집에 쌀이 떨어졌다. 오늘은 두 아들 데리고 촌에 다녀왔다. 며칠 전에 마침 어머니께서 전화가 왔다. 햅쌀 찌어놓았으니 가져가라 했다. 오전 기획사 사장님 카페 오시어 잠시 인사드리고 점심때 조금 지나서 촌에 간다. 잠은 충분히 잔 것 같은데 이 운전대만 잡으면 늘 졸음이 온다. 졸음을 참고 간다. 촌에 다 왔을 때쯤 아버지께서 자전거 타고 어디 가시기에 아버지 하며 부르니 뒤돌아보신다. 집에 들어가 어머니께 인사드린다. 어머니께 국수 한 그릇 청해 먹는다. 비빔국수다. 준과 찬이도 함께 먹는다. 때가 늦었지만, 국수는 정말 맛있다. 아마도 어머니가 해주신 이 국수 한 그릇이야말로 세상 그 어떤 음식보다 맛있다.

국수 한 그릇 비우는 사이 어머니는 동네 이야기 주섬주섬하신다. 어머니는 늘 말씀이 빠르다. 얼른 이야기한다는 것이 헛말이 나오기도 하는데 작소일기를 전원일기라 하시다가 내가 와 이카노! 하면서도 작소일기는 줄곧 전원일기다. 카페 이름이 작소일기라서 부르시는 게 언뜻 생각이 잘 나지 않으신 건지 전에는 드라마였는데 '한 지붕 세 가족' 이라는 프로그램이 있었다. 야야 얼른 그 뭐꼬 '한 지붕 개 가족' 빨리 틀어봐라 하시다가 한 바탕 웃은 적도 있다. 전에는 동생 집에 갔었는데 엘리베이터가 그러니까 승강기가 언뜻 생각이 안 나서 '캐에부카' 타고 가자고 했다.

오후, 배송일이 많아서 그리 오래 머물지는 못했다. 점심 먹고 바로 나왔다. 마당에 심은 감나무가 감만 주렁주렁 열렸는데 몇 개 따가져 가라 하신다. 정말 단 몇 개만 땄다. 시간이 괜찮으면 제법 따드리고 올 것을 말이다. 어제 주문받았던 로스팅 커피와 분점에 다녀와야 할 곳이 또 서너 군데라 집을 나선다.

마시로, 역, 옥곡에 다녀왔다. 모두 커피 배송이었다.

본점에 머물 때다. 오전 커피문화강좌 가질 때였는데 교육 인사말 전하고 질문하시는 분께는 직접 지은 책을 선물로 드렸다.
압량에 머물 때였다. 시마을 대경지회, 선생님께서 전화왔다. 경주에 야유회 가시었나 보다.
사동에 머물 때였다. 아내의 계원이 모두 오시어 커피 한잔 마시고 갔다.

잎새 떨어졌건만 씨만 둥글다
걸대로 당기지만 하늘이 좋다
하늘 땅 다 너른데 주홍빛 세계
가로등도 난로도 내 속 마음도

鵲巢日記 14年 11月 02日

압량에서 사동 가는 길이었다. 은행잎이 유난히 많이 떨어진다. 양 길가 가
로수 모두 은행나무다. 바람이 살짝 부는데도 노란 은행잎이 우수수 떨어진
다. 도로 위 너풀거리는 은행잎들도 달리 보이는 계절이다. 우리의 삶이 은행
잎 같아도 지금 이 순간은 행복하다. 왜냐고 묻는다면 일이 있기 때문이다.
일만은 나를 믿어주기 때문이다. 이 아침, 자연의 힘을 느껴볼 수 있어 좋다.
날씨 꽤 끄무레하다.

아침, 사동에서다. 평상시 같으면 직원이 커피 한 잔 내려서 가져다주곤 했
는데 오늘은 직접 내렸다. 과테말라 커피를 가는데 참기름 냄새가 난다. 향이
너무 고소했다. 커피 한 잔을 놓고 남회근 선생의 '주역계사 강의' 읽었다. 책
을 읽다가 깨달은 것이 있어 잠시 옮겨 적는다. 도교에 이런 말이 있다. '장생
하려면 배 속이 항시 비어 있어야 한다. 죽지 않으려면 창자 속에 배설물이
없어야 한다.'고 했다.

남회근 선생의 말인데 이 말도 무언가 깨친다. '여러분은 살아가면서 자기
가 특별하다고 생각해서는 안 됩니다. 큰 영웅만이 자신의 본래 모습을 지닐
수 있다[唯大英雄能本色]는 말은 영원히 기억할 만합니다. 자신의 미성숙한
모습이 어떤 높은 지위에 올라서도 마찬가지라면 이것은 바람직한 것입니다.
그래서 평범한 것이 가장 위대하고 가장 수준이 높다고 하는 것입니다. 곧 이
간지선배지덕[易簡之善配至德]입니다. 최고의 도덕적 성취는 이처럼 간단합

니다.

두 시간 읽었는지 모르겠다. 바깥은 여전히 끄무레하다. 본점으로 자리 옮겨 다시 책을 읽었다. 일요일이라서 그런가! 손님 띄엄띄엄 오가는 모습이 보이고 얼마 전에 교육 마친 동원이가 실습을 떠나 아르바이트 하는 모습도 보인다. 예가체프 한잔 청해 마셨다. 내 입맛이 잘못되었는지, 아니면 생두 판매상의 도덕적 문제인지는 모르겠다. 콩은 예가체프 같은데 요즘 들어 맛이 이상하다. 두 시간가량 앉았다.

남회근 선생의 말이다.
여러분이 사업한다고 합시다. 사업을 시작할 때는 이사진들이 모두 한마음 한뜻으로 뭉칠 것입니다. 그러나 회사가 돈을 벌기 시작하면 각자가 자기 몫을 챙기려고 이리저리 머리를 굴리기 시작합니다. 이사뿐 아니라 직원도 마찬가지입니다. 막 들어온 신입사원은 자기를 채용해 준 데 대해 몹시 고맙게 생각할 것입니다. 하지만 조금 지나면 그것을 당연하게 생각하고, 조금 더 지나면 마땅히 그래야 했던 것처럼 생각합니다. 그러다 마지막에는 "제기랄, 회사를 위해 목숨을 바치다시피 했는데 이따위 대우가 말이나 돼!" 하면서 원망할 것입니다. 이것은 피할 수 없는 인생의 단계들입니다. 사람이든 일이든 어떤 단계에 이르면 그 내부에서 변화가 생기게 마련입니다.

얼마 전이었다. 카페 늘 오시는 선생님 계신다. 선생님의 지인이신데 화학 공장을 하시는 사업주였다. 그분께서 하신 말씀이 있었다. 회사가 성장하고 기업이윤도 증가하니 직원의 요구사항이 많아서 아예 퇴직시켰다고 했다. 하지만, 나이 많은 직원 한 분 계시는데 아침이면 늘 일찍 오시어 청소뿐만 아니라 자기가 해야 할 일을 찾아 하신다. 나이 많은 직원은 버스로 출퇴근하신다고 했다. 그분(사장)도 일에 감동하시어 그만, 출퇴근 편의를 봐 드리기 위해 회사 차를 한 대 드릴까요, 하며 물었더니 직원은 오히려 마다했다고 한다.

　　겸손이다.

　　하지만 지도자는 대지와 같아야 한다고 말씀하신다. 대지는 만물의 생명을 책임지며, 좋은 것이든 나쁜 것이든 가리지 않고 모두 포용한다. 지도자라면 특별히 이 점에 유의해야 한다. 모든 것을 용납하고 일체의 것을 책임질 수 있는 정신이 필요하다고 했다.

　　압량 갈 때였다. 용준이와 교대근무 보기 위해서 나갈 때였다. 길에 포터에 얹은 사과가 너무 탐스럽게 보여서 차를 길가에 세워놓고 아주머니께 물었다. 사과 얼마 하는지 물었더니 한 바구니 1만 원한다고 했다. 달라고 했다. 내가 보기에는 물건이 하도 실해서 잘 사가져 갈 것 같은데 장사가 어렵다는 얘기를 하신다. 찬바람이 조금씩 불기 시작했다. 아주머니는 사과를 담아주시고는 그 옆에 군고구마 장사하시는 아저씨 쪽으로 뛰어간다.

　　압량에 머물 때였다. 문중 총무님께서 전화 왔다. 임대료에 관한 내용인데 전에 말씀드린 이야기를 받아주겠다고 했다. 하지만, 어렵더라도 11월분은 냈

으면 하는데 문중에 일이 있나 보다. 그렇게 해 드리기로 했다. 내년 4월까지
는 잠정보류가 된 셈이다. 영업은 어떠냐고 물으시기에 조금씩 나아지고 있
다고 말씀드렸다. 문중 어른 한 분께서 한시로 축시를 드렸다고 물으시기에
안 그래도 잘 받았다고 말씀드렸다. 어른 용안을 뵙지 못한 것과 인사드리지
못한 점에 송구하다고 말씀드렸다.

사동에 머물 때였다. 점장께서 보고한다. 손님께서 커피 맛있다며 에스프
레소 콩을 조금 담아갔으면 해서 작은 봉투에다가 250g 갈아 담아 드렸다는
것이다. 혹시나 해서 대표께 보고 드린다고 했다. 나는 오늘 있었던 일을 점
장과 대화 나누었다. 내년에는 분명히 더 좋아질 것이니 함께 노력하자고 했
다. 믿음이 있다. 좋은 사람을 만나는 것도 행운이다. 나 또한 더 노력하는 모
습을 보여야 한다.

몸을 낮춰야 한다 대지와 같이
대지로 하늘보자 하늘만 보자
까맣게 속은 타도 밤하늘 보자
대지로 송곳처럼 별빛만 보자

鵲巢日記 14年 11月 03日

날씨 그런대로 맑았다. 사동 개장할 때였다. 이제는 단골손님이 되시려나! 남자 분이었다. 이른 아침에 오셔 주차하고 기다리고 있었다. 30대 초쯤으로 보였는데 아침 회의를 여기서 갖는다며 얘기하신다. 개장하고 직원이 출근하고 다른 남자 손님, 두 명 더 오시었다. 위층에 앉았다. 책을 몇 자 보다가 청소했다. 정의와 함께 1층 매장을 쓸고 닦았다. 청소하며 느끼는 것이지만 영업도 청소가 가장 기본이듯 우리의 몸가짐도 매일 닦아야 한다. 독서다.

오전, 진량점에 다녀왔다. 커피 똑 떨어졌다며 재촉하기에 일찍 다녀왔다. 가게에 도착하니 주차장에 차가 가득하다. 안에 들어와 보니 한 테이블 앉았다. 요즘은 어디를 가도 1인 기업가, 프리랜서가 많다 보니 모이자고 하면 모두 차를 갖고 온다. 카페는 차를 마시는 곳이라서 더욱 짙다.

오후, 청도와 사동, 삼풍에 다녀왔다. 모두 커피배송이었다. 사무실에 앉아 책 보려다가 아직 지리를 잘 모르는 서 부장과 함께 가게 되었다. 청도는 점장이 계시기에 인사드렸다. 오늘은 바람이 꽤 분다. 청도는 감이 유명하다. 길가로 보면 감나무를 자주 볼 수 있다. 감만 대롱대롱 달린 모습이 제법 볼만하다. 길도 잘 놓여서 차도 많이 달리지를 않아서 오며 가며 보는 경치 또한 볼만하다. 이산 저산 모두 물드는 모습 보니 가을이 점점 깊어 가는가 보다.

가는 길 가을풍경 이산 저산에
오는 길 황금들녘 저리 피었네
아직도 냉이 같은, 파란 하늘에
흰 구름만 피다가 사라졌다가

드립교육을 가졌다. 시다모 볶았는데 교육생께서 약간의 실수는 있었다만 커피 맛은 그간 한 것 중에는 제일 맛있었다. 드립 교육하다 보면 사는 이야기 가끔 나온다. 커피 한 잔 마시며 대화 나누다 보면 언제 시간이 갔는지 모르게 후딱 가버린다. 이제는 나이가 있어 그런지 어떤 이야기를 나누어도 부끄러움 같은 게 없으니 재미가 있다. 교육생께서 커피가 맛이 있었던지 조금 챙겨달라는 부탁에 담아 드렸다.

노을풍경에 다녀왔다. 오래간만에 들른 것 같다. 청소용품인 '막힘 망' 주문이 있었다. 들러서 청소하는 방법을 일러드렸다. 이 집 주인장은 시를 꽤 좋아한다. 전에는 유명 시인 모모 씨와 동호인이 이곳에 자주 모인다고 했다.

사동에 머물 때다. 선생님과 박 사장께서 오시어 커피 한잔 했다. 사업적인 일로 줄곧 이야기 나누다가 카페 일에 관한 이야기도 있었다. 음악회 이야기 하다가, 전에 '세빠'와 얘기 나눈 마술사가 언뜻 생각이 났다. 마침 문자 보내니 답변이 왔다. 12월은 마술사 초청해서 공연해 보는 것도 괜찮겠다며 얘기한다. 비용이 문제다.

전생에 뭐였기에 입만 살았나!
혼자서 숨 들이고 내뱉고 쓰니
일상의 그림자만 내―비쳐 본다
하지만 곱절 인생 별달리 있나!

鵲巢日記 14年 11月 04日

날이 꽤 맑다. 높고 푸른 하늘에 구름 한 점 없다. 햇볕이 따뜻하게만 보인다. 아침 라면을 먹었다. 아마도 라면으로 아침 때우는 것은 처음이지 싶다. 전에 교육할 때였는데 제주도에 내려갔던 모 교육생이 생각났다. 이름이 뭐였더라! 이제 갓 사십인데 총각이다. 선생님, 아침 라면 드셔 보십시오? 뜻밖에 괜찮습니다. 그런대로 괜찮다. 아주 어릴 때였다. 아버지는 밤참으로 늘 라면을 잡수시곤 했는데 그 기억이 새록새록 난다. 먹고 싶었다. 아침 라면을 하고 한 젓가락 집으려니 아이들이 엄마가 해준 빵이 잘 내키지 않았던지 자꾸 곁눈질한다. 한 젓가락씩 나누어 먹는다.

사동에서다. 이른 아침, 손님이 오셨는데 50대 초쯤 되어 보였다. 아직, 직원이 출근 전인데도 여기는 간간이 한 분씩 카페를 찾는다. 오늘도 중년 남성분께서 이른 아침에 카페 오셨다. 계산대 서서 아메리카노 한 잔 주문하시기에 나는 드립을 추천해 드렸다. 여기는 드립커피 전문이라서 그리 나쁘지는 않을 겁니다. 하니, 그것으로 주문한다. 케냐로 내렸다. 추출하고 맛을 본다. 산미가 뚜렷한 것이 감칠맛까지 나니 고객께서도 흡족히 여길 것이다. 아침, 사동의 상쾌한 공기 마시며 마시는 커피 한 잔은 그분의 품격을 꽤 높일 것이다.

용준이와 함께 경산 역점에 다녀왔다. 컵과 커피 배송이다. 점장께서 계신다면 인사드리며 일에 무슨 문제점은 없는지 이야기 좀 하다가 나올까 싶었는데 오늘은 직원이 일한다. 본부에 들어가 비 체인점, 지난달 마감서를 뽑아 일일이 통보했다. 몇 군데는 입금이 됐다. 오후 배송 나갈 물건을 용준이와 함께 챙겼다. 부산, 밀양, 진량이 있었다. 옥산과 삼풍, 주문이 있었는데 늦게 문자 받아 내일로 미룬다.

오후, 교육 들어가기 전, 점심을 했다. 쌀 씻고 안쳤다. 마트에서 사가져 온 두부와 어묵, 그리고 버섯을 조목조목 쓸어서 냄비에 넣고 김치 넣고 아침에 라면 끓이다가 남은 수프도 하나 넣었다. 그러니까 김치찌개다. 밥 한 공기 먹었다. 점심 먹고 책을 읽는다.

오늘로서 드립교육은 마감이다. 내일부터는 에스프레소 교육을 받아야 한다. 나는 당분간 쉴 것 같다. 본부, 용준이 하는 일을 도와야 한다.

남회근 선생의 말씀이다. 책 읽다가 의미 있는 몇 줄을 공부삼아 다시 적어

본다. '명을 수련하자면 운運이라는 것을 알아야 합니다.', '생명의 법칙을 장악하면 생사를 자신이 지배할 수 있습니다. 우리는 자기 몸속에 생사를 지배할 수 있는 도구를 지니고 있습니다. 바로 우리 신체 내부에서 일어나고 있는 변화의 법칙입니다.', '정말로 감기에 걸렸다면 그것을 완전히 치료하는 데에는 여성들이 월경을 치르는 것처럼 적어도 삼 주일은 걸려야 합니다.', '사람이 차면 말이 없고, 물이 차면 흐르지 않는다.[仁平不語, 水平不流]', '죽음은 늘 정신이 완성한 때에 찾아듭니다.'

독
바람은 바람만이 바람 아니라
글도 바람이라서 앉아 읽으면
어두운 거리 톡톡 터지는 회로
시원히 쏟은 기분 반 딱 지른 길

본부에 읽었던 책을 사동으로 옮겼다. 사동에 있는 서재에다가 정렬해 놓았다. 모두 시집이다. 마침 장 사장께서 와 있어 책을 옮기는 데 도움이 되었다. 사무실을 꾸미자고 하는데 그렇게 하라고 했다. 아직은 군데군데 일이 많아서 이곳 사무실에 머무를 여유가 실은 없기 때문이다.

鵲巢日記 14年 11月 05日

압량에서다. 어느 자전거 타는 시민이 시청에 민원을 넣었다. 길가에 놓은 의자와 탁자 그리고 가리개 쳐져 있으니 불편하다고 넣은 것 같다. 아침 일찍 시청 공무원이 다녀갔다. 사진을 몇 칼럼 찍었다. 영업을 더 잘하겠다고 내놓은 의자와 차양이었다. 함께 사는 사회라지만, 굳이 그럴 이유가 있었나 하며 생각한다. 보행로가 좁은 것도 아니라서 그렇다. 할 수 없는 일이다.

사동에서다. 이번 주는 매일, 이른 아침부터 손님이 오신다. 오늘은 어느 새댁인데 아메리카노 한 잔과 카푸치노 한 잔을 주문했다. 기기 세팅을 하고 에스프레소 한 잔 뽑는 사이 점장께서 출근한다. 고객과 이것저것 물으니 옆집 '콩누리' 집 부탁으로 왔다고 했다.

사촌동생이 전화 왔다. 외삼촌 올해 칠순 아니신가요? 묻는데 그렇다고 했다. 환갑 가졌으니 올해는 그냥 넘었다고 얘기했다. 집에 어른께서도 동네에 나 많은 어른이 많으셔 넘기자고 했다. 동생은 요즘 구미에 경기 꽤 좋지 않음을 이야기한다. 회사 상황이 어려워서 밤에는 대리운전한다고 하니 어려움이 이루 말할 수 없는가 보다.

버섯농장에 커피 주문 있었다. 커피를 챙겨서 본점에다가 맡겼다. 한학촌, 옥산, 질리, 교회, 우드카페에 커피를 챙겨서 용준이와 함께 다녀왔다. 우드에는 오랜만에 들린 것 같다. 마침 점장께서 계시어 말씀을 나누다가 이제는 커피 맛있다며 많은 사람이 얘기한다고 하니 기분이 꽤 좋았다. 그간 로스팅한 커피를 봐 드렸으며 점장께서 직접 구운 빵도 맛을 보았다. 참, 고마웠다.

용준이와 함께 옷 가게 잠시 들렀다. 겨울용 바지와 웃옷을 샀다.

다들 죽음 앞에서는 겸허해지기 마련이다. 자존심과 허영심 같은 것은 있을 수 없다. 우리는 늘 그것을 잊고 산다. 어찌 보면 아무것도 아닌 것 같은 일을 마음에 두고 버티는 것인지도 모른다. 세상 모든 일이 다 그런 것 같다. 이제는 그것마저도 다 비워야겠다.

진량에 다녀왔다. 모 지점장 잠깐 뵈었다. 전에 그 옆 건물에 커피 전문점 입점에 관해서 상담이 있었기 때문이다. 소식이 너무 없었어 어떻게 진행되어가나 해서 잠시 들렀다. 여러 가지 이유로 다시 세를 놓아야겠다고 했다.

오후 압량에 머물 때였는데, 사동 인터넷과 전화 모두 안 된다고 보고가 들어왔다. 지금 영업상황이라서 더욱 긴장되었다. 전화국에 AS접수하고 인터넷과 전화 설치한 기사께 전화 넣었더니만 얼마 안 있어 오시었다. 선이 이상이 있나 찾다가 카페 오르는 길 위에 선이 끊어졌다고 했다. 어떤 키 높이 차가 지나가며 선이 데였던 모양이다. 선을 다시 이었다. 이일로 신경이 바짝 쓰였다.

주역계사강의를 읽다가 공자께서 하신 말이 생각난다. '글은 말을 다할 수 없고, 말은 뜻을 다할 수 없다.[書不盡言, 言不盡意]' 어찌 하루 일기로 모든 것을 이야기 할 수 있을까! 내가 안은 고민과 어려움을 내 주위의 모든 일을 다 적을 수는 없는 것이다.

언제나 처음처럼 되돌려 보자
일은 쌓아 갈수록 더욱 힘드니
시작한 그때 마음 떠올려보자
언제나 백지 같은 까만 날이니

鵲巢日記 14年 11月 06日

출판사와 통화했다. 새로 나온 신간이 있는데 '의안대군 이화' 라는 책이 눈에 띄었다. 전주 이씨라서 이 책이 거저 보이지 않아 팀장께 한 권을 부탁했더니 보내주겠다고 했다.

본점, 전에 이미 교육 다 받았던 모모 씨께서 실습 오시었다.

몰입을 다시 읽기 시작했다. 오늘은 이상하게도 내가 해야 할 일들을 까마득히 잊고 지냈다. 신용공구에 커피 주문과 한학촌에 한 달간의 거래 내역서를 가져다 드리겠다고 생각하고 있었는데 깜빡 잊었다.

어두운 밤길 홀로 죽 지나간다.
뿌듯한 하루일과 가르며 간다
따뜻한 난로처럼 마음의 자리
혼자인 것 같아도 마음 논자리

서울 기계수입상에서 전화 왔다. 기기를 한 대 내려 보낸다고 했다. 에스프레소 기계다. 얼마 전에 교육 끝난 모모 씨에게 전화했다. 카페 개업과 자리에 관한 상담이다. 내일 11시, 본점에서 보기로 했다.

鵲巢日記 14年 11月 07日

아침 사동에서다. 산투스를 드립으로 두 잔 내렸다. 옆집 사장님께 한 잔씩 갖다 드렸다. 옆에 콩누리 사장님은 뵈었다. '옆집 커피를 애용하시는 분께는

5% DC' 팻말에 영업에 도움은 되었느냐고 물으신다. 몇몇 손님은 찾아오시었다고 말씀드렸다. 관심 있게 보아주시어 고마웠다.

아침 본점에서다. 카페에는 이미 교육 다 받은 교육생 한 분 와 있었다. 엊저녁에 창업에 관해서 문자를 넣었던 적 있었다. 카페 창업할 곳을 알아보시는 어느 고객 한 분이었다. 마침 진량에 모 지점장께서 직접 지은 건물을 소개도 할 겸 그 지역의 시장성을 상담할까 해서 오시었다. 아침, 손님께 얘기할 수 있는 분위기는 아니었다. 본점 분위기가 그렇지 못했다. 간단히 얘기하고 돌아가시게 했다. 너무 죄송했다.

우주의 수는 없거나 하나다. 그러니까 제로 아니면 1이다. 둘은 하나에 하나를 더해서 둘이 되고 셋은 둘에 하나를 더해서 셋이 되니, 제로 아니면 1이다. 삼은 완벽을 나타내는 수이기도 하지만 삼은 눈에 보이지 않은 위험한 수이기도 하다. 삼의 지침 아래에 행동하는 사람은 그 행동하는 사람마저 믿음감을 실추시킨다. 그래서 우리는 당사자와 얘기하려고 한다. 직원이나 그 대리인은 모두 위험한 존재다. 말은 모두 전하면서 와전되기 때문이다. 공자께서 하신 말씀이 있다. 글은 말을 다 표현할 수 없으며 말은 뜻을 다 표현할 수 없다고 했다.

국가를 생각했다. 국가가 있기 때문에 그래도 이 한목숨 부지하며 지금 이 순간은 살고 있기 때문이다. 세금을 내고 세금을 내기 위해 열심히 일을 하며 하루 세 끼 그나마 찾아 먹을 수 있지 않은가! 아무것도 아니다. 경영이다. 수

평이 안 맞는 세계를 수평이 맞게끔 맞추는 것이 경영자의 할 일이다. 이런 기회를 준 것도 국가다. 실은 타향에 산다면 나에게 아무런 기회를 얻지는 못할 것이다. 혹여나 있다 해도 위험은 만만치 않을 것이며 삶의 안전에 대한 보장도 없는 것이다. 그러니까 사람은 일개 개인은 얼마나 미약한 존재인가! 모르겠다. 갑자기 이런 생각이 났다.

연못은 구름을 잃었다. 연못은 구정물로 가득하다. 어느 샘물 한 바가지 뿌려도 희석된다. 실낱같은 화초가 빛을 발하지만 물의 세계에 이길 수 없다. 꿈틀거리는 미꾸라지가 뿌연 안개 속에 긴 수염만 더듬거린다. 돌이 돌을 볼 수 없는 세계다.

어머니께서 하신 말이 생각이 났다. 장사는 하지 마라! 적은 돈이라도 남 밑에 일하며 버는 돈이 진짜 돈이라고 했다. 예나 지금이나 수년이 지나도 어쩌면 진리일 수도 있다. 우리는 사업을 하는 것이 아니라 장사를 하고 있다. 남회근 선생은 이 뜻을 더 명확하게 한다. 사업이란 널리 많은 사람에게 영향이 가는 일을 말하는데 인류 역사를 통 털어도 사업한 사람은 불과 몇 명 되지 않는다고 했다. 그러니까 예수나 싯타나 공자, 노자 외 몇 명 말이다.

모 분점에 문자 통지했다. 몇 달 치 미수라서 어쩔 수 없었다. 재료 배송을 중단하기에 앞서 통지했다. 커피나 소스는 선 입금해야 물건을 받을 수 있는 본부로서는 감당하기 어려운 일이다. 아직 결재가 안 되는 분점이 반이 넘는다. 미수라는 것은 결국 받지 못하는 돈이다. 예전은 미수가 있어도 교육으로 충당했지만, 이제는 교육이 없으니 시스템 모두가 흔들리게 되었다.

울고 싶을 정도로 힘들다.

나에게 몰입하자 나를 이기자
어려움은 나 아닌 외부의 세계
절대 이겨야 하네 나를 이겨야
나도 살고 가족도 살 수가 있네

어제도 꽤 조용했지만, 오늘은 숨 막힐 정도로 조용했다. 책을 펼쳤는데 문자가 눈에 들어오지 않는다. 차가 없으니 일도 소극적이다. 조감도 탁자 하나가 칠이 벗겨졌는데 붓을 사겠다고 마음먹고는 페인트 상사에 들르지 못했다. 크리스마스트리를 위해 전파사에도 다녀와야 했지만 생각뿐이었다.

사동 가는 길이었다. 커피 전문점 모모 브랜드가 오늘 가 개업한 것 같았다. 조감도 점장이 고한다. 사동에 '커피**'가 들어온다는 얘기였다. 출근길에 현수막을 보았다고 했다. 그러면 대형 커피 전문점만 사동에 몇 개나 된다. 코**, 투*****, 커피** 다. 이 외에 커피집이 이쪽 상가에는 세 개나 더 있다.

본점장과 저녁 한 끼 했다. 본부장님 갱죽 아세요? 하며 묻는다. 호! 경상도 말이라도 지역마다 조금씩 다르다. 나는 갱시기라고 알고 있다만, 했다. 말하자면 김치죽 같은 것인데 면도 조금 넣고 끓인 걸쭉한 죽 같은 것이다. 김치찌개를 시켜서 먹다가 그 생각이 났나보다.

나는 갑자기 아버지가 생각났다. 나 어릴 때에는 아버지와는 참말로 친했다. 반말할 정도였으니 고3때부터 존댓말 사용했다. 이 말이 어려워서 학력고사 보고 난 후 어느 날이었다. 구미 후미진 골목, 친구랑 술 진탕 마시고 집에 들어가 아버지께 용서를 빌었다. 그 다음 날 아침 일어날 때 얼굴을 들 수 없었는데 아버지는 냉수 한 사발 가지고 오시며 한 말씀 주셨다. '속 괜찮으냐고' 그 후 아버지는 나에게 위엄이자 가장이시며 집안 최고 어른이시다.

나 어렵다고 집에 말씀드린 적 없다네. 앞으로 사시면 얼마나 더 사 실는지는 모를 일이네. 부모님 가슴에 못 박는 일은 없어야겠다며 하루도 수십 번 생각한다네. 어른 집에 자주 가지 못하는 실정이지만 다녀오더라도 용돈 또한 많이 못 드린다네. 오만 원에서 십만 원정도니 하지만, 촌에 부모님은 이 돈이 제일 큰돈이며 값진 돈이라네.

나는 이리저리 죄인이네. 누구에게도 참 도움이 되지 못하는 죄인 말이야! 죄인.

마음이 아프다. 울고 싶을 정도로,

자정 지나 1시 30분에 마감했다.

鵲巢日記 14年 11月 08日

아침, 본점에서 커피문화강좌 안내를 했다. 오늘도 새로 오신 분 있었다. 커피 현 시장과 앞으로 진로에 관한 얘기로 시작했다. 상표, 조감도에 관한 얘기도 약간은 있었다. 학생 한 분께서 질문이 있었다.

압량에서다. 참 오래간만에 오셨다. 늘 아이스 아메리카노 드시는 손님이다. 여자 분이시다. 취업에 고민이 많으신 분이었는데 전에는 내 경험을 얘기한 적도 있었다. 솔직히 나도 취업에 관해서 고민했던 젊은 시절이 있었기 때문이다. 오늘은 부담될 듯싶어 그 이야기는 하지 않았다. 얼굴이 화사하다. 시내에 간다고 했다. 카페 영업이란 이렇다. 단골손님은 지나는 길이라도 이리 들른다. 아침, 이리저리 바쁜 일이 많은데도 직원이 출근하기 전까지는 나와 있어야 하는 일이다.

커피배송 다녀왔다. 병원 두 군데와 역에 다녀왔다. 병원 한 군데는 기계 AS까지 보아 드렸다. 그룹 하나가 밸브를 덮는 플라스틱 캡이 노화되어 떨어졌는데 새것으로 바꿔 드렸다. 이 집은 언제부터 그라인더 새것으로 바꿔달라는 부탁이 있었다. 마침 어제 새로 들어온 기계가 있어 그라인더도 새것으로 교체했다.

경산역에 들렀는데 이런 생각이 났다. 역 앞 골목길이 아주 좁다. 그 좁은 길 지나가다가 너무 가깝게 보다가는 차를 긁힐 수도 있겠다는 생각이었다. 가끔은 먼 곳 바라보며 내가 위치한 자리를 가늠해보는 것도 괜찮다. 오히려 좁은 길이 아무것도 아닌 것처럼 쉽게 통과할 수 있으니 말이다. 사회생활도 경제적 관계도 꼭 이와 같겠다는 생각이다.

중앙병원 지나 곽병원 가는 길이었다. 가만히 생각하면 내가 시간이 있고 어디를 다녀오라 하면 막상 갈 데가 없는 것도 사실이다. 지금 이 순간도 가는 목적지가 있으니 차가 가는 게 아닌가! 그래 맞아! 나는 일을 하는 게 아니라 여행을 하는지도 몰라! 그렇게 마음 편히 지내면 된다. 나를 기다리는 사람이 있고 필요로 하는 사람이 있잖아! 그래 최소한 곽병원까지는 여행하는 거야! 드라이브하잖아!

터줏대감에서 저녁 한 끼 했다.
사동에 머물 때였는데 기획사 사장님, 선생님, 선생님의 지인이신 최 사장님 오시어 커피 한잔 했다. 다음 주 음악회에 관한 말씀을 드렸다.

라디오 프로그램을 듣다가 한국 영화배우에 관한 이야기가 있었다. 영화배우 박해일에 관한 이야기였는데 주연배우로 출연했던 '은교'를 다운받아서 보았다. 그가 출연한 영화가 궁금했는데 내용은 어느, 나이 많은 시인의 사랑과 제자의 스승에 대한 지적 질투, 열일곱 살 난 여고생의 작가세계 동경 뭐 그런 내용이었다.

鵲巢日記 14年 11月 09日

사동에서 배 선생과 예지와 함께 아침 조회가 있었다. 솔직히 이 문장도 바르지 못한 것은 분명하다. 조회는 아침 조朝 자가 들어가 있으니 말이다. 그냥 조회 있었다가 맞겠다. 연말 다가오니 주말은 모임이 많아서 단체손님 오면 일 처리가 고르지 못해 서빙 하는 아르바이트는 있어야겠다는 내용이었다.

어제 사동에서는 경쟁업체인 '투*****' 개업했다. 어제는 별다른 영향은 없었다만 오늘은 별로 좋지 못했다.

내 아닌 다른 이는 모두 변하니
누구보다 믿으세 나를 믿으세
나 사랑하며 도와 둔덕에 올라
쌓은 재능 때 보아 제 뜻 펼치세

아침 겸 점심은 라면을 먹고 저녁은 식은 밥에 부대찌개를 해서 먹었다. 밥 한술 떠는데 엊저녁 자정쯤 본 영화 '은교'가 생각났다. 노교수께서 딱딱한 식은 밥 한 그릇 찬물에 말아서 제구 한 술 떠는데 어찌나 처량하게 보이던지 그에 비하면 나는 아직 젊다.

오후, 본부에서 영화 '이프 온리if only' 다운받아서 보았다. 눈물 맺힐 정도로 꽤 슬픈 영화다. 감동하였다.

압량에 머물 때 '세빠' 잠시 들러 음악회에 관한 이야기를 나누었다. 사동에 머물 때 선생님과 최 사장께서 오시어 커피 한잔 했다. 최 사장께서 괜찮은 공장부지가 나서 그 땅을 사들이려고 하나보다. 제2공장을 추가로 설비투자 하겠다고 했다. 요즘 이 불경기에 그나마 사업이 된다 하니 듣기에 나쁘지는 않았다.

사동 마감하며 나오며 요즘 점장께서 머리 스타일이 많이 달라졌음에 한마디 했다. 보기에 좋다며 칭찬했다.

鵲巢日記 14年 11月 10日

사동에서 장 사장과 대화를 나누었다. 크리스마스트리로 외벽과 벗나무에 조명 설치와 건물 윤곽을 뚜렷하게 볼 수 있게끔 등을 다는 것 들어오는 입구에 '핸드드립 전문, 우리밀 천연발효빵'이라는 문구와 컵이 들어간 조형간판이다. 아무래도 밑에 '투*****' 입점이 영향이 올 것 같아 준비를 해야겠다.

진량, 옥곡, 우드, 청도, 한학촌, 사동, 백천 커피 주문 있었다. 사동은 시다모 커피 볶아달라는 부탁을 받아 늦게 가게 되었다.

오후, 잠깐 책을 보았는데 깨달은 부분이 있어 아래에다가 옮겨 적는다.

공자가 말하기를, "군자는 자신의 몸을 편안히 한 후 움직이며, 자신의 마음을 터놓은 후 말하며, 친분을 나눈 뒤에 요구한다. 군자는 이 세 가지를 닦아 처음과 끝을 일관되게 한다. 아무 준비 없이 움직이면 사람들이 따르지 않고, 협박하면 사람들이 호응하지 않으며, 아무런 정분 없이 요구하면 사람들이 따르지 않고, 사람들이 따르지 않으면 결코 성공할 수 없다."라고 했다.

본점 마감 보고 난 후, 오 선생과 얘기를 나누었다. 교육할 때였다. 경기가 안 좋으니 모든 것이 순리대로 보기에는 어렵다. 모든 일 처리가 모든 인간관계가 안 좋게 보는 것도 어쩔 수 없는 일이다. 서로 노력해야 하지만, 바르게 이끌지 못한 나의 잘못이 더 크다.

직원교육의 필요성을 느꼈다. 자금운영에 관해서 서로 상의를 가졌다. 예의를 갖춰 서로를 대했으면 하는 게 요지다.

본부 혼자 곰곰이 생각했다. 커피 전문점 월말 결재 안 되는 업체가 꽤 된다. 실은 문을 닫아야 할 업체다. 하지만 문을 닫지 못하는 실정이다. 이런 상황에 또, 커피 전문점은 계속 문을 열고 있다. 개업 말이다. 그렇다고 새로 여는 카페는 영업이 좋은가 하면 그렇지 못하다. 국내 경기가 좋지 않으니 사람은 일자리가 없어졌으며 많은 사람이 개인 인건비라도 나온다면 창업하겠다고 나선다. 창업 선호도 높은 것이 커피 전문점이다. 사람들은 꿈과 희망을 잃었다. 꿈과 희망을 안고 개업한 커피 전문점은 폐점 순위 1위가 되었다.

사람은 불나방이 아니다. 사람은 불나방이 되었다. 단지 뜨겁다는 이유 하나로 마구 뛰어드는 불나방이 되었다.

鵲巢日記 14年 11月 11日

가끔, 방향 잃은 것처럼 느낄 때 있다. 사동을 개장하고 잠시 앉았다. 가을은 저리 깊게 흐른다. 벗나무 이파리가 다 떨어져 나가고 남천이 빨갛게 물들고 코스모스가 피었다가 간다. 떠나간 것은 자연만이 아니다. 건물 뒤 항시 묶어 놓았던 도로시도 떠났다. 무엇을 팔아도 커피는 아니다. 커피는 정말 아니다. 객단가가 너무 낮다. 그리 높게 매길 수 있는 품목도 아니거니와 높여도 커피는 한 잔의 커피에 불과하다.

압량에 머물 때였다. 대구대 문학박사 선생님께서 오시어 커피 한잔 했다. 근간에 읽었던 책에 관해서 서로 이야기 나누었다. 남회근 선생을 만나게 된 것도 이 선생님 덕택이었다. 이리 어려운 시기에 마음을 놓을 수 있는 것도 남회근 선생께서 지은 여러 책 때문이다. 선생께서 오시면 커피 한잔 마시는 것이 즐겁다. 오늘은 선생의 과거를 조금 알게 되었다. 한때 어려웠던 시기를 이야기하셨다.

    까만 의자 앉았네 하얀 하늘에
    누구나 앉아가는 까만 의자에
    편안히 녹는 하루 사탕이 되네
    의자 속 내가 있네 별빛을 보네

남회근 선생께서 지은 '주역계사 강의' 다 읽었다. 이 책은 다음에 다시 꼭 읽어보기를 약속하며 조용히 덮는다. 이 책 속의 내용이다. 지도자가 되는 첫째 조건은 "能說諸心", 사람의 마음을 사로잡는 것입니다. 이것은 명령으로만 되는 일이 아닙니다. 모든 조치나 행위가 자신만을 위한 것이어서는 안 됩니다. 공자는 지도자라면 "能研諸侯之盧" 제후, 즉 다른 사람이 무슨 생각을 하는지 알아야 한다고 말합니다.

항시 바닥일 수는 없다. 바다에는 파도가 있듯 경기는 파동이 있다. 오르는 날도 있겠지. 때를 기다리며 책을 읽는 것도 좋다. 때를 못 만나도 괜찮다. 읽고 쓰는 일이야말로 일이며 즐거움이다.

鵲巢日記 14年 11月 12日

오늘 아침은 정의랑 함께 사동으로 출근했다. 아침을 먹었냐고 물었더니 먹지 못했다고 한다. 마침 사동 버거킹 쪽 지나가다가 햄버거 사가져 가야겠다 싶어 잠시 갓길 주차했다. 호! 이런 10시부터 영업시작이다. 얼마 전에 그 옆에 카페 '투*****' 개업했기에 그 집에 들른다. 사이드메뉴는 뭐가 있는지 내부공간미는 어떤지 구경도 할 겸해서 들렀다. 크로크뮤스 하나 사서 나왔다.

현대자동차 AS센터에 들러, 영업용 차, 스타렉스 엔진오일 교환, 자동차

키 여유분으로 하나 더 신청했다.

요즘 경기에 공부하지 않으면 하루가 무료하다.

압량

용준이가 사다 준 햄버거, 먹는다. 포장지 다 벗기지 않은 채 그러니까 약
간 벗기고 코를 박고 한입 물컹하게 담는다. 씹는다. 용준이가 따라 준 커피
를 한 모금 마신다. 호! 이런 구수한 숭늉, 어딘가 냄새 맡은 날 파리 한 마리
거치적거린다. 후치다가 아예 잽싸게 사선을 그으며 낚아챈다. 움켜진다. 탁
터지는 느낌도 없는 손바닥 확인한다. 날파리 있다. 용준이가 사다 준 햄버거
는 빵과 빵 사이에 기 팍 꺾은 양상추가 들어가 있고 토마토가 들어가 있고
매콤한 소스가 있고 도톰한 닭고기가 들어가 있다. 용준이가 사다 준 햄버거
속을 한참 들여다본다. 도톰한 빵과 빵 사이, 한입 또 문다. 용준이가 따라준
커피를 당기고 날은 맑고 밤은 오고 가로등은 저리 밝다.

사동

선생님께서 술 한잔 드셨나 보다. 탁자 위 올려놓은 책 보며 한 말씀 하신
다. 이것 봐라! 이것 봐! 이제 불교수행까지 웃으며 자리에 앉는다. 탁자 위에
는 남회근 선생의 '불교수행법 강의'가 있었다. 하지만 이 책을 펼쳐 읽고 있
지는 않았다. '몰입'을 읽고 있는 와중에 선생님과 코나 사장님께서 오신 것

이다. 선생님께서는 돈 안 되는 카페 말라고 하노! 문 닫고 스크린 골프 차려? 내 말 믿고 한번 해봐, 된다. 자꾸 스크린 골프하라며 아메리카노 한잔 드시는데 줄곧 듣고만 있었다. 코나 사장님께서는 모레, 외국 나가시는가 보다. 말레이시아 출장 있다고 했다.

돈 안 되는 카페지만, 40대 후반에서 실버세대까지 그래도 앉아 쉴 수 있는 공간, 대화하며 정을 나눌 수 있는 공간쯤은 있어야겠다는 것이 나의 생각이다. 경산에서만큼은 토종상표로 자리매김할 수 있도록 나는 노력할 것이다.

책 읽다가 의미가 깊어 공부 삼아 한 줄 남긴다.

유감스러운 일은 너무나 많은 대화들이 바로 그 선에서 끝난다는 것이다. 그러나 단어들의 선택과 배열을 잘하면, 그것을 듣는 사람이 만족스러운 경험을 한다. 폭 넓은 어휘력과 유창한 언변이 기업 경영인으로 성공하기 위해 필요한 가장 중요한 조건들 속에 속한다는 것은 반드시 공리주의적인 이론에만 국한되는 것이 아니다. 말을 잘한다는 것은 모든 인간관계를 풍부하게 해주며, 그와 같은 기술은 누구나 배울 수 있다.

미하이 칙센트미하이 저, '몰입', 241p 내용이다. 선생은 글은 단지 정보를 전달하기 위해서가 아니라 정보를 창조하기 위해 쓰는 것이라고 했다.

스스로 샘을 파는 이 있다. 깊게 팔수록 하늘은 더 좁다. 세월이 갈수록 더

심하다. 안 들은 척 안 읽은 척 장님처럼 귀머거리처럼 샘을 바라보아야겠다. 물만 바라보아야겠다.

오늘은 바람이 꽤 차다.

鵲巢日記 14年 11月 13日

이른 아침, 영천 모 카페 주인장께서 직접 본부에 들렀다. 주인장께서 처음 여기서 교육받고 창업할 때와 지금은 많이 다르다. 카페가 곱절 아니 다섯 배나 더 생겼다고 한다. 카페와 식사를 같이 하는 준 레스토랑인데 하루 식사 주문이 손에 꼽을 정도로 줄었다고 한다. 카페 경영을 위해서 어쩔 수 없이 구조조정이 불가피한 현실을 함께 이야기 나누었다.

오후, 시내 한 곳, 커피 기계를 이전해 주었다. 상호가 '무우봐라 MOOBARA'다. 경상도 억양 높은 사투리다. 이름이 재미있어 장사가 될 듯하다. 카페가 아주 조그마하다. 다섯 평 될지 모르겠다. 불경기일 때는 큰 카페보다는 이렇게 작은 카페가 더 실속 있겠다.

대구대 기계관리차 다녀왔다. 여기는 학기 중이라서 평균 매상이 제법 오른 곳이다. 딴 집에는 1년이나 6개월에 한 번 갈 수 있는 샤워망과 고무가스

겟을 한 달 조금 지나 교체했다. 영업이 성공적이라서 가게 안이 훈훈하다. 사람이 앉을 곳 없이 **빽빽**이 앉은 모습도 좋아보였다.

MOOBARA*

하얀 상자는 시내로 간다. 뿔 달린 동태가 네 개나 있다. 한 보름만이었다. 그때는 보름달처럼 더 바랄 것도 없었다. 고대 이집트 종교에서는 영혼이라는 것과 호패의 궤를 보름달일 때 잠시 믿음을 가진 적 있다. 우스갯소리지만 인도의 계급제도를 나는 오늘 말한 적 있다. 브라만, 크샤트리아, 바이샤, 수드라다. 하얀 상자는 바이샤다. 나도 바이샤다. MOOBARA 라고 처음 들었을 때 나는 하얀 상자를 잊었다. 웃음이 났다. MOOBARA 경상도 말로 입술, 약간 길게 늘이면 더욱 웃긴다. 실지로 한 쪽이 약간 길다. 뿔 달린 동태는 얇고 긴 김에다가 한 줄씩 써내려갔다. 나는 모른다. 단지 문자가 문자가 아닌 춤추는 나비로 내 머리 위 앉았기 때문이다.

토마사칼라일은 이렇게 말했다. "자신의 일을 찾은 이들은 복 있는 사람들이다. 그이상의 축복은 요구하지 말자." 솔직히 말하자면 더는 요구할 것도 바랄 것도 없다. 내 가진 시스템이 온전히 돌아가기를 바랄뿐이지만 이건 일과 나와의 관계가 아니라 일과 나와 또 시스템 안에 있는 사람의 이해관계가 얽히고설킨 문제다. 그래도 복이다. 이런 고민을 안고 사는 것이 실업자보다

---

* MOOBARA는 MUG의 다른 이름이다. 그러니까 시내에 있던 카페가 자리 옮기면서 카페 이름을 바꿨다.

는 훨씬 낫다.

일기는 대화 상대자가 없으므로 대화 상대자가 있어도 내 마음을 이해해주는 이는 아무도 없기에 쓴다. 어렵다고 하면 누가 어려운 것을 이해해주기나 하나! 시스템이 쓰러지면 나만 죽는 것이 아니라 시스템 안에 있는 이는 모두가 죽는다. 죽기 전에 조정은 불가피하다. 나는 무거운 말을 했다. 이 말 한마디는 내일 당장 문 닫아도 관계없다는 것과 같은 것이다. 매출은 없고 세금과 경비가 많다면 문 닫는 게 맞다. 그럴 각오였다.

절벽에 발끝 서서 바라본 등불
바람에 간당간당 피어있구나!
하루가 살얼음판 잇고 걸으니
삶도 죽음과 같아 뭐가 두렵나!

鵲巢日記 14年 11月 14日

나는 너무 안에만 안주했다. 바깥 공기 쐬며 다녔던 시절이 있었다. 포터를 타고 집집이 들러 커피 기계를 닦았다. 주인을 위해 주인장께 다가가 필요한 것을 먼저 내 드렸다. 그래 다시 시작한다. 월말이면 내 차가 다시 나온다. 차가 나오면 하루 최소 세 곳은 들르자. 가만히 있으면 일은 없다. 움직여야 한다. 나는 영업인이다.

내, 가진 것이 너무 많다. 모두 정리하고 싶다. 홀로 바닷가 근처라든가 아니면 고향에 내려가 하루 밥벌이라도 좋다. 혼자 지내고 싶다.

직원 월급을 모두 제 통장에 송금했다. 사무실 최대의 경비다. 하지만 이것은 직원에 대한 나의 최대한 투자다. 투자란 무엇인가? 이익을 얻기 위해 어떤 일에다가 시간이나 자본 혹은 정성을 쏟아 넣는 것을 말한다. 매출의 증가가 없는 매장은 문제가 많다. 본점은 미리 통보했다. 다음 달 월급은 보장 못하겠다고 했다. 그나마 나가더라도 조정이 불가피하다는 얘기를 했으며 또 그렇게 나갈 거라고 미리 얘기했다.

매출과 홍보, 홍보와 마케팅, 그리고 시민, 국가, 세금, 이웃, 이러한 글자들이 지나간다. 어려운 사회에 나는 있다. 어디를 가더라도 무엇을 팔지 못하면 살아갈 수 없는 사회, 이제 40 중반을 걷고 있는데 참 세상 오래 살았다는 기분이 든다.

희망 1
나는 계단을 잘 오르내리려고 아령을 잡은 적 있다. 한쪽 세계를 잃은 뭉툭

한 아령, 다른 한쪽은 샘처럼 희망이었다. 무게를 잡으려고 균형을 맞춘 적 있다. 이제는 한쪽도 다른 한쪽도 모두 잃었다.

나는 계단을 잘 오르내리려고 아령을 잡는다. 새로운 세계를 향해 꿈을 갖고 다시 하늘 없는 천정 바라보며 내 숨을 조였다. 나는 다시 뭉툭한 세계를 잡는다. 깎는다. 탄가루가 삐져나오는 하얀 종이바닥을 그리며 점 하나 곱게 찍는다. 심는다.

책이 나왔다. 시평집 '구두는 장미' 와 두 번째 시집 '사발의 증발' 이다. 정오 때였는데 네스카페 사장께서 오시어 아이스티 복숭아 자재를 받고 얘기할 때쯤이었다. 서울 발 택배로 온 책이었다. 차는 한 차인데 덮개를 펼치니 작은 받침대로 한 봇짐이었다. 서 부장과 함께 책을 내렸다. 책을 자꾸 내보니 점점 모양새 갖추는 느낌이다.

오후, 본점에서다. 4년 전에 교육받은 학생이었다. 모모 씨께서 오시어 창업상담을 가졌다. 이리 어려운 경기에 창업하고자 하니 나로서도 난감한 일이지만, 성심성의껏 해드렸다. 그러니까 기계관련 비용과 내부공간미 그에 따른 전기와 상하설비문제를 얘기했다. 가실 때쯤 나의 책 '커피향 노트' 한 권 선물 드렸다. 커피 사업 처음 시작할 때 이야기라서 적지 않은 도움이 될 것이다.

사동에서다. 배 선생과 정의가 있었다. 한 달 수고한 봉투를 건네며 직접 지은 책을 선물로 드렸다. 시 한 편과 글 한 편을 읽어드렸다. 해석이 필요한 것은 풀이하기도 했다.

鵲巢日記 14年 11月 15日

어제 자정, 라면 먹었던 것이 아침에 탈이 났다. 본점 개장하고 그만 보안 카드를 놓아두고 사동으로 갔다. 문을 열려니 보안카드가 없는 것을 알았다. 어쩔 수 없었다. 문을 그냥 따고 들어간다. 경보음이 한참 울리더니 전화벨이 또 울린다. 휴대전화기는 배터리가 다 돼서 전화 받을 수도 할 수도 없는 상황이었다. 잘 됐다 싶었다. 이참에 보안 직원의 처리능력도 볼만하겠다 싶어 느긋하게 볼일 보고 나오니 마당에는 이미 차가 한 대 와 있었다. 직원이 들어오자 아이쿠 이것 미안합니다. 지갑을 그만 놓고 왔지 뭐니까! 그러니 가게는 이상이 없는지 한 말씀 하신다. 정말 죄송하게 되었다며 말을 하니 죽 둘러보고는 인사하고 간다.

정오, 압량에서다. 압량에 일하는 혜정이와 오래간만에 드립커피 한 잔 청해 마셨다. 그리 바쁜 일도 없었어, 얘기도 나누었다. 압량은 좁고 탁 막힌 공간이다. 하루에 손님이 그리 많이 오는 것도 아니라서 안에 있으면 마치 독방에 있는 것 같은 느낌이 들 때도 있다. 또 손님이 오더라도 남자라면 치근대는 분도 있나 보다. 아직 나이가 어리니 능글맞지 못해 힘 쓰이겠다.

오후, 정평에 커피 주문이 있어 다녀왔다. 점장께서는 한 며칠 문을 못 열었다고 고한다. 그간 장염으로 죽다 살았다 하니 본부장님 모르셨죠? 대답한다. 새로 나온 책 한권 드렸다. 커피 손님이 들어오시기에 그만 나왔다.

저녁, 사동에서 음악회 가졌다. 여태껏 가진 음악회에 최대의 손님이 오셨다. 모두 대학생이다. 성악 전공으로 모두 아홉 명이다. 그룹 이름이 '찬스'다. 한 명의 학생이 말솜씨 잘하는 분이 있어 음악회가 따분하지 않았다. 카페가 한 며칠 조용하다가 북적북적한 모습을 보니 직원들도 활기차 보였다. 지인도 꽤 오셨는데 어제 나온 책 한 권씩 직접 사인해서 드렸다.

음악에 몰입하니 세상사 잊네
바깥은 소란해도 안은 즐거워
마음은 잠시라도 안정이 되네
근심 모두 지우고 내일 꿈이네

희망 2
장미가 구두 창 위에 피었다. 딱 한 송이, 이파리도 하나다. 하얀 두엄이 장미의 영양이다. 한 송이 장미를 피우기 위해 밤새 두엄을 마셨나 보다. 하얀

게 지우며 별빛 그리며 만질 수 없는 탄알에 가슴 뜨끔거리며 쏟은 한 방울 피, 피가 저리 선명하게 피었다.

무겁고 다소곳하고 똑 부러지게 앉은 한 송이, 구두는 장미

鵲巢日記 14年 11月 16日

오전, 사동에서다. 예지 어머니께서 감을 한 상자 들고 들어오셨다. 배 선생께서 몇 개는 까만 봉지에다가 담아 가졌다. 배 선생, 예지, 예지 엄마, 그리고 나 이렇게 자리 앉아 내가 내린 블루마운틴 커피를 한잔 마시며 아주 짧게나마 담소 나누며 조회를 했다. 아주 짧은 시간이었는데 이런 생각이 든다. 남회근 선생의 말씀인데 평범한 것이 좋다는 말이 조회가 끝난 뒤 자꾸 스치는 것이다. 높고 위엄 있는 자리는 친구도 없으며 친구가 있어도 그리 쉽게 말할 수 있는 것도 아니라서 어렵다고 했다. 나는 카페의 대표라지만 대표로서 해야 할 말과 하지 말아야 할 말을 생각했다. 결국, 직원과는 친한 것도 그렇지 않은 것도 어려운 위치라는 것만은 분명하다.

희망 3

청바지는 까만 손 장갑을 보았다 아메리카노가 천장까지 닿은 꿈을 얘기했다 청바지는 끔쩍 놀라웠다 만 5년의 세월을 까맣게 마시며 창밖의 푸른 하늘만 그리웠다 이미 몇 가닥 끊어 심은 돈나무가 밑동만 살아서 화분이 터질 것만 같았다 까만 손 장갑은 철길 헤아리며 달을 담는다 청바지는 바닥을 걷지만 언제나 바닥은 아니었나하며 또 까만 커피 한 잔 마신다 어느새 따끈한 커피가 다 식었다 다 식은 커피 한 모금은 더욱 신맛이 났는데 어쩌면 청바지는 이 맛을 더 즐기는지도 몰라! 잔 받침은 오로지 누런 탁자에 놓였고 다 썩은 다리가 겨우 땅 딛고 있다 청바지는 속으로 웃음만 일었다

청바지는 창밖의 푸른 하늘에 피었다 지는 구름을 본다 더는 살붙이 하지 않겠다고 다짐한다

정오, 다시 조감도로 향한다. 휴대전화기를 깜빡 잊고 거기다가 놓고 왔기 때문이다. 이참에 읽어야 할 책도 챙겨서 간다. 배 선생께서 싱긋이 미소한다. 나는 자리에 앉아 몰입을 읽었다. 근래 너무 무거운 책을 읽어서 그런지 예전에 읽었던 맛이 나지 않는다. 하지만 읽기 시작한 이 책을 완주는 해야겠다고 다짐한다. 얼마나 읽었을까? 호! 우드 테일러스 카페 사장님과 사모님께서 카페에 오셨다. 인사했다. 커피 한 잔 마시며 카페 경영에 관한 이야기를 한 시간여 동안 나누었는데 광고 홍보에 관한 내용이 있었다. 주간지 책자에 글과 사진을 실으면 얼마며 또 책은 얼마나 받을 수 있다는 내용이었는데 나

로서는 구미가 당기는 내용은 아니었다.

  눈 감으면 떠오른 백지 깐 치깐
  이파리 나뒹구는 뜰 위에 단감
  비로 쓸고 태워도 지울 수 없는
  새카맣게 탄 심지 뭉툭한 하늘

  저녁, 본점에서다. 세빠에서 주문받은 커피를 볶았다. 케냐와 코스타리카
다. 케냐는 원두로 코스타리카는 분쇄해서 담았다. 고향에 온 듯 잠시 이런
느낌을 받았다. 줄곧 조감도에서만 있었는데 오늘은 아내가 조감도에 가 있
었다.

鵲巢日記 14年 11月 17日

  오전, 기획사에 다녀왔다. 조감도 간판 명함 겸 대표와 직원 명함을 만들었
다. 명함을 각각 따로 만들려니 비용이 만만치 않을 것 같아서 명함 한 장에
모두 다 나올 수 있도록 했다. 종이 재질은 쉽게 글을 쓸 수 있게끔 일반 종이

재질로 했다.

시마을 여러 동인 선생께 신간, '구두는 장미'와 '사발의 증발'을 동봉한 우편물을 발송했다. 모두 18개 상자가 나왔다. 보낼 곳이 12곳이 더 있지만, 일단 만나 뵈었거나 인사 나눈 선생께 먼저 발송한 셈이다.

본부 일 마감하고 압량까지 걸어갔다. 책 한 봇짐 담은 들것을 들며 걸었다. 전에는 택시를 타고 몇 번 간 적 있는데 굳이 그럴 필요가 있었나하며 생각한다. 가을이 간다. 양 길가 가로수 은행나무도 바람 불면 마지막 한 잎 남김없이 털고 있다. 노란 은행잎을 쓸어 담는 미화원 아저씨도 보이고 학교로 가는 학생도 국화빵 굽는 아재도 보았다. 길가 손님 기다리는 택시 아저씨도 한데 뭉쳐서 담배를 태우며 이야기 나누는 모습도 보인다.

걸으며 생각한다. 사회를 생각한다. 오늘 읽은 한 줄 글귀다. '좋은 지역 사회의 척도는 기술적 진보나 물질적 풍요가 아니다. 사람들이 자신의 삶을 최대한 여러 측면으로 즐길 기회를 제공해 주면서, 이들이 더 높은 도전을 추구하며 자신의 잠재 능력을 개발할 수 있도록 해주는 지역 사회야말로 이상적인 사회라 할 수 있다.'* 나를 생각한다. 얼마나 큰 위험을 무릅쓰고 여태껏 도전했나? 도전의 결단만이 아니라 실행으로 옮기고 끌며 가는 그 행위도 위험하다. 그러니까 경영은 줄곧 힘 드는 일이며 힘에 부친 일로 일관한다. 가끔은 지칠 때도 있지만 간당간당 거리는 이 삶이 나는 좋다. 울렁거리는 파

---

* 미하이 칙센트미하이, '몰입', 347p

동에 집중력은 단조로운 삶보다는 배가 된다. 역동적인 삶을 사는 것이다.

희망 4

주홍빛 감은 팽이다. 그냥 두면 홍시가 된다고 했는데 단단한 것도 물렁물렁한 것도 그대로 아름다웠다. 그 중 하나를 두 손 잡으며 껍질 벗긴다. 누구의 손에 닿든 분명히 씨앗은 있으리니! 돌고 돌아라! 쓸모없는 살점이 무에 중요할까! 까맣게 반들거리며 톡 불거져 나온 씨앗 한 톨이 여러 개 감으로 나와 또 누구에게 보시하는 날, 감은 살아 있으려니! 팽이처럼 세상에 돌아라! 네 속살 어찌 되었든 맘껏 보여라!

불행을 당했을 때 그것을 오히려 전화위복의 기회로 삼을 수 있는 것은 아주 드문 재능이라고 했다. 보통 사람들에게 가장 존경하는 사람이 누구냐고 물으면 응답자들은 용기와 난관 극복을 우선으로 꼽는다. 베이컨이 스토아학파 철학자인 세네카의 말을 인용해 남긴 "번창하는 사람은 부러움을, 그러나 역경을 이겨내는 사람은 존경을 받는다."라고 했다. 경기바닥을 보고 있다. 이것을 마냥 보고만 있는 리더는 없을 것이다. 각계각층에서 많은 노력을 할 것이다. 내가 선 위치에서 내가 만든 조직을 어떻게 하면 물 위에 반듯하게 띄울 수 있을 것인지는 나의 노력에 달려 있다.

사동에서다. 파도가 무엇인지 깨닫는다. 높은 봉우리가 있는가 하면 밑바닥도 있음이다. 정의 어머니께서 청도할매김밥을 직접 말아서 가져다주셨다. 점장, 정의 그리고 나, 한 탁자에 앉아 먹었다. 11시 정시에 마감했다.

鵲巢日記 14年 11月 18日

아침 식사하며 아내랑 대화를 나누었다. 본점 매각에 관해서다. 아내는 그간 노력에 대해서 일절 아까워하는 기색은 없다. 팔 수 있을 때 팔아라! 어찌 보면 현명한 답을 나에게 던졌다. 팔 수 있을 때 팔아라! 수익이 없더라도 그간 상징적 의미로 이끌었던 본점이다. 하지만 본점을 팔아도 내가 안은 빚을 다 가릴 수는 없다. 그러나 내가 안은 무게의 반은 줄겠지.

예전, 그러니까 10여 년 전이지 싶다. 자동판매기 할 때였는데 AS와 커피를 거래한 적 있다. 모 사장님께서 오시었다. 중년 여성의 몸으로 혼자서 진량 공단에 곳곳마다 자판기를 놓고 관리하시는 분이다. 아침에 잠깐 인사차 오시었다. 전에 모아 두었던 재고, SMPC(전원동력장치)를 몇 개 드렸다. 이제는 내게 쓸모없는 부품이라 챙겨 드렸다.

정오 지나 서 부장과 함께 커피 배송을 다녀왔다. 중앙병원 거쳐, 사동에서 잠시 머물며 커피 한잔 했다. 호! 어쩐 일인가! 배 선생께서 자장면 사드리겠다며 함께 식사하자고 하신다. 점심도 오랜만이지만 자장면은 더욱 오랜만에 먹었다. 자장면 한 그릇하고 한의대로 갔다. 점장님 만나 뵙고 '구두는 장미' 와 '사발의 증발' 을 사인해서 드렸다. 반긴다. 서 부장과 함께 한학 촌을 나오며 잠시 경산을 내려다보았다. 한학촌은 경산에서도 높은 고지대에 위치한다. 이곳에 서서 아래를 내려다보면 경산이 한 눈에 다 들어온다. 탁 트인 맛에 마음 또한 뻥 뚫은 듯 느낌이 좋다. 이제는 가을도 다 가는 가 보다. 한학촌 오르는 이 길은 양가로 벚나무가 심어져 있다. 봄날이면 벚꽃이 가을이면 단풍 들 듯 샛노랗게 물들며 진다. 이제는 나목으로 서 있는 나무를 본다. 한해가 다 가고 있다.

詩

가을 하늘 맑다만 몸은 무겁다
벚나무는 저리도 쉽게 잊는데
뜰에 뒹구는 낙엽 이리 많아서
어찌 쓸어 담을까 가을은 깊다

조감도 머물 때였다. 정의 어머님께서 청도 할매 김밥을 또 말아 오셨다. 정의가 나에게도 조금 건네준다. 어제도 한 줄 얻어먹었는데 오늘도 신세를 졌다. 너무 조용하게 오시어 인사를 못 드렸다. 커피나 차라도 한 잔 대접하고 싶었는데 마음뿐이었다.

자정, 영화 인셉션을 보았다. 꿈속의 꿈에 산 사람, 현실은 그렇지 못하다. 어쩌면 우리는 꿈속에 사는 것인지도 모른다. 꿈을 실현하기 위한 어떤 몸부림일지도 나도 이 순간도 꿈이라는 생각 말이다. 꿈이든 현실이든 이 목숨이 붙어 있으니 사는 것이다. 어느 세계든 우리는 미래를 여는 자신과의 싸움에서 전사일 뿐이다. 나는 이렇게 보았다.

일은 쉬우면 일이 아니다. 정신적이든 육체적이든 어려우니 일이다. 내게 주어진 일을 회피하지 말자. 당연히 안고 가야 할 문제다. 반드시 길은 있다. 그 길을 찾는 것이 나의 몫이다.

鵲巢日記 14年 11月 19日

본점을 개장하고 사동으로 가는 길, 정의 태워서 함께 출근했다. 아무래도 이른 아침이라 아침을 먹지 않았을 것 같아서 편의점에 삼각 김밥을 두 개 사 들고 갔다. 참, 우스운 일은 사동 버거킹과 그 옆, 새로 입점한 투***** 지날 때였는데 직업은 어쩔 수 없는 모양이다. 혹시나 해서 그 가게 안을 넌지시 보며 지나갔는데 정의도 고개 젖혀 보고 있었다. 아침이라 손님이 있을 일 없겠지만 말이다.

카페를 하고 싶다면 일단은 카페를 많이 다녀야한다. 한 시간 이상 자리앉아 어떤 손님이 오며 고객층은 또 몇 시간 앉아 가시는지 그 시간대에 손님은 몇 분이 들어오시는지 또 시간대별로 카페에 오신 손님을 체크해보는 것도 괜찮다. 왜냐하면 요즘 무분별하게 점포를 개장하려는 사람이 많기에 하는 말이다. 어떤 이는 모 카페는 손님이 많았어요. 하며 얘기한다. 손님이 많은 이유는 본인이 카페에 와 앉아 있고 다른 사람이 와서 앉아 있기에 그렇다. 하루 매출에 적지 않은 영향을 주는 것도 사실이나 커피는 역시 커피 값에 불과하다.

나는 요즘 이렇게 말하고 싶다. 커피집을 차리느니 정말 커피가 좋으면 커피와 더불어 부수적인 품목 하나를 갖는 게 좋겠다는 것이다. 예를 들면, 커피와 퀼트, 커피와 초코아트, 커피와 재봉, 커피와 라면집, 커피와 국숫집, 아니면 새로운 추출법을 이용한 커피라든가 혹은 이브릭을 권하고 싶다. 커피를 하되 다른 집에 없는 어떤 아이템 하나와 그 아이템을 널리 알릴 수 있는 지식을 쌓는 게 오히려 더 낫다. 함께 배우며 함께 즐기는 세상을 만드는 것이다. 정말 한 사람은 귀하며 소중하다. 그 한 사람의 가치가 중하기에 카페는 할 만한 가게 중에서도 으뜸이다.

오후 체인상담 오신 분이었다. 체인을 열고 싶어 하기에 탐탁지 않은 말만 널어놓았다. 카페가 여간 많기도 하지만, 정말 카페를 열면 얼마나 힘이 드는 건지 언뜻 말하기도 했는데 더 자세히 얘기해 줄 수 없느냐 하기에 답변 드렸다. 온종일 카페 안에 있어야 하는데 그 시간을 어떻게 보낼 것인지 만약 손님이 없다면 말이다. 물론 손님이 많으면 일하며 즐거움을 찾을 수 있겠지만 뜸한 아주 뜸하게 찾는 가게손님에 어떻게 가게를 이끌 것인지 말이다. 우리는 막연히 이 집은 매출이 어떠하다고 얘기한다. 정확히 그 집의 매출을 들여다보지 않고서 말이다.

카페는 빙산이다. 우리가 보는 빙산은 참 아름답기 그지없다. 그 물밑의 세계는 얼마나 어둡고 큰 얼음덩이가 있는지 모른다. 너른 바다에 발 담그고 쉽게 빼지 못한 무게로 우리는 조그마한 창을 통해 하늘 바라보고 있지 않은가! 그 얼음덩이만큼의 나의 카페 철학이 있다면 카페를 하라! 그러면 그나마 작게나마 뜬 나의 세상 바라보는 눈은 가라앉지는 않을 것이다.

사동에 머물 때다. 기획사 사장님께서 오시어 전에 만들었던 명함을 건네받았다. 조감도 임직원은 모두 들어가 있는 간판명함이다. 연말 다가올수록 기획사는 성수기다. 각종 논문과 학생선거가 있어 여러 가지 바쁜 일을 들었다.

갑자기 나는 사마천의 사기가 생각이 났다. 절대 왕권시대에 개인의 목숨 또한 보전하기 어려운 아주 객관적으로 쓴 역사서다. 나는 일기 하나를 적는 데도 다 밝힐 수 없는 내용이 있다. 부러진 가지가 있는가 하면 벌써 그 자리에는 옹이가 남아 있으며 바람에 못 이겨 반 꺾인 가지도 있다. 어찌 이런 일들을 소상히 적을 수 있겠는가!

鵲巢日記 14年 11月 20日

3만 원짜리 전기난로가 옆에서 나를 뚫어지게 바라보고 있다. 나는 그를 보며 무심코 생각에 잠긴다. 가만, 내가 오늘 어디에 다녀온 거지! 막상 무엇 하나 적으려고 앉았지만, 아무것도 생각나지 않았다. 내 머리맡에 더치기구 에서 떨어지는 물방울 소리가 토오옥 토오옥 거리는 소리 밖에는 그 어떤 소 리도 나지 않았다. 문밖은 차가 이리저리 많이 다니는데도 오늘은 이상하게 도 차 소리도 나지 않는다.

손님이 다녀간다. 건장한 체구의 남자 분이었다. 그의 말투로 보니까 로드 카페는 다 다니는 듯 그렇게 보였다. 그러니까 관료적 목소리와 아메리카노 한 잔 주문 그리고 시럽은 됐으니 그냥 달라며 서재 쪽을 바라보고 있다. 커 피를 가져갈 때쯤에는 차에 있던 빈 컵을 도로 건네주며 버려달라는 말 한마 디 하고 얼른 차 타며 간다. 40대 초반쯤으로 보였다. 그러고 보니 꼭 어딘가 한 번 본듯한 얼굴이다. 어디서 보았지!

서 부장과 몇몇 군데 영업을 다녀왔다. 병원을 거쳐 사동 지날 때였다. 버 거킹에 들러 햄버거 하나 사서 영천으로 갈 때였는데 서 부장과 함께 차 안에 서 먹었다. KFC나 롯데리아보다 크기가 조금 더 큰 것 같다. 먹으면서 한마 디 했다. 미국 애들은 햄버거만 먹나 보다. 양이 많아서 첫맛은 배고파서 맛 이 났다만, 자꾸 먹을수록 질리는 것도 빨랐다.

오후, 분점 모 점장께서 본점에 오셨다. 체인계약 해지 때문에 오시었는데 이 불경기에 새로운 품목으로 이미지를 개선해서 매출 증대를 꾀하려고 했다. 처음 이 집이 개업할 때는 커피 전문점이 주위에 없었다. 아니 외식업 통털어도 몇 집 되지 않았지만 근 5년 가까이 지내오면서 커피집만 주위 아는 집만 다섯 집이 넘는다. 그중에서도 카페리코만 영업이 될 뿐 다른 집은 영업이 그렇게 되지 않는다고 한다. 커피집 이용하시는 손님은 한정이지만 커피집은 이리 많아서 새로운 품목이 절실했다. 또 그만두려니 커가는 애들 밑에 들어가는 돈이 만만치 않아 모험한다고 했다.

밤마다 볶는 콩은 님 향한 마음
한 알 한 알 가려서 담은 그 커피
닿은 손 어린 마음 곱게 열어서
구수한 커피 한잔 별빛 그리면

압량에 머물 때였다. 어제 주문했던 책이 봉고차 타고 오신 어떤 아재께서 나에게 건네주고 가신다. 남회근 선생의 '대학강의' 다. 사동에 머물 때 약간 읽었다. '대학' 은 사서四書 가운데 첫 번째 책이다. '중용' 은 두 번째다. 더 자세히 말하면 '대학' 은 공자의 학생인 증삼曾參이 자신이 깨달은 바를 써 놓은 한 편의 학습 논문이고, '중용' 은 증자의 학생이면서 공자의 손자인 자사子思가 자신이 깨달은 바를 써 놓은 한 편의 학습논문이라고 이 책에서 써놓고 있다.

'논어', '맹자'와 한데 묶어서 '사서'라고 한다. 오경은 '시경', '서경', '역경', '예기', '춘추'를 말한다.

鵲巢日記 14年 11月 21日

오전, 이미 만기가 끝난 보험을 해지했다. 만기환급금으로 사동, 크리스마스트리와 담벼락에 조명을 설치하기 위함이다. (겨울이 다가오고 매출이 조금 준 것도 사실이라 가게에 변화를 주기 위함이다.) 보험은 보험에 지나지 않는다. 그러니까 저축성 자금의 돈이 아니라는 것이다. 만기금액이 삼천여 만 원인데 해약하면 이천 칠백만 원쯤 된다. 그것도 사업상 대출받아 쓴 게 이천만 원이다. 빚 가리고 나면 약 칠백만 원쯤 나온다니 참아 해약하기가 뭐 했지만, 보험으로서 그간 다친 것 없고 질병 없이 보낸 것에 감사하게 여겨야 한다. 더는 욕심 낼 것도 없고 욕심내서도 안 된다. 더구나 새로운 상품은 금액도 적은 반면 보장성은 더 많아서 다시 보험 가입하기로 했다.

압량에서 그간 함께 일한 혜정이가 다음 주까지 일하고 싶다고 보고한다. 몸이 별 좋지 않아서 병원 다녔던 일을 보고하며 무엇보다 쉬고 싶다고 했다.

그렇게 받아 주었다. 압량은 손님이 그리 많이 오는 곳이 아니다. 안이 비좁아서 답답한 것도 사실이고 근무환경이 그리 썩 좋은 곳이 아니라서 그간 애 많이 썼을 것이다. 책 좋아하고 글 좋아하는 나로서는 딱 좋은 곳이지만 말이다.

　분점 몇 군데와 개인 카페 몇 군데 커피 배송 다녀왔다. 시내 무우봐라 MOOBARA 카페에 다녀왔다. 여기 점장은 브레이크댄스를 취미로 한다. 내일은 경주에 공연이 있어 간다고 했다. 이야기하다가 나의 카페에도 공연을 와 줄 수 있는지 물었더니 내일이 마지막 공연이라고 했다. 팀이 해체된다고 했다. 모두가 직장과 또 일이 있어 함께 모일 수 있는 시간을 마련하기가 어렵다고 했다. 그러니까 다른 방도를 나에게 일러준다. 대학가 총 동아리에 아는 분 있으면 브레이크댄스 동아리를 찾을 수 있으니 그쪽에다가 문의하면 무료 초청도 가능할 거라는 얘기를 한다.

　무우봐라 카페는 지금 압량의 5평 정도와 비슷하다. 하루 평균 커피 90잔 정도 판다고 하니 투자비에 비하면 큰 성과다. 내부공사비와 인테리어비만 해도 모두 합쳐 2천이 넘지 않았다고 하니 정말 소자본만 들고 한 셈이다. 젊은 친구가 무언가 하려는 의욕이 꽤 높다. 커피 가격에 대해서는 솔직히 많이 고민이 되는 건 사실이다. 매출이 없으면 늘 가격이 흔들린다. 20여 년 가까이 영업을 해 온 나로서도 많이 흔들릴 때 있다.

　사동에 머물 때다. 옛사람은 전등이 없어 어떻게 책을 보았나 하는 생각이 들었다. 카페 불빛이 밝아 책보기가 좋아서 그렇다. 커피도 한잔 마시며 있으니 안은 빚은 많아도 천국이 따로 없다는 생각이 들었다. 잠시 앉아 있으니 기획사 사장님께서 오시었다. 조감도 오신 손님 중에 홍보 책자를 보시고 책자 주문을 받았다고 했다. 그 전에 먼저 소개를 해드렸다. 가실 때 커피 조금 사가져 가셨다.

말랭이

꼬닥꼬닥 마른 감 말랭이 한 점
무심코 집은 한 점 쫀득한 한 입
자꾸 허기 부르는 쪽빛 말랭이
하얀 비닐봉지에 담은 말랭이

鵲巢日記 14年 11月 22日

아침 본점에서 신문을 읽는데 '책 소개' 란 이 언뜻 보이기에 유심히 보았다. 단국대 김원중 교수께서 4,000페이지가 넘는 사기를 선별하여 22편만 골라 선집 한 책이 나왔다. 그는 16년 동안 130편이나 되는 사기를 완역하는 데 힘쓴 것 같다. 서양에서는 헤로도토스가 있는가 하면 동양에는 사마천이 있다. 역사학의 양대 산맥이다. 사마천은 군주 앞에서도 잘 알지도 못하는 사람을 위해 바른말을 하다가 노여움을 샀다. 군주는 그에게 첫째 사형, 둘째 막대한 벌금, 셋째 궁형宮刑 중 택일하라고 했다. 사마천은 돈이 없었다. 당시 관념으로는 첫째를 택했을 것이지만 사마천은 셋째를 택했다. '사기'를 완성하라는 아버지 사마담의 유지가 있었기 때문이다. 치욕을 얻는 자가 불멸을 얻는다고 했다. 나는 이 책을 꼭 보아야겠다. 오전에 바로 샀다.

오후, 사동 조감도에 잠시 머물다가 분점에 커피 배송 다녀왔다.

압량에 머물 때였는데 영천으로 지나가시는 손님이셨다. 커피 한 잔을 만들다가 이것저것 묻다가 알게 되었다. 모녀였다. 영천에도 카페리코가 있던데요. 하며 얘기하신다. 가끔은 이곳에 일을 하다 보면 내 하는 일이 꽤 중요하다는 것을 많이 느낀다. 상표를 소비자께 바로 알리는 것도 중요하며 나를 알리는 것도 중요해서 그렇다. 가실 때 직접 지은 책 한 권을 선물로 드렸다. 책을 아주 좋아하시는 분인 것 같았다. 이것저것 보시며 계시기에 한 권 드렸다. 근래에 개업한 사동을 실은 디자인 북과 본점 위치를 알려드리기도 했다.

미총眉叢[詩]

의자의 미총眉叢에는 커다란 주근깨가 있다. 하늘에서 점지해 준 것 같다. 의자는 이 주근깨가 그리 나쁘지 않게 여긴다. 참 이상하다. 똑같이 생긴 주근깨가 바깥에 놓은 탁자에도 있다. 의자는 삐거덕삐거덕 거리며 지나는 사람을 자주 보아왔다. 많은 사람이 앉았다가 갔다. 의자는 푸른 하늘처럼 퀭한 공간으로 여전히 한데에 있다.

압량, 사동, 본점 마감하고 본부에 와 머물며 이번에 낸 책, '구두는 장미'를 다시 읽었다. 완벽한 것은 없는 것 같다. 읽다 보면 오타도 보이기에 하는 말이다. 일이 많아서 꼼꼼히 보지 못한 나의 불찰이다.

鵲巢日記 14年 11月 23日

아침, 사동 개장이 마지막 문 여는 곳이다. 정의와 예지가 출근했다. 아침 일찍 들어오신 손님이 있었는데 가족이었다. 예지가 커피를 만들며 시중을 들었다. 정의가 아침 커피 한 잔 마실 수 있게 내렸다. 조회를 했는데 지은 책 '구두는 장미' 앞부분 첫 단락은 정의가 두 번째 단락은 예지가 읽었다.

오후, 본부에 머물며 책을 읽었다. 남회근 선생의 '대학강의'를 읽었는데 중국 역사를 들여다보는 것 같이 읽힌다. 관포지교에 대해서 더 자세히 알게 되었으며 진시황의 생모와 생부 여불위에 대한 이야기 그리고 왜 폭군이 되었는지도 조금 알게 되었다.

압량에 머물며 직원이 다운 받아놓았던 영화를 한 프로 보았다. 제목이 '혼스Horns'다. 압량 마감보고 본점에 머물 때 책을 읽었다. 동원이 일하는 모습을 지켜보았다. 바쁘지 않게 지겹지도 않게 띄엄띄엄 오시는 손님이 있었다. 마감 볼 때쯤 아메리카노 한 잔을 청해 마셨는데 맛이 괜찮았다.

鵲巢日記 14年 11月 24日

아침부터 비가 내린다. 창밖을 보니 도로가 축축하게 젖었다. 사동 매장 안에 소파 하나가 파손되었다. 목공용 접착제로 붙여놓았지만, 내일쯤 되어야 굳을 것 같다. 붙이고 보니까 나사못도 하나 빠져 있어 가구를 주문했던 원일에다가 AS접수 넣어야겠다며 오 선생께 부탁 문자를 보냈다. 탁자도 칠이 벗겨진 게 하나 있는데 조만간에 보수수리를 해놓아야겠다.

오전에 보험회사에 다녀왔다. 만기 끝난 보험을 해약하고 보험약관으로 대출받았던 금액도 모두 상환했다. 그래도 금액이 약간 남았다. 이달 각종 세금과 카드값에 보태야한다.

본점에서 점심 한 끼 했다. 본부 서 부장과 함께 먹었다. 강 선생께서 어제 김장이 있었던가 보다. 시댁이 서울인데 혼자서 다녀왔다고 했다. 김장김치와 보쌈까지 해오시어 너무 맛나게 먹은 점심 한 그릇이었다. 매우 고마웠다.

오후, 영대 학과 선배께서 오시어 차 한 잔 마셨다. 이모님께서도 같은 시간에 오시어 여러 말씀을 주고받았다. 보험계약 때문인데 질병과 운전자보험, 그리고 각종 생명과 관련된 여러 보장 내용이 있는 종합보험이다. 설명을 들었다. 한 달 들어가는 비용이 꽤 많지는 않았다. 여기서 시간이 더 지나면 보험 들기도 어렵다고 하시니, 하게 되었다. 영대 선배께서는 인사차 오시었다고 했는데 그저 인사만 나누었다. 요즘 돌아가는 경기상황을 애기했고 선배께서는 학교 안에도 커피 전문점이 많이 들어와 있는데 '스타벅스'도 두 개나 들어왔다고 한다. 영대 정문 나서면 스타벅스가 있지 않나요? 하며 물었더니 그것 말고도 안에도 또 있다고 하신다. 그러니까 영대 안이든 바깥이든 스타벅스만 모두 셋이다.

교육생, 강 모모 씨와 윤 모모 씨께서 급히 견적을 뽑아달라고 해서 작성하여 카톡과 문자 발송했다. 한 분은 정평에 한 분은 백천에 생각하고 있나보다. 모두가 카페가 많다. 정평에는 내가 아는 카페만 다섯 곳이 있으며 백천도 다섯 곳 떠오른다. 동네 모두 그리 넓지 않으며 비좁기까지 하다. 백천이 그나마 신도시에 가까워 도로망은 잘 되어 있지만 조금만 벗어나면 월드컵대로선이라 그 도로 주변에도 대형카페가 줄지어 있음이다.

단순한 일이 사람 지치게 한다

똑같은 일도 뜻을 심어서 보자

하루 새로움으로 나를 이끈다

마치 수레바퀴라 내일 향한다

사동에 머물 때, 대학강의를 읽었다. '성의', '정심', '수신', '제가', '치국'을 설명하기 위한 중국 역사상 몇몇 제왕의 가정 이야기를 읽었다. 그러니까 집안을 잘 다스려야 바깥일 또한 잘 다룰 수 있다는 것이다. 진시황과 한 고조 유방의 이야기는 뜻하는 바가 크다. 집안도 여러 이권이 있어 나라든 기업이든 또 아주 작은 가게든 다 통하는 말이다. 남회근 선생께서는 역대 제왕을 이야기하고 있지만, 이는 개인의 사사로운 일과도 같아서 읽어 후회될 일은 없을 것이다.

鵲巢日記 14年 11月 25日

오전 교육 문의하신 분 있어 본점에 잠시 머물렀지만, 만나 뵐 수 없었다. 1층과 2층 서재를 정리했다. 마치 주인이 없는 가게처럼 서재가 난잡했다. 1층 서재 한 칸을 비워, 이번에 낸 책으로 모두 채웠다. 토요문화강좌 때 소개하며 쓸까 보다.

책꽂이 정리할 때였는데 아침 첫 손님으로 유진 씨가 오시었고 뒤이어 실습생 수형 씨가 출근하는 모습을 보았다. 두 분께 이번에 나온 책을 선물로 한 권씩 드렸다.

남은 오전은 본부에서 책을 보았는데 대학강의를 읽었다. 커피 주문 문자가 몇 군데 들어오고 가게를 팔아달라는 문자도 몇 군데 뜬다. 며칠 전, 가게를 내겠다고 상담도 하였으며 어제는 견적서도 넣었다. 솔직히 기존에 하던 카페를 인수하는 것이 더 나을 것 같은데 창업하려고 하는 이는 그렇지가 않다. 더 저렴하게 낼 수 있을 것 같다는 생각과 더 나은 시장이 펼쳐질 것 같다는 막연한 기대감이 도전을 부추긴다. 그래도 일을 안 하는 것보다는 하는 것이 낫다. 세상을 더 가까이 볼 수 있음이다.

오후, 서 부장과 함께 커피 배송 다녀왔다. 대구대에 들러 천 씨를 만났다. 그간 살이 꽤 붙었다. 일이 편해서가 그렇지는 않을 거다. 직업이 있으니 안정이 오히려 그를 더 편하게 했을 것이다. 아무튼, 바짝 마른 모습 보는 것보다는 좋았다. 얼굴이 꽤 피었다. 네슬레 대리점 운영하시는 지 사장 가게에 들렀다. 사무실과 창고를 옮겼다고 했다. 이전한 곳에 가 보니 창고만 족히 100평이다. 얼마 전에 신축했다. 언젠가 사무실에 오시어 투자한 금액을 이야기 나눈 적 있었다. 사업은 경쟁력 갖추려고 규모를 키우고 그에 따른 설비 투자가 뒤따른다. 원하는 물건을 싣고 시내에 가는 길에 전화가 왔다. 차라도 한잔 마시고 가시지 하며 인사로 주신다. 아무튼, 고생 많이 했겠습니다 하며 인사드렸다.

오래간만이다. 시지에 있는 뼛골 뚝배기집에 들렀다. 그러고 보니 상호가 정확히 떠오르지 않는다. 월드컵대로 선에 대륜고 들어가는 입구에 위치한다. 아주 가끔 이 집에 들른다. 오늘도 4시가 다 되어서 점심 한 그릇 먹었다. 서 부장과 함께 먹었다.

중참 먹는 뚝배기 뼛골 한 그릇
허기에 이만한 것 어디 있겠나
깨끗하게 비우는 삶의 뚝배기
하얗게 단단하게 뼛골 다지자

압량에 출근할 때였다. 본부에서 압량까지 걸었다. 걸어가는 사람도 보며 이곳저곳 상가도 보면서 걸었다. 나도 영업을 하지만 많은 사람이 얼마나 힘이 들까 하는 생각이 들었다. 그나마 밥집은 영업한다만 하필, 커피집은 문을 닫았을까! 더치커피를 표어로 내세우고 모모 커피라는 간판을 보았다. 가게는 10평 채 되어 보이지는 않았다. 어제 이모랑 나눈 대화가 생각난다. 이십년 가까이 한 베테랑도 고민이 많은데 얼마 하지 않은 새내기는 생각 안 해도 짐작 가네! 종목을 소매도매구분을 서비스, 제조업 업종 구분을 더 나아가 사회에 내가 어떤 자세로 일할 것인가! 나는 커피 전도사라고 언젠가 교육생께 얘기한 적 있다. 그래 커피를 어떻게 알리며 바르게 이야기할 것인가? 나의 일이다.

얼굴은 모든 상의 받드는 거울

좋든 싫든 거짓도 어리는 눈빛

속임 어린 내 속도 참이어야 해

낱장 뒤집어 놓듯 두려움 잊네

압량 머물 때였다. 남루한 손님 한 분 오셨다. 며칠 아니 몇 달은 씻지 않은 것 같다. 쿨쿨한 냄새까지 나서 바bar쪽으로 밀려오기까지 했다. 따뜻한 커피 한 잔 요구하시기에 한 잔 내드렸다. 돈에 관념도 없어 보였다. 주머니에 있는 잔돈을 다 내놓으시며 커피 한 잔 달라고 했는데 커피 값만 받고 나머지는 도로 내드렸다.

사동에 머물 때였다. '대학강의'를 읽다가 좋은 문구가 있어 옮겨 적는다. '사람은 "자기 자신을 속여야" 비로소 "남을 속이게" 되고 결국에는 "남에게 속아 넘어가기" 마련입니다. 자기 자신을 사랑해야 비로소 남을 사랑할 수 있고 결국은 다른 사람들에게 사랑을 받게 되는 것과 같은 이치입니다. 마찬가지로 자기 자신을 존중해야만 비로소 남을 존중할 수 있고 그래야만 다른 사람들의 존중을 받기 마련입니다.' 남회근 선생의 '대학강의' 상, 311p에 있는 내용이다.

鵲巢日記 14年 11月 26日

압량에 있었던 일이다. 가게 앞에 웬 수도배관파이프가 널브러지게 놓였다. 잠시 여기다가 놓아두었나 보다 하며 지켜보았지만 영 치울 기미가 보이지 않아 시청 민원실에 전화했다. 아니! 바깥에 의자 단 두 개만 놓아도 민원이 들어가는 세상에 수도 파이프를 한 차나 갖다 부어 놓으면 여기 영업은 어떻게 하란 말이오! 하며 한소리 했다. 두말할 것도 없으니 당장 치워주시오. 여직원이 전화 받았는데 담당 기사께 전달하겠다며 얘기한다.

아침 사동으로 가는 길이었다. 조폐공사에서 사동 들어가는 사거리 모퉁이에 '커피 볶는 집'이 보였다. 이 모퉁이에서 좌회전해서 죽 직진하면 조감도 나온다. 이 길 지나며 커피 전문점이 몇 개나 있는지 헤아리며 갔다. 모두 여섯 집이다. 한 군데는 12월 중 곧 개업이라 하니 이 집까지 합하면 일곱이나 된다. 눈에 보이는 집만 일곱이다. 안쪽으로 숨은 골목과 아파트 근처, 학교 주변을 이야기하면 곱절 많다.

사동에서 직원과 함께 조회를 했다. 앞으로는 내가 쓴 글을 직접 읽으며 그속에 숨은 뜻이 있거나 보충설명이 필요하면 덧붙이며 이야기했다. 그러니까 직원교육이다. 날마다 배우지 않으면 새로움이 없으며 새로움이 없으면 희망이란 것은 찾기 힘들다. 함께 하는 가족이다. 지금은 외부 교육이 중요한 것이 아니라 내 안의 중심부터 바로 잡으며 가는 것이 중요하다.

정오, 대구 모 중학교와 경산 모 중학교에서 학생이 왔다. 모두 체험교육으로 오게 되었는데 오 선생께서 수고했다. 분점 모 점장께서도 오셨다. 인사 나누었다.

몇 군데 커피 배송이 있었다. 모처럼 주문 들어 온 밀양으로 길 나선다. 서 부장과 함께 갔다. 밀양 에르모사 점장 상현이는 늘 오면, 꼭 식사 거르고 오라 한다. 그간 먹은 것도 많아서 오늘은 피자 한 판 샀다. 돈 받지 않으면 안 먹겠다며 생떼 쓰니 겨우 계산한다. 서 부장과 상현 군과 함께 앉아 먹으며 영업에 관한 이야기를 나누었다. 겨울 다가오니 매출이 조금 부진한 것도 사실이다. 사람이 그리 많이 활동하는 시기가 아니라 어쩔 수 없는 일이다. 하지만 여기는 경쟁은 그리 많이 타는 곳은 아니다. 요식업이 많아하지만 스파게티를 전문으로 하는 곳은 이곳밖에는 없다.

가게 안에 골동품으로 보이는 커피 분쇄기가 있어 한참 들여다보았다. 상현이가 한마디 한다. 요 앞이 골동품 상점이라며 소개한다. 상점 주인장께서 본보기용으로 카페에 장식해 놓았다고 한다. 피자 먹고 가본다. 옛날 전화기며 사발이며 오래된 장欌과 예전에 아이스께끼라 했나! 그것 담는 통도 보였다. 커피 분쇄기도 크기별로 갖춰 놓았다. 한 개가 무려 70여만 원 한다고 하니 거저 구경만 했다. 구경만 하다 나오니 조금 미안한 감도 있어 '구두는 장미', '사발의 증발' 을 주인장께 선물로 드렸다. 오히려 더 미안한 기색이다. 잘 쓴 글은 아니라며 심심할 때 한번 보시라 했다.

가끔 압량에 혼자 앉아 있으면 내가 마치 어디론가 쏜살같이 가는 듯 느낄 때 있다. 움직이는 것은 바깥의 차들인데 말이다. 직원이 틀어놓은 음악 들으며 책을 읽으며 걸어놓은 더치커피 확인하며 오늘 일을 생각하며 앉았다.

허브 관련 차茶가 없어 M 업체에 전화한 적 있다. 사모님께서 직접 전화 받으신다. 이것저것 주문 넣으니 한 말씀 주신다. 요즘 어떠세요? 요즘 어떠냐고 묻는 것은 피차 어려운 것이다. 비수기에 든 것도 사실이고 경기가 요 몇 년 상간 가장 안 좋은 시기라는 것도 사실이다. 더욱이 우후죽순으로 생겨난 카페, 개인과 대기업 할 것 없이 너무 많이 생겼다. 창업은 있는지 직영점 영업상황은 어떤지 소상히 물어본다. 있는 그대로 답변 드리니 그쪽도 마찬가지로 어려운가 보다. 어렵다는 것은 피부로만 느끼는 것이 아니라 내부 구조조정도 했다는 것이다. 어느 업체든 돈 앞에 장사는 없다. 모두가 힘든 시기임은 틀림없다. 아침에 잠깐 나온 뉴스를 듣다가 놀라웠는데 가계부채가 사상 최대라고 했다.(한국은행 발표 금액 1,060조 원)

사실, 추석 쉬고는 몸서리 칠 정도로 힘들었다. 잠이 오지 않는 날도 며칠이며 근심·걱정으로 가득했지만, 마음을 다스려야 했다. 마음 다스리는 데는 책밖에 없는 것 같다.

난로처럼 세상을 달구며 보자
폭폭 선인의 지혜 뜨겁게 읽자
어두운 세상 등빛 지혜 환하다
한손 횃불 한손은 연필 꽉 잡자

사동에 머물 때였다. 정의가 오 선생께서 만든 '도지마롤'과 예지가 만든 '딸기 케이크'를 보여주었다. 점장과 정의와 함께 맛보았다. 도지마는 일본 지방 이름으로 보인다. 한 접시 내온 것으로 보아 모양이 참 예뻤다. 맛은 더욱 신선했다. 마치 롤 케이크 안의 생크림은 아이스크림을 먹는 기분이었다.

鵲巢日記 14年 11月 27日

동네방네 커피집 칼디만 좋아
종교 같은 커피집 누구나 믿네
망울망울 그리움 푸른 하늘에
한집 건너 피운 꽃 온 세상 하얘

駐車場주차장이 아니라 駐茶場이다. 한 집 건너 주차장이다. 커피집 참 많다. 경기 안 좋을수록 더 생기는 것 같다. 아침, 영천 분점에서 전화가 왔다. 본부장님 신 메뉴 뭐 없을까요? 우리 옆집에 '엔젤리너스' 들어오고요. 뒷집 주인이 직접 운영하는 커피집도 하나 더 들어와요. 직영점 몇 개 운영하는 것도 영업이 안 되는 것도 마찬가지지만 이것마저 운영하는 게 부르주아적 느낌이 들었다. 본부장으로서도 미안하고 어쩔 수 없는 세상변화에 무엇으로 답변해 드릴까 싶다가도 그저 고객께 친절히 대하라는 말만 했다. 서비스에 더 신경 써 달라는 부탁을 했다.

사동, 조회를 했다. 예지와 정의가 함께했다. 모두 박씨다. 정의가 예지에게 묻는다. 밀양 박씨죠. 음, 그러니까 내가 물었다. 정의야 너는 밀양 박씨 아니니? 전 함양 박씨입니다. 내친김에 시조는 누구며 파는 또 몇 대손인지도 물었다. 그러니까 몇 세손이라 한다. 정의가 세와 대의 구분을 어떻게 하느냐고 묻는다. 나를 포함하면 세가 되고 나를 빼면 대가 된다.

우리가 족보를 알고 뿌리를 아는 것은 아주 중요하다. 우리가 어느 집안의 몇 대손인지 시조는 누군지 알아야한다. 가계 풍을 유지하며 집안을 다스리는 것이다. 하지만 요즘은 가계가 모두 핵가족화 되었다. 예전처럼 애도 많이 낳아서 키우는 집안도 없다. 가족은커녕 부부도 유지하기 어려운 시기에 우리는 살고 있다. 이를수록 나의 집안을 잘 다스려야 한다. 내가 뼈대 있는 가문이라서 또는 뼈대 있는 가문이 아니라서 그런 것도 아니다. 우리는 모두 단군의 자손이다. 우리의 얼이 있고 우리의 문화가 있다. 얼과 문화는 곧 우리의 미래며 우리가 살아가는 방식이며 사는 길이기도 하다. 5대조만 올라도 우리는 모든 피가 다 섞인 한 민족인 셈이다. 그러니까 우랄 알타이어족의 칭기즈칸의 자손이며 박혁거세, 왕건, 이성계 할 것 없이 우리의 몸속에는 그 피가 모두 흐른다.

M 업체 김 부장께서 본부에 다녀갔다. 어제 주문했던 차茶를 가져다 주셨

다. 커피 관련 유통법이 바뀌면 아마도 내년에는 시장 판도가 또 다를 거라는 얘기를 한다. 그러니까 지금까지는 대기업이 나서지 않았다는 것이다. 이야기 들으니 지금도 모래알 같은 커피 시장인데 마치 여기에다가 물을 끼얹겠다는 것이다. 촘촘히 커피만 마셔야하는 시장이 되겠다.

오후, 본점에서는 중학생 바리스타 체험강좌가 있었다. 학생과 학교 선생님도 함께 오시어 좋은 시간을 보낸 것 같다. 오 선생께서 수고해주셨다. 잠깐 교육 지도하는 모습을 보았다. 학생과 선생님께서 '커피향 노트'를 원하시기에 사인해서 드렸다.

임당동사에 다녀왔다. 커피 주문이 있었다. 기계가 또 잘 작동하지 않는 부분이 있어 잠깐 손보아 드리기도 했다. 나도 동네에 이사 온 지 10년이 넘었다. 동네 어르신과 아주머님 모르신 분 없을 정도다. 이제는 제법 친숙하다.

압량에 머물 때, '세빠' 다녀갔다. 12월 음악회에 관해 의논했다. 그간 커피 들어간 미수금도 정리했다. 카페 24시간 영업하면 어떠냐고 묻는다. 요즘은 젊은 사람이 밤잠 없이 활동하는 이 많아서 괜찮겠지만, 그것도 하루 이틀이지 영업할 수 있겠느냐고 오히려 반문했다.

사동에 머물 때, 대학강의를 읽었다. 배 선생과 정의와 함께 마감 때 잠시 대화를 하였다. 11시에 마감했다. 정의 태워서 오는 길, 집안의 이야기를 들었다. 집집 사는 것이 크게 다를 바 있겠는가마는 나는 이런 생각이 들었다. 우리 맏이가 정의만치만 커 준다면 하는 생각이 들었다. 정의는 올해 이제 스물이다.

鵲巢日記 14年 11月 28日

아침 사동으로 가는 길이었다. 앞차 흰색 소나타가 가고 있었는데 그 차가 지나자마자 웬 고양이 한 마리가 도로에 후다닥거리며 우왕좌왕하는 모습 보다가 그만 내 차에 '툭' 거리며 부딪는 소리가 났다. 백미러로 보니 이미 도로 바닥에 쓰러져 있는 모습 보며 나는 갈 수밖에 없었다. 뒤차가 또 뒤따르며 따라오고 있었다. 어찌나 놀랬는지 어깨에 힘뿐만 아니라 온몸이 힘에 쏠려 한동안 굳어 있었다.

한 생명 뺏고 보니 가슴 떨린다.
툭 떨어뜨린 나비 돌아갔다만
한 번 나온 여행길 이리 짧구나.
몸서리 스친 업보 씻을 길 없다.

본부 월말 마감정리를 했다. 커피 주문은 몇 군데 없지만 마감서를 정리해서 인근 분점에는 직접 가져다 드렸다.

본점에 잠깐 커피 한 잔 마셨는데 마침 오후 시간에 일하는 성택 군이 왔다. 요즘 커피 시장 돌아가는 이야기를 하며 앞으로 일을 어떻게 해 나가야 할지 서로 의논했다. 내년에 대기업까지 들어오면 더욱 힘들 것은 자명한 사실이다. 그간 주말마다 여는 문화강좌 통해서 어느 정도 실력도 쌓았을 거라 본다. 고객을 지도하는 기술도 나아졌음이다. 커피문화를 선도하는 마케팅을 직접 주도해 나갔으면 하는 바람으로 얘기했다.

윤 과장이 다녀갔다. 대구, 모 업체를 알게 되었다. M 업체라고 했다. 요즘 커피 시장은 78년생이 주도해 나가는 것 같다며 얘기한다. 그러고 보니 나와 동시대인 S 업체와 D 업체와 또 몇몇 있지만 모두 주춤하다. 뒤로 물러선 셈이다. 분점을 내거나 뚜렷한 이슈를 내세우지 못하고 있는 것도 사실이다. 하지만 M 업체와 또 다른 M 업체가 있다. 모두 젊은 세대들이다. 삼십 대 중후반쯤이다. 한창 일할 나이기도 하지만 지금은 경기가 너무 좋지 않다. 콩 볶아 납품을 넣었지만, 미수가 많아서 거래를 끊었다고 한다. 내일이 '내용증명'을 띄운 만기일자인데 어떻게 처신할지 기다리며 있다고 했다. 미수금이 천 몇 백 된다고 했다.

반 곱슬머리와 눈 붉은 남자와 윗주머니에 꽂은 볼펜은 한 탁자에 빙 둘러앉았다. 윗주머니에 꽂은 볼펜은 제주 흑돼지 삼겹이 궁금했다. 사동, 마감

보고 가는 길, 반 곱슬머리께서 언뜻 말씀을 흘리시어 가보았다. 총총 맑은 잔과 흑돼지 삼겹에 이야기 나누고 있었다. 눈 붉은 남자가 매우 반기었다. 하지만 윗주머니에 꽂은 볼펜은 잠시 앉아 예의상 총총 맑은 잔 받아 놓고 인사만 나누었다. 서로의 말씀이 길다. 눈 붉은 남자는 오로지 지난 과거의 용맹을 얘기했고 반 곱슬머리는 독립세계의 그리움만 소주잔에 담았다. 윗주머니에 꽂은 볼펜은 그저 두 분의 얘기만 듣다가 각각 총총 맑은 잔, 한 잔씩 기울 때 일어섰다. 흑돼지 삼겹이 눈물 흘렸다.

鵲巢日記 14年 11月 29日

토요문화강좌에 새로이 오신 분 있었다. 중국인 여성 두 명과 책을 유통하시는 모 분, 그리고 아주머니 한 분 그리고 지난번에 오셨던 분도 있었다. 드립에 관해서 오 선생이 지도했다. 아침, 경모가 드립으로 내린 커피 한잔 마셨다. 경모는 이제 중3의 학생이다. 바리스타 2급 필기, 실기 모두 통과하여 자격증을 이미 취득한 상태다. 어린 나이로 대단한 아이다.

압량 개점하고 잠시 영업 보았다. 직원 출근 전까지 있었는데 지역의 '상가**' 운영하시는 사장님께서 오시어 커피 한잔 대접했다. 가실 때에는 지난주 나왔던 신간을 선물로 드렸다. 시인 고은 선생의 이야기를 하시었다. 전에도 고은 선생의 이야기를 했는데 모르고 계시나 보다. 집에 사모님께서 시를 꽤 좋아하신다고 했다. 전에 드렸던 책도 화장실에 앉아 오랫동안 보고 계셨다고 했다. 사동의 조감도 상황을 여러모로 여쭙고 갔다.

카페도 하나의 제국이다. 한 분의 고객은 한나라며 소비시장을 형성하는 최소 인격체다. 카페를 운영하는 장은 군주며 많은 사람에게 영향을 준다. 그러므로 많은 사람이 카페를 하고 싶어 하며 망하더라도 한번은 해보고 싶은 게 카페다. 하지만 카페를 운영하는 사람은 개인의 사사로운 시간을 다 저버려야 한다. 오로지 카페에만 매달려야 하며 카페와 24시간 사랑을 곁들이지 않으면 그 카페는 오래가지 못한다. 많은 생각을 쏟아야 하며 그중 특출한 아이템이 개발되면 카페의 품목으로 삼고 고객께 선사할 수 있어야 한다.

카페로 인해서 돈을 버는 시대는 떠났다. 앞의 역사에서도 크게 돈을 번 카페 주인장은 없어도 이름을 남긴 카페 장은 많다. 언제나 시대별로 커피는 유행이 아니었던 시기도 없었으며 커피가 유행이 아니더라도 커피는 우리에게 필수 음료로 자리매김해 왔다. 현시점의 시장은 더는 생겨서는 안 되는 카페 밭임에도 불구하고 우후죽순처럼 오늘도 내일도 카페는 계속 연다. 그야말로 카페의 춘추전국시대라 해도 과언이 아닐 정도다.

기존의 운영하는 카페는 잠깐 별처럼 등장했다가 또 개업하는 큰 기업체의 시장 밑거름으로 형성하며 소비시장을 만들어 왔다. 자금난에 시장을 빠져나가는 업체도 있지만, 과분한 투자에 쉽게 처분할 수 없는 카페도 많아서 쉽게 빠져나갈 수 없는 것도 사실이다. 또 시장을 빠져나간다 해서 특출한 직업이나 새로운 일자리 또한 찾기 어려운 것도 사실이라 소일거리로 전락한 카페도 많다.

하지만, 카페는 많은 시민께 영향을 끼치는 것만은 틀림없다. 커피와 생각 그리고 이야기, 소통의 장소로 삶의 철학의 해우소 역할을 톡톡히 한다. 카페를 하는 장은 특히나 겸손해야 한다. 카페는 사람이 모이는 장소이기에 더욱 그렇다. 한 사람은 그 한 사람을 뜻하는 것이 아니라 암묵적으로 연을 잇는 무한한 희망을 뜻하기 때문이다.

잠시 후, 혜정이가 왔다. 근무 마지막 날이라 인생을 조금 더 산 선배로서 한마디 했다. 어떤 일이든지 쉬운 일 없고 고민 또한 없는 게 없다. 꼭 무엇을 하더라도 일지를 적어라! 사진이 필요하면 사진을 남기고 고객을 만났으면 연락처와 나눈 대화를 적어도 좋다. 차곡차곡 모으면 내 하는 일의 역사를 만드는 것이니 그 뿌리가 튼실하면 앞을 내다보는 것도 밝을 거라 얘기했다. 커피가 아니더라도 커피는 꼭 필요할 것이네! 조감도와 카페리코를 잊으면 안 되네! 했더니 네 한다.

오후, 분점에 배송 다녀왔다. 모 분점에 갈 때는 오 선생도 함께 따라갔다. 그 집 앞이 국밥집이라 점심을 먹기 위함이었는데 부부가 함께 분점에 간 것은 아주 오래간만이라 이곳 사장님과 점장님께서는 매우 반기었다. 점장님께서 추출한 드립 한 잔 마셨다.

우리 카페 역사는 너무 짧아서
성하고 멸한 카페 분간이 안 가
한 십 년 족히 행한 카페야말로
그래도 이름 있어 떳떳이 가세

압량 마감하고 대백마트에 갔다. 오징어와 간 고등어 샀다. 바닷고기가 먹고 싶었다. 고등어는 구웠으며 오징어는 삶았다. 밥공기와 구운 고등어와 오징어무침 회다. 무침 회라 해서 갖은 채소 곁들여 놓은 것이 아니라 거저 초장에 버무려 놓은 것이다. 초장도 마트에 가면 판다. 요리를 생각하면 그리 복잡한 것도 아니라서 가볍게 하면 된다. 재료는 모두 마트에 가면 다 있다. 솔직히 게을러서 못하지 조금만 신경 쓰면 모두 할 수 있는 일이다.

본점에서 '대학강의 하' 읽었다. 중국 역대 제왕의 치세를 보았는데 '수신, 제가, 치국, 평천하' 라는 말이 무엇을 뜻하는지 알 것 같다.

鵲巢日記 14年 11月 30日

늦잠 잤다. 일어나보니 비가 온다. 아침부터 판잣집이 두둑두둑 거리는 소리에 걱정부터 밀려왔다. 그나마 다행은 이곳 경산은 눈이 아니라 비가 온다. 그렇다고 전국적으로 눈 내리는 날씨는 아니었다. 눈이라도 오면 사람이 다니기에 더욱 거추장스러워서 카페에 발길이 뚝 끊기는 것은 자명하다.

사동 개장하고 잠시 앉아 명상을 즐겼다. 십 분 정도 시간이 흘렀을까! 예지가 출근하였고 배 선생께서 출근하셨다. 출근 기록지를 확인하고 아침 영업 준비하는 모습 지켜보았다. 고객이 쉽게 물을 마실 수 있게 마실 물을 준비하고 기계를 확인한다. 위층 아래층 어제 다녀가셨던, 손님께서 흘렸던 과자 부스러기와 찌꺼기를 쓸고 닦는다. 1층, 청소를 약간 거들었다.

조회를 했다. '구두는 장미' 책의 앞부분을 읽었다. 앞으로 조회를 할 때마다 이 책을 약간씩 읽겠다고 했다. 다음 책 나올 때까지는 아마도 다 읽을 수 있을지는 모르겠지만, 조금씩 읽어나가겠다고 했다. 어제의 일기와 아래 거도 프린트한 것이 있어 읽어 드렸다. 읽다가 중국 역사의 남북조 시대에 양나라의 4대 황제인 양원제가 생각이 나 한마디 했다. 책을 가장 많이 읽었던 황제가 아닐까 싶다. 그는 이미 어렸을 때 한쪽 눈을 잃었다. 책 읽기를 좋아했고 서화에도 뛰어났다고 한다. 장서만 14만 권에 이르렀는데 서위의 군대가 침략해 들어올 때 직접 다 태웠다고 한다. 그는 결국 죽임을 당하기 전에 어떤 사람이 책을 불태운 까닭이 무엇이냐고 물었더니 그는 이렇게 대답했다. '만 권의 책을 읽었는데도 오늘 같은 날이 있으니 그래서 불태웠다.' 남회근 선생은 이를 두고 첫째가는 기이한 말이 아닐 수 없다고 했다. 그러니까 독서만 해서는 이 세상을 살아갈 수는 없다. 재략이 필요하다고 그는 적고 있다.

재략과 마케팅에 관해서 이야기했다. 그러니까 커피와 카페의 생존전략을 이야기한 셈이다. 배 선생께서 한 말씀 주신다. 해태제과지 싶다. 잘 안 팔리는 어떤 과자가 있었는데 SNS(Social Networking Service) 광고마케팅으로 소비자께 뜨자 순식간에 많이 팔린 사례를 이야기한다. 요즘 세대들은 책을 잘 보지 않는다. 스마트폰이 생기고 나서는 휴대전화기만 본다. 통신수단은 물론이거니와 오락, 영화, 심지어 책까지도 다운받아 볼 수 있다. 하지만 사람은 혼자 살 수는 없듯 소통의 원활함을 찾는다. 그러니까 한편으로 인터넷 세상 한 편으로는 공간이다. 찾기 쉬운 공간, 주차가 편한 공간, 뜻과 역사와 의미를 담은 공간, 많은 사람과 소통할 수 있는 공간을 우리는 원한다. 카페다. 나는 그 카페의 중심에 있다. 새가 바라보는 세상 조감도, 분명히 점점 나아지리라 본다. 한 보 나아가게끔 노력해야 한다.

카페 위치상으로는 큰 복이다. 한씨 문중의 힘이 꽤 컸다. 찾기 쉬운 공간과 주차가 편한 공간은 다른 어떤 카페보다도 이점을 가진 셈이다. 하지만 그것으로 카페의 모양새를 갖췄다고는 어렵다. 내실이 있어야 한다. 여러 가지 문화상품을 개발하며 역사를 만들어야 한다. 경산시민께 더 가까이 갈 수 있는 의미를 심어야 한다. 거저 커피만 마실 수 있는 공간이 아니라 시민 한 분한 분마다 꿈을 안으며 꿈을 실현하는 미래를 잇는 공간쯤 말이다.

바깥은 비 내린다 도로바닥에
톡톡 튀는 빗방울 하늘의 속기

기록은 축축하다 굳은 지면이
찢음도 구길 수도 없는 저 진리

사동에 머물 때였는데 영천 점장께서 전화 주신다. 콩이 다 떨어졌다고 했
다. 미리 주문했어야 했는데 죄송하다는 말과 내일 아침 일찍 왔으면 하는 부
탁이었다. 사촌으로부터 전화 왔다. 연말 모임을 하자고 했다. 작년에도 재작
년에도 전화가 왔었지만 가지를 못했다. 카페와 집밖에 모르는 사람이 되었
다. 올해는 연말 시마을 모임도 가지를 못했다.

11시 사동 마감한다. 점장께서 지난달 매출과 이번 달 매출을 비교해서 보
고한다. 날이 하루만 많아도 더 나았을 거라고 얘기한다. 총 매출에 관해서
잊고 있었는데 보고하니 현재 상황을 읽게 한다. 점장과 정의와 함께 있었다.

멋진 바리스타

鵲巢日記 14年 12月 01日

사동 개장한 후 바로 영천으로 갔다. 어제 주문받은 커피는 이미 본부에서 챙겨 나왔기 때문에 여기서 곧장 가면 된다. 영천까지는 빠르게 가면 40여 분 거리다. 얼마 전에 점장께서 상담전화도 있었기에 이참에 내려가 뵙는 것도 괜찮겠다.

11시쯤 영천에 도착할 수 있었다. 점장님께서 가게에 나와 일보고 계시었다. 가져온 커피를 내려놓고 바bar 의자에 앉았다. 아메리카노 한잔 내려주신다. 언제나 마셔도 아침에 마시는 첫 커피가 제일 맛있는 것 같다. 간밤에 카페인이 이미 다 빠진 몸에 새 옷을 입듯 그렇게 세상 바라보게끔 한다.

영천에도 카페가 참 많이 생겼다. 나의 분점인 카페리코 바로 옆에 통신 관련 업체가 들어오는데 여기에도 입점하며 이 건물 바로 뒷집 건물주께서 카페를 여는가, 하면 이 사거리 조금 지나면 엔젤리너스가 곧 들어온다. 이것뿐인가! 한 블록 넘어가면 군데군데 건물 짓는 곳은 모두 수상히 여겨 할 정도며 이미 카페가 들어와 있거나 영업하는 곳도 부지기수다. 대한민국 국민이 모두 커피 마시고 사나 할 정도다. 이르니 아무리 목 좋은 곳이라지만 커피 매출이 떨어질 수밖에 없는 현실이다. 그러니까 기존에 자리 잡고 해온 업체마저 위기에 처함은 두말할 이유가 없는 것이다. 거기다가 경기까지 위태로우니 서민의 숨소리는 한숨만 배는 것이다.

경산의 상황을 이야기하고 본점 이야기를 했다. 신 메뉴와 그것과 관련해서 투자에 대해 이야기도 했지만, 사업성은 묘연하다. 하루 판매량이 얼마 되지 않는다면 하지 않는 것보다 못하기 때문이다. 바bar에 앉아 위로와 격려와 더 힘쓸 것을 당부했다. 어쩔 수 없는 현실이다.

영천에서 경산으로 들어온다. 즐거운 목소리(라디오)는 저 위쪽에 첫눈이 내린다고 했다. 그나마 이곳은 다행히 아닐 수 없다. 참 나도 어쩌다가 이렇게 되어버렸는지! 소싯적에는 동네 눈이 오면 얼마나 좋아했던가! 산토끼 잡으려고 올가미 들고 다니거나 썰매 탈 궁리하며 보냈던 기억이 있다. 이제는 먹고사는 일에 매여 있으니 눈 보면 끔찍하기까지 한다. 사회에 오염이 되어도 너무 오염되었다. 제한속도 시속 80을 놓고 달린다. 비교적 넓고 곧은 도로라 천천히 달리는 셈인데 뒤차가 참다못해 앞질러 힐끔 쳐다보며 씽 간다. 가볍게 미소라도 띄워드릴 여가가 없었다. 너무 빨랐다.

오후, 압량 서 부장과 교대업무를 보기 위해 조감도에서 일 보았다. 본부 일은 챙겨서 봉고에 싣고 나왔다. 그래도 빠뜨린 곳이 몇 곳 있어 서 부장은 다시 본부로 들어간다. 오후 몇 시간은 독서로 보냈다. 손님께서도 도와주신 덕택에 책을 꽤 볼 수 있었다. 얼마 후였다. 장 사장이 왔다. 사동 조감도, 크리스마스트리와 건물 투시용으로 전기설비를 갖춰야 하는데 수요일쯤 할 수 있다고 보고한다. 될 수 있으면 빨리했으면 했다. 크리스마스가 이달 아닌가! 어찌 되었든 분위기는 내야 한다.

　저 위는 첫눈 폴폴 내린다는데
　여기는 찬바람만 씽씽 불어라
　세찬 바람에 걷기 너무 어려워
　등지며 돌아서서 살피며 걷네

　사동 마감 보며 나오며 점장에게 물었다. 오늘 상황은 어떤지 이상은 없었는지 그러니 별 상황은 없었습니다. 월요일치고는 괜찮았습니다. 그래! 오늘 수고 많았다. 연말·연초 노력하다 보면 점점 나아 질 거야! 운전 조심하시게. 아! 올해 들어 바람이 가장 찬 것 같은 기분이다. 바람 소리가 윙윙거린다. 여기는 사동에서는 그나마 높은 지대라 바람이 유난히 센 것 같다.

　어쩌다가 점심을 건너뛰었다. 바람이 저리 세게 부니 몸도 실실 아프다. 따끈한 국물 한 그릇이면 좋겠다. 집에 들어와 지난번에 산 오징어를 맹물에 넣고 끓였다. 오징어 건져내고 지난번에 라면 끓이다가 남겨놓은 수프를 넣고 김칫국물을 넣고 두부를 넣고 다시 오징어를 쓸어 넣고 국 끓인다. 따끈한 오징어 국이다. 따끈하게 속 데운다.

鵲巢日記 14年 12月 02日

압량, 오늘 하루 문 닫았다. 면에서 수도공사 관계로 인도 보도블록을 다 들어내고 땅을 파 내려갔다. 사람 다니기에도 불편해서 문을 열 수 없었다. 온종일 공사관계로 압량은 어수선했다.

청도 가비와 대구대 안에 천 씨가 관리하는 카페, 그리고 시내 모 병원에 커피 주문 있었다.

오전에 사무용으로 사용할 차 한 대 나왔다. 주문한 지 한 달이 지나서야 받을 수 있었다. 리스용 차량이다. 차종은 전에 타든 것으로 이 차종만 5년 차다. 점점 나아지는 기술을 본다. 차가 조금 무거워 보였다.

배송 나갈 물건을 싣고 압량에 일하는 서 부장과 함께 다녀왔다. 압량은 서 부장과 서로 일을 보기 시작했지만, 오늘은 쉬는 게 나을 것 같아서 문 닫고 청도 가비로 향했다. 영업을 다니고 싶지 않아도 이렇게 길 나서면 늘 새롭다. 도로가 정비 된 모습을 보니 조금은 낯설다. 바깥공기는 탱탱하다. 여전히 바람 많이 불고 꽤 찬 듯 차에도 성에가 낀다. 운문댐 지날 때쯤 혹여나 댐이 얼었나 싶어 서 부장께 물었더니 물결 이는 모습이 보인다고 했다. 일만 아니어도 운문사까지 가면 식사라도 한 끼하고 왔으면 싶다고 하니 묵묵부답이다.

칼날 같은 바람이 매섭다 해도
단단 묶은 구두끈 풀 수는 없다
걸으며 하루 닦고 쓰며 씻으니
모양은 그릇된들 안은 떳떳해

가끔, 고객은 능청스럽게 답변할 수도 있다. 능청을 모른 척 받아들이는 것도 좋다. 어차피 거래는 한 번씩 얼굴 보며 하는 것이 더 믿음이 간다. 아무것도 아닌 소모품도 상세히 설명할 필요가 있다. 어찌 보면 아주 간단한 일로 너무 복잡하게 생각해서 일을 그릇되게 하는 경우도 있기 때문이다. 예를 들면 글을 쓰겠다고 마음먹으면 문장을 만들어야 한다. 막상 문장을 만들려면 하지 못한다. 단순한 일인데도 꽉 막힐 때 있다. 단순하게 주어 동사만 가려서 넣자고 하면 누구나 싶게 글을 쓸 수 있는 것과 마찬가지다. 그러니까 나는 청도에 다녀왔다. 이렇게 쓰면 된다. 소모품 교체하는 것도 이와 같다.

여기서 대구대 천 씨 보러 간다. 월 마감서도 가져다 드려야 하며 얼굴도 보아야 한다. 천 씨가 관리하는 가게는 학교 안이라서 학생이 꽤 많다. 자리가 부족할 정도다. 올 때마다 빈자리가 없다. 주방은 이주한 여성 3명과 천 씨 혼자다. 교육해서 즐거운 것은 이렇게 영업을 잘하는 모습 볼 때면 뿌듯하다. 나는 천 씨를 볼 때면 늘 농담 삼아 한마디 한다. '꽃밭에 있으니 얼굴이 활짝 피었습니다.' 라고 하면 싱긋이 웃는다.

처가에 김장했나 보다. 아내가 김장독 여러 개를 조그마한 차에다가 가득히 실어왔다. 장모께서 수육 해서 먹으라고 고기도 얹어 주셨다. 저녁에 온 가족이 모이기에는 아주 오래간만이었다. 두 아들과 아내와 저녁을 먹는다. 밥과 수육과 김장김치 놓고.

자정, 김원중 선생께서 편역한 사마천의 사기, '사기선집'을 약간 읽었다. 좋은 문장이 있어 옮겨놓는다. 사마천의 말이다. "부유해지는 데에는 정해진 직업이 없고, 재물에는 정해진 주인이 없다. 능력 있는 사람에게는 재물이 모이고, 능력이 없는 사람에게는 기왓장이 부서지듯 흩어진다. 천금의 부자는 한 도읍에 군주에만 먹고, 거만금을 가진 자는 왕과 즐거움을 같이한다. 어찌 소봉素封이라고 할 만한 자들인가 아닌가!" 여기서 소봉이란 말은 천자로부터 받은 봉토는 없지만 재산이 많아 제후와 비할 만한 큰 부자를 뜻한다.

鵲巢日記 14年 12月 03日

아침 일찍 장 사장으로부터 전화 왔다. 사동 가는 길이었다. 크리스마스 분위기도 내야 해서 언제 한 번 조명에 관해 이야기한 적 있다. 오늘 인부들과 함께 왔다고 고한다. 현장에 도착해 보니 건장한 장부 몇 명 그리고 장 사장 합이 6명은 온 듯하다. 조명을 다는 데 사람이 이리 많이 필요하나 싶어 물어볼까 싶어도 그러느니 하며 바라보았다. 모닝커피 한 잔씩 대접했다.

점장과 예지가 출근하는 모습 보고 본점으로 넘어왔다. 오늘부터 커피를 새로이 알아가야 하며 함께 여행할 교육생을 보았다. 호! 주말 문화강좌 때 뵈었던 분이었다. 어제 저녁에 오 선생과 대화를 잠시 나누었지만, 아들 준이 반 친구 엄마라고 해서 새로 오시는 분인가 하며 생각했다. 오늘은 카페리코 역사에 관해서 이야기하며 커피 한잔 했다. 아마도 커피에 꽤 관심 있는 분임은 분명하다.

오후, 압량에 머물 때 김원중 선생의 편역 '사기 선집'을 읽다가 느낀 것이다. 한비韓非는 유세의 어려움을 '세난' 편에 매우 자세하게 지어놓았는데 그 일부를 읽다가 마치 교육자로서 학생에게 한마디 바르게 고하는 것이 그와 같다는 생각이 들었다. 한비는 군주께 고하는 것으로 그 처세를 말함이지만 지금은 고객, 그러니까 손님이 군주인 셈이다. 커피 시장을 바르게 고하면 커피시장을 떠날 것이 분명하고 그렇다고 온갖 갖은 포장으로 이야기하면 허세

뿐이니 고객은 참된 것을 얻지 못한다. 한비의 이야기는 군주를 대함이 얼마나 어려운가를 전한다. 지금은 그야말로 고객이 그 군주다.

  쌓은 벽돌 때때로 손쓰며 가야
  집도 오래 가는 법 하물며 일은
  수시로 보아가며 사랑 담아야
  지치지 않아 오래 힘쓰며 가네

    초저녁부터 선생님과 커피 공장 운영하시는 안 사장님, 그리고 화학제품 관련 공장을 운영하시는 최 사장님 오리집에 모여 저녁을 드시나 보다. 자꾸 오라며 문자와 전화가 왔다. 마지못해 한 시간이나 지나서 파할 때쯤에 잠깐 들러 인사드렸다. 조감도에서 커피 한잔 마셨다. 모두 경기와 은행 이자와 사업성 그리고 좋은 계책이 없나 하며 서로 말씀들 나누었다.

    날씨가 꽤 춥다. 바깥에 잠시 서 있으면 온몸이 얼 듯 그렇게 추웠다. 배 선생께서 바깥 수도를 어찌해야 하지 않느냐며 보고한다. 그리고 보니 아무런 대책 없이 내버려뒀다. 내일 아침에는 못 쓰는 천을 챙겨서 아침에 나갈까 보다.

鵲巢日記 14年 12月 04日

아침 사동 출근길에 차이콥스키 피아노협주곡 1번을 들었다. 전에 기획사 사장님께서 들어보라고 놓아두었는데 깜빡 잊어버리고 돌려 드리지 못했다. 유명한 작곡가의 곡을 들을 때마다 옛 생각이 나는 것이다. 대학 다닐 때다. 아마도 계절이 이맘때쯤이었다. 꼭두새벽에 일어나 도서관 자리 잡으려고 나선 기억이 있다. 자전거 타며 칼바람 가른 적 있다. 도서관 자리에 앉아 클래식에 심취한 적 있다. 온몸이 영감에 쌓여 부들부들 뜬 적 있다. 그때 기억이 새록새록 나는 것이다. 힘들다고 해도 그때보다는 지금이 나은 것 아니냐! 자가용에 클래식 들으며 가는 사동 출근길 아니냐!

나는 이런 생각이 들었다. 우리의 인간은 모두가 예술가다. 나의 인생이라는 미완성의 통나무를 갖고 평생 깎는 작업을 한다. 모르겠다. 차이콥스키의 일대기가 지나가며 그의 작품 피아노협주곡 1번을 들으니 이런 생각이 나는 것이다. 우리 인간은 자연의 한 부분이다. 자연의 위대함을 어찌 다 이루 말할 수 있으리까! 우리는 그 자연의 일부를 베끼고 베낀 그 삶을 통해서 예술로 승화한 유명한 예술가의 작품을 들으며 자연의 한 부분을 이해한다. 정말 위대한 아침 아니냐!

바깥 수도를 집에서 가져온 못 쓰는 이불로 칭칭 감았다. 그리고 약간 길쭉한 통으로 폭 덮었다. 아직도 바람은 매섭게 차다. 정의가 출근하고 예지가 출근했다. 영업 준비하는 모습 지켜보며 잠시 있다가 본점으로 다시 넘어왔다. 커피이론강좌 이틀째다. 커피 어원과 기원에 관한 이야기와 경영의 마케팅에 관한 이야기가 있었다. 언제나 교육은 기본을 묻는다. 잘못된 길을 걷거나 생각지 못한 길에서 망설이는 나에게 되묻는 것이 곧 교육이다. 힘들이며 걸었던 옛 생각을 이야기하면 그것은 곧 디딤돌이었다. 미래를 향한 탄탄한 주춧돌을 이미 나는 그때 놓았다. 언제나 경기는 파도다.

옛날의 처세는 잘못되면 목숨이 날아갔으나 지금은 자본만 날아간다. 춘추전국시대의 삶을 엿볼 수 있는 사마천의 사기는 각국의 제왕과 신하의 처세에 관해 이야기한다. 그때와 지금은 시대만 다를 뿐이지 크게 다를 것이 있겠나 하는 생각이 들었다. 압량에 잠시 머물 때다. 나는 또 이런 생각을 했다. 예전에 읽었던 재러드 다이아몬드 교수의 '문명의 붕괴'나 '총, 균, 쇠'에 나오는 이야기가 떠오르는 것이다. 어느 책이다. 지금보다 더 앞선 시기, 그러니까 고대사회나 원시사회에 이르면 부족 간의 싸움을 들 수 있는데 뉴질랜드 어느 한 부족의 여인의 삶을 그려놓은 것이 있었다. 부족을 떠돌며 자기 인생을 이야기한 삶이 있었다. 나의 첫 남편은 두 번째 남편이 죽였고 두 번째 남편이 저를 가졌어요. 두 번째 남편은 첫 번째 남편의 시동생이 죽였는데 그 시동생이 저를 가졌어요. 하며 이 이야기는 끝이 없이 내려갔다. 여인의 삶을 그렸지만, 부족 간의 생존 싸움이었다. 이 이야기나 춘추전국시대의 각 제후의 삶이 크게 다를 바 없다는 생각이 들었다.

내 마음 언덕길에 눈은 날리네
오르막 하이얗게 눈이 쌓이네
동동 구르는 발길 눈 또 날리네
씨익씨익 비 쓸며 눈 잊고 싶네

삶의 재략은 거저 나오는 것이 아니다. 읽고 생각하여야 한다. 나의 삶을 바르게 볼 수 있어야 한다. 바동바동하며 가더라도 한목숨 부지하며 걸어야 한다. 험난한 가시밭길은 가시밭만이 있어서가 아니다. 자본의 굴욕감과 처세의 부재에 오는 나 스스로 판 길이다. 그 길을 갈고 닦으며 걸을 수 있는 재능을 다져야 한다.

아! 차이콥스키 슬라브행진곡 흐른다. 1876년 세르비아·터키 전쟁이 발단되어 러시아·터키 간 전쟁이 발발하였다. 차이콥스키는 이 전쟁에서의 러시아 부상병을 위한 자선 연주회에 올리기 위해 이 곡을 작곡했다고 한다. 처음 표제는 러시아 세르비아 행진곡이었다가 후에 바꾸었다고 한다. 곡의 분위기는 슬라브 민족 선율과 제정러시아 국가國歌의 적극적 활용으로 상당히 민족적이다.

바깥은 눈이, 눈이 온다. 함박눈이었다가 바람 불어 날리는 눈이었다가 지나는 눈이겠지 하며 바라본 눈이 눈 날린다.

사동 머물 때 서 사장님 만나 뵈었다. 주문한 드립 주전자와 동 드리퍼를 퇴근길에 갖다 주셨다. 며칠 전에 이사하셨다고 한다. 여기서 20분 거리다. 그러니까 용성 가기 전에 청도 넘어가는 쪽 좌측 편 지역 원당이라고 했다. 전형적 촌집인데 군불 땔 수 있어 좋다고 했다. 내년이면 환갑이라고 하시니 연세 꽤 높지만, 아침마다 출근하는 이야기와 영업매장마다 다니시는 일을 들으니 대단하다. 나도 언젠가 조금 더 여유 생기면 촌에 집터 하나 장만하겠다고 마음 다진 적 있다. 갑갑한 원룸단지 안 복잡한 회로망 안에 갇혀 사니 모든 것이 엉킨 실타래다.

鵲巢日記 14年 12月 05日

바람은 여전히 매섭다. 어제 내렸던 눈은 이미 다 녹아서 눈이 내렸는지 모를 정도다. 건조한 바람만 불어서 마당의 가벼운 먼지가 날릴 정도였다. 사동 개장하고 본점으로 넘어와 커피 이론 강의를 했다. 어제 못다 했던 커피의 세계전파과정에 관해서 이야기하며 이어서 우리나라 커피 역사에 관해서 이야기했다. 가까운 일본이나 중국에 비해서 늦게 들어왔지만, 시장은 이웃국가보다 더 뜨겁다. 커피 시장은 이미 국가의 인구수에 비해서 양적으로는 꽤 성장했다. 더욱이 지금보다 두 배는 더 성장할 거라는 여러 전문가의 말은 커피 시장의 질적 수준까지 높일 것이다. 커피는 이미 여러 방면으로 상업적 진화를 거듭하고 있다.

커피 일에 관한 경영을 약간 이야기했다. 상호, 로고, 슬로건, 레터링에 관한 것과 자본시장에 커피의 역할을 이야기했다. 아마도 커피만큼 사업성이 좋은 것도 없을 것이다. 또 커피만큼 경쟁에 치열한 것도 없을 거라 커피만 수년을 했다면 그 어떤 종목을 하더라도 성공하지 않을 수 없을 거란 생각도 들었다.

정오쯤 교육이 끝났다. 본부 일은 서 부장께 맡기고 압량 일 보았다. 띄엄 띄엄 오시는 손님 있었다. 틈틈이 김원중 편역의 '사기선집'을 읽었다. 처음은 자세히 읽다가 중간쯤은 눈으로 읽고 끝 부분은 또 자세히 읽었다. 재미있는 것은 예전에는 머리말 부분이 뒤에 놓았다는 것이다. 사마천은 사기 집필 동기를 적어놓았는데 아버지 사마담의 유언에 따랐다. 사마천의 집안 내력 부분에서는 많은 것을 일깨우기도 했으며 '무릇 효도란 부모를 섬기는 데서 시작하며, 그다음은 임금을 섬기는 것이고, 마지막은 자신을 내세우는 데 있다. 후세에 이름을 떨침으로써 부모를 드러내는 것이 효도의 으뜸이다.'라는 아버지 사마담의 말은 인상 깊다. 사기는 아버지 사마담의 대업을 이어 아들 사마천 때 완성한 중국 역사서다.

오후에 서울 모 업체로부터 문자를 받았다. '이 대표님 안녕하세요. 소스 발주 주신 것 입금이 안 돼서 물건이 못 나가고 있습니다. 확인 차 연락드립니다. 초콜릿 24병, 캐러멜 12병, 화이트 6병 총 877,800원입니다. 미입금 상태입니다. 하나은행계좌로 보내 주세요. 감사합니다.

한참 있다가 기분이 조금 언짢아서 문자를 보냈다. 네, 지금 외근 나와서요. 금액을 문자 주시지 않으니 못 보냈습니다. 5시쯤 사무실 들어갈 것 같습니다. 그때 보내겠습니다. 그리고 외람된 말일지는 모르나, 10년 이상 거래한 걸로 압니다. 이번 블랜드(믹스기) 일만 아니어도 저희는 귀사와 결재는 명확하게 했습니다. 이렇게 거래를 하시니 솔직히 저는 기분이 많이 안 좋습니다. 재고는 오늘 나갈 거도 없습니다. 물론 금액이 많고 적음을 떠나 이건 좀 심한 거 아닌가 하는 생각입니다. 물건을 받지도 않았는데 미리 송금하는 제도도 그렇고요. 서울 모 업체가 있습니다. 여기는 사장 얼굴도 모르고 담당자도 모릅니다. 하지만 여기도 십 년 이상 거래했지만 결재로 인해 문자를 주거나 전화하지도 않습니다. 하지만 지금껏 성실히 거래 유지하고 있습니다. 귀사는 사장님도 뵀고 예전 황 과장도 익히 잘 알고 있습니다. 참 거래가 이렇게밖에 할 수 없는 일에 저로서는 섭섭합니다.

이 대표님 입금 확인 후 발송이 우리 회사 원칙이기 때문에 제가 어떻게 할 수 있는 부분은 아닙니다. 특히나 미수가 깔린 상황에서 운신의 폭이 없는 상태이고요. 저 또한 대표님과 잘 지내고 싶은데 상황이 좀처럼 나아지지 않네요. 저도 이런 연락드리면서 죄송스럽기도 하고 대표님 입장과 기분 일정 부분 공감하기도 합니다. 오늘 물건은 택배로 바로 보내드리겠습니다.

분점에 들어오는 주문은 모두 배송 나간다. 결재는 모두 후 지급으로 받고 있다. 예전부터 내려오는 상관행이다. 모 업체가 자 업체께 거래의 미를 살리며 보조 아닌 보조로 판매 촉진을 부여한 셈이다. 경기가 좋지 않다 보니 이러한 암묵적인 계약도 요즘은 모두 파기되고 있다. 현찰 아니면 물건은 줄 수 없다거나 아예 거래까지도 끊어버리는 경우도 많다. 어제 서 사장님과의 대화가 생각난다. 한 해 매출이 몇 십 억이 돌파되었다고 했다. 이야기 파할 때쯤은 경기를 논하지 않을 수 없었는데 결국은 미수 얘기가 나오고 말았다. 미수도 몇 억이 된다고 하니 더구나 그 악성 미수금을 어떻게 해결할 것인지에 대한 답변도 듣게 되었다. 그렇다 하더라도 결국 얼마쯤은 손실을 볼 거라는 얘기도 했다.

지식은 바깥 것이 들어오는 것
지혜는 안의 것이 나가는 거라
읽음에 나태함이 어찌 있으리
횃불 같은 진리로 삶을 물으리

법정 스님은 "지식은 바깥의 것이 안으로 들어오는 것이지만 지혜는 안의 것이 밖으로 나가는 것이다"라고 말했다. 나는 무엇을 추구하면서 살아야 하며 어떻게 살아야 하는가? 사동에 머물며 남회근 선생의 '대학강의 하'를 다 읽었다. 마감할 때쯤 노을풍경 한내가 왔다. 어머님께 드리시라 '구두는 장미', '사발의 증발'을 사인해서 건넸다. 한내는 올 상반기 때 커피 교육을 받

고 기존의 카페를 보수 공사하여 영업한다. 지금은 어머님께서 카페를 운영
한다.

鵲巢日記 14年 12月 06日

마치, 나는 이 단어를 놓고 무엇을 적으려고 했던가! 마치 일주일이 하루처
럼 간다. 마치 점심을 먹지 않았는데 먹은 거 같다. 그러니까 마치, 마치라는
단어는 거의, 비슷하게, 꼭, 흡사한 내용을 분명하게 하는 부사다. 시인 이수
명 선생께서 쓰신 시집 '마치'도 있다. 마치 그러니까 마치는 영어의 행진이
라는 뜻도 있다. 마치 일주일이 하루 같다. 또 주말이다.

주말이면 본점에서 커피문화강좌를 개최한다. 오늘도 새로이 오신 분이
꽤 있었다. 사동에서 오시는 분 계셨는데 강좌 서두 인사 때 여러 질문이 있
어 인상이 오랫동안 남았다. 아무래도 창업에 꽤 관심으로 보였다. 가맹과 창
업비에 관한 내용을 질문하시어 알 수 있었다. 커피 하는 사람은 커피를 하고
있기 때문에 혹여나 직업에 대한 의식을 잠시 잊고 사는지도 모른다. 무슨 말
인고 하면 커피를 하고 있기에 커피의 소중함과 커피의 매력을 잊고 산다. 오
늘 한 학생이 물었다. 커피 바리스타 직업이 어떤지 또 할 만한 직종인지 묻
기에 오늘따라 커피가 새롭게 보였다.

책을 읽다가 '우공이산愚公移山'과 '과보축일夸父逐日'이라는 고사를 알게 되었다. 우공이산은 어떤 일이든 끊임없이 노력하면 반드시 이루어짐을 이르는 말이다. 우공이라는 노인이 집을 가로막은 산을 옮기려고 자손 대대로 산의 흙을 파서 나르겠다고 하여 이에 감동한 하느님이 산을 옮겨 주었다는 데서 유래한다. 과보축일은 과보라는 사람이 있는데 해를 바라보다가 해지는 모습에 그만, 어둠을 싫어한 까닭에 해를 쫓아간다. 결국은 해를 안았지만, 그간 뛰어간 시간에 목이 마르고 그 갈증에 압도돼서 죽고 만다는 고사성어다.

우공이산은 근면·성실을 이야기하며 과보축일은 한 가지 일에 너무 몰입하다가 그만 세월 가는 줄도 모르고 자기의 죽음을 맞는다는 이야기이겠다. 여기서 해는 불변의 진리 그러니까 시간과 같은 영원한 것을 비유한 것이고 갈증은 세월을 쫓아가는 인간의 근원적인 고통을 비유한 것이다. 아무리 성인군자라 해도 시간의 흐름에 지배당하지 않을 수 없다. 그러므로 시간에 구애받지 말고 시간의 흐름에 나만의 몰입할 수 있는 세계를 만들며 나의 생애를 만드는 지혜가 필요한 것이다.

사동에 오 선생께서 케이크 만드는 작업을 잠시 지켜보았다. 신 메뉴인 도지마롤이다.

모자 같은 빵덩이 허니브레드
베개 같은 케이크 도지마 케익
커피 한잔 어울린 딱 좋은 한 쌍

붉은 밤 달아오른 카페 조감도

鵲巢日記 14年 12月 07日

1. 미향微香

사전적인 뜻은 '약하게 풍기는 향'이다. 우리 카페 鳥瞰圖는 대중들에게 확연히 표 낼 정도로 들어낸 것이 아니다. 거저 약하게 풍기는 향, 그러니까 우리 집만의 커피를 우리 커피집을 이용하는 고객께 천천히 입맛에 맞아 들어가 그 풍미가 오래 남을 수 있도록 찬찬히 노력해 가겠다.

얼마 전에 방송국에서 시집 '카페 조감도' 발표하신 분 아니냐며 거기다가 실지로 카페가 있는 것인지도 몰랐다며 선생께서 추구하는 카페를 취재하고 싶다고 전화 왔었지만 나는 거절했다. 솔직히 사업적으로 어떤 이문을 추구하는 카페가 아닌 커피와 더불어 내가 보고 느낀 카페의 문화를 이으며 이로써 많은 손님께 커피 한 잔에 무엇을 얻을 수 있으며 거기다가 더 편한 휴식 공간이었으면 좋겠다.

2. 정의正義

정의는 진리에 맞는 올바른 도리를 말한다. 진리는 누구나 인정할 수 있는 사실이나 참된 가치를 말하며 도리는 사람이 어떤 입장에서 마땅히 행하여야 할 바른 길이다. 항시 초심으로 커피의 참된 가치를 나 스스로 물으며 바르게 행할 것을 다짐하는 것이다. 커피의 일관성을 갖추며 鳥瞰圖 커피는 鳥瞰圖 만의 맛이 배여 있음을 노력하겠다.

3. 예지叡智

예지란 사물의 이치를 꿰뚫어 보는 지혜롭고 밝은 마음을 뜻한다. 공자께 서는 '溫故而知新온고이지신이면 可以爲師矣가이위사의니라' 했다. 옛것을 복습 하여 새것을 아는 이라면 남의 스승이 될 만하다. 했다. 사물의 이치를 꿰뚫 어 보는 통찰력은 거저 생기는 것이 아니다. 읽고 배우는 것이 먼저다. 항시 공부하는 삶을 통해 지혜를 갖추겠다. 그것을 바탕으로 마음을 바르게 하며 밝은 마음으로 내일을 향하겠다.

4. 훈도薰陶

훈도란 덕德으로써 사람의 품성이나 도덕 따위를 가르치고 길러 선으로 나 아가게 함을 뜻한다. 내가 많이 알아서 훈도하겠다는 뜻은 전혀 아니다. 옛 선인의 말씀이나 여러 선생의 말씀을 고이 들으며 그 덕으로 내 마음을 한곳 에 모아 고요히 생각하며 올바름을 찾겠다는 것이다.

위 각 주제는 카페 조감도에 함께 일하는 가족의 이름이다. 위 가족 말고는 더는 없다. 가족의 이름으로 내가 추구하는 카페를 더 명확하게 적어 보았다. 실은 이 이름대로 행한다면 분명 카페 경영은 위기에 몰리지는 않을 거라 확 신한다.

오전에 장 사장과 함께 장 사장께서 쓰던 물건을 옛 창고에서 몇몇 챙겨 함께 조감도 사무실로 옮겼다. 가창 가는 길이 생각보다 그리 멀지 않았다. 외곽 순환도로가 잘 닦여 다니기가 편할뿐더러 가는 시간마저 오래 걸리지 않았다. 오후에 본부에서 쉬었다.

압량에 머물 때 대구대 이 선생께서 오시어 커피 한 잔에 이야기 나누었다. 오늘도 좋은 책 한 권을 소개하신다. 류시화 선생께서 쓰신 '백만 광년의 고독 속에서 한 줄의 시를 읽다' 이다. 일본의 하이쿠 시를 소개하며 그 짤막한 시 한 줄에 선생의 철학이 담긴 책이 아닌가 한다. 책이 제법 두껍고 분량이 꽤 된다. 나는 이런 생각이 들었다. 창작은 무한하다. 나도 정형시를 많이 지어 보았지만, 정형시는 이미 우리 문단에서는 유행에 지난 것들이며 외면하는 시다. 더구나 일본의 하이쿠를 소개하는 것은 파격적이지 아닐 수 없다. 나는 꼭 사다 보겠다고 했다.

요즘 많은 시인이 시집을 내지만 독자들에게 얼마만큼의 이해로 다가서며 또 읽히는가 하는 생각이다. 짧지만 잠시나마 생각을 담을 수 있는 시라면 그리 긴 시가 아니더라도 독자께 사랑을 받을 수 있지 않을까 하는 생각이다.

鵲巢日記 14年 12月 08日

아침에 일어나니 온 세상이 하얗다. 아내가 바깥에 눈이 엄청 왔다며 한번 보라고 깨운다. 바깥을 보기에 앞서 걱정부터 밀려왔다. 아이들 등교도 문제라서 아침 식사 마치고 모든 식구가 함께 집을 나서는 것도 오랜만이었다. 두 아들을 학교에 데려다 주고 사동 들어가는 길, 공구상에 들러 눈 치울 수 있는 눈삽과 제설용 염화칼슘을 샀다.

사동 가는 길, 도로가 모두 눈길이다. 군데군데 접촉사고 안 난 곳 없으며 어떤 곳은 도로를 다 막을 정도로 연쇄추돌도 있었다. 카페 들어서는 길목 불과 몇 미터 앞두고 접촉사고 현장을 보았는데 가는 길 차 돌려 갈 수밖에 없었다. 사동까지 가는 시간이 평상시 20여 분이면 가는 길을 한 시간 이상 걸렸다.

사동 도착하니, 장 사장도 옆집 사장님도 나오시어 눈 치우고 계시었다. 사동 카페 조감도 개점하고는 눈 쌓인 모습은 오늘이 처음이었다. 늘 겨울이 오면 이곳은 어쩌나 하며 생각했는데 그러니까 이곳은 산 중턱이나 다름이 없어 평상시에도 차들이 올라오기에는 꽤 힘 드는 곳이기에 그렇다. 눈이 오면 더욱 힘든 건 엄연한 사실이라 옆집 사장님들은 그간 어떻게 대처했었나 하며 궁금하기도 했었는데 재실에서 아마 제설용 차량이 있었거나 아니면 재실 어른께서 이른 아침부터 눈을 치우셨거나 둘 중 하나일 것 같다. 아침, 재실에 사시는 어른도 뵈었다. 아침 일찍 눈 치우셨다고 한 말씀 하신다.

아침, 커피 교육할 수 없었다. 본점에 제시간에 맞게 들어가지 못했다. 강 선생께 커피 로스팅 하는 일을 교육생이 지켜볼 수 있도록 부탁했다. 점심시 간쯤 되어서야 본점에 올 수 있었는데 이미 눈은 거짓말처럼 다 녹았다.

창원에 교육생 박 사장님의 카페 개업식에 참석하지 못해 미안함을 문자 로 드렸다. 언제 시간 보아 오 선생과 함께 내려가 뵙겠다고 문자 인사드렸 다. 창원도 눈이 꽤 왔나 보다. 밀양에도 눈 꽤 왔다. 밀양 '에르모사' 상현 군 도 카스에 눈 덮인 가게 모습을 올렸다. 모두 하얗다.

오후, 팔공산에 다녀왔다. 올해 4월쯤이었다. 여기서 교육받고 개업한 박 사장님의 '카페******'다. 기계가 고장 났다며 전화가 왔다. 아! 커피 배송 나갈 일도 많아 잠시 주춤거리다가 서 부장께 본부 일 맡기고 공구통 챙겨서 다녀왔다. 정수기 관련 문제로 기계 솔 밸브가 나갔다.(카본필터가 터져 기계로 밀 려들어갔다.) 관련 부품이 없어 제대로 수리해 드리지 못했다. 내일 대체용 기기 를 설치해 드리고 기계를 싣고 오기로 했다. 수리 시간이 꽤 걸릴 것 같다.

압량에 머물 때다. 엊저녁에 주문했던 책이 왔다. 류시화 선생의 '백만 광 년의 고독 속에서 한 줄의 시를 읽다' 꼭 무슨 사전 같았다. 몇 줄 읽었는데 시는 어떤 때는 시 감상문으로 읽지 않으면 무슨 뜻인지 분간이 안 갈 때도 있다. 깊게 생각하는 것도 그 폭도 어쩌면 나름으로 보여주는 것이기에 그렇다. 솔직히 일본의 하이쿠는 너무 간단하지 않은가! 쓴 사람은 주위의 어떤 경험과 어떤 배경으로 적었는지 읽는 독자는 알 수 없으니 말이다. 예를 들면, 바쇼의 시 '두 사람의 생 / 그 사이에 피어난 / 벚꽃이어라' 밑에 저자께서 부연해 설명한 내용으로 친구 간의 우정으로 지은 시임을 알 수 있었다. 어떤 시는 무언가 깨치는 의미로 다가오기도 했다. 예를 들면, 부손의 시 '나비 한 마리 / 절의 종에 내려앉아 / 잠들어 있다'라고 썼다. 나비와 절간의 종, 수면과 곧 깨칠 종소리, 그러니까 평화와 전쟁, 언제 또 누가 종을 칠지는 모르는 상황이지만 예고된 결말 같은 것을 암묵적으로 이야기한다.

카페 마당 하얗게 눈이 쌓였네
세상 때 묻지 않은 눈이 하야네
누구도 밟지 않은 눈을 치웠네
얼룩 묻은 구두에 눈만 녹았네

좋은 책 읽기는 좋은 강의를 듣는 것과 같다. 오늘도 명강을 읽었다. 장자에 나오는 대붕의 이야기다. 붕과 메추라기를 이야기하지만, 우리는 어떤 자유를 향해서 이 세상을 바라보는가! 진정한 나 자신을 만들려고 노력할 때 그 모습 하나만도 우리는 붕에 이른다. 곤의 삶으로 하루를 이을지는 모루나 언젠가는 세상의 움직임이 일 때 그때 큰 날개를 펼쳐 하늘 날아 뜻하는 바로 날아갈 것이다. 살아서 못 날아도 괜찮다. 이미 나는 곤으로 붕의 잉태한 삶

을 살고 있지 않은가! 빈센트 반 고흐처럼,

鵲巢日記 14年 12月 09日

어떤 때는 아무 일 없는 것처럼 조용한 날이 있는가 하면, 오늘처럼 마음이 불편한 날도 있다. 내 가진 시스템이 많아서 그 모두가 하나같이 무겁게 다가올 때는 어찌해야 할지를 몰라 당황할 때도 잦다. 더구나 외부에 어떤 일이 부닥치면 중압감은 눈에 핏기부터 먼저 선다. 마치 쓰러질 듯 힘들 때도 있다. 큰일은 하루에 하나만 처리해도 무게감은 이루 말할 수 없음인데 여러 일이 여기저기 흩어져 있으니 정리·정돈하지 않은 방안에 앉아 있는 듯하다.

세무서에서 세금 관련 통지서 받은 지 1주일 다 되어간다. 창원에 다녀와야 할 일도 있다. 사동의 일도 너무 소홀하게 내 던져놓은 것 같이 느꼈다. 매번 일을 오 선생께 부탁하는 것도 염치다. 모든 것 제쳐놓고 아무런 소득 없는 팔공산에 수리 나서는 일도 어쩔 수 없는 일이다. 모두 책임감이다.

오전, 커피 교육했다. 이론 강의 사 일째다. 커피 생두관련해서 이야기했다. 분류방법과 그 분류에 따른 콩의 특색을 이야기했다. 가만 보니, 생두에 관한 이야기도 다 마칠 수 없었다. 생산지별로 분류하는 방법에 따른 콩 이야기를 못 했다. 그 외, 설득에 관한 몇 가지 법칙을 설명하며 그에 따른 커피 영업의 중요성을 이야기했다. 교육생, 질문이 있었는데 군중심리에 대해 이야기를 하다가 왜? 그것을 나에게 이야기하시느냐고 했다. 커피는 커피다. 커피와 더불어 사업과 사업성을 이야기하려니 어쩔 수 없는 이야기였다. 커피 한 잔을 판매하는 것과 커피를 가르치는 것과 커피와 더불어 시스템을 만드는 것 커피의 이야기를 재미있게 쓸 수 있는 능력 커피를 할 수 있는 건물을 건축하는 일, 모두 커피와 관련한 일이겠지만 이 속에는 엄연히 그 수익성이 각기 다른 법이다. 나는 어떤 분야에 어떤 일을 통해서 커피를 할 것인가! 주 골자다. 그저께 일기에서도 적었듯이 공자께서는 '溫故而知新온고이지신이면 可以爲師矣가이위사의니라' 했다. 강의는 들어서 그 활용의 범위를 안다면 분명 좋은 결과를 얻을 수 있음이다. 책도 마찬가지다.

　오후, 팔공산에 다녀왔다. 그 전에 교육 마치고 청도에 잠시 다녀오기도 했다. 모처럼 점장님 얼굴 뵈었으나 주문한 커피만 내려놓고 얼른 본부로 와야 했다. 본점에 대체용 기기를 싣고 팔공산으로 바로 갔다. 영천과 사동 분점, 대구시 내에 커피 주문이 있었지만 서 부장께 맡겼다. 대구대 안의 천 씨가 주문한 것도 있었지만, 도저히 오늘 처리할 수 없어 내일로 미루었다.

　팔공산에 기계를 설치해 놓고 점장께 드립으로 '케냐'를 청해 마셨다. 오전에 교육으로 한 얘기도 있었지만, 케냐 커피만큼 맛이 일반적이며 흔히 찾는 커피 중 부담이 안가는 커피도 없다. 가격대비 가장 좋은 커피다. 일종의 스페셜 커피를 마시면 처음은 맛이 좋으나 자꾸 마시면 일찍 그 맛이 질리는 법이다. 그러니까 우리가 배고프면 밥을 먹듯이 매일 먹는 밥이 지겹다고 기피하는 것은 아니지 않는가!

커피 한 잔을 놓고 사장님과 이것저것 대화를 나누다가 이곳도 예외는 아니었다. 바로 앞에 건물 짓는 모습에 언뜻 물었지만, 역시나 커피집이다. 외국 상표인 '파스구찌' 입점한다고 했다. 파스구찌에 앞으로 일한다며 인사 온 점장이 있었다고 했다. 카페를 신축으로 짓고 있었는데 눈으로 언뜻 보아도 대지만 몇 백 평 돼 보였다. 건평은 아무리 안 보아도 백 평은 충분히 넘을 듯하다. 짓고 있는 그 건물 앞에도 건물을 짓고 있었는데 그곳도 카페라고 했다. 이집도 백 평은 족히 돼 보인다. 동화사 앞이다. 그러니까 이곳은 잔잔한 카페는 없고 모두 백 평대 큰 카페만 있다. 한 곳은 성업 중이며 두 곳은 곧 개업할 집이 되는 셈이다.

서 부장의 마감을 지켜보지 못한 가운데 바로 압량으로 갔다. 성택 군과 교대업무를 보기 위해서다. 아무래도 저녁을 먹지 못할 것 같아 햄버그 두 개 사가져 갔다. 가게에서 둘이 앉아 햄버그 먹었다. 얼마 전에 이사했다고 했다. 부모님 곁에서 나와 산다고 했다. 그 전에 고민이 많았다. 꼭 분가해서 살고 싶다고 말한 적 있었는데 방을 구했나 보다. 역전에서 가까운 곳이라 했다.

어디를 가도 모두 예쁜 커피집
카페는 크고 좋아 안은 고요해
뜨거운 커피 한 잔 두 손 받드는
제후의 삶 텅텅 빈 걸인의 문화

사동에서다. 기획사 사장님께서 오래간만에 오셨다. 사무실에 커피가 다 되었나 보다. 커피도 필요할 겸 요즘 돌아가는 근황을 서로 여쭙고자 오셨다. 기획사는 학교 앞에 위치한다. 다들 경기가 어렵다고 하소연하지만, 이곳은 그리 경기 타는 곳은 아니라서 별 큰 영향을 받지 않는다. 연말이라 여러 일로 바쁘다는 말씀을 하신다. 카페 돌아가는 이야기와 조감도 신 메뉴를 소개했다.

鵲巢日記 14年 12月 10日

오전, 커피 이론 강의 오 일째다. 어제 못다 한 생두 이야기를 좀 더 가졌다. 선별, 배전, 추출 그리고 커피의 맛과 성분, 커피와 건강, 바리스타의 정의를 강의했다. 그러니까 모두 한 단락마다 실습이 필요로 하고 실습으로서 그 의미를 받아들여야 마땅하나 이론으로서 간단하게 먼저 설명했다. 내일부터는 오 선생께서 직접 지도해 드릴 거라며 마지막 인사를 했다. 그간 본부 일이 오전은 공백이었다. 내일은 팔공산에 다시 가보아야 할 일도 있다. 아침에 잠깐 오 선생께 얘기는 했지만, 창원에 다녀와야 할 일을 또 미루어야 할 것 같다. 내일 일이 어떻게 될지 모를 일이다.

얼마 전에 과보축일이라는 고사를 알게 되었다고 적은 바 있는데 이 말은 산해경에 나오는 어느 거인족의 이야기다. 산해경은 그리스로마신화의 동양 버전이라고 해도 되겠다. 솔직히 읽어 본 것은 아니다. 간략하게 소개한 책 '인문학 명강' 에서 읽고 알게 되었다. 과보축일夸父逐日이라 할 때 과보라는 이름에 한자어를 보면 아버지 '부' 자로 쓰인 게 아니라 아무 의미가 없는 어조사 '보' 로 쓰인다. 원시사회에서는 모계사회였다. 아버지는 '부父' 손에 도끼를 들고 바깥에 나가 짐승을 잡아야 하는 가족이다. 그 모습을 그려놓은 상형문자다.

비발디의 사계에 폭 빠졌다. 특히 겨울 1악장과 2악장은 전율이 일정도로 느낌이 와 닿는다. 1악장은 마치 찬바람이 살 에듯 바이올린 선율은 달팽이관에 차갑게 맴돌다 지나간다. 2악장은 우리가 잘 아는 이현우의 '헤어진 다음 날' 그 서두에 놓아 익히 귀에 익은 곡이지만 들으면 들을수록 어찌 보면 쓸쓸한 겨울 풍경에 바싹 마른 나뭇가지처럼 서 있는 듯 느꼈다. 아침 사동 가는 길, 밤늦게 마감 보고 본부 들어오는 길에 매번 감상한다. 썰렁한 도로 혼자서 달리면 기분이 묘하다. 꼭 어둠의 호수에 깊게 빠져드는 듯 차를 몰고 가는 기분이다.

무릇 선비는 읽고 쓰는 일이다
내가 살아 있음에 적어야 한다
보고 느낀 일상사 닦는 문장길
미래를 여는 선비 꿈길 환하다

창원에 꽃을 보냈다. 천상 내일도 가기 어려울 것 같아 늘 거래하든 칠성 꽃 도매상집 사장님께 전화했다. 제법 큰 화분 하나를 부탁했다.

커피는 참 웃긴다. 바리스타는 단지 커피를 판매한다. 모자 쓴 커피는 없다. 하지만 그 어떤 모자를 쓴 것도 아닌 그 커피는 마치 꼭 모자를 쓴 것처럼 행사할 때도 있다. 단지 바리스타는 커피만 판매한다. 모자를 쓴 것처럼 한 커피는 언뜻 커피를 이야기하지만, 커피 담는 잔은 모자 쓴 커피처럼 받아들이는 것은 참 웃긴 일이다. 그러면서도 커피를 다 비워내는 잔은 깨지지도 않거니와 빈 병처럼 커피만 찾는다. 모자는 하나의 장미다. 바리스타는 여전히 모자 같은 커피만 만든다.

鵲巢日記 14年 12月 11日

오전, 팔공산에 다녀왔다. 수리한 기계를 싣고 10시 30분쯤에 출발했다. 아침이면 분점과 거래처 몇 군데는 주문 문자가 들어오는데 오늘은 꽤 조용하다. 대구 반야월 거쳐 팔공산 들어간다. 커피를 하니 보이는 것이 커피집뿐이다. 팔공산 들어가는 산자락에 자리 잡은 카페가 하나둘씩 보인다. 주차장에 차가 몇 대 주차했는지 전체적으로 보이는 카페의 외모는 어떤지 눈여겨보며 지나간다. 아침인데 이리 멀리 커피 마시러 오겠나 싶어도 어느 곳은 차가 꽤 주차된 곳도 있었다.

수리한 기계를 설치하고 팔공산 내려온다. 가는 길은 대구를 통과해서 갔지만, 내려오는 길은 하양을 거쳐 본점에 왔다. 본점, 창원에 교육생이 개업한 카페를 가보기 위해 오 선생과 함께 길 나선다. 점심시간 조금 지난 1시경에 출발했다. 전에 어느 교육생 한 분도 창원에서 올라오신 분 있었는데 카페 견적을 내기 위해 여러 번 다녀온 기억이 있다. 여기서 2시간 가까운 거리인데 다녀오면 시간이 꽤 될 것 같았다.

창원 내려가는 길도 좋지만, 카페가 위치한 주남저수지까지는 여기 경산에서 보면 그나마 가까운 곳에 있었다. 한 시간여 정도 거리였다. 3시쯤 창원 주남저수지에 도착했다. 카스에 올려놓은 사진과는 또 다르다. 아마 지금껏 내가 본 카페 중에서는 가장 큰 카페가 아닌지 모르겠다. 부산에 200평대 카페가 있다고 해서 내려가 보았다만, 그 집보다 훨씬 규모도 규모지만 내부의 공간미는 이루 말할 수 없을 정도로 화려하다. 카페 주인장께서 건물 내부와 옥상을 두루 소개한다. 건물에서 내려다보는 저수지 풍경도 가히 일품이었지만 옥상에 널브러져 있는 강아지들이 아주 귀여웠다. 다시 1층 내려와 주인장께서 주신 드립커피 한 잔 마시며 일의 과정을 얘기 나누었다. 건축비와 실내 공간미를 꾸미는데 금액이 얼마 들었다고 했는데 또 놀라지 않을 수 없었다. 더치커피 제대로 내렸는지 드립은 어떤지 모두 한 잔씩 맛보며 여기서 만든 롤 케이크도 맛보았다. 앞으로 경영이다. 큰 카페를 출범시키는데 얼마나 많은 노력을 들였을까, 지금부터 정말 이 집의 표어에 맞게 100년의 세월을 버

틸 수 있는 전국의 명소로 발돋움하시길 마음으로 기도했다.

저수지 곁에 앉은 백 년의 텃새
봄 여름 가을 겨울 세월은 깊다
호수 바닥 마를 일 없겠지마는
대붕의 날개처럼 곧게 펼쳐라

4시쯤 다시 경산, 오르며 오 선생과 대화 나누며 한마디 했다. 그래도 우리 교육생 중에 우리보다 규모 면에서 몇 배나 큰 카페를 개업하는 것도 보았네! 교육의 결과다. 부산의 200평대 카페 ‘*--*’에 비할 바가 아니었다. 이리 큰 카페를 출범할 수 있는 사장님의 자본력과 이것을 이끌어가려는 마음 또한 대단한 것이다.

압량은 오후 문 닫을 수밖에 없었다. 본부에 주문이 많이 없었지만, 주문 들어온 한 곳에 서 부장은 대구에 다녀올 수밖에 없었다. 사마천의 사기 중 ‘이사 열전’을 정신없이 읽고 있는데 이곳 단골손님이었다. 볶은 커피를 몇 봉 사 가져가는 바람에 매출은 어제보다 나았다. 고마움에 신간인 ‘구두는 장미’, ‘사발의 증발’을 선물했다. 오히려 고맙다 말씀하신다.

책은 파는 것보다 선물로 드릴 때 그것도 직접 지은 책을 전달할 때는 돌아오는 찬사와 기쁨은 이루 말할 수 없음이다. 이틀 전에는 전라도 쪽이었다. 문자를 받았다. '커피향 노트'를 읽은 독자였다.

'안녕하세요. 저는 전라도에 사는 양현정이라고 합니다. 갑자기 문자 보내서 깜짝 놀라셨죠? 선생님의 커피향 노트를 읽고 꼭 뵙고 싶다는 생각이 들어 문자드립니다. 제 꿈은 카페를 차리는 거예요. 시작한 지는 이제 겨우 6개월 되었습니다. 아직 커피에 대해 잘 모르지만, 선생님께서 혹 시간이 되신다면 꼭 찾아뵙고 커피에 대해서 조언을 구하고 싶습니다.'

전라도면 여기서는 꽤 멀다. 오시겠다는 독자를 만나지 않을 이유도 없기에 시간을 알려주시면 비워놓겠다고 했다. 25일에 오시겠다고 했다. 전에는 대전에서 또 얼마 전에는 구미에서 오시기도 했다.

鵲巢日記 14年 12月 12日

오전, 임당 동사에 커피 기계가 고장이 났다. 수리 일 때문에 대구에 잠시 다녀왔다. 점심때 본점에서 커피 창업 상담했다. 진량에서 오신 분이었다. 신혼부부였다. 바깥사장은 마트를 경영한다. 마트 한 지 꽤 되었다. 안 사람은 아직 갓난아기 안고 있었다. 커피집 차리는 것을 웬만하면 말리고 싶은데 점포 입지조건을 들어보니 여기는 괜찮다. 아파트 세대수와 초등학교가 곁에 있으니 그리 나쁜 장소는 아니었다. 창업과정과 후속관리를 친절히 상담했다.

압량에 머물 때였는데 재밌는 손님 오시었다. 옆 건물에 건축 관련 일 때문에 오신 인부였다. 두 분, 커피 주문한다. 한 분은 아메리카노 한 분은 달달한 커피 주소 하며 대화를 나눈다. 한 분이 달달한 커피가 뭐꼬 커피면 커피 이름을 이야기해야지 하며 있다가 다 된 커피를 한 잔 마신다. 아! 딱 내 스타일이네 뭐 달달한 커피하면 되지 그리 이름을 달 필요가 있나? 그 홀딱벅스에 가면 까다로워서 주문도 몬해! 하시며 주인장 안그런교? 그래서 웃으며 한 마디 했다. 호! 네 맞습다. 마! 주소 하며 되지요. 뭐.

시집 한 권이 왔다. 생판 모르는 분이다. '문**' 선생께서 내신 시집이었는데 시인약력을 보니 화려하다. 춘추가 아버님시대다.

삐딱한 사발 접시 쓸데없었어
개 밥그릇 놓아도 마찬가지다
담고 비울 때 더욱 요동이라서
투박한 사금파리 맘 비어놓다

압량, 이번 달 들어서고는 최고의 매출을 올렸다. 최고의 매출이라 해도 십리 좀 더 걸었을 뿐이다. 사동 마감보고 본부에 와서 오 선생으로부터 본점 있었던 일을 보고받는다. 교육하다가 목소리가 높았거나 웃음소리가 지나치게 나면 물론 매장 안에 손님께 누가 될 수 있다. 지금은 대학생 시험기간이라 그나마 공부하러 오는 학생이 손님이다. 하지만 교육이 주가 되는 본점은 교육자의 지도력에 따라 운영한다. 여러모로 통제되지 않는 문제와 그것을 통제할 수 없는 지도자도 문제인 것은 마찬가지다. 그릇이 선천적으로 삐딱한 것이 있는가 하면 또 그렇지 않은 것도 있다. 바로잡을 것이 있고 그렇지 못한 것도 있다. 참 우스운 일이다.

鵲巢日記 14年 12月 13日

엊저녁에 흰 눈발이 좀 날리었다. 아침 사동 오르막 오르는데 길가 양쪽에 하얗게 마치 설탕 가루 뿌려놓은 것처럼 보였다. 얼른 개장하고 영업 준비한다. 곧이어 정의가 출근했다. 아침 버스 타고 왔다고 했다. 주방 뒤 탁자 위에 컵라면과 햅반을 올려놓는다. 정의야? 아침 먹고 오지 않았니? 네 본부장님도 좀 드세요? 나는 웃으며 한마디 했다. 아침 먹고 왔단다. 나도 컵라면 엄청 좋아한단다. 하지만 먹고 나면 소화가 잘되지 않아서 요즘은 먹지를 못하지.

본점에 다시 건너왔다. 커피문화강좌를 열었다. 오늘도 새로 오신 분 있었다. 수업진행과정과 카페리코에 관해 간략히 소개했다. 교육생 한 분, 질문이 있었다. 지금 커피가 꽤 유행인데요. 이 유행이 앞으로 언제까지 지속할 것 같습니까? 그리고 커피문화가 어디까지 갈 것 같습니까? 남자 분이었다. 나이는 나와 동갑이다. 간략한 우리나라 커피 역사와 시대별 커피 모습을 얘기하며 유행이 유행이 아니라 커피는 늘 우리 곁에 있었음을 얘기했다. 제가 처음 사업 시작할 때 시장규모가 약 2조 원이었습니다. 지금은 4조 원이 넘어선 걸로 압니다. 전문가의 말에 의하면 앞으로 8조 원까지는 충분히 성장하리라고 봅니다. 그러니까 2조 원에서 4조 원대까지 오는 시간만 근 십 년 가까이 흘렀네요. 8조 원대까지 가려면 또 십 년이 예상이 되나 지금은 그 성장 속도가 너무 빠릅니다. 지금의 경제 주축인 베이비붐 세대가 고령화되어 갑니다. 놀이문화는 더욱 진화되어가겠지요. 카페는 그 한 방편이겠고요. 카페가 더 필요하면 필요했지 덜하지는 않을 것 같습니다.

오후, 영대 미대 뒤쪽 '카페 ***'에 커피 배송 다녀왔다. 이 집 주인장께서는 늘 커피의 신맛에 민감하다. 에스프레소 커피 전용으로 사용하면 조금 덜할 텐데 전 주인장부터 케냐만 고집하는 집이다. 케냐 커피의 특징을 설명해 드렸다. 그리고 드립용으로 볶은 것은 그리 강하게 볶지 않음을 얘기한다. 그렇다 하더라도 풀시티full city 정도 급이지만, 여전히 신맛이 나는 건 어쩔 수 없음이다. 아라비카 종은 대체로 신맛이 그 특징이기 때문이다. 직접 지은 책 한 권(커피향 노트)을 선물했다.

압량에 머물 때였는데 단골이었다. 십 년 전부터 우리 카페만 애용하시는 고객이셨다. 지금은 경주에 사시는데 집에 가기 전에 잠깐 들러 아메리카노 한잔 사가져 가신다. 우리 카페리코 성장해가는 모습을 여태껏 지켜보았다고 했다. 아주 고마운 나머지 머그잔 한 개씩 선물했다. 압량은 이상하게도 많은 생각을 하게 한다. 앉아 있으면 고독과 싸움이지만 그에 따른 독서가 따르고 어쩌다가 들르는 손님은 작은 카페의 매료에 들여 커피집 차리는 게 소원이라며 이야기 들을 때면 커피가 무엇이기에 이리 많은 사람이 커피집을 원하는 것인가! 하며 생각한다. 방금 또 꾀죄죄한 손님 다녀갔다. 말이 어눌했는데 우리 집 마누라 커피집 차려주는 게 소원이라고 했다.

커피 무엇이 간데 이리 좋으나
각박한 사회 피해 사랑 찾느냐
아서라 나를 찾고 남 생각하면
더없이 좋은 커피, 일 어렵다네

압량 마감하고 사동에 간다. 낮은 손님이 그리 없었다. 밤에는 여러 차례 폭탄 맞았는데 앉아서 책을 볼 수 없었다. 처음에는 상의를 입고 설거지 도우다가 차츰 밀려드는 설거지감에 웃통 벗고 고무장갑 끼고 설거지했다. 한 시간가량 주방 일 도왔다. 배선생도 정의도 모두 반가워했다.

자정, 사동과 본점 마감하고 본부에서 기계 수리했다. 오래간만에 인두기 들었다. 기계 전자 기판이 나갔는데 기판 위 부품을 떼어내고 새 부품으로 교체해서 납땜 용접했다.

鵲巢日記 14年 12月 14日

아침 국밥집 간다. 오 선생과 함께 간다. 여기도 경기 탓인가! 자리마다 빈 자리가 많고 오가시는 손님이 그리 많아 보이지 않았다. 영대 주변으로 꽤 유명한 밥집인데 말이다. 한 번씩 밥 먹으러 오면 야구부 학생들이 떼거리로 몰려와 쭉 앉아 있으면 가끔은 줄서야 한다. 오늘은 그 야구부 학생도 보이지 않는다.

본점, 압량 개장하고 사동으로 간다. 엊저녁에 많은 손님이 오시어 갔다. 마감 본 배 선생께서 꽤 힘들지 않을까 싶어 매장 청소를 함께했다. 1층 바닥, 2층 바닥은 직접 쓸고 닦았다. 사동 직원과 대면하며 커피 한잔 나누는 시간도 그간 잘 없었다. 아침, 여유를 가지며 직접 쓴 글을 읽어 드린다. 글은 띄엄띄엄 오시는 고객으로 뚝뚝 끊긴다. 어떤 한 주제로 이야기하는 것보다는 사는 얘기를 통해서 삶의 지식과 지혜를 이야기하는 것이 더 맛깔스럽다. 10시 30분쯤 시작해서 정오가 조금 지나서야 마쳤다.

본점으로 다시 넘어간다. 오 선생과 결혼식장에 가기 위함이다. 오늘은 분점 모 점장님 따님의 결혼식이 있다. 시간이 한 시라서 허겁지겁 챙겨 함께 출발한다. 요즘 젊은 사람은 결혼하나 싶어도 결혼식장에 와보면 결혼식도 꽤 많다. 주차장이 만원이다. 정시에 도착해서 점장님 뵐 수는 없었으나 자제분은 뵐 수 있었다. 뒤에 식당에서 식사하는데 잠깐 뵈었다. 한복 곱게 차려

입으신 점장님, 아들, 딸 모두 출가해서니 마음은 한결 가벼우실 게야!

    날은 분명 빨간 날 휴일이어도
    평일과 같은 휴일 시간만 쫓다
    까만 도로 긁다가 겹치는 하루
    겹겹 쌓은 하루가 꽃그늘 한 첩

    본점과 조감도 영업상황을 잠시 지켜보다가 급히 주문 들어온 문자 확인한다. 내일 아침 일찍 배송되느냐고 해서 도저히 맞출 수 없기에 커피 챙겨 시내에 배송 간다. '카페 무봐라'다. 패기 넘치는 젊은 바리스타다. 카페에 도착하니 5시 조금 넘었다. 그 좁은 카페에 사람만 빽빽이 앉았는데 비집고 들어가 커피 내려 드렸다. 큰 상표(브랜드)에 굴하지 않고 자신만의 영업을 펼치며 미래를 생각해야 한다. 변변치 못한 주방이라지만 있을 것은 다 있다. 커피는 커피를 진정으로 사랑하는 사람만이 커피를 할 수 있음이다.

    압량 마감 하고 본점에 왔다. 강 선생께서 퇴근하며 이른다. 본점 만원이라, 동원이 좀 도와주어야 할 것 같다고 했다. 자리는 빈자리 하나 없다. 모두 대학생으로 보인다. 탁자 위에는 마실 것과 책이 어우러져 모두 공부에 열중이다. 내가 도울 일 있겠나 싶어도 동원이는 구태여 말린다. 저녁을 제대로 챙길까 했으나 마다한다. 겸손인 것인지 아니면 정말 식사가 생각이 없는 건지 몰라! 컵라면 권하니 좋다고 한다. 함께 컵라면과 햅반으로 저녁을 먹는다.

본점 마감 보고 동원이랑 대화를 나누었다. 동원아 일 좀 더 해 보지는 않을래? 주말만 일하는 것보다는 평일도 해보라는 거지? 아! 본부장님 평일은 제가 유명한 카페를 많이 다녀보는 게 소원입니다. 여태껏 대구에 카페라는 곳은 다 다녀보았지만, 이곳 본점만 한 곳은 보지 못했습니다. 신규업소 또한 생겼다 하면 가봅니다. 본부장님 이번 주 수요일은 친구들과 경주에 유명한 카페가 있다기에 거기에 가기로 했습니다. 호! 그래 정말 대단하구나! 카페 하려면 일단 카페를 많이 다녀보아야 한다. 참! 경주에도 유명한 카페가 하나 있지. 나중에 시간 나면 창원에도 한번 다녀오려무나! 거기에도 규모 면에서는 꽤 큰 카페가 생겼지? 내나 우리 교육생이란다. 상호가 '커피여행' 이다.

鵲巢日記 14年 12月 15日

압량에 머물 때였다. 웬, 탑차 한 대가 길가에 선다. 나는 지난번 주말에 주문했던 책이 왔나 싶어 넌지시 바깥에 내다본다. 여성 한 분이 차에서 내리더니만 이쪽으로 뛰어온다. 책 배달원은 아니니 손님인가보다 하며 문을 열었다. '캐러멜 라떼', '바닐라 라떼' 주문요. 네, 근데 커피 한 잔 만들려고 하는데 볶은 커피를 보며 신맛이 조금 덜 나는 커피 없나요? 묻는다. 블루마운틴을 얼떨결에 권했다만, 커피 맛에 관해서 잠깐 설명해 드렸다. 커피는 보통 네 가지 맛이 나죠! 단맛, 신맛, 쓴맛, 떫은맛이 납니다. 보통 아라비카는 신맛이 많이 납니다만, 로부스타는 쓴맛이 대체로 나고요. 그러니까 생두가 로부스타보다 아라비카가 더 비싸게 거래되죠. 아라비카가 더 우수한 커피인 셈입니다. 물론 볶기 나름도 있습니다. 로부스타 생두 가격이 소비자가격으로 킬로당 오천 원이 넘지 않은 반면 아라비카는 근 만원은 다 넘어갑니다. 손님께서는 이해가 되셨는지 눈인사 한다. 블루마운틴 커피로 할게요. 네. 제가 지은 책이 있어요. '커피향 노트'인데 선물로 드릴게요. 한번 읽어보셔요. 재밌습니다. 혹시 본부장님이신가요. 네. 저쪽 사동 조감도에 다녀왔습니다. 안그래도 지나며 여기도 조감도 있네 하며 들르게 되었습니다. 그렇군요. 감사합니다.

본점, 직원과 조회가 있었다.

어려운 경기에 다들 힘내어 함께 해서 고맙습니다. 지금 바깥 경기는 말이 아닙니다. 모두가 힘들다고 아우성입니다. 오늘은 고향 구미에서 한 친구가 전화 왔습니다. 요즘 어떻게 지내느냐며 안부 전화였는데 친구도 아주 힘들어 하는 모습을 들었습니다. 이렇게 경기 안 좋을수록 여러분 각자의 힘이 더욱 소중한 때라 생각합니다. 여러분 한 사람은 곧 카페리코의 얼굴이기 때문입니다. 그럴수록 나를 가꾸시고 손님께 더 잘할 수 있도록 노력합시다. 항시나를 먼저 닦아야 합니다. 여기서 닦는다는 말은 목욕을 열심히 하라는 뜻이 아닙니다. 물론 목욕도 잘해야겠지만 마음을 닦으셔야 함을 얘기합니다. 내 마음은 언제나 더럽혀져 있습니다. 이 마음을 독서를 통해서 또 좋은 말씀을 나누면서 서로를 위한다면 어려운 시기에 꼭 어렵지만은 않을 겁니다. 사서 오경인 대학이라는 책이 있습니다. 이 책의 주 골자는 수신, 제가, 치국, 평천하입니다. 그러니까 내 몸을 우선 바르게 해야 집안을 잘 다스릴 수 있으며 나라가 안정되며 온 천하가 평화가 깃든다는 얘기지요. 나라뿐이겠습니까? 나라나 조직이나 작은 사회적 단위인 가정도 마찬가지이겠지요. 늘 말을 할 때는 조심히 하여야 할 겁니다. 금붕어나 까마귀는 상처가 되는 말을 듣는다 해도 그리 오래가는 법은 없지요. 사람은 다릅니다. 내게 상처를 주었던 사람은 50년이나 간답니다. 지구의 역사가 47억 년쯤 되었지요. 앞으로 50억 년은 더 간다더군요. 물론 물리학자의 얘기입니다. 여태껏 이 지구 위에 살다간 사람만 1,500억 명이나 된다고 합니다. 우리는 그중 한 사람입니다. 정말 행운 아닙니까? 우리는 이 우주에 그것도 지구라는 행성에 단 한 번 왔다가는 인생을 삽니다. 여러분 각자는 소중한 인생을 사는 겁니다. 한 번 살다가는 인생, 서로서로를 위한다면 또 이 어려운 시기에 함께 힘을 합친다면 분명 좋은 결과가 올 거라 믿습니다. 모두 조금 더 노력합시다.

비슬비슬 불빛을 흔들며 간다
연필처럼 곧다고 꽉 쥐며 간다
다 탄 재처럼 무게 허울뿐이고
하얀 뼛골 위 놓은 여린 자국뿐

아침은 된장과 밥 한 공기 점심은 압량에서 서 부장과 함께 누가 볼까 봐 얼른 게 눈 감추듯 김밥 한 줄 저녁은 본점 마감 보고 성택 군과 김치찌개 한 그릇 했다. 먹어도, 먹어도 질리지 않는 내가 가장 좋아하는 김치찌개, 아! 뜨끈하고 시큼하고 얼큰하고 입안 딱 감기는 김치찌개, 덩치 큰 장부들이 더러 앉아 소주 한잔 마시며 뻐끔뻐끔 피운 담배연기 자욱한 막창집, 아주 시끄러운 막창집에서 '이보시오 거기 조용히 좀 하소!' 소리 지르고 싶은 장터 막창집에서 먹는 이 김치찌개, 언제나 들러도 맛 하나 변치 않는 이집만의 특유한 솜씨 마늘, 고기 듬뿍듬뿍한 김치찌개 속 든든 먹는 밥 한술 이것 말고는 더는 없으리.

鵲巢日記 14年 12月 16日

저 위쪽에는 눈이 왔다고 했다. 여기는 엊저녁부터 눈 소식이 있었다만 나는 그리 걱정하지 않는다. 경상도 특히 경산은 눈이 잘 내리지 않기 때문이다. 하지만 아침부터 바람은 아주 매서울 정도로 분다. 바람결에 머리가 희끗희끗 날아가며 칼 같은 바람은 내 몸뚱이 어디라도 파고든다. 그럴수록 목도리 칭칭 감는다. 웃옷도 바짝 당겨 옴짝달싹하게 붙이며 다닌다.

아침에 우체국에 다녀왔다. 우체국 옆에는 압량 면사무소가 있고 그리 넓은 도로는 아니다만 포장한 도로 건너가면 압량 초등학교가 있다. 우체국에서 초등학교 가기 전에는 문구점이 두 곳 있다. 고향 생각이 난다. 고향에도 초등학교가 있고 초등학교에서 조금 멀기는 하지만 도보로 걸으면 잠깐이면 갈 수 있는 면사무소가 있다. 우체국도 있는데 그 우체국 직원은 모른다. 하지만 늘 익숙한 것 같고 편한 느낌이 들지만 이곳은 고향이 아니라서 늘 낯선 곳에 내가 와 있다는 느낌으로 가끔씩 관공서를 이용한다. 하지만 오늘은 이곳 우체국 직원이 나에게 인사한다. 나도 함께 미소로 인사한다. 전에 동인 선생님께 우편물 보낼 때도 인사 나눈 적 있다. 언제인지는 모르겠지만 카페에서 나를 보았다고 했는데 나는 기억이 없다. 내가 타고 다니는 차 안에는 내가 쓴 책을 늘 가지고 다니기에 직원께도 책을 선물한 적 있다. 선물을 드릴 때 아주 놀라워 한 모습이 떠오른다. '책도 쓰시고 재주가 다양하십니다.' 그 어떤 답변도 못 드리고 우편물을 보내고 온 적 있다. 오늘도 미소로 반갑게 맞아주시는 우체국 직원이 있었다. 어제 전화 왔던 친구에게 우편물 보내고 왔다.

가만 보면 잘 모르면 엄청나게 크고 방대하다. 방대하기에 나라는 존재가 극히 작고 변변치 않다. 작고 변변치 않기에 남 의식을 잘하지 않는다. 어쩌면 이것이 사는 데는 오히려 더 편할 때도 있다. 편함과 의식 부재가 지금껏 내가 이 고장에서 발붙이고 사는 기회였다. 고향은 고작 십몇 년이지만 이 고장은 무려 삼십 년 가까이 산 것이니 어쩌면 고향보다 더 오래며 이제는 이 고장 사람이 다 되었다. 중국은 열 사람 거치면 모르는 사람이 없다고 했다. 우리는 한 사람 거치면 다 아는 사람이니 고장이니 고향이니 따질 이유도 실은 없다. 그렇게 친숙한 동네가 아니라며 생각하다가 나를 아는 사람이 가끔 뵈면 무척 놀란다. 동사에 갈 때는 더욱 그렇다. 동네 어르신께서 모여 계시니 특히 아주머니께서 반갑게 맞아주어 말씀 나눌 때는 친근함까지 밀려온다. 그 친근함이 거리감을 좁힌다. 그럴 때는 이제 나도 영락없이 이 동네 사람이 다되었구나! 한다. 그러니까 고향의 촌에 와 있는 느낌이다. 압량, 이곳은 신라 시대 이전부터 사람들이 꽤 모여 산 곳이다. 압독국이라 했고 압량벌이라고 했다. 그리고 보니 이 압량벌은 예전부터 그러니까, 내 살기 이전부터 바람이 참 많은 동네임은 틀림없다. 바람 많으니 추위가 그 어느 곳보다 더하다. 그 추위가 미래를 더 생각하게 한다. 삼성현의 고장 압량벌, 성현의 옛 지혜를 갈구하며 올해 겨울 잘 견디고 싶다.

삼성현 고장 경산 바람 참 세다
어쩌면 이 바람이 별을 만드나
원효, 설총, 일연의 펼친 지혜가
고장 넘어 이 나라 빛이었으니

작년은 겨울에 커피가 더 많이 나갔다. 그러니까 여름보다 겨울이 커피 수요는 더 많았다. 여름은 빙과류나 빙수 종류를 많이 찾기에 커피가 그렇게 많이 나가지 않는 편이다. 올해는 여름보다 커피가 훨씬 덜 소비된다. 나라 전체적으로는 소비가 많을지 모르겠지만, 개별 카페로 보면 줄어든 것은 분명하다.

경산역에 다녀왔다. 아는 모 시인께서 시화전 열었다. 잠시 찾아뵙고 인사를 드리려고 했으나 뵙지 못했다. 시와 그림을 오랫동안 감상했다. 시도 그림도 닥종이에 쓰고 그렸는데 보기가 좋았다. 액자도 옛날 문짝이다. 주인장께서 계셨더라면 그 옆이 분점이라서 커피 한잔 하려고 했다.

사동 자정 가까이 이르러 마감했다. 점장과 예지 각각 집에 태워다 주고 본부 들어왔다. 바람이 여전히 매몰차게 분다. 가슴팍에 밀려드는 찬바람이 꽤 칼 같다. 온몸 바짝 졸아붙어 특히 고개가 아플 정도다. 따끈따끈한 방이 그립다. 하루 마감한다.

鵲巢日記 14年 12月 17日

오전에 경산역과 밀양에 다녀왔다. 두 곳 모두 커피 주문이다. 그전에 은행에 다녀왔다. 압량에서 아메리카노 4잔 뽑아 들것에 담아 가져갔다. 은행 직원께 건네니 아주 반가워한다. 그러니 전무님께서 나오시어 우리도 선물 있다며 예쁜 롤 타월 두 개와 휴지를 조그마한 가방에 담아 주신다. 이번 주 조감도에서 음악회 개최하니 시간 나시면 꼭 오시어 함께 감상하자고 했다. 그러니까 은행 내에 다른 직원분께도 일러 시간 되시는 분은 가자며 보챈다.

　많은 돈을 쓰고 있는 것과 많은 사람을 통해 많은 돈을 버는 것은 모두 책임이 따른다. 가만히 앉아 생각하면 어떤 때는 소름 돋을 때도 있다. 은행은 한 사람을 대하는 것이지만 나는 여러 사람 그러니까 많은 사람을 대한다. 어쩌면 군중심리에 나라는 존재가 위험에 처할 수도 있다. 그러지 않기 위해서는 언제나 배워야 하며 많은 사람 앞에 당당히 설 수 있는 가치관을 세워야 한다. 완전경쟁시장에 큰 카페를 운영하는 것은 시기적절한 경영의 노하우가 필요하다. 매출부진만 신경 쓰이는 게 아니라 매출이 많아도 신경은 매한가지로 쓰인다. 많은 사람을 대하기 때문이다.

　경산역 방향으로 지나갈 때였다. 시장 앞에는 큰 상표의 카페가 하나 있다. 오늘 철거하는 모습을 얼핏 보았다. 규모가 작은 카페는 작은 데로 힘겹지만 큰 카페는 또 그만한 위험부담을 안고 있다. 아무래도 투자비가 곱절 들어갔을 것이다. 큰 상표에 맞는 상표 값을 냈을 것이다. 실내공간미를 꾸리기 위해 많은 돈을 차입했을 것이며 내부 경영을 위한 많은 인력이 필요했을 것이다. 모두가 경비다. 하루에 커피를 얼마나 팔아야 이 많은 경비를 충당할 수 있을 것인가! 더구나 이곳은 주차장이 눈에 보이지도 않아 겉으로는 오로지 지나는 손님만 받을 수밖에 없다. 하루 유동인구가 얼마며 그중 몇 %가 이 카페를 이용한단 말인가! 규모가 크다가 다 잘 되는 것은 아니다. 특히 요식업 관련은 더욱 어렵다. 커피 교육생이었다. 100평대 이상의 한식집을 운영했다고 했다. 10년 가까이 경영을 했는데 집이 세 채나 들어갔다는 말은 빈말이 아니다. 자본뿐만 아니다. 인력관리는 더욱 힘든 것이 요식업이다. 인원충원과 감원, 그 외 상표관리 즉, 내가 다루는 상품관리(맛과 디자인) 모두 하나같이 안 어려운 것이 없다.

청도까지는 국도로 간다. 국도도 잘 닦아 놓아 차가 다니기에 편하다. 도로가 한산하다. 시내는 차가 참 많아도 이렇게 외곽으로 나서면 길은 한산하다. 청도 나들목에서 밀양으로 빠지는 고속도로 이용 한다. 고속도로도 한산하기는 마찬가지다. 밀양 에레모사까지는 한 시간 채 걸리지 않는 것 같다. 커피를 내려놓고 피자를 주문했다. 마침 점심시간이라 한 판은 이곳 주인장과 함께 먹었다. 한 판은 본점 식구를 위해 포장한다. 에레모사는 외식이 주다. 카페와는 또 다르다. 같은 매출을 올려도 이문이 다르며 영업에 들어가는 노력이 다르다. 언제나 들르면 영업상황을 이야기한다. 아무튼 주인장께서 직접 운영하며 상품품질에 일관성을 갖추어 꾸준히 영업하면 나쁜 결과는 오지 않을 것이다.

詩-지명[智明, 地鳴]

책은 우리 내면의 얼어붙은 바다를 깨는 도끼여야 한다.
카프카의 말이다.
도끼는 아무런 말을 하지 않는다.
자루가 빠졌기 때문이다.

결코, 바다를 깬다는 것은 어쩌면 무의미한 행위일 수도 있다.

파도를 타는 것은 이상향을 향한 자루의 질주다.

바다는 깊고 아득하다.

카프카는 이방인을 썼다.

프란츠 카프카는 오스트리아 사람도 헝가리 사람도 아닌 유대인이다. 지금 체코의 수도인 프라하에서 태어났으며, 부유한 유대 상인의 아들이었다. 독일어로 글을 썼으며, 폐결핵으로 마흔한 살의 일기로 생을 마감했다.

鵲巢日記 14年 12月 18日

오전 배송 다녀왔다. 분점과 미대 뒤쪽 위치한 모 카페에 다녀왔다. 압량은 용준이가 문을 열었고 사동과 본점은 담당 직원이 영업한다. 오 선생은 오전에 드립 수업을 진행했으며 강 선생은 매장을 보았다. 사동은 예지와 정의가 나와 일했다. 배송이 몇 건 없어 오늘은 꽤 한가하다. 며칠 전부터 아니 이달 들어서는 일이 없는 거나 다름없다.

아내(오 선생)는 두 아들을 챙기느라 바쁘다. 나는 아내에게 밥이나 다른 일로 귀찮게 하지는 않는다. 각자 분담해서 가정 일을 처리한다. 아침은 아이들 위한 밥상이라 내가 먹을 수 있는 반찬은 변변치 않다. 어떤 때는 따끈한 국 한 그릇 있었으면 하는 날도 있다. 하지만 아이들 좋아하는 음식뿐이다. 예를 들면 유부초밥 같은 것이 나오는데 그저 지켜볼 뿐이다.

오전에 대백마트에 다녀왔다. 동태와 대구를 샀다. 마트에서 우연히 오 선 생 보았다. 사동에 빵(케이크) 만들기 위한 부자재 사러 온 듯하다. 달걀, 딸기, 그 외 여러 가지 재료를 샀다. 딴 동네에 사는 친구를 본 것처럼 반가웠다.

대구국 끓였다. 일 많고 신경 쓰는 일이 많아서 그런지는 모르겠다. 몸이 하루가 다름을 느낀다. 운동도 부족하지만 여간 시간 내기에도 어렵다. 먹는 것도 꽤 신경 쓰임은 어쩔 수 없다. 어떻게 사느냐는 어떻게 죽는가에도 영향 이 간다. 가끔 운전할 때나 자리에 앉아 책을 볼 때 피곤함이 밀려올 때는 위 험을 느낄 때도 있다. 아침밥 먹을 때나 모든 일 마감하고 들어오면 따끈한 국 한 그릇이 그리울 때 있다.

마감보고 들어와 대구 국 한 그릇 먹었다. 빈속이라 그런지는 모르겠다. 사 동 마감보고 바깥에 나올 때였는데 찬바람을 견딜 수 없었다. 오돌오돌 떨며 나왔다.

구미에 사는 친구로부터 전화가 왔다. 몇몇 친구에게 책을 선물로 준 적 있 지만, 전화 온 친구는 없었다. 책을 읽었나 보다. 이제는 나이가 사십 중반이 니 모두가 삶에 관해서 느끼는 것도 다를 것이다. 이런 얘기를 적으니 남회근 선생의 말씀이 생각이 난다. 인생을 느끼기에는 60 아래는 아직 멀었다고 했다. 선생은 90 이상 사셨다. 아침에 잠깐 나의 글을 잠시 들여다보았다.

하루는 인생의 축소판이다. 오늘 하루 어떻게 살 것인가는 나의 삶 전체를 어떻게 살 것인가와 같다.

갈겨 쓴 문자 일기 힘없이 깊다
단일초도 경계에 바로선 우공
두 손 잡은 하루가 눈처럼 녹다
길게 늘어선 총구 나비 늘 보다

그 외 오늘 한 일.
임당 동사에 두 번 다녀왔다. 기기 고장으로 수리 다녀왔다. 국민연금관리 공단에 다녀왔다. 압량에서 커피 볶았다. 청도 가비에 들어갈 커피다.
'인문학 명강' 서양 고전을 다 읽었다. 솔직히 동양 고전에 비할 바가 못 된다. '인문학 명강' 동양 고전은 나에게 뭔가를 깨쳤다. 아직도 생각나는 말씀 하나를 적고 오늘 일기 마감한다. 사마천은 가장 훌륭한 공부법은 "호학심사好學深思, 심지기의心知其意"라고 했다. 배우기를 좋아하고 깊이 있게 생각하면 마음으로 그 뜻을 알게 된다는 의미다. 깊이 생각하려면 우선 혼자 있는 시간을 많이 가져야 한다. 혼자 있는 시간을 많이 가지기 위해서는 혼자 밥 먹을 줄 알아야 하고 혼자 여행을 많이 해야 한다. 어차피 혼자다. 곁에 식구가 있다 하더라도 그때 잠시다.

鵲巢日記 14年 12月 19日

매장 모두를 개장하고 시지에 모 중학교에 다녀왔다. 맏이가 다니는 학교다. 대구 교육청에서 실시하는 직업관 교육이다. 학생은 모두 5명이었다. 학생이 많지 않으니 앉아서 대화 나누듯 그렇게 진행했다. 커피에 관심이 있는 학생은 아니었지만, 인생선배로서 여러 가지 삶의 조언을 했다. 직접 지은 책한 권씩 건네니 오히려 책에 더 관심이 많았다. 두 시간 수업 배정받았는데 한 시간은 강의와 대화로 한 시간은 독서로 시간을 보냈다.

사동에 에어컨이 또 고장이 났다. 관련 기사가 와서 몇 시간을 수리했나 보다. 수업마치고 잠시 사동에 들렀다가 본부로 왔다.

몸이 꽤 좋지 않아 집에서 쉬었다. 한 10분가량 누웠다가 가야지 하며 아픈 몸을 뉘었는데 3시간을 쓰고 말았다. 일어나기가 꽤 힘들었다. 어제 사가져 온 동태로 국을 끓였다. 밥이 없어 밥을 안치고 한 그릇 먹으려다가 그만 두었다. 압량에 일하는 성택군과 교대를 보아야 했다.

압량에 오니 성택 군이 오늘 매출이 영 없다며 보고한다. 나는 부담 갖지 마라는 뜻으로 여기는 원래 매출이 그리 없는 곳이라 했다. 겨울은 문 닫는 것이 오히려 나을지도 모르겠으나 상표 이미지 차원에서 어쩔 수 없이 문 열어야 하는 곳이 압량이다. 내가 한 일이니 결코 후회는 하지 않는다. 어쩌면 이곳은 커피를 위한 개인 연구소 같은 일념으로 운영하는 것으로 위안 삼는다.

내가 매출 타령을 하면 남이 볼 때는 무슨 돈독에 오른 사람으로 보일 것이다. 하지만 또 영 신경을 쓰지 않으면 경영은 안일함 속에 직원은 일하지 않는다. 그렇다고 직원들에게 다그치며 이야기 하는 것은 인사에 문제가 생길 것은 뻔한 사실이다. 아무리 바리스타가 남아도는 현실이라지만 사람이 자주 바뀌면 그것도 상표 이미지에 누가 되는 것은 분명하다. 서로가 이 어려움을 아는 것이 중요하다. 그런 사람이면 어디를 가도 대우를 받는다.

나는 거저 아무런 질책하지 않는다. 경기가 좋지 않음은 모두가 어쩔 수 없는 일이다.

개인 부채가 매년 증가하는 마당에 국가라고 온전할 것인가! 세금 징수 면에서는 국가도 현안이다. 연금이니 보험이니 부과세니 소득세니 할 것 없이 징수하는 것이 목적이다. 누구는 부를 증대하고 싶은 사람이 없을까? 경기가 더 불안할수록 부의 축적에 관해 더 관심이 가는 것은 분명한데 실질소득은 날로 줄어드니 어쩌겠는가! 그렇다고 소득이 증가하면 증가할수록 세금은 또 내야 하니 정당하게 일하는 사람은 삶의 의욕을 꺾게 한다. SNS에 올라온 뉴스인지는 모르겠다. 어느 노점상의 이야기였다. 점포가 강제철거를 당했다.

이 노점상은 하루 평균 70여만 원을 벌었다. 종목은 어묵과 그 외 몇 가지로 장사했다. 하지만 세금은 일절 내지 않았으니 버는 대로 모두 수익인 셈이다. 100평대 카페를 운영하면 하루 평균 50여만 원 조금 못 미친다. 직원 4명에 부과세, 연금, 보험, 임대료, 전기세, 물세, 거기다가 소득세까지 어떻게 감당해야 할지 암담하기만 한다. 물론 소득이 나는 만큼 내야 하는 것은 당연하나 경영은 그렇지만도 않다. 더욱이 손님 유치하기 위해 행하는 모든 마케팅 비용은 또 어떤가! 크리스마스트리에다가 그 외 각종 홍보비용까지 합하면 근 매출에 접근한다. 월급도 형평에 맞지 않으면 불만이 인다. 국가의 세무관리도 하나의 경영이니 얼마나 많은 사람이 불만을 제기할까? 세금을 무작정 뜯는 관련부처 직원을 곱게 보지 못하는 것은 어쩔 수 없는 일이다.

국가의 세무행정이 형평이 맞아야 하며 일하는 사람의 의욕을 꺾으면 안 된다.

언제부터 부탁했던 크리스마스트리와 조명이 며칠 전에 일이 끝났다. 전보다는 가게가 더 이목 끌기에는 좋아 보이지만 그래도 미흡한 곳이 많다. 오늘 그 비용이 1,853,500원이라며 문자가 왔다. 카페 조감도 4일 매출이다.

창밖에 불꽃 열매 보기 좋아라
카페에 오는 손님 이와 같아라
자리마다 웃음꽃 만발하여서

가시는 님 내일이 가벼웠으면

그래도 나는 가진 사람이다. 부를 가진 것이 아니라 기회를 잡은 것이다. 비난받아 마땅하다. 경영은 형평에 맞게 운영하는 것은 불가능하다. 될 수 있으면 맞게끔 운영하도록 노력하는 것뿐이다.

엊저녁 자정에 주문했던 책이 왔다. 오늘 낮부터 조마조마했다. 주문한 책이 오지 않으면 어쩌나 하는 생각뿐이었다. 내일은 주말이기에 그렇다. 책은 '정관정요', 지은이는 중국 당나라 사람으로 오긍(670~749)이다. 정관의 치라는 으뜸의 태평성대를 이룬 당 태종 시기의 일을 담고 있다. 이 책을 꼭 읽고 싶었다.

사동에 머물 때였는데 예전 교육생 모 씨를 만났다. 오늘 받은 '정관정요'에 몰입하고 있었는데 '본부장' 님 하며 부르시기에 인사했다. 내일 음악회 있으니 시간 되시면 꼭 오시어 함께 감상했으면 하고 인사를 드렸다.

鵲巢日記 14年 12月 20日

아침, 커피문화강좌를 열었을 때의 일이다. 커피에 관한 질문이 있으신 분은 할 수 있도록 약간의 시간을 마련했는데 어느 한 분께서 말씀이 있었다. 커피 용어를 잘 몰라서 커피를 배우러 왔다며 얘기하셨다. 이 말씀을 듣고 커피 용어에 관한 설명을 했다. 직접 쓴 '커피향 노트' 책 소개도 있었고 에스프레소와 아메리카노, 라떼와 모카를 설명하며 커피 전문점에서 다루는 일은 커피에 관한 모든 일을 하는 곳이지만, 메뉴로서는 커피에다가 우유를 곁들이고 각종 소스와 시럽을 배합하는 음료를 만드는 곳이라 했다. 에스프레소에 관한 부연설명을 더 가졌는데 데미타세 잔과 잔의 의미와 추출한 그 양을 정확히 설명했다.

질문이 또 있었다. 선생님께서 쓰신 '커피향 노트'를 읽었습니다. 커피를 실질적으로 이해하는 데 큰 도움이 되었습니다. 이 책이 많이 팔렸는지에 대해서 궁금합니다. 남자 분이었다. 이 책은 전국 서점뿐만 아니라 인터넷 서점인 예스 24, 인터파크, 교보문고에도 판매했습니다. 또 전국 유명 도서관에도 들어갔습니다. 이 책을 내는 비용은 그리 큰 비용은 들지 않았지만 그래도 평범한 사람이 쓰기에는 꽤 많은 돈이 들어갔습니다. 하지만 투자한 거에 비하면 그 이상 그러니까 10배 이상 벌었다고 해도 과언이 아닐 겁니다. 저의 카페 경영은 책의 힘을 톡톡히 보았다고 해도 거짓말은 아닙니다. 지금도 그 힘을 느끼고 있고요.

가족들과 함께 중국집에 가 외식했다. 맏이는 간짜장을 둘째는 짬뽕을 나는 구운 덮밥(야끼덮밥), 아내는 탕수육을 주문했다.

분점 몇 곳 커피 배송 다녀왔다. 진량의 모 분점에서 커피 한 잔 오랫동안 마셨다. 요즘 돌아가는 상황을 얘기했으며 조감도에서 다루는 신 메뉴에 관한 설명이 있었다. 도지마롤과 와플, 그리고 외부 사업에 관해 대화를 나누었다.

오후에 잠깐 책을 읽었는데 이런 생각이 들었다. 옛날은 군주께 올바른 정치를 바라는 뜻에서 신하들이 책을 지어 올렸다. 바른 군주를 만나면 그 신하 또한 덕망이 오르는 것은 당연했다. 요즘은 누가 군주인가? 하며 생각하다가 역시나 소비자는 군주며 황제다. 나의 일을 소상히 밝혀 한 점 허점 없이 경영함을 얘기하며 다루는 상품에 대해 믿음을 부여하는 것이 그 임무겠다. 책값을 받는 것은 군주가 신하께 그 답례에 대한 하사품이 있듯이 고객께 받는 격려금으로 생각하는 것이 좋다. 그러므로 책값을 받아도 되고 아니 받아도 좋은 것이다. 믿음 있는 고객 한 명이라면 그 한 명은 전부며 모든 것을 뜻한다. 나를 믿어주는 고객은 나의 일을 할 수 있게끔 위안을 주기 때문이다.

카페 오신 고객은 모두 군주다.
군주께 믿음 가는 행사 모두는
나를 더욱 세우며 바르게 한다.
어떻게 책을 쓰지 않을 수 있나

다섯 번째 음악회자 올해 마지막 음악회를 가졌다. 개점 이래로 최대의 인원이 오셨으며 매출 또한 개점 이래 최대였다. 많은 손님이 오시어 음악회 감상했다. 뒤늦게 오신 분은 현관문 앞에서 서서 보았으며 카페 함께 일하는 가족은 음료를 만드느라 아주 바빴다. 하지만 개점 때보다는 체계적으로 일 처리 하여 그렇게 혼잡한 경우는 없었다. 중학교 다니는 맏이가 가게에 나와서 아르바이트로 일을 도와 일손이 준 것도 사실이다. 일기에 명기해 놓는다.

鵲巢日記 14年 12月 21日

김 아무개 씨 시인께서 경산역에 시화전 열었다. 김 아무개 씨께서 전화 왔다. 나는 모르는 장 아무개 씨 선생님과 차 한 잔 마시러 오시겠다며 카페 조감도 위치를 물었다. 마침 본점에서 강 선생과 동원이랑 점심 먹고 있었다. 위치를 가르쳐 드리니 장 아무개 씨 선생님께서 자리를 알고 계셨다. 한 시간쯤 지나서 만나 뵐 수 있었다. 장 아무개 씨 선생님은 오늘 처음 보았는데 연세가 많으신 어르신이다. 영남문학과 자주 들어가시는 문학 사이트를 이야기하셨는데 자꾸 가입하라는 얘기였다. 나는 솔직히 글을 좋아해서 글공부하며 글 쓰는 것뿐이지 모임 같은 것을 좋아하지 않아 거저 가볍게 답례만 했다. 무려 한 시간 이상 앉아 있었다. 오후였다.

김 아무개 씨 시인께 경산역 시화전 마치면 카페 조감도에 시화전 열어 주십사 부탁했다.

사동에 머물 때였는데 오후 10시 조금 지나서였다. 굵은 눈발이 날리더니만 그쳤다. 눈은 쌓이지는 않았지만 여기는 오르막길 위라서 직원 1명과 눈 쓸었다. 제법 힘들었다. 도로 입구는 염화칼슘을 뿌려놓기도 했다. 혹여나 내일 아침 오르는 길 얼까 싶어서다.

모처럼 선생님 오셨다. 송년회 관계로 며칠간 술좌석이 많았나 보다. 모임 이야기를 하셨다. 자동판매기 재료를 다루시는 모 사장님께서 오시었다. 어느 개업식에 갔다가 집에 들어가시는 길 일원 몇몇과 함께 카페에 오셨다. 못 뵈었는지 꽤 오래여서 그런지는 모르겠다. 배 좀 나왔네요? 하며 인사드렸더니 아킬레스건이 끊어지고 나서는 영 운동을 못 했다고 했다. 사업은 여전한가 보다.

鵲巢日記 14年 12月 22日

월요일이면 늘 바쁜 일이 한두 곳은 생긴다. 좀 여유를 가지고 싶어도 일은 그렇지 못하다. 오전은 카페를 개장했다. 어제 주문 들어온 청도와 시지 한 곳 그리고 택배 보내야 할 곳이 두 곳이다. 아침 사동을 개장하고 청도부터 다녀오겠다고 짐을 꾸렸다. 하지만 정오에 카페 문 연다고 하니 다시 본점으로 가, 책을 읽었다. 중국 당나라 시대 때 사람 '오긍' 께서 지은 '정관정요' 다. 읽다가 괜찮은 문장이 있어 옮겨놓는다.

"숲이 울창하면 새가 깃들고, 수면이 넓으면 물고기가 노닐며, 여러분의 인의가 두터우면 백성들이 즐거운 마음으로 따를 것이오. 사람들은 한결같이 재앙을 두려워하여 피할 줄은 알지만, 인의를 행하면 재앙이 발생하지 않는다는 이치는 모르고 있소." 여기서 그러면 '인의' 란 무엇인가? 사전적 의미는 어짊과 의로움이다. '의' 란 옳음, 정당함, 도리를 뜻한다. 공자께서는 '인' 은 인간의 마음이고 '의' 란 인간의 길이라고 했다. 카페 일로 나는 생각한다. 정말 우리 카페가 많은 손님으로부터 사랑을 받으려면 숲이 울창한 것과 수면이 넓은 것에 비유를 보자면 무엇이 합당한가? 그러니까 인의다.

청도에 다녀왔다. 청도에서 바로 시지로 넘어가려고 했다. 하지만 주문이 에스프레소 커피가 또 있다. 다시 본부에 들어간다. 아침을 시원찮게 먹어서 몸에 기력이 없었다. 아무리 바빠도 점심은 먹어야겠다는 생각에 가까운 밥집에 들러 점심 먹었다. 커피가 똑 떨어졌다며 급하다고 전화 왔다. 팔공산에서도 전화 왔다. 기계 한쪽에서 계속 물 샌다며 오늘 와 주었으면 했다. 전화로 다루는 법을 이야기해 드렸지만, 손에 못 미친다. 시지 거쳐서 팔공산에 갔다. 팔공산 내가 거래하는 집 바로 앞집에 다음 달이면 개업이라고 한다.

팔공산 오르고 내려가면 길가에 사과를 펼쳐놓고 파는 곳이 몇 곳 있다. 가끔은 한 봉지 사기도 한다. 오늘도 한 곳에 들러 사과 한 봉지 샀다. 사과도 자연의 결과물이며 이 사과를 산 나도 자연이며 자연이 자연을 싹싹 닦아서 한 잎 비어 먹으니 자연의 위대함을 맛보며 간다. 정말 자연이란 얼마나 대단한가! 있는 그대로를 보여주는 것이지만 여기는 사치도 치장도 없다. 각각의 생존과 종의 번식에 그저 자연의 처지로 보면 그대로 내버려 두는 것이 자연의 법칙이다. 하지만 이러한 모든 자연의 활동은 더욱, 자연을 더 두껍게 하며 살찌운다. 결국, 우리의 삶은 자연을 도둑질하며 연명하는 것이지만 자연은 눈감으며 오히려 위력만 더 과시할 뿐이다. 인간의 예술 활동 또한 자연을 표현하는 묘사에 불과하다. 그러니까 우리는 자연의 일부분이다. 우리는 자연의 아들과 딸들이다.

압량, 6시쯤 머물 때였다. 오전에 주문했던 책이 왔다. '군서치요' 다.

鵲巢日記 14年 12月 23日

사동 개장하고 청소했다. 자리에 앉아 책 읽고 싶었지만, 직원이 청소하는 모습 보며 있는 것도 대표로서 미안한 감도 있다. 1, 2층 혼자 청소하는 것보다는 함께 청소하면 일찍 끝낼 수 있다. 손님께서 앉았다 가신 자리가 어떤지 확인하며 청소한다. 과자부스러기가 어디에 많이 떨어졌는지 자리 구석진 곳도 확인하며 청소한다.

진량점에 다녀왔다. 기계 2번 버튼이 잘되지 않는다는 AS 전화다. 버튼을 누르면 물이 나왔다가 금방 끊긴다고 했다. 그러니까 버튼은 신호를 넣어주니 버튼 이상은 아니었다. 물이 나왔다가 끊기니 밸브 문제도 아니라서 PCB에 내장된 기억이 소실되었나 보다. 현장에 들러 다시 세팅해서 맞췄다. 에스프레소 한 잔 뽑아 마셨다. 문 앞을 본다. 길가에 주차한 모습이 빽빽하다. 점장께 물으니 평일은 원래 이렇다며 오히려 차가 한 대도 없을 때는 정말 이상하다고 했다. 여기는 공단지역이라서 평일은 혼잡하지만 그러니까 일요일은 한산한 거리다.

영천과 경산역 그리고 한학촌의 커피 배송은 서 부장이 다녀왔다.

압량에 머물 때, B 업체 이 대표께서 다녀갔다. 주문한 더치 병 공병 100병을 놓고 가신다. 전에 주문한 블루마운틴(마라와카 산) 커피가 언제부터 내려 주겠다며 이야기하지만 말뿐이다. 커피 볶아 납품한 금액만도 몇 백만 원이었다. 이 집은 거래 시작할 때부터 금액으로 오간 것이 아니라 콩으로 받고 볶은 콩으로 대신했다. 경기가 좋지 않으니 거래금액은 칠백여 만원이 넘었고 결국, 더치 관련 포장상품으로 대신 받게 되었지만, 아직도 삼백여만 원은 미수로 남았다. 오늘 다시 부탁했다. 다음 주까지는 콩을 내려주겠다는데 믿음이 가지 않는다.

충은 성심성의다 나, 타인 모두
마음과 거래관계 진실함이다
거짓 없는 마음은 책임감이다
사회생활은 충이 밑바탕이다

압량 마감하고 아이들 다니는 태권도장에 갔다. 시지 어느 상가 지하실이
었다. 스무 명 남짓 돼 보이는 아이들이 편 갈라 축구를 한다. 여자아이도 섞
여 있다. 활기차게 뛰어다니는 모습이 보기에 좋았다. 한참 지켜보고 있으니
관장님께서 나오시어 인사한다. 따끈한 둥굴레 차 한 잔 주신다. 두 아들이
이 학원에 무척 오래 다녔는데 아이의 성격을 관장께서 더 잘 아시는 것 같았
다. 이제 준이가 예전보다 집착이 덜한 것 같다며 얘기하신다.

압량에서도 사동에서도 모두 콩을 볶았다. 압량은 케냐를 직접 볶았으며
사동은 오 선생이 볶았다.

鵲巢日記 14年 12月 24日

아침, 청도에서 몇 번 전화가 왔다. 그저께 택배로 보낸 커피가 오지 않았

다고 한다. 엊저녁에도 전화가 왔었지만, 택배사 마감 시간이라서 어찌하지 못했다. 아침에 부랴부랴 택배사에 전화하니 청도 쪽 담당 기사 전화번호를 이른다. 물건 받아야 할 곳은 청도에서도 깊은 곳이라 그러니까 여기는 운문사 앞이었다. 같은 청도에서도 가는 시간이 꽤 걸리는 곳이라 택배 직원도 조금 꺼린다고 했다. 크리스마스이브라서 영업하는 사람은 보통 때 보다 민감하기까지 한데 택배사의 늦장까지 겹치니 아침부터 애 쓰였다.

대구 시내 병원과 카페 무봐라에 다녀왔다. 병원 안에 매점이다. 여기는 삽인숍으로 커피 전문점을 운영한다. 아침 이곳 사장님 아주 오랜만에 뵈었다. 사장님께서도 아주 반갑게 맞아주시어 기분이 좋았다. 얼마 전에는 따님을 출가시켰다. 유럽에 신혼여행 다녀왔는데 여행이 꽤 힘들었다고 한다. 저의 부부는 신혼여행 다녀온 적도 없고 살면서 여행이라고는 한 번도 같이 간 적이 없다고 말씀드리니 아주 놀라워한다. 이 말을 하면서도 나는 마음이 애석하다. 하지만 우리는 사는 것이 여행이었다. 지금도 꽤 힘든 여행이지만, 즐거운 마음으로 함께한다. 아무런 불만이나 불평 없이 커피 일을 함께한다.

본점 들어오는 길, 모 대학 이 선생께서 전화가 왔다. 학기 마무리 중이라고 하셨다. 시간 나면 학생들과 조감도 오시겠다는 안부 전화였다. 본점에서 잠깐 머물며 늘 읽던 '정관정요' 책 한 권 마무리했다. 읽고 느낀 점은 내가 마치 당 태종이 된 듯한 기분이었다가 당 태종 시기의 충신이었던 '위징'이 된 듯한 느낌도 들었다. 역시 책은 끝까지 읽어야 한다. 두께가 만만치 않지만, 중간쯤에서는 약간 지루함과 다 아는 일반적인 언급에 불과할 것이라 보기도 했지만 결론에서 마음을 끌어당기는 요소가 무던히 있다. 역시 책은 과거를 논하되 미래를 사는 것이며 우리에게 부여한 한정된 시간을 가장 효용 있게 쓸 수 있는 능력을 부여한다. 시대를 거슬러 그만큼 인생을 더 산 것이니 나의 삶에 뿌리를 더 다지게 한다. 삶의 열정을 심는 것이 책이다. 정말 잘 읽었다. 본점에서 본점 식구와 점심을 함께 먹었다.

B 업체*에 문자를 넣었다.

사장님 생두 다음 주는 꼭 받을 수 있도록 부탁합니다. 커피 업계 함께 일하며 시장을 같이 운영하지 않습니까? 신경 조금 더 써주십시오. 여러 사람이 바라는 처지에서 경영하기가 어려운 점 있습니다. 한 업체의 신용이 달린 문제이기도 하고요. 아이들 웃옷 하나 사려고 해도 몇 십 만 원 들어가더라고요. 커피 한 백bag, 이 추운 겨울 카페 움직일 수 있도록 보내주세요. 백여만 원 넘어가는 커피 주문물량을 저의 부부는 여러 차례 볶아드렸습니다. 부탁드립니다.

크리스마스이브라 그런지 성당 앞이 이중주차로 꽉 들어섰다. 손님은 커

---

* 원래 이 업체에서 못 받은 미수금만큼 더치커피 물량으로 받을 가했다. 한 번 물량을 받은 적 있는데 맛이 영 아니었다. 그러니까 커피 맛이 아니라 물 맛이었다. 형식으로 내린 더치, 눈가림한 제품이나 다름없다. 솔직히 이 업체로부터 받은 물건으로 나의 가게에 오신 손님께 내드리는 것은 양심에 가책이었다. 오가는 거래를 보더라도 오로지 상술에 남을 이용하는 자금관계는 다루는 상품도 믿을 수 없음이다. 하나를 보면 열을 안다고 했다. 돈을 못 받는 일이 있더라도 이 집 상품을 쓸 수는 없는 것이다.

피 마시고 싶어도 들어올 수 없는 처지다. '군서치요' 읽기 시작했다. 이 책은 당 태종 때 태종 이세민(599~649)의 명으로 편집된 책이다. 태종의 올바른 정치를 구하기 위해 역대 황제의 치세를 정리하여 책으로 편찬했다. 서문에 의하면 중국에서는 한동안 유실되었다가 13세기에 일본에서 발견되었다고 한다. 그리고 다시 중국으로 건너가게 되었다. 책이 방대해서 지금 읽는 이 책도 간략하게 정립한 책이라 보면 된다. 이미 앞에 읽었던 '정관정요'와 크게 다를 바는 없지만, 거저 글 욕심에 정독하기로 한다.

사동은 8시까지는 아주 조용했다. 8시 30분에서 10시 30분까지 쉴 틈 없을 정도로 많은 손님이 오셨다. 맏이가 엄마랑 식사하고 와서 설거지를 도왔으며 오 선생이 잠시 카운터를 보기도 했다. 정의가 꽤 힘들어하는 모습이다. 자정 넘어 30분에 마감했다. 마감하고 점장과 정의와 대화했다. 올해 송년회에 관한 의견을 주고받았다. 여직원의 시간과 카페 영업시간이 아무래도 맞지 않을 것 같아 여간 시간 내기가 어려울 듯싶다. 의견을 주고받았지만 자리 마련하는 것도 번거로울 것 같다. 카페에서 커피 한잔 마시며 대화를 나누며 회식비를 각자 드리는 게 맞을 거 같다. 그저 혼자 생각이다.

鵲巢日記 14年 12月 25日

오전, 전라도 광주에서 젊은 손님 한 분 오셨다. '커피향 노트' 애독자다. 광주에서 경산까지 오는 것만도 몇 시간이 걸렸다고 했다. 지금은 카페에서 일한다. 부모님 사시는 곳에서 떨어져 나와 사니 자취하고 있는 셈이다. 집에 TV가 없으니 자연히 책과 친하게 되었다고 했다. 나이는 26세였다. 사동 일 때문에 아침, 본점으로 오기까지 시간이 조금 지체되었다. 미리 와 계셨는데 미안했다. 책 속에 있는 사진과 본점의 실제 모습이 똑같아 많이 놀라웠으며 반가웠다고 했다. 멀리서 오신 손님과 커피 한잔 했다.

다섯 평 카페에서 지금껏 오기까지가 약간의 부연설명을 했다. 사업에 있어 이것만은 꼭 했으면 하고 한마디 했다. 일하면서 가장 중요한 것은 내가 한 일에 관해서 무엇이든 적는 습관을 지녀야 한다. 나중에 일의 경영에 적지 않은 도움이 된다. 좋든 싫든 나의 문장을 다듬어야 하며 그것을 남에게 보여 줄 수 있는 용기를 가져야 한다. 뿌리가 없는 나무는 생명이 없듯이 나의 현실을 고귀한 뿌리로 만드는 것이야말로 경영자가 반드시 해야 할 일이다.

세상은 그 누구도 나에게 도움을 주는 사람은 없다. 나 스스로 나를 도와야 한다. 가장 친한 친구는 그 누구도 아닌 나다. 나를 먼저 사랑하고 그다음 남을 사랑할 수 있는 것이다. 나를 생각하고 사랑하는 것은 결코 큰 것이 아니다. 아주 작은 실천, 일관성을 갖추며 바르게 사는 것뿐이다. 그러니까 내 마음의 자선냄비에 한 줄 글귀라도 넣는 것을 말한다. 지금은 연말이니 우리가 시내 어느 곳이든 자선냄비를 볼 수 있다. 거리를 걷다가 자선냄비 보고도 무심코 지나가면 마음이 꽤 불편하다. 호주머니에 잔돈 몇 푼 되지는 않지만 그래도 자선냄비에 넣고 지나가면 무언가 뿌듯하듯이 내 마음에 한 줄의 글귀라도 넣으면 마음이 뿌듯하다. 그것이 자조다. 가득하면 세상 밖으로 나오는 날이 있다. 그때 이루 말할 수 없는 행복을 느낀다.

현명한 군주는 남의 스승을 써서 자신을 보좌하게 하고 중등의 군주는 남의 벗을 써서 자신을 보좌하게 하고 국가의 위기를 초래하는 군주는 남의 노예를 써서 자신을 보좌한다는 말이 있다.* 살면서 나의 멘토mentor, 즉 스승을 두는 것은 어두운 동굴에 횃불과 같은 것이다. 스승이라고 해서 결코 멀리 있는 것은 아니다. 책은 역시 스승이나 다름이 없으니 늘 가까이해서 나쁠 일은 없다.

나는 오늘 오신 손님을 대하며 이러한 것을 느꼈다. 우리나라 사람이 책을 안 보는 것 같아도 필요한 사람에게는 찾아본다는 것과 각종 네트워크 속에서도 책만이 갖는 특별한 매력 같은 것을 느꼈다. 아무리 인터넷이 밝고 빠르다고 해도 책은 몇 백 년이 지나도 살아남을 것이며 작가의 숨소리는 책 속에 고스란히 묻어 있음이다. 그래서 많은 작가는 책 한 권 집필하는 것에 무던히 노력한다.

---

* 군서치요: 샤오샹젠 풀어 엮음, 김성동 · 조경희 옮김, 179p 인용, '군서치요-한시외전'에 나오는 말이다.

광주에서 오신 애독자와의 만남은 즐거운 시간이었다.

오늘도 사동은 많은 손님이 오셨다 가셨다. 직원은 모두 즐겁게 일을 할 수 있었다. 한 번씩 단체손님이 오시기는 해도 그렇게 많이 몰아서 오신 것도 아니라서 적당히 바빴다. 10시 조금 지나 많은 손님이 일제히 빠져나가시는 바람에 마감을 일찍 할 수 있었다. 11시 30분에 마감했다. 정의와 예지, 모두 집에까지 태워다 주었다. 오전 근무 훈도, 배 선생, 오후 근무 정의, 예지 모두 수고 많았다.

鵲巢日記 14年 12月 26日

오전, '군서치요'를 읽다가 이러한 장이 있다. 덕치를 위주로 하며 법치로 보조한다. 국가 통치의 방법을 얘기하고 있는 부분이다. 법이 강했던 진나라는 일찍 망했다. 하지만 덕치로 세상을 보았던 요순시대도 그렇지만 당 태종 시기에도 '정관의 치'라는 태평성대를 이루었음이다. 카페는 비록 작은 단위의 사회다. 가정은 더욱 작은 단위다. 법이라고 하면 우스운 얘기지만 한 집안에 규칙을 세우면 꼭 벗어나 행동하니 가족은 오히려 그 규칙을 피해 삐딱하게 돌아서고 만다. 작은 사회도 그런데 국가는 어찌 크지 않을까 하는 생각이 들었다. 그러니 한 집안의 가장도 작은 그룹을 이끄는 지도자도 모두 덕이 있어야 한다.

오후, '군서치요'를 읽다가 이러한 장이 있다. 근본을 중시하고 말단을 경시하며 사치를 버리고 검약을 받든다. 한 국가의 경제사상을 말하고 있음이다. "평민이 이 년 치의 양식을 비축해두지 않은 채 하늘이 내린 기근을 만나면 아내와 자식들을 모두 잃게 될 것이다. 대부가 이 년 치의 양식을 비축해두지 않은 채 하늘이 내린 기근을 만나면 하인, 첩실, 수레와 말을 모두 잃게 될 것이다. 국가가 이 년 치 양식을 비축해두지 않은 채 하늘이 내린 기근을 만나면 천하의 백성이 자기의 신민臣民이 아니게 될 것이다." 군서치요의 주서周書에 나오는 말이다. 예전 사회도 이러한 경각심을 일깨우는데 비록 작은 사업체지만 카페를 운영함에 빚이 많으니 뉘우치는 바가 있다. 경쟁사회에서 살아남으려면 몸집 불리기와 문어발식경영은 어쩔 수 없는 일이나 경기가 좋지 않을 때를 대비해서 빚은 빨리 갚아야 한다. 요즘 사람은 빚에 대한 경각심이 없다. 경기는 파도라 항상 평형을 유지하는 경우는 드물다. 예상치 못한 미래의 위험은 누구도 모르는 일이라 경영의 차선책은 있어야겠다.

파주에 사는 친구네 부부가 왔다. 대기업에 다니는 친구다. 가족과 함께 연말 연휴를 받았나 보다. 그러니까 5년 전에 보았던가! 아니지 꽤 됐지 싶다. 친구는 딸과 아들을 두었는데 딸은 우리 집 맏이와 동갑이며 학년도 같다. 키가 훌쩍 큰 딸아이를 보니 세월무상이다. 처가가 포항이라서 포항 가는 길, 잠시 들러 카페를 본다. 드립으로 내린 커피 한 잔과 아이들 크는 이야기와 사업과 일에 관해서 서로 주고받는다. 이제는 중년이니 먹고 사는 일에 매진

뿐이다. 오후 4시에 와서 오후 5시에 포항으로 다시 내려간다.

어제 주문받은 시지에 카페 한 곳과 압량에 한 곳 커피 배송을 다녀왔다. 시지는 산토스 커피였으며 압량은 케냐였다. 모두 사동 조감도에서 볶았다. 진량과 시지 한 곳, 병원은 서 부장이 다녀왔다.

정신이 아무리 강한들 무슨 소용이랴! 몸 잃으면 혼도 날아가는 것을, 압량에 잠시 머물 때 나도 모르게 꾸벅꾸벅 졸았다. 이곳은 손님이 자주 드나드는 곳이 아니라서 추한 모습을 남에게 보여주지는 않았지만, 너무 지쳐 앉은 자리에서 일어설 수 없었다. 압량 마감하고 사동으로 넘어가 마감할 때까지 주방일 잠시 도왔다. 자정이 넘어서야 이곳을 마감하며 하루를 마감한다.

鵲巢日記 14年 12月 27日

오전, 커피문화강좌를 가졌다. 강의 시작하기 전, 얼굴 꽤 미모인 어느 모 중년 부인께서 상담을 필요로 했다. 선생님 정말 카페를 하고 싶습니다. 경산에 마땅한 자리가 있을까요? 아동 대상으로 북 카페를 여는 것이지만 학부모를 위한 카페였으면 합니다. 나는 자리에 앉아 잠시 책을 보고 있었는데 어떻게 답변을 드려야 할지 조금 난감했다. 나는 도로 물었다. 투자자금은 얼마나 생각하며 평수는 또 얼마나 생각하는지 여쭤보았다. 이미 대충 알아본 자리도 있었다. 나대지 한군데가 지목되었고 여러 가지 말이 있었다. 카페의 실질 소득을 얘기하니 크게 실망한다. 내내 궁금했던지 강의 시작할 때 질문이 있었다. 실지로 소득이 그것밖에 안 되느냐고 묻는다. 너무 실망하신 것 같아 위안 삼아 '실지로 그것밖에 안 되겠어요.' 하며 말씀드렸더니 안심이 되었던지 웃는다. 여전히, 카페하고 싶은 사람은 많다. 이는 카페 이용하는 실질고객은 점점 줄어든다는 사실이다.

오후, 본부에서 책 읽고 있었다. 오 선생께서 급히 전화가 왔다. 본점에 로스팅 교육 문의로 고객 한 분 오셨으니 상담하라는 내용이다. 얼른 또 여장을 꾸려 본점으로 간다. 젊은 남자 분이었다. 경산에서 카페를 운영한다. 전에 배 탄 적 있다고 했다. 원래는 대구에서 살았는데 어머님께서 건물을 사시어 이쪽으로 이사 온 것이다. 그 건물 1층에 카페를 한다. 커피 좋아, 하게 되었으며 또 해보니 여러 가지로 재밌다. 커피를 더 알기 위해서 교육이 필요했다. 드립교육은 어디서 배웠다고 했다. 로스팅 교육도 따로 받고 싶어 오게 되었다. 아침 일찍 가게 문을 열어야 해서 이른 시간으로 교육 부탁한다.

압량, 책을 읽어서 내 것을 생각할 줄 알면 현명한 책 읽기라 할 수 있다. 그것을 글로 표현할 줄 알면 세상 보는 눈빛은 더욱 밝을 것이며 내가 말하는 한마디 말 또한 분명해서 외롭지는 않다. 책을 읽고 있었는데 더치 라떼 찾는 손님 한 분 있었다. 곧이어 볶은 커피 찾는 고객도 있었다. 집에 커피 기계 있다고 한다. 그러니까 포터필터 한 개짜리다. 에스프레소 분도로 갈면 추출이 되지 않을 것 같아 약간 분도조절해서 갈아 드렸다. 손님께서 분도를 물어보시기에 알맞게 맞춰드렸다. 커피 일은 욕심만 내지 않으면 이것만 한 직업은 없지 싶다. 책값을 벌고 나면 하루 일 다 한 것처럼 마음이 뿌듯하다.

어원커* 족은 모는 순록을 안다.
순록의 뿔은 삶을 여는 목표다.
뿔의 붉은 피 하늘 받들며 큰다.
휘휙 표 나지 않는 어원커* 족은

"열 명의 사람이 그를 좋아하면 열 명의 관리가 되는 것이고. 백 명의 사람이 그를 좋아하면 백 명의 관리가 되는 것이며, 천 명의 사람이 좋아하면 천 명의 관리가 되는 것이고, 만 명의 사람이 좋아하면 만 명의 관리가 되는 것이다." '군서치요, 육자'에 나오는 내용이다. 그러니까 커피로 인해 나를 좋아하는 사람은 과연 몇 명을 만들었는지 그 몇 명에 관리라면 조금 그렇지만 지도자로서 할 일은 제대로 했는지? 나에게 묻는다. 분점이 많고 이용하는 고객이 많으면 효율적인 관리가 필요하다. 그러니 커피는 노동이다. 노동시간에 부합하는 매출과 이윤은 가만히 생기지는 않는다. 합당한 마케팅이 따라야 하는데 최소비용으로 최대의 효과는 무엇일까? 최대의 효과는 다수의 관

---

* 어원커鄂溫克는 동 민족이 스스로 부르는 퉁구스어 명칭으로서 그 의미는 '높은 산에서 평야로 내려온 사람들' 또는 '삼림 속에 사는 사람forest people'이라는 뜻이다.

리인이 필요가 없다. 일대 다수가 된다.

鵲巢日記 14年 12月 28日

사동, 배 선생께서 창원의 카페 '커피 여행'에 들렀다며 얘기하신다. 마산의 명소 어느 곳을 들렀다고 했는데 즐겁게 보냈다며 얘기하신다. 본점, 강 선생께서 이틀 쉬었다가 왔다. 부부동반으로 대마도에 다녀온 이야기를 들었다. 대마도의 문화를 조금 듣게 되었는데 삶의 질은 이곳이 그곳보다 나은가 보다. 하지만 의식 수준은 비교되지 않을 정도로 높다. 그러니까 공공질서라든가 도덕을 얘기함이다. 더 자세히 말하자면 도로는 좁으나 차가 다니기에는 불편하지 않고 차는 작고 볼품없으나 실용적이다. 거리에 쓰레기 하나 없으며 혹여나 담배꽁초 있으면 그건 우리나라 사람이 버렸지 않았을까 하며 의심해 볼만큼 깨끗하다고 했다. 그만큼 우리나라 관광객이 많다고 했다. 일본에서 가져온 과자를 조금 맛보았다.

오후, 아이들과 함께 보냈다. 아이들과 함께 책을 읽다. 저녁은 국수 먹었다. 책 주문을 넣었다. '한비자'와 '손자병법'을 주문했다. 사동 카페 조감도 개점 이후로 동양사상에 관해서 이상하게도 관심이 끌리며 또 적지 않게 위안을 준다. 마음을 다스리는 데는 옛 선인의 말씀보다 더 좋은 것은 없는 것 같다. 많은 도움을 받았으며 나에게 더욱 용기를 심어주기도 했다. 중국의 선인들은 학문의 도를 논하며 '신信' 믿음, '해解' 이해, '행行' 실천, '증證' 입증의 네 글자를 중시했다. 그러니까 일단은 믿음을 갖고 읽어야 하며 읽은 것은 이해해야 한다. 이해했으면 실천할 줄 알아야겠고 실천한 나의 행보를 입증할 수 있는 쓰기가 제대로 된다면 완벽한 학문을 행한 것이 된다. 이렇게 나는 이해했다.

'군서치요' 모두 읽었다. 오늘 읽었던 내용 중 가장 기억에 남는 것은 공자와 자로의 대화다. 공자께서 "아! 만물 가운데 가득 찼는데도 뒤집히지 않는 것이 있겠는가?" 했더니 자로가 앞으로 나와서 말하였다. "여쭙겠습니다. 가득 찼는데도 뒤집히지 않게 하려면 어떤 방법이 있습니까?" 선생이 말하였다. "총명하고 지혜롭더라도 어리석은 듯한 모습으로 지켜야 하며, 공로가 천하를 덮어도 겸양하는 마음으로 지켜야 한다. 용기와 힘이 세상을 뒤흔들지라도 겁먹은 모습으로 지켜야 하며, 사해의 토지와 재물을 가지고 있더라도 겸손한 모습으로 지켜야 한다. 이것이 바로 '겸손하게 물러나고 또 겸손하게 물러나는' 방법인 것이다." 오로지 겸허함이 있어야 종신토록 지킬 수 있다.*

사동에서 설거지했다. 오 선생 일을 잠시 도왔다. 사동은 오 선생이 마감하였으며 본점은 직접 마감했다.

---

* '군서치요' 506p 발췌

鵲巢日記 14年 12月 29日

압량 조감도 오늘 하루 매출 0원이다. 오전 10시 개장 오후 1시까지 운영했다. 서 부장은 본부 일로 올라오게 되었으며 나는 사동 조감도에 기계 견적 상담이 있어 잠시 다녀왔다. 모 대학 연구소에 들어갈 에스프레소 기계 상담이었다. 반자동화 기계는 사용하기에 분위기 맞지 않다. 오히려 자동화 기계가 더 나을 것 같아서 추천했다. 가격도 반자동, 수입기계보다 국산 자동화 기계가 훨씬 저렴하다. 오후에 다시 문자를 받았다. 기계 견적서 달라는 부탁 문자였다.

모 대학 한학촌에 다녀왔다. 제빙기에서 물이 샌다는 AS였다. 서 부장과 함께 갔다. 제빙기를 들어내고 입수되는 부위와 배수되는 부위를 유심히 들여다보았다. 기계 뒤쪽에 위치해서 기계를 약간 바깥으로 들어내어 확인했다. 근데, 물 새는 곳이 없다. 자리에 앉아 이것저것 이야기하며 있었다. 올겨울은 커피 매출이 영 아니라며 말씀하신다. 이곳 점장께서는 학교 직원으로 있기에 커피 매출은 덜 신경 쓰는 일이지만 그래도 지금 같은 매출은 걱정된다며 얘기하신다. 우선, 이곳을 맡아 경영을 해보고 괜찮으면 나중에라도 카페를 하는 게 목표다. 하지만 커피 일은 만만치 않다. 몇 분 앉아 기계를 지켜보았는데 물 새는 곳이 없어 나왔다. 또 이상 있으면 전화 달라고 했다.

압량에 머물 때다. 카페 체인 상담이 필요해서 오신 손님 있었다. 모녀가

왔다. 지금은 직장 다니는 중년 여성이었다. 함께 온 따님이 대학생 이상으로 보아 제법 나이가 있으신 듯했다. 체인으로 하면 비용이 얼마 들어가고 개인으로 가게 내면 비용이 또 얼마나 들어가는지 장단점은 어떤지 말씀드렸다. 오늘 오신 분과 상담하면서 나는 이런 생각이 들었다. 정말 카페하고 싶은 분은 우선, 교육을 먼저 받는다는 것과 교육받으면서도 유명한 카페를 많이 다녀본다는 것이다. 유명한 카페는 왜 유명한지 어떻게 해서 명맥을 유지하는지 먼저 알아보는 것이 순서다. 그래야 내가 카페를 열어도 실수를 줄일 수 있으며 새로운 방법으로 모색도 할 수 있다. 아무리 베테랑이라도 늘 성공하는 법은 없다. 바다는 물만 있는 것이 아니라 내가 모르는 생물과 위험천만한 파도와 기류가 있어 일개 개인은 하나의 미물일 수밖에 없는 것이다. 세계를 헤쳐 나가는 지혜가 필요하다. 오늘 오신 분은 막연히 카페 하고 싶어서 오신 분이었다.

한비자의 유세에 관한 내용을 어느 책에서 읽은 적 있다. 현명한 군주를 만나면 그나마 신하는 간언할 수 있다. 하지만 현명한 군주라도 간언은 어렵기는 마찬가지다. 조직을 만드는 것은 사업주가 한다. 그 기업의 일하는 사람은 사업주가 채용한다. 내가 응당 받아들여야 하고 요구할 수 있는 내용은 어느 체계에서나 필요하다. 어느 위치에서나 어려운 것은 마찬가지다. 대표가 직원에게 요구하는 사항도 직원이 대표께 요구하는 사항도 모두 힘들기는 마찬가지다. 하지만 조직은 내가 몸담고 일하며 그 일을 통해서 나의 삶을 형성한다면 응당 생각하는 마음이 있어야 한다. 또 조직을 생각할 수 있도록 직원을 배려하는 사업가의 지도력 또한 마땅히 있어야 할 것이다. 사동을 마감하며 점장과 정의와 의견을 나누었다. 명절과 휴일에 갖는 일과 카페 경영에 관해서다.

鵲巢日記 14年 12月 30日

아침 일찍 사동을 개장하고 청소했다. 점장 출근하는 모습보고 바로 나왔다. 병원 분점에 어제 잘못 배송된 커피를 회수하고 목공소에 들러 주문한 나무판재를 보기 위해서다. 사동에 단체석으로 쓸 탁자인데다가 강의용 소탁자로 쓸 것이다. 아침에 본점에서 오 선생과 잠깐 대화를 나누기도 했지만, 사동의 일은 무엇 하나 처리하는 것도 신경 안 쓰이는 일이 없다.

오후, 서 부장과 함께 대구 삼원에 들러 기계 한 대를 싣고 모 대학 연구소에 가서 설치했다. 대학도 산에 위치한 거나 다름없어 전망이 좋은데 설치장소는 7층이라서 경산이 쫘아악 펼친 모습이라 더욱 보기 좋았다. 이곳 연구소 선생의 말씀으로는 눈이라도 오면 강의는 휴강이라 하시며 여기는 제법 볼만한 경관을 이룬다고 했다. 봄에 피는 벚꽃도 보기 좋다고 했다. 이곳에 원두미니자동화기계를 설치했다. 원두미니자동화기계는 솔직히 말하자면 오늘 처음 설치해 보았으며 커피 맛도 처음이었다. 예전에 늘 다루었던 자판기 기술이 있어 이것저것 보아가며 천천히 조립했다. 비교적 설치는 쉬웠다. 커피 맛도 괜찮다. 한 잔의 커피 속에 풍부한 끄레마가 두꺼운 구름을 얹은 듯했다. 그 구름을 걷으면 까만 암흑의 세계를 우리는 마시는 거다. 그 세계는 인간의 잡다한 군상이 떠오르고 춘추전국 시대의 한비자의 말이 떠오르고 감정적인 인간이야말로 가장 위험하고 믿을 수 없는 존재라 시대의 변화를 인정하고 오늘의 기준에서 모든 것을 판단하라는 가르침이 떠오르고 방금 설치한 기계대금이 퍼뜩 떠오르다가도 한눈에 내려다보는 교정을 보다가 올 한 해도 다 갔으니 세월을 이기는 사람은 아무도 없다는 것이다. 분명 기계 만드는 기술은 많이 좋아졌다. 사람이 필요 없는 이 기계는 스스로 분쇄해서 스스로 다지고 스스로 추출하며 한 잔의 커피를 내어다 주고 스스로 커피 찌꺼기를 찌꺼기 통에다가 안전하게 버린다. 그 공정과정을 커피 한 잔 마시며 여러 사람이 보는 가운데 지켜보았다. 아주 깔끔했다. 그러니까 오늘 날씨는 어땠는지 그대의 기분 따위는 말할 필요도 없거니와 또 위로의 말 한마디 건네는 그런 바리스타의 언변 같은 것도 이 속에는 없는 것이 된다. 오로지 본분의 위치에서 누르면 작동하는 완벽한 자동화 기계다. 물론 아메리카노만 나오는 것이 아니라 핫초코나 카페모카까지 다양한 메뉴를 보유하고 있어 앞에 선, 키 큰 남자나 부츠 신은 여자나 할 것 없이 거저 손가락 하나에 터치만 있으면 응답한다. 오로지 자본의 아궁이 같은 입에 탁 떨어진 컵만 얼른 빼가져 가시오 하며 커피 한 잔은 보기 좋게 나와 있다. 나는 얼른 빼서 기계를 주문한 선생께 우선 한 잔 급히 드리고 아주 궁금하게 들여다본 서 부장에게도 한 잔 빼주고 내내 궁금했던 누름 찰나에 톡 떨어진 컵을 손에 쥐며 한 잔 마셔본다. 아! 구수하고 섬섬하고 뜨끈하고 아릿한 커피의 묘한 이 맛, 이미 시속 50리로 달려가는 아줌마나 시속 30리 반열에 선 총각이나 어정쩡한 40리 속도로

휘감는 이 분위기는 아무런 응답하지 않는 포장지 올 벗겨 놓은 아주 깨끗한 멋진 사나이 앞에서 넋을 잃고 만다. 넌! 아주 멋있는 바리스타야! 나는 속으로 한 마디 건넸다. 너는 감정이 없는 것이므로 더욱 멋졌다.

멋진 바리스타가 벗어놓은 빈 상자를 달구지에 싣고 서 부장은 차로 향한다. 나는 멋진 바리스타를 주문한 선생과 함께 승강기 타며 내려간다. 주차장에서 서로 동맹을 맺듯 가볍게 인사하며 내일은 안전하다는 마음으로 위안 삼는다. 서 부장과 함께 본부에 월말 마감을 한다.

사업가는 빚이 많다고 해서 남에게 자랑할 것도 아니거니와 그 빚을 갚는데 영업이 잘 되거나 못 되거나 일절 말해서도 안 된다. 빚은 많은 사람의 피땀이 얽힌 자본이라서 그 책임 위에 앉아 있는 거라 될 수 있으면 빨리 갚아야 하지 놓아두고 볼 일은 아니다. 영업이 잘 되는 사업체도 빚 2억을 갚는 데 10년이 걸렸다고 한다. 10년이면 강산도 변한다고 했다. 빚은 역시나 내 돈도 아닌 것이 마치 내 돈 같아서 두고두고 자산도 아닌 자산으로 놓아두니 그렇다. 솔직히 빚만 빚도 아니다. 나와 연관하여 나를 세우는 모든 이해관계는 모두 빚이다. 내가 안은 일은 말할 것도 없고 타고 다니는 차, 먹고 자고 입고 아내와 자식과 또 나를 믿고 일하는 직원과 나와 거래하는 모든 이해관계는 빚이다. 모두 갚아야 할 빚이다. 빚을 다 갚았다고 생각하는 날은 이미 나는 이 세상 사람이 아닐 것이다.

鵲巢日記 14年 12月 31日

오전 아홉 시, 창밖에는 눈 펑펑 내리고 있었다. 눈이 내리기 시작한 지는 얼마 돼 보이지는 않았다. 거리에 하얗게 변하기 시작했다. 얼른 여장 꾸려 본부 지나 본점 거쳐 사동 간다. '슬픈 노래는 부르지 않을 거야' 독배의 노래가 흐르고 독배에 몸만 담아서 독배가 바라보는 길에 아! 독배는 왜 없는 거야. 독배는 눈만 제법 쌓여 앞길만 막막했다.

압량은 오늘 폐점했다. 서 부장 아침 출근 시간, 카톡 문자로 급히 본부로 출근하라 했다.

정의와 함께 한 시간여 동안 눈 치웠다. 근래, 땀 닦아 보기는 오랜만이었다. 아침을 먹지 않았는데도 오히려 기氣는 더 충전한 것 같았고 손은 떨렸지만, 커피 맛은 좋았다. 한 십분 간 카페에 앉아 오늘 해야 할 일을 떠올렸다. 열한 시 삼십 분.

열두 시 사십칠 분 포항으로 보내야 할 커피를 택배로 보냈다.

한 시 십 분 국밥집 온천골 가다. 쓸어놓은 까만 김 가루에 하얀 쌀밥 얹어 먹다가 어원커 족의 순록이 생각나다. 순록이 소금을 좋아한다고 했다. 순록을 잘 키울 수 있는 방법은 거저 방목이다. 그것도 울타리 없는 자연의 방목 그리고 그 순록 떼 찾아 나서는 어원커 족은 소금 주머니와 방울뿐이다. 까만 김 가루에 순록 떼가 지나간다.

서 부장은 국 국물을 별로 좋아하지 않는가보다. 밥 한술씩 뜨며 국건더기만 건져 먹는다. 예전에는 라면 끓이면 라면 국물을 잘 마시지 않았다. 이제는 따끈한 국물이 없으면 입맛이 텁텁하기까지 하다. 나이 들면 국물을 좋아하나!

세 시 십사 분 대구 오 씨 가게 오래간만에 가다. 원두커피용 분유가 필요했다. 어려운 경기에 서로 사는 이야기를 주고받다. 천오백 원짜리 아메리카노 한 잔 마시다가 커피를 담은 머그잔이 좋아 보여 꽤 비쌀 것 같다며 한마디 했더니만 중국제라 한다. 잔을 들어 밑바닥을 보니 'made in china' 가 선명했다. china에 진시황제가 떠올랐다. 제국은 여전히 살아 있었다.

어제 모 대학에 설치했던 원두커피 자동화기기 보러 갔다가 주인장 뵐 수 없어 발길 돌렸다. 미처 원두용 전지분유와 컵을 못 드렸다. 건물 7층에서 바라본 눈 내린 바깥풍경은 거짓말처럼 아름다웠다. 하지만 눈은 거의 다 녹았다.

네 시 삼십 분 조금 넘은 시각 한성에 가다. 한성 사장과 대화 나누었다. 그간 찾아뵙지 못한 인사였다. 조감도 내에 여러 문제점을 말씀드리고 탁자를 위한 철제 받침대 주문 넣었다. 내일은 작업할 수 없고 조만간 끝내는 대로 연락 주겠다고 했다.

다섯 시 삼십 분 본부에 오다. 그저께 끓여놓은 명탯국 한 그릇 먹을까 해서 국솥을 데웠지만, 밥솥에 밥이 없었다. 둘째 심부름에 햅반 사서 데워 허겁지겁 한 그릇 말아서 먹었다. 아까 먹었던 까만 김 가루가 자꾸 떠올랐고 국물 별로 좋아하지 않는다는 서 부장이 생각났다. 개수대에 씻지 않은 그릇이 수북하고 거실에는 개지 않은 이불이 펼쳐져 있다. 내가 사람인지 짐승인지 헷갈렸다. 방바닥에 떨어진 밥풀떼기를 밟다가 가끔은 이거는 언제 거였는지 분간이 가기도 한다. 그러니까 좀 딱딱한 것은 발바닥이 아프기까지 한데 며칠 된 것이고 조금 물렁물렁한 것은 하루, 껌처럼 떡떡 거리면 조금 전에 먹다 흘린 것이다. 일에 치여 사는 이 게으름에 반성한다.

여섯 시 압량 개장, 문 열자마자 아메리카노 두 잔 판매하다. 손님 보내고 한 시간여 동안 책 읽었다. 라떼 한 잔 판매했다. 남자손님, 여자 손님 한 분씩 오셨다가 가셨다. 어제는 만원이 넘지 않았는데 오늘은 딱 만원에서 200원 부족한 매출을 올렸다. 여덟 시 삼십 분 압량 마감했다.

여덟 시 오십 분, 사동에 오다. 띄엄띄엄 오가는 손님 보며 책 읽었다. 정의가 드립 한 잔 가져와 마셨다. 아이들이 오는 모습을 보았다. 배 선생 남편께서 다녀가셨다. 오 선생이 주문했던 과자가 있었다. 열한 시 사십 분 사동 마감하다.

싫은 것도 버려야 하고 좋아하는 것도 버려야 한다. 아무런 내색 없는 하루가 어쩌면 완벽한 하루다. 오로지 두 개의 젓가락만 들고 생각해야 한다. 하나는 일이며 하나는 책이다. 밥을 먹는 것은 젓가락 없이는 어렵다. 아직도 생계를 벗어나지 못한 불혹이 애처롭다.